W0173990

AURÉLIEN MASSONS PARIS NOIR
STORYS

ÜBERSETZT VON ZOË BECK, KAREN GERWIG,
JAN KARSTEN & MARTIN SPIESS

© 2008 by Akashic Books
Originally published in French and licensed from
Akashic Books, New York (www.akashicbooks.com)

Übersetzung: Zoë Beck, Karin Gerwig, Jan Karsten, Martin Spieß
Herstellung: Klaus Schöffner
Satz & Korrektur: Dörte Karsten
Covergestaltung: Magdalena Gadaj
Umschlag: Carolin Rauen
Druck und Bindung: CPI – Clausen & Bosse, Leck
Printed in Germany
Erste Auflage 2017
ISBN 978-3-95988-024-4

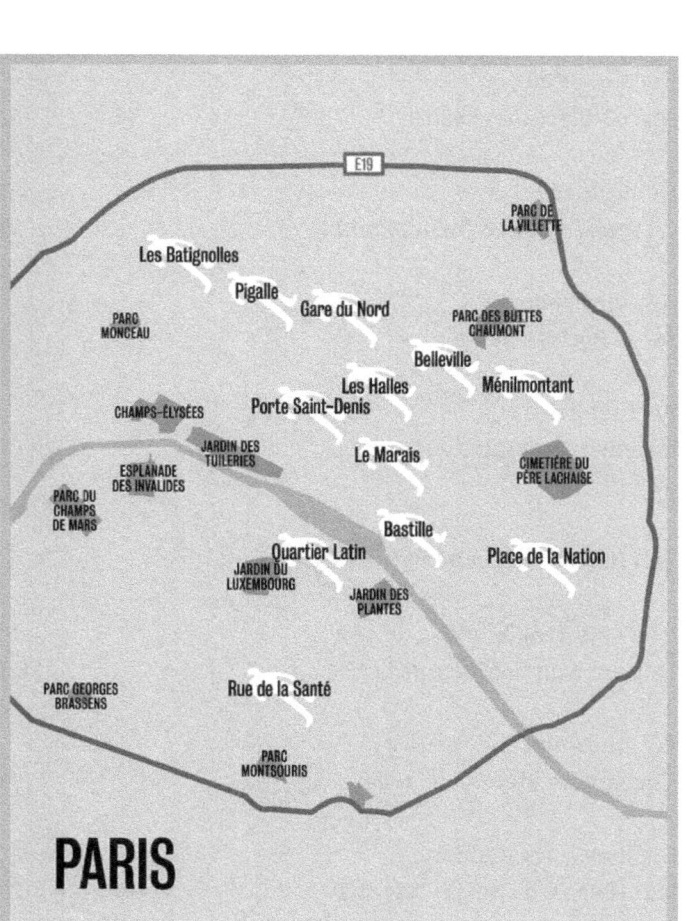

PARC DE
LA VILLETTE

Les Batignolles

Pigalle

Gare du Nord

PARC
MONCEAU

PARC DES BUTTES
CHAUMONT

Belleville

Les Halles

Ménilmontant

CHAMPS-ÉLYSÉES

Porte Saint-Denis

JARDIN DES
TUILERIES

Le Marais

ESPLANADE
DES INVALIDES

CIMETIÈRE DU
PÈRE LACHAISE

PARC DU
CHAMPS
DE MARS

Bastille

Quartier Latin

Place de la Nation

JARDIN DU
LUXEMBOURG

JARDIN DES
PLANTES

PARC GEORGES
BRASSENS

Rue de la Santé

PARC
MONTSOURIS

E19

PARIS

INHALTSVERZEICHNIS

Hinein in den Traum

Wie schön, endlich von Ihnen zu hören, aber vergessen Sie bitte nicht, mir noch das Vorwort zu schicken.

Diese E-Mail des Verlags blinkt seit zwei Tagen auf meinem Bildschirm. Aber als ich mich entschied, in der Buchbranche als Lektor zu arbeiten, tat ich das bewusst, um zu vermeiden, selbst etwas schreiben zu müssen. Ich will im Hintergrund bleiben, so wie ein Bassist in der Dunkelheit steht und lächelt, während er dabei zusieht, wie der Gitarrist ein wildes Solo hinlegt.

Ratlos drehte ich mich immer wieder im Kreis wie eine Maus in ihrem Laufrad, bis ich schließlich beschloss, Momo aufzusuchen, den alten Kerl, der in meiner Gegend gebrauchte Bücher verkauft. Wenn Paris immer noch die »Noir«-Stadt ist und es immer sein wird, dann liegt es zum Teil auch an Momo und seinen unermüdlichen Kollegen, dem Dutzend kleiner, unabhängiger Buchhändler, die alte Pulp Fiction aus den Fünfzigern bis zu den Siebzigern verkaufen. Liebhaber treffen sich jedes Wochenende, um ihre Funde gegen neue Schätze einzutauschen. Momo half mir, mich zu bilden, als ich ein Kind war, indem er mir Goodis, Thompson, Chandler zu lesen gab. Man kann sich also vorstellen, wie er bei der Vorstellung, dass es die Série Noire nun auch in die USA, Deutschland und andere Länder schafft, vor Freude zerfließt. Wir, die Franzosen, sind gut im Importieren ... aber Exportieren ist eine andere Geschichte.

Wir rauchen zusammen vor einem hell erleuchteten Café, Momo und ich. Momo glaubt, und damit hat er recht, dass ich nicht genügend brillante Ideen habe, also zeichnet er mir ein historisches Bild von Paris, der Stadt des Verbrechens. Er erzählt mir von der ausnehmend gefährlichen Arbeiterklasse, die das Innerste von Paris im 19. Jahrhundert bevölkerte, bis das Bürgertum sie durch den Bau von breiten Straßen und eine Kahlschlagsanierung herauswarf, unter der Herrschaft des seligen, unbeweinten Barons Haussmann.

Zwei Biere später ist Momo bei der Butte Montmartre mit den Gangstern der Dreißiger und Fünfziger, den frühen Tagen des Schrotthandels, gewieften Pariser Straßenkindern und lauten, fluchenden Prostituierten, deren Jargon sogar die höchsten Tiere in Angst und Schrecken versetzte. Momos Problem ist die Liebe zum Bier, und je verliebter er ist, desto unklarer werden seine Ideen. Jetzt ist er beim Filmemacher Melville, dem Schauspieler Alain Delon (einer unserer Spezialitäten – wie unpasteurisierter Camembert) und Sepiafotografie.

Dann aber dämmert mir, dass praktisch nichts von dieser improvisierten Vorlesung bei mir hängenbleibt, und ich werde ganz unruhig. Kein Wunder, dass man in Klassenzimmern lernt und nicht auf Barhockern in Cafés, wo die Atmosphäre zu fröhlich ist (wie in dem berühmten »*Atmosphère, atmosphère, est-ce que j'ai une gueule d'atmosphère, moi?*« – Arlettys entrüstete Antwort auf Louis Jouvet in dem Film *Hôtel du Nord*).

Als ich wieder vor meinem schlaflosen Computer sitze, sage ich mir: Das Wichtigste ist doch, dass Paris eine Stadt ist, die lebt und deshalb stirbt, jeden Tag. Sie braucht sich nicht hinter ihrer Geschichte oder ihren Kriegserinnerungen zu verstecken. Paris, insbesondere ihre Noir-Dimension, wird bedroht von ihrer potenziellen »Museumifizierung«, der Gefahr, dass sich die Stadt in einen riesigen Freizeitpark verwandelt. Dabei ist in Paris immer noch alles vorhanden. Man muss nur mit offenen Augen durch die Straßen gehen. Im Dunkel seiner Limousine träumt der Chauffeur in Marc Villards Geschichte davon, die Liebe seines Lebens zu retten, eine Prostituierte, die auf dem Asphalt gestrandet ist wie ein Vogel in einer Ölpfütze. Weiter nördlich, um den Bahnhof herum, folgt Jérôme Leroy den Fußstapfen eines Typen, der vor Geheimagenten flieht, doch die Men in Black sind keine der üblichen Geheimagenten. Gleichzeitig lässt uns Salim Bachi zwei jungen Männern arabischer Herkunft folgen, die Schwierigkeiten haben, in einer abgeschotteten Gesellschaft Fuß zu fassen; unglücklicherweise, ob nun in Paris, New York oder Karachi, fällt es schwer, sich der Anziehungskraft der Gewalt zu widersetzen: Sie ist immer da, heimtückisch und hinterhältig.

Und was ist mit dem Chinesen, der so entzückend von Chantal Pelletier dargestellt wird? Er dachte, er könne die berühmte französische Küche kosten ... bis ihm klar wird, dass er selbst auf dem Speiseplan steht.

Weitab vom Postkartenklischee können wir die Rache der Kellner zusammen mit Jean-Bernard Pouy beobachten: Sie spüren einem unbekannten Jogger nach, der aufgehört hat, seine täglichen Runden an der Place des Vosges zu drehen und auf mysteriöse Weise verschwunden ist.

Alles findet in Cafés statt, nicht nur Momos bierselige Geschichtsstunden. Dort treffen sich heimlich die todgeweihten Liebhaber in dieser Anthologie, um Weihnachten zu feiern. Didier Daeninckx' Informationshändler, ein Experte im Aufspüren von Gerüchten im Internet, wurde auch zuletzt in einem Café gesehen, bevor man ihn in der Rue des Degrés erstach. Aber wer weiß, vielleicht waren das alles doch nicht einfach nur Gerüchte. Und wo wir gerade von Gerüchten sprechen, sagen Sie DOA bloß nicht, die Gewaltbereitschaft der Russen sei nur eine Legende. Lassen Sie ihn von seiner wunderbaren Freundin erzählen, einem russischen Model, das Diamanten zu sehr liebte, als dass es unbemerkt bleiben konnte. Hinter den falschen Juwelen und dem Glamour hält die Modewelt gefährliche Beutejäger versteckt. Fragen Sie Layla, Dominique Mainards Heldin in »La Vie en Rose«, ob ihr das Leben wirklich so rosig erscheint. Für sie ist das Leben nichts weiter als eine Reality-Show; die aufstrebende junge Sängerin, die hoch hinaus wollte, wird sehr tief auf dem Boden enden. Kein Grammy für die junge Träumerin, nur ein Leichensack. Unter seinen polierten Steinen bleibt Paris der Ort täglicher Tragödien; unter dem Pariser Pflaster liegt Peloponnes. Wie die Rückkehr des Sohns bei Laurent Martin nach langem Exil, der feststellen muss, dass man seinen Geistern genau wie der unglücklichen Liebe nicht entkommen kann.

Abseits der Lichter, der Cafés und Bars ist Paris manchmal wie ein Grab. Eine Stadt, vor der man wegläuft, oder zumindest träumt man vom Weglaufen. Aber an jeder Straßenecke springt einem die Vergangenheit ins Gesicht wie eine grinsende Hyäne. Patrick Pécherot nimmt Sie mit ins Herz des 17. Arrondissements; dort war die Gestapo in den frühen Vierzigern stationiert. Manch einer würde alles Geld der Welt dafür geben, um vergessen zu können, aber wenn einem das Gedächtnis einen Streich spielt, verwandelt sich das Leben schnell in einen Albtraum. Oder in Wahnsinn ... Begleiten Sie Hervé Prudon auf seinem Spaziergang durch das 14. Arrondissement; wenn Sie ihn nach dem Weg fragen, sprechen Sie ihn lieber nicht auf Englisch an. Sonst laufen Sie Gefahr, dass er Ihnen antwortet: »No comprendo, Stranger«. Ich rate Ihnen, ihm ohne ein Wort zu folgen. Nehmen Sie die Seitenstraßen, schlendern Sie mit ihm die Rue de la Santé entlang, wo Sie ein Gefängnis, eine Psychiatrie und Samuel Becketts letzten Wohnsitz finden. Entdecken Sie sein magisches Paris, das nur in seinem Kopf existiert.

Man bewohnt seine Stadt nicht, man erträumt sie. Ich möchte Sie einladen, mir in diesen Traum zu folgen.

Aurélien Masson
Paris, Frankreich

TEIL I

STADT DES LICHTS – STADT DER DUNKELHEIT

DER CHAUFFEUR

Von Marc Villard
Les Halles

Übersetzt von Jan Karsten

Vania

Ich trieb mich in der Nähe von Les Halles herum, das sollte mein Verhängnis sein.

Ein paar Schritte vom Sunside-Jazzklub entfernt, mit seinen verrückten Tenorsaxofonisten. Ich schlenderte durch die Straßen, zur Mittagszeit, zusammen mit der Art von Leuten, die keine Arbeit kennen, mit bierseligen Teutonen und Flittchen aus dem Mittleren Westen.

Leder und Lobotomie.

Ich lief auf meinen beschissenen Stöckelschuhen. Die schwarze, sexy Hure aus Martinique. Wir rissen uns den Arsch auf, die Zuhälter umkreisten uns wie Wachhunde, schoben sich die Mädchen hin und her, und Alice sagte zu mir: »Vania, gib die Straße auf, du hast was Besseres verdient.«

Ja, schon klar.

Daheim in Fort-de-France fand meine Mutter keinen Job, also schicke ich ihr haufenweise Geld, damit sie meinen beiden Brüdern etwas zu essen kaufen konnte. Inkognito: Sie dachte, ich sei eine Schwester im Krankenhaus Hôtel-Dieu. Aber ich machte die Beine breit, sagte »oh, Baby, ja, ja, ja«, und die Kohle floss nach Martinique.

Eines schönen Abends, ich weinte in einem Café auf der Rue Montmartre in meinen Kaffee, pflanzte sich Mister K, der Dealer von Les Halles, auf den Stuhl neben mich.

»Du siehst traurig aus, Vania.«

»Mir geht's beschissen. Meine ganze Kohle geht an die Familie.«

»Du bist keine Sozialarbeiterin, sollen die sich doch allein durchschlagen.«

»Ich weiß nicht, was ich machen soll. Vielleicht gehe ich zurück auf die Inseln.«

»Ich kann dir helfen«.

»Ich kann keinen Stoff verkaufen, ich kann nur meinen Arsch hinhalten.«

»Nein. Du wirst unser Kurier. Wir pflastern dich mit Koks, du drehst deine Runden, und wenn meine Jungs zu dir kommen, gibst du ihnen das Zeug aus deiner Handtasche.«

»Das ist nichts für mich.«

»Für meine Jungs ist es risikolos, die Bullen im Viertel kennen dich: Du bist sauber. Die perfekte Dealerin.«

Ich habe Ja gesagt.

Die rote Lunge der Bars.

Die verrückten Penner.

Die dröhnenden Drogen.

Nichts hatte sich geändert, aber alles war anders geworden. Ich war Mata Hari, die Spionin in tödlicher Gefahr. Die nervöse Straße, der schwitzende Schlachter, alles wurde zum Problem. Mir wuchsen Augen am Hinterkopf.

Und immer wenn ich einen Freier bediente, während der Typ grunzend und geil zwischen meinen Schenkeln herummachte, starrte ich so intensiv auf meine Tasche, dass sich das arme Teil schon ganz hypnotisiert vorkommen musste.

Mister K gab mir das Zeug um sieben.

Seine drei Dealer holten sich ihren Teil um elf, mittags, und um fünf. Von heute auf morgen verdoppelte sich meine Kohle, ich konnte mir was zum Anziehen kaufen und weiße

Höschen für sonntags. Die Luden wussten, dass ich jetzt in Mister Ks Team spielte, und ließen mich in Ruhe.

Ich fing an, mich in den Gedärmen und dunklen Schächten des S-Bahn-Systems herumzutreiben, weil K es so wollte. Und eh ich mich versah, hatte ich auf die dunkle Seite der Nacht gewechselt, mit ihren Drogen und ihrem dreckigen Sex.

Taumelnde Leichen.

Crackheads.

Dobermann-Ficker.

Der Abschaum der Erde überlebte in Gängen, von denen jene, die das andere Leben lebten, nichts wussten. In dieser Unterwelt war alles anders. Auch die Bullen. Und so traf ich auf Nico.

Ich erledigte meine Sachen in den Katakomben und Tunneln der RER B.

Heimliche Geschäfte.

Oft stieg die Temperatur auf 35 Grad, also arbeitete ich fast nackt. Schmuddelige Matratzen im Halbdunkel, zur Freude der Spanner.

Eines Morgens kam dieser Kerl auf mich zu. Lockiges dunkles Haar, zerknautschter Anzug, Hawaiihemd. Sehr geschmeidig, federnder, rollender Gang.

»Hi Vania. Ich brauch zwanzig Gramm.«

»Bist du neu hier? Ich habe dich noch nie gesehen.«

»Ich bin Mister Ks neuer kleiner Star. Wo ich auftauche, explodiert der Markt. Na los, gib mir das Zeug.«

Ich zögerte. Es war keine Übergabezeit, aber da stand dieser Kerl wie so 'ne schillernde Pflanze. Okay. Ich scannte die Umgebung und öffnete meine Tasche.

»Komm her und nimm dir zwei Päckchen.«

Er zog mich an sich, griff in meine Tasche und drückte mir eine SIG Sauer gegen die Muschi.

»Keine Bewegung, Baby. Du bist verhaftet.«

»Du ... du bist doch gar kein Bulle!«

Er nahm die Hand aus meiner Tasche und drückte mir seinen Ausweis ins Gesicht.

Scheiße. Verdammt.

Beine aus Gummi.

Ich dachte an meine Maman.

An den Geruch des Knastes.

An Mister K, natürlich.

Dann drängte mich Nico in einen nahen Heizungsraum, nahm mir meine Prada-Tasche ab und schlug mir mit voller Wucht ins Gesicht.

Sein Körper auf meinem.

Seine Hände überall an mir.

Sein Schwanz in Rage.

Unser Atem wutentbrannt.

Ich schlug ihn mit meinen Fäusten, er rammte seine Waffe in mich hinein. Es gelang ihm zu kommen, aber ich ließ ihn dafür bluten. Wir starrten uns an wie zwei wilde Tiere im Käfig. Ich hasste ihn.

»Sie haben mich vergewaltigt, Sie verdammtes Arschloch.«

»Nutten kann man nicht vergewaltigen. Ich hab vergessen zu zahlen, mehr nicht.«

Er nahm den Stoff aus meiner Tasche. Fünfzig Gramm in kleinen Päckchen. Ein feistes Grinsen wie 'ne Made.

»Verhaften Sie mich?«

»Weiß nicht. Muss drüber nachdenken.«

»Beeilen Sie sich. Ich muss meine Sachen wechseln.«

»Hör zu. Es gibt zwei Möglichkeiten. Ich nehm dich mit, und du verbringst schöne lange Ferien in Fleury-Mérogis. Oder wir vergessen das alles hier, aber dafür musst du wirklich richtig nett zu mir sein.«

»Du willst Freificks?«

»Nein. Ich möchte meinen Anteil.«

»Vom Stoff?«

»Das mit dem Koks ist für dich vorbei. Außerdem würde das gar nicht gut aussehen. Ein Bulle aus dem Drogendezernat von Saint-Denis, verwickelt in Kokaindeals. Nein, ich will meinen Anteil von deiner Fickgage.«

»Ich muss meine Familie unterstützen, und ich verdiene nicht viel.«

»Vergiss deine Familie. Ich bin jetzt deine Familie, Baby. Und deine Familie sagt: Schluss mit dem billigen Rumgeficke. Dein schwarzer Arsch verdient was Besseres. Es ist deine Wahl.«

»Alles, außer Knast.«

Er warf die Handtasche in meine Richtung. Ich stand auf, mein Gesicht war voller Blut.

»Wie geht's jetzt weiter?«, sagte ich.

»Erst mal gar nicht. Mein Name ist Nico Diamantis, ich melde mich bei dir.«

»Na super.«

Ich ging nach oben, zurück ans Tageslicht. Ich lief durch die schattigen Straßen, das Herz zerbrochen, das Gesicht zerschlagen. Als ich an den anderen Mädels vorbeikam, sagten sie: »Verdammt, Vania, was ist denn mit dir passiert.«

Mister K erwischte mich auf der Rue des Lombards. Ich war so fertig, ich hielt mich an einem Milchkaffee fest und erzählte ihm alles. Das Koks: weg, Diamantis: hatte mich in der Hand, unser Deal: gestorben. Er blieb ruhig: Er ist ein Typ aus Lagos, der schon mit Fela Kuti rumgehangen hatte, als der *Schwarze Präsident* noch nicht mal von Aids geträumt hat.

»Du hast mir die Wahrheit erzählt, Vania, entspann dich. Fünfzig Gramm sind nicht viel. Mach, was der korrupte Bulle sagt, aber pass auf deinen Arsch auf. Ich habe das Gefühl, das wird kein gutes Ende nehmen.«

Er glitt in die Nacht hinaus, und ich saß da wie ein Idiot und jammerte über meine Zukunft als Schwanzlutscherin.

Drei Tage später meldete sich Nico auf meinem Handy.

»Woher hast du meine Nummer?«

»Ich bin Bulle, das ist mein Job. Triff mich in zwanzig Minuten am Ciné Cité. Erste Reihe in *Three Burials – Die drei Begräbnisse des Melquiades Estrada;* beweg dich.«

Als Tommy Lee Jones erschossen wurde, begann er, meinen Oberschenkel zu streicheln. Dann teilte er mir mit, wie mein Leben von nun an aussehen würde.

»Ich hab's mir genau überlegt. Ich richte eine Internetseite mit Fotos von dir ein. Kontakt ausschließlich per Mail. Danach verteile ich Karten mit ›Vania, alle Positionen, melden Sie sich unter ...‹ überall, wo sich die Reichen tummeln. Ich besorg dir ein zweites Handy, nur für die Freier, ich kenn da jemanden bei Orange. Du bleibst weg von der Straße, du kaufst dir schöne Klamotten und wartest auf Kundschaft. Du bist jetzt ein Star, verstehst du? Du machst Hauszustellungen, aber glamourös: Du beschränkst die Muschi-Lieferungen auf Paris. Nicht schlecht, was?«

»Klar. Wie viel bleibt bei dir?«

»Alles. Aber ich gebe dir genug, damit es für ein angenehmes Leben reicht.«

»Was? Du bist ja verrückt!«

»Das Labor sagt, auf den Kokspäckchen sind überall deine Fingerabdrücke. Was wolltest du noch mal sagen?«

Scheiße, scheiße, scheiße.

Ich hielt den Mund und machte mich an die Arbeit.

Ich kaufte meine Slips bei Chantal Thomass: fünfzehn Gramm Musselin und tonnenweise Sinnlichkeit.

Manchmal fuhr ich mit der Metro durch Paris, manchmal, wenn es Scheine regnete, nahm ich ein Taxi zurück. Drei Wochen später, ich verließ gerade die Maisonettewohnung eines Produzenten, wurde ich von zwei Dreckskerlen übel zusammengeschlagen. Die Kohle und meine Jugend gingen in zwei Minuten den Bach runter.

Nico war gar nicht begeistert, dass sich die Scheine in Luft aufgelöst hatten.

Er besorgte mir einen Chauffeur.

Keller.

180 Zentimeter, 80 Kilo. Er sah aus wie der Killer aus *Der große Coup.*

Keller holte mich zu Hause in der Rue des Lombards ab und ließ mich vor der Wohnung der Freier raus. Während ich performte, wartete er im Auto, rauchte stinkende Zigarillos und suchte nach Neo-Bob auf TSF. Eines Tages lehnte ich mich vorm Aussteigen zu Keller rüber.

»Hey Keller, kommst du nicht auf komische Gedanken, wenn du hier in deinem Seat Ibiza sitzt, während es mir diese Typen von vorn und hinten besorgen?«

»Ich versuche, nicht daran zu denken.«

Ich betrachtete seine Augen. Sie waren rot, und er bemühte sich, nicht in meine Richtung zu blicken. Ich war so ein Arschloch. Der einzige Typ, der bereit war, für mich zu sterben. Ich legte meine Hand auf seinen Unterarm und ließ sie eine Weile dort liegen. Etwas zu sagen hätte mich umgebracht.

Ein paar Nächte später holt mich das wieder alles ein. Keller hat mich gerade kurz hinter Beaubourg aus den Klauen zweier brasilianischer Junkies befreit, und wir sitzen außer Atem im Auto.

»Bring mich nicht gleich wieder nach Hause, Keller. Fahr ein bisschen an der Seine entlang.«

Zwei Uhr morgens. Wir gleiten an der Pont des Arts vorbei. Leute mit Gitarren; Makramee und Ziegenkäse. Der Louvre, die schiefen Schuten. Als wir die Rue de Bac erreichen, tippe ich ihm auf die Schulter.

»Halt mal an, ich möchte rauchen.«

Ich befreie mich von meinen High Heels, schlendere auf die Brücke hinaus und ziehe an meiner Camel. Keller, der etwas hinter mir geht, hat seine Davidoff-Packung noch in der Tasche. Die Lichter des letzten Touristenboots beleuchten die Uferböschung.

Besoffene Tommys.

Autistische Japsen.

Angeekelte Weiber.

Ohne mich umzudrehen, frage ich: »Wie lange arbeiten wir schon zusammen, Keller?«

»Sechs Monate.«

»Was hat Nico gegen dich in der Hand?«

»Ich kann jederzeit verschwinden.«

»Warum machst du es dann nicht?«

Er sieht aufs Wasser, das unter unseren Füßen entlangströmt. So schwarz wie ein schlechter Traum.

»Ich mag den Job.«

Wir schauen uns jahrzehntelang in die Augen.

Dann sage ich: »Ich werde durch die Gegend kutschiert, ich werde auf kostbaren Teppichen flachgelegt, aber ich habe am Ende des Monats kein Geld. Mit den paar Groschen, die mir das Schwein übrig lässt, schaffe ich es kaum, meine Familie zu unterstützen. Ich muss irgendwie raus aus dieser Scheiße, Keller.«

»Meinst du Nico oder das Anschaffen?«

»Erst mal Nico.«

Endlich zündet er sich eine Zigarette an. Ich frage mich, wie er mit Vornamen heißt.

»Ich kenne einen ehrlichen Bullen … Zumindest glaube ich das.«

»Das würde nichts bringen. Das Wort einer Hure gegen das eines Kommissars, da ist doch klar, wie das ausgeht. Ich will nicht, dass es eine offizielle Sache wird. Das würde ich nicht aushalten. Ich denk drüber nach, mir fällt schon noch was ein.«

»Wenn du mich brauchst, bin ich für dich da.«

»Ich weiß, Keller.«

Es ist der 30. Mai in dieser irren Stadt. Nico, begleitet von seinem Sklaven (Lhostis, ein Doppelzentner vergammelndes Fleisch), hupt nach mir auf der Rue du Louvre. Das Hauptpostamt schließt, die soliden Leute machen sich auf den Heimweg. Ich gehe ein paar Schritte auf seinen aufgemotzten Renault Safrane zu.

»Hi Nico.«

»Hier ist dein Anteil. Besonders fleißig warst du diesen Monat nicht gerade.«

»Meine Blutungen waren ziemlich stark.«

»Na klar. Ich hab einen verrückten Wissenschaftler aufgetan, der ficken will, während er sich *Bambi* anschaut.«

»Das toppt sogar den belgischen Kerl mit seinen Schlangen.«

»Stimmt. Los geht's, Vania, ich brauche Geld«, sagt er, wendet quer auf der Straße und verschwindet in Richtung Rue Montmartre.

Ich öffne den Umschlag, schaue hinein und würde das Miststück am liebsten sofort erschießen. Dann fällt mir Noémie ein. Seine süße kleine Frau.

Zwei Kinder, den Scheitel sauber nach rechts gezogen.

Babybrei von Gerber.

Ausflüge in den Zoo.

Der gesunde Duft von Blumenkohl.

Sonntage bei Großmutter, nach dem Kirchgang.

Zeit, dieses weiße Paradies ein bisschen zu beschmutzen.

Nächster Tag, zehn Uhr vormittags.

Nico war nachts um zwei stockbesoffen aufgetaucht. Er riss mich aus dem Bett, legte mich nackt über einen Stuhl, den Hintern nach oben. Während er mich in den Arsch fickte, schrie er mir dreckiges Zeug ins Ohr, zerkratzte mir den Rücken, wechselte die Sprachen, stammelte irgendwas auf Griechisch, spritzte dann sein Sperma durch die Gegend und verlangte anschließend ein Bier.

Okay. Gerade ist er gegangen. Zum Dienst aufs Revier. Ich renne ins Badezimmer, dusche. Schwarzer Leinenanzug, schwarze Sonnenbrille und rein ins Taxi; schnell zum Haus der Diamantis in Neuilly, Rue des Sablons.

Noémie öffnet die Tür. Nico hat mir Fotos gezeigt: Sie sieht aus wie die verdammte Doppelgängerin der Frau des Ex-Präsidenten. Anne-Aymone Giscard d'Estaing. Igitt!

»Noémie Diamantis?«

»Ja. Nico ist nicht zu Hause.«

»Ich weiß, ich bin Ihretwegen hier.«

»Und wer sind Sie?«

»Ich bin eine Hure.«

Ich stoße sie in den Hausflur, der vollgehängt ist mit Delfter Keramik, für die es sich zu sterben lohnt.

»Du hast es wirklich schön hier, Noémie.«

»Aber was ...«

»Entspann dich, du wirst schon knallrot im Gesicht.«

Ich setze mich und schüttle eine Camel aus der Packung. Ich liebe den Qualm.

»Hier ist die Kurzversion. Dein Schatz Nico bessert mit meiner Hilfe sein monatliches Einkommen auf, damit es seine Familie hier in Neuilly möglichst schön hat. Ich bumse und blase, und er steckt die Kohle ein. Als kleine Dreingabe fickt er mich mitten in der Nacht, weil er bei dir, meine Liebe, offenbar seinen kleinen Nico nicht mehr hochbekommt. Das ganze Spiel widert mich an; ich brauche Geld, also mach deinem Nico klar, dass du seine verdammte Frau bist und nicht ich. Und mein Arsch mir gehört. *Comprendo?*«

Noémies Gesicht ist eine Maske. Kalkweiß.

»Verschwinden Sie auf der Stelle.«

Einer der Zwillinge taucht unerwartet in seinem Mickey-Maus-Pyjama auf, in der Hand ein zerbrochenes Spielzeug von Fisher Price.

»Wer ist das, Mami?«

»Niemand.«

»Ich bin Papas Nutte, die deine Familie ernährt, Kleiner. – Also, Noémie, ich verlass mich auf dich.«

Und ich verschwinde, ziemlich zufrieden.

Keller hat ein neues Auto, wir fahren nun in einer gebrauchten Mercedes-Limousine durch die Gegend. Zigarettenanzünder und Ledersitze. Ich habe schon eine ganze Woche nichts von Nico gehört. Ich besuche einsame Seelen an der Place des Victoires und in der Rue Beaubourg. Ich habe zwei Klienten, die in der Werbung arbeiten und in Lofts in der Nähe der Bastille residieren. Ich trinke Bordeaux, ich esse Pain Poilâne, und mein Hintern hat zwei Kilo zugelegt.

Gerade sind wir auf dem Boulevard Sébastopol unterwegs und fahren in Richtung Saint-Georges. Der Freier wohnt billig in einem Gebäude an der Rue Clauzel, dritter Stock. Keller parkt das Auto. Es ist zweiundzwanzig Uhr.

»Bis später, Keller.«

»Kennst du den Kerl?«

»Nein. Coleman. Sagt dir das was?«

»Nein. Ich bleib am besten im Hintergrund.«

Keine Fahrstuhlmusik. Dritter Stock. Ein Typ öffnet, er steht im Dunkeln.

»Monsieur Coleman?«

Er zieht mich in die Wohnung, knallt die Tür zu, und ich kassiere einen Schlag, der meine Nase zertrümmert. Der Teppich ist dünn. Aus den Augenwinkeln sehe ich eine große Figur. Langsam wird sie etwas klarer, ich erkenne den großen Bullen, Nico Diamantis, in einem Jogginganzug. Er beugt sich über mich und schlägt auf mich ein, wie von Sinnen. Ich bin kurz davor, ohnmächtig zu werden.

»Du wagst es, in *meinem Haus* aufzutauchen, du verdammte Nutte! Bei *mir zu Hause*, bei *meiner Frau* und *meinen Kindern*! Gibst ihnen Befehle! Was denkst du eigentlich, wer du bist, verflucht noch mal! Du bist nicht mehr als ein Stück Fleisch mit drei Löchern. Also halt dein verdammtes Maul und vergiss nicht, wo du hingehörst, *capice*?«

»Du impotentes Schwein«, stammle ich.

Er zieht mich hoch, nimmt meinen Kopf und schlägt ihn gegen ein gerahmtes Bild. Ich schmettere gegen das Glas, Blut läuft über mein Gesicht, ich kann nichts mehr erkennen. Er greift nach mir und reißt mir die Klamotten vom Leib.

Der Teppich.

Schläge.

Sein Geruch.

Seine Finger in mir.

Und dann ein Gedanke, ganz vom anderen Ende der Welt: Keller. Ich nehme einen Aschenbecher und werfe ihn durch das nächstgelegene Fenster. Der Mann schnaubt wie ein Ochse, holt aus und zertrümmert meine Zähne mit einem Schlagring. Etwas Rotes explodiert in meinem Kopf.

Ich
falle
in
den
schwarzen
Raum.

Die anderen

Als er ein Geräusch hört, hebt Keller den Kopf. Dritter Stock. Er holt die Beretta aus dem Handschuhfach und erreicht das Gebäude mit wenigen Schritten, das Herz wummert in seiner Brust. Er jagt die Treppen hoch und hämmert mit den Fäusten gegen Colemans Tür. Es hört sich an, als würde dahinter jemand wegrennen. Keller macht einen Schritt zurück, und nach drei kräftigen Tritten löst sich das Schloss aus der Verankerung, die rechte Seite der Tür springt auf. Hinter der Tür ist es dunkel, aber im Wohnzimmer stolpert er über ein regungsloses Bündel. Er beugt sich hinab und dreht sie auf den Rücken. Ihr Gesicht ist nur noch blutiger Brei. Kellers Herz schlägt schmerzhaft in seiner Brust, er lehnt sich weiter vor und lauscht auf den Herzschlag der jungen Frau. Dann wendet er sich ab, mit geballten Fäusten. Er spürt einen Luftzug, der aus der Küche kommt. Voller Wut läuft er dorthin. Die Tür zur Hintertreppe steht offen, er schaut über das Geländer nach unten. Niemand zu sehen. Keller geht zurück zur Straßenseite, zieht einen Vorhang beiseite, schaut durch das Fenster hinab in die Straße und sieht Diamantis in seiner neureichen Karre in Richtung Saint-Georges davonfahren. Keller geht zurück zu Vania. Holt sein Handy raus.

»Diego, ich bin's, Keller. Arbeitest du noch in dieser Klinik in Poissy? ... Okay, bereite ein Zimmer vor und sag den Sanitätern Bescheid. Ich bin auf dem Weg.«

Dann beugt sich der Mann erneut zu Vania hinunter. Seine Augen sind rot, seine Stimme ist brüchig. Keiner kann ihn hören, also flüstert er in ihr Haar: *Mein Engel, meine Geliebte, mein kleines Mädchen.* Er kniet sich auf den Acrylteppich, hebt den zerschlagenen Körper hoch und verlässt nach kurzem Zögern die Wohnung über die Hintertreppe.

In einem schmuddeligen Raum tief im Keller des Polizeireviers schlägt Nico Diamantis ein letztes Mal in das Gesicht eines ortsansässigen Dealers.

»Mit Drogen zu dealen ist böse, Rachid.«

»Fick dich.«

Der Grieche verdreht seine Augen zur Decke, fegt den Stuhl unter dem Hintern des Teenagers weg und beginnt, systematisch auf ihn einzutreten. Der Junge rollt sich in der der Embryonalstellung zusammen. Nico hat genug von ihm, er wendet sich ab, verlässt den Raum und schließt die Tür hinter sich ab.

Büro. Zehn Tonnen Akten. Der schwer atmende Lhostis kommt auf ihn zu. Cholesterin und Marlboros. Ein röhrenartiger Sessel.

»Ich hab die drei nächstgelegenen Polizeistationen überprüft, wie du es wolltest. Nichts.«

»Die Wohnung?«

»Ich bin durch die Hintertür rein; sie ist verschwunden.«

»Die Leichenhalle?«

»Ich habe dort angerufen, die haben seit fünf Tagen keine schwarze Frau zu Gesicht bekommen. Bist du sicher, dass sie tot war?«

»Nein. Ich weiß es nicht. Sie hat sich nicht mehr bewegt, und ich bin abgehauen, als jemand an die Tür geklopft hat.«

»Du steckst ziemlich in der Scheiße.«

»Danke, du bist eine echte Hilfe.«

»Was ist mit diesem Chauffeur, Keller?«

Jetzt denkt Nico nach. Es ist ein schmerzhaftes Unterfangen, er ist es nicht gewohnt.

»Hm. Stimmt. Er wartet im Auto, sie kommt nicht zurück, erst klopft er an die Tür, dann hämmert er an die Tür, und dann ...«

»Und dann was?«

»Krankenhaus.«

»Niemals. Denkst du, er ist ein Idiot?«

»Auf 'ne Art schon.«

»Eine Privatklinik, Nico. Wir müssen uns durchs ganze Telefonbuch wühlen, um die blöde Schlampe zu finden. Und der ganze Mist nur, damit du vor Noémie auf dicke Hose machen kannst. Ich kann's nicht glauben.«

»Niemand bedroht meine Familie. Geh ins Internet, das geht schneller.«

Während sich Lhostis hinter seinem Computer verschanzt, blättert Nico gedankenverloren durch ein paar Akten. Dann hat er eine Idee. Vania. Die Wohnung. *Ich bin so doof*.

Er nimmt seine Jacke, geht runter in die Garage, wo der Safrane vor sich hin döst. Zwei Linien Koks auf dem Armaturenbrett. Scheiße, das haut rein.

Er brettert mit dem Auto aus der Garage und steuert es Richtung Rue des Lombards. Den Mercedes, der sich hinter ihm einfädelt, bemerkt er nicht.

Rue Saint-Martin, Turbigo, rein in die Tiefgarage unter dem Forum des Halles. Vor Kurzem hat er sich entschieden, dort einen festen Stellplatz zu mieten, um die deprimierende Parkplatzsuche in den umliegenden Straßen zu vermeiden. Parkebene 3, recht weit unten.

Er verzieht das Gesicht.

Drei Sans-Papiers teilen sich einen vergammelten Big Mac.

Im hinteren Teils des Parkdecks sieht er eine Lücke zwischen zwei Clios. Sofort fährt er rein. Handy. Ein kleiner Kuss für Noémie, und gleich denkt Nico wieder: *Ich muss eine Nutte aufgabeln.* Okay. Er steigt aus dem Auto und will zum Fahrstuhl, aber er kommt nicht weit. Keller springt hinter einem Auto hervor, wirft sich auf den Bullen und sticht ihm dreimal in die Brust, dicht beim Herz. Sicherheitshalber schiebt er den Schalldämpfer seiner Beretta in Nicos Mund und drückt zweimal ab.

Dann verlässt Keller die Tiefgarage, geht zu dem Typ, der auf seinen schlecht geparkten Mercedes aufgepasst hat. Ein Sans-Papiers. Er gibt ihm einen Zwanzigeuroschein.

»Siehst du, hat nicht lange gedauert.«

Ein Polizeibeamter in Uniform fängt Lhostis ab, als der am nächsten Morgen das Polizeirevier von Saint-Denis betritt.

»Lieutenant, Diamantis wurde kaltgemacht.«

Lhostis erstarrt. Seine Blutfette ebenfalls.

»Scheiße, was ist passiert?«

»Drei Stiche in die Brust und zwei Kugeln in den Kopf. Sie schlitzen ihn in der Gerichtsmedizin gerade auf.«

»Wer hat ihn gefunden?«

»Ein Ladenbesitzer aus dem Forum des Halles, der in seinen Clio steigen wollte. Er lag daneben auf dem Boden von Parkdeck 3. Die Autotür war noch offen.«

»Das riecht nach Auftragsmord.«

»Ja, stimmt. Und wir alle möchten Ihnen gern helfen, den Hurensohn zu finden, der das getan hat.«

»Okay, okay. Ich fahre jetzt rüber zur Gerichtsmedizin.«

Auf der Fahrt zappt Lhostis durch den schlechten Film in seinem Kopf: Vania. Noémie. Der verkackte Mordversuch. Und jetzt das. Nico, dieser verdammte Idiot. Er ist nicht zu scharf darauf, den Rächer zu spielen. Aber muss ja wohl. Oder?

Fünfzehn Minuten später, während er auf das tote Fleisch vor ihm starrt, trifft er eine Entscheidung. Er holt sein Handy raus und wählt die Nummer von Noémie Diamantis.

In der Klinik in Poissy bewacht Keller die junge Prostituierte. Ihr Oberkörper ist unter Unmengen von Mullbinden verschwunden. Magische Schläuche verbinden Vania mit einer komplexen digitalen Maschinerie. Ein Doktor, der in seinem weißen Kittel ein bisschen wie George Clooney aussieht, betritt den Raum. Und bemerkt Keller.

»Haben Sie die Polizei benachrichtigt?«

»Nein. Sie ist eine Prostituierte.«

»Ich kenne ein paar saubere Polizisten.«

»Ich nicht. Kann ich bei ihr übernachten?«

»Fragen Sie die Schwester. Ich weiß nicht, ob man's Ihnen schon gesagt hat, aber die junge Frau hier wird mindestens eine Gesichtsoperation über sich ergehen lassen müssen. Und was am Ende dabei herauskommt, lässt sich noch überhaupt nicht absehen ...«

»Ich werd's ihr sagen.«

»Gut. Ich schaue in fünf Stunden noch einmal nach ihr.«

Im Haus der Diamantis in Neuilly trifft Lhostis auf die trauernde Familie. Noémie trägt einen schwarzen Chanel-Anzug. Die Kinder ganz in Grau mit kurzen weißen Socken. Noémie ist fuchsteufelswild.

»Spar dir dein Beileid. Er hat mich mit dieser Nutte betrogen. Zusätzlich zu dem ganzen anderen Kram, den er mit verheimlicht hat und über den *du* ganz sicher gut Bescheid wusstest.«

»Er war der Vater deiner Kinder.«

»Vielen Dank für die Information. Und deshalb muss Nico gerächt werden.«

»Polizisten sind keine Rächer.«

»Zehntausend Euro könnten dir vielleicht helfen, diese Position noch einmal zu überdenken.«

Lhostis Gedanken schweifen ab. Schon lange wünscht er sich ein Motorboot, mit dem er die Küsten rund um Marseille unsicher machen kann. Jetzt sucht er schon die Farbe aus.

»Erde an Lhostis?«

»Fünftausend sofort, fünftausend, wenn ich den Mann geschnappt habe, der es getan hat.«

»Die Frau.«

»Sie kann ihn unmöglich getötet haben. Sie war ziemlich übel zugerichtet. Aber vielleicht der Chauffeur.«

»Sie ist es, die die Fäden in der Hand hält. Beweg einfach deinen Arsch und finde sie.«

»Ich habe alle Krankenhäuser in Île-de-France überprüft, jetzt sind die Privatkliniken dran. Es kann nicht mehr lange dauern.«

Noémie beugt sich über einen kleinen Regency-Sekretär und füllt einen Scheck aus. Sie hält ihn Lhostis hin. Der Mann und die Frau sehen sich in die Augen.

»Wie werden Sie über die Runden kommen, mit den Kindern und allem?«

»Geld ist kein Problem, meine Eltern sind reich. Obwohl, eigentlich war es doch ein Problem. Nico wollte immer unabhängig sein und uns mit seinem eigenen Geld versorgen. Deshalb die Nutte. Mach sie fertig.«

Keller ist bei Vania, er kniet an ihrem Bett. Er drückt ihre Hand – und zum ersten Mal reagiert sie darauf.

Sie öffnet ein verquollenes Auge. Schließt es wieder.

Keller versinkt in einem gottlosen Gebet.

Ein Gewittersturm schleudert seine Speere gegen die Fenster.

Lhostis Computer hat fünfundsechzig Privatkliniken ausgespuckt.

Drei Uniformierte helfen bei der Überprüfung. Dann, um zwanzig Uhr dreißig, kommt die Nachricht rein: Auf der Intensivstation der Myosotis-Klinik in Poissy liegt eine unbekannte schwarze Frau. Lhostis schickt die Beamten nach Hause, rechtzeitig zum ersten WM-Vorrundenspiel Frankreichs.

Er ist im Auto unterwegs.

Das dunkle Band des Waldes von Saint-Germain erstreckt sich vor seinen Augen. Zwei Jagdmesser liegen auf dem Beifahrersitz.

Er überlegt, dass sein Boot ein Glasfaserboot von Beneteau sein wird, eine Top-Marke. Weiß mit einer blauen Zierleiste, angetrieben von einer Yamaha-Maschine.

Das Wasser in Marseille hat 20 Grad.

Da sind wir schon. Die Myosotis-Klinik. Lhostis parkt seinen Honda Civic auf dem fast leeren Parkplatz. Der erste Flur ist erleuchtet durch das Licht aus der Eingangshalle.

Der Bulle setzt eine Brille mit runden Gläsern auf, zieht einen weißen Arztkittel über, mit allem Drum und Dran, sogar mit einem Stethoskop in der Brusttasche, und klemmt ein Jagdmesser in seinen Gürtel, hinten am Rücken. Die

Frau am Empfangstresen kommt nicht aus Afrika. Sie schaut auf von der Klatschkolumne in der *Voici*.

»Doktor Granger. Ich möchte zu Vania, der Frau auf der Intensivstation.«

»Sie wurde verlegt. In ein privates Zimmer.«

»Das freut mich. Doktor Varant hat mir erzählt, dass ich heute vorbeikommen und sie untersuchen könnte. Ist das in Ordnung?«

»Natürlich Doktor, aber hier ist keiner, der Sie hinführen könnte. Sie liegt in Zimmer 24, zweiter Stock. Meinen Sie, Sie finden allein dorthin?«

»Kein Problem.«

Der zweite Stock liegt verschlafen da. Als Lhostis das Zimmer Nummer 24 erreicht, greift er nach dem Messer und öffnet die Tür.

Vania liegt im Dunkeln. Eingehüllt in Verbände. Ihr Mund ist frei, ihre Augen sind geschlossen. Langsam und leise nähert sich der Bulle dem Mädchen, das Messer fest in der Hand.

Kellers Tokarew macht *plop*, und die Kugel zerfetzt das linke Auge des Polizisten. Blut schießt heraus, und der Körper sinkt in sich zusammen. Der Chauffeur macht zwei Schritte nach vorn, fängt den Bullen auf und schleift ihn zum Waschbecken. Was er dort im Licht der Waschtischlampe sieht, gefällt ihm. Er filzt Lhostis' Brieftasche, dann tritt er zu Vania. Er knipst die Nachttischlampe an, die den Raum in ein gedämpftes Licht taucht. Sie schläft nicht. Er beugt sich zu ihr hinunter und fährt mit seinem Finger sanft über ihre Lippen. Aus dem Mund kommt ein Flüstern.

»Keller ... bring mich hier weg.«

Der Chauffeur nickt, steckt die Waffe weg und hebt den zerbrechlichen Körper aus dem Bett. Es hat aufgehört zu regnen, und das Panorama der Stadt ist durch das Fenster klar zu erkennen.

Keller weiß von einer weit entfernten Insel, östlich von Schweden.

Dort regnet es rund um die Uhr, und es gibt nichts als Fisch. Für den Anfang muss das reichen.

DER CHINESE

Von Chantal Pelletier
Ménilmontant

Übersetzt von Martin Spieß

Es war das Letzte, was Luc mir auf seinem Weg nach draußen sagte: »Sei nicht blöd, Sonia, nimm deine Tabletten.«
Ich nickte. Ich hätte meine Medikamente wieder nehmen
sollen, aber ich dachte, ich wäre stabil, und ich hatte es satt,
mir die Scheißdinger jeden Tag reinzuwerfen. Draußen,
entlang unserer Fenster, brachen die ersten Hyazinthen
durch die Erde ihrer Keramiktöpfe. Wir gingen in den Hof,
und mich überkam eine Woge der Zuneigung für die beiden
Kirschbäume, die vor der Wohnung des Hausmeisters vor
sich hin starben, und für die Grashalme, die zwischen den
schiefen Pflastersteinen ihr Chlorophyll vorantrieben.
Selbst der Anblick der verblichenen Fassaden gefiel mir.

»Keine Sorge«, sagte ich.

Er umarmte mich, oder genauer gesagt: Ich umarmte ihn.
So waren wir, wir zwei. Ein umgekehrtes Paar. Ich war größer, schwerer. An Luc war nichts Athletisches, und ich war
als Teenager Schwimmchampion gewesen. Achtzehn Jahre
später waren davon Bizeps, Schultern und Oberschenkel
immer noch übrig. Ich glaube, das war es, was Luc gefallen
hatte: meine maskuline Seite. Aber an diesem Tag war alles
vorbei. Luc ging, um sich einem anderen Gegner zu stellen.
Wir küssten uns auf die Wange.

Ich sah zu, wie er davonging. Ich wusste, ich würde mir
nicht noch mal die Zeit nehmen, um mich an jemand anderen zu gewöhnen. Zu viel Arbeit, keine Geduld mehr. Was

Luc betraf, so hatte der bereits einen neuen Slalom begonnen, ohne auch nur daran zu denken, dafür zu trainieren. Von uns beiden war ich diejenige, die am meisten lächelte. Luc wusste, dass er, indem er ging, mir einen größeren Gefallen tat als sich selbst. Was ihn nicht davon abhielt, sich schuldig zu fühlen. Das tat mir beinahe weh.

Er trat durch das Hoftor nach draußen. Ich stellte ihn mir vor, wie er in den überfüllten Lieferwagen kletterte. Wahrscheinlich würde er in diesem Moment Reue verspüren: Er hasste logistische Probleme. Die Unannehmlichkeiten des Umzugs würden ihn für eine lange Zeit aus dem Gleichgewicht bringen.

Ich machte mich wieder an das Dressing meines griechischen Salats, fügte etwas Zitrone hinzu und eine Prise gemahlenes Oregano. Ich probierte. Nicht schlecht. Ich gab das Rezept, die Liste der Zutaten und die nummerierten Schritte, in den Computer ein und nannte diesen banalen Endivie-Tomate-Feta-schwarze-Oliven-Salat *Griechischer Sommersalat*. Ein neuer Titel ist genug, um ein altes Rezept frisch klingen zu lassen, das galt hier, und das galt für alles andere.

Ich sah aus dem Fenster, und mir fiel auf, dass die Pflastersteine im Hof weniger dunkel waren, der Tag heller als in den vorherigen Wochen. Der Frühling war unterwegs. Ich fühlte mich irgendwie berauscht und war plötzlich überzeugt davon, dass Freiheit und Frühling eine wunderschöne Hochzeitsfeier abgeben würden, wenn ich denn wollte.

Ich hatte nicht entschieden, ob ich Jérôme anrufen sollte. »Mir geht's gut, danke!« Ungeachtet dessen, was Luc sagt, bin ich höflich, besonders meinen Kunden gegenüber, und Jérôme war nun mal mein Hauptkunde: Ich kreierte die meisten der Rezepte für sein Magazin *Foodgourmet*. Wie gewöhnlich, oder mehr sogar als sonst, mit Arbeit überlastet, verhandelte er gerade den Verkauf einer chinesischen Ausgabe seines Magazins an einen Verlagskonzern in Shanghai, und angesichts der Tatsache, dass er fähig war, seine Seele in kleine Stückchen geschnitten als Schlüsselanhängerdeko verhökern zu können, drehte er durch. 1,3 Milliarden potenzielle Kunden. Sogar ein Tausendstel dieses Glücksfalls wäre ein Vermögen wert gewesen.

Ich wusste sofort, dass er um einen Gefallen bat. Ich brauchte länger, um zu verstehen, um was für einen: Die letzten drei Tage hatte er für einen Chinesen den Stadtführer gespielt. Hingebungsvoll, aus gutem Grund: Er war der Cousin des Mannes, mit dem er in Shanghai verhandelte. Aber jetzt war es zu viel, im Ernst! Ob ich ihm wohl eventuell bis um neun heute Abend in Orly, dann fliege der anstrengende Kamerad weiter nach Mailand, diese Last abnehmen könne? Er hielt mir eine seiner Reden, »Ich mache es wieder gut, die Zukunft des Unternehmens steht auf dem Spiel« oder »Ich bin so überarbeitet, ich zahle dir das Äquivalent von drei Rezepten, du kannst nicht Nein sagen.« Ich sagte Nein, aber ich konnte nicht Nein sagen.

Abgesehen davon war es weniger schlimm, einen chinesischen Touristen durch die Hauptstadt zu führen, als an Rezepten herumzubasteln, die ich auf Fotos sah: Wenn man seine Vorstellungskraft bemühte, konnte dies als Tomate durchgehen, jenes als Sauce béarnaise, und das ganze Ding als eine Scheibe Kalbskopf. Weil es genau das war, zu dem mein Job geworden war: Ich schaute komplett lahme Bilder von komplett lahmen Gerichten an und dachte mir plausible Rezepte dafür aus. Um die Wahrheit zu sagen, verlor man dabei seinen Appetit, sogar ich, und ich liebe Essen.

Ohne diese Geschichte hätte ich meine Autopsie eines Salats gemailt und wäre zu Hause geblieben; jetzt druckte ich ohne Bedauern meine Seite aus, ganz aus dem Häuschen, rauszugehen und dem Frühling direkt in die Augen zu sehen.

Ich sah ihn sofort, als ich die Büroräume von *Foodgourmet* betrat. Mich traf der Schlag! Mein Chinese zeichnete sich gegen liebliches Licht und die begrünten Kaskaden an den Hängen des Parc de Belleville ab. Im Hintergrund verbeugte sich das neblige Paris vor solcher Schönheit, goldener Haut und geschürzten Lippen, einem echten Stück China, dem bernsteinfarbener Tee die Farbe braunen Zuckers verliehen hätte. In diesem Moment wusste ich, dass ich meine Tabletten hätte nehmen sollen. Ich kriegte die Krise. Dabei fühlte ich mich nicht mal wirklich zu asiatischen Männern hingezogen. Zu sanft, ganz und gar nicht sexy. Sie haben etwas beinahe Eunuchenhaftes an sich, dachte ich, obwohl ich mich nie schlau gemacht hatte.

Wahrscheinlich assoziierte ich sie mit den Bediensteten am kaiserlichen Hof in China, die kastriert waren, weil Seine Hoheit keine Rivalen unter seinem Dach duldete. Kurz, ich konnte mit chinesischen Männern nichts anfangen. Nein, es waren Ganoven, die mir Nervenkitzel bereiteten: haarige Brocken, die ihre Hemdsärmel ausfüllen, Schultern zur Schau stellen, die groß genug sind für zwei, dicke Arme und große, schroffe Hände, ruppige Männer, die dich mit ihren Tenorstimmen ins Unterholz schwatzen ... An diesem Tag aber verflüchtigten sich all meine Vorurteile. Ich hätte heftige Medikation gebraucht, um mein Urteilsvermögen wiederherzustellen, das sich ziemlich schnell verabschiedet hatte. Alles schmolz, meine Beine waren wie Pudding, mein Herz sank zwischen die Schenkel, und rasend, als wäre ich in einem Nest roter Ameisen, fiel es mir schwer, der Versuchung zu widerstehen, ihn zu bespringen und lebendig zu verspeisen. Dabei hatte ich seit Jahren niemanden vergewaltigt.

Der Kerl roch nach der Art Erdbeeren, die man im Wald findet, nicht in Supermärkten; wie wahnsinnig lief mir das Wasser im Mund zusammen, ein Zeichen, dass ich meinen Appetit nicht komplett verloren hatte. Seine perfekten Lippen schenkten mir ein unwiderstehliches Lächeln. Der Schuft hatte keine Angst: Er hatte keinen blassen Schimmer von den Risiken, die er einging.

Jérôme kam dem armen Kerl zu Hilfe, indem er mich am Arm packte und flüsterte, er würde für all meine Ausgaben aufkommen. Es war mir völlig egal; ich konnte nicht aufhören, ihn anzusehen. Als er aufstand, bemerkte ich, wie gut gebaut er war, nicht zu dünn und gleichzeitig nicht zu dickbäuchig, stark, aufrecht, gute Schenkel und ein ziemlich feines Arbeitsgerät, das durch seine schwarze, fließende Hose hindurchschien. Er hatte sogar Schultern und Brustmuskeln unter seinem dunkelblauen Sakko, und seine großen Augen strahlten in seinem goldenen Gesicht, unter Lidern, die mit einem Pinsel gemalt schienen. Diese unaufhörliche Kurve war unglaublich! Ich hatte so was noch nie zuvor gesehen!

Er sprach nur gebrochen Englisch, und ich natürlich auch, das kam uns gelegen. Er war offensichtlich erfreut darüber, nicht länger als ein Stück Töpferarbeit die Lobby von *Foodgourmet* zu dekorieren. Ich wollte verschwinden. Ich gab Jérôme meinen Griechischen Salat und schnappte mir den Chinesen. Er hatte nur eine kleine Tasche dabei; er reiste mit leichtem Gepäck, ein echtes Plus.

Ich ließ ihn durch den Parc de Belleville laufen, einfach nur, um ihm zu zeigen, dass Paris eine sehr grüne Lunge hatte und dass die schönste Stadt der Welt noch etwas anderes zum Angeben hatte als den Eiffelturm und Sacré-

Coeur. »*Very nice!*« Es war in der Tat sehr schön. Eine Gruppe asiatischer Menschen machte vor Forsythien, die in voller Blüte standen, Tai Chi. Sie würden ihm bestimmt vertraut vorkommen. Ich erklärte ihm, dass wir seine Tasche erst in meiner Wohnung abstellen würden. Wonach stand ihm anschließend der Sinn? »*As you like.*« Er hätte das nicht sagen dürfen, aber woher hätte er das wissen sollen.

Elf Uhr morgens. Ich hatte noch einige Stunden Zeit, dann war er reif. Egal mit welchem Rezept. Ich war bereit, mich mit etwas Schnellem zufriedenzugeben, *al dente* gekocht. Dort, in der Ruhe des Parks, entschied ich, nichts zu überstürzen, nichts kaputt zu machen. Schön langsam. Wie eine ganz normale Frau.

An der Kreuzung der Rue des Pyrénées und der Rue de Ménilmontant zeigte Paris schamlos seine Unterwäsche bis rauf zum Eiffelturm-Strumpfband, wir ließen die Ampel zweimal grün werden, um den Striptease besser zu würdigen. Ich musste an den armen Luc denken, der sich beim Ausladen des Lieferwagens einen Hexenschuss holte. Er hatte wirklich Pech. Ich hätte keinen Cent auf ihr Glück als Paar gewettet.

Auf dem Weg die Rue de Ménilmontant hinunter sah sich der Chinese überall um, betrachtete die arabischen Supermärkte und Fleischereien und die Basare. »*Wonderful!*« Ich verstand, dass ich von ihm keinen poetischen Austausch erwarten durfte, das war ein Vorteil. Er nickte und lächelte so viel, dass er pausenlos mit seinem fleischigen Mund über militärisch stramm stehenden, chinesischen Zähnen zu lachen schien. Luc tat mir leid, er verpasste eine aufregende Vorstellung.

Die mit Brettern verschlagenen Gebäude und die Baustellen in der Nähe meiner Wohnung sorgten nicht gerade für eine anziehende Landschaft, aber ihm war es anscheinend egal. Sobald wir durch das Tor in meinen gepflasterten Hof kamen, war alles angenehmer, die Sträucher, die Blumenkübel, er fand es »*so cute!*«.

Als er sein Sakko im Wohnzimmer auszog, gab ich auf. Sein wilder Erdbeerduft war unerträglich. Er war mit einer Tasse Kaffee einverstanden, also machte ich zwei kleine, sehr starke Espressi und zerstieß fünf meiner stärksten Tabletten in seiner Tasse. Er saß auf dem Sofa und nippte an seinem Kaffee, ohne sich zu bewegen. Er hielt nicht lange durch. Nach einem »*Very good, it's such a nice place*« schlief er ein. Mailand war zu diesem Zeitpunkt den Bach runtergegangen. Ich schloss die Jalousien, zog mein Kleid aus und packte das Produkt vorsichtig aus seinen verschiedenen Schachteln, sodass ich es probieren konnte. Ein Genuss.

Als ich vom Einkauf im chinesischen Supermarkt auf der Rue de Belleville zurückkam, schlief er noch immer nackt auf dem Sofa, seine Hände und Füße gefesselt, sein schwerer Körper ummantelt von sanftester, bernsteinfarbener chinesischer Haut. Es gab lediglich diesen kleinen Unfall unvollkommenen, runzligen Fleischs: seinen Penis. Ein bisschen dunkler, halbsteif zwischen seinen Schenkeln. Guter Junge. Er war mindestens zwei Stunden missbraucht worden, das hielt ihn aber nicht von süßen Träumen ab. Ich hatte wirklich Glück.

Ich räumte meine Einkäufe weg, aß etwas und ging dann wieder an die Arbeit.

Während ich auf seinem Ohrläppchen herumkaute, konnte ich noch ein Mal bestätigen, dass er nicht nur nach wilden Erdbeeren roch, sondern auch nach ihnen schmeckte. Es tat mir allerdings leid, ihn beschädigt zu haben. Seine perfekten Lippen waren geschwollen und wurden blau, das nervte mich. Fünfzehn Minuten lang drehte ich ihn durch den Wolf, hinterließ violette Spuren in seinem Nacken und einen großen Kratzer auf seiner linken Wange. Er ächzte in seinem schweren Schlaf, sein Arschloch sah wegen eines kleinen, hässlichen Risses finster drein. Der Typ war gute Sachen nicht gewohnt. Ich wischte ihn mit einem Feuchttuch ab und gab etwas Heilsalbe darauf. Ich wollte, dass er eine Weile durchhielt. In dieser Hinsicht bin ich wie jede Frau, ich werde schnell anhänglich.

Um vier Uhr morgens hievte ich ihn erschöpft in den Rollstuhl, den wir – als Luc sich böse das Bein gebrochen hatte – dem Witwer über uns abgekauft hatten, nachdem seine verkrüppelte Frau gestorben war. China war schwer, aber ich schaffte es, ihn aufs Gästezimmerbett zu legen. Ich hatte so fest in seine linke Brust gebissen, dass ein großer Bluterguss in der Form eines Halbmondes zurückgeblieben war. Ich hatte gute Zähne.

Ich rückte die Decke über meinem kleinen Liebling zurecht, der selig schlummerte. Es fühlte sich beinahe an, als schösse mir Milch in die Brüste, aber ich brachte es fertig, mich zusammenzureißen. Ich schloss ihn ein und brach auf meinem Bett zusammen.

Bevor ich eine wohlverdiente Pause machte, erinnerte ich mich daran, dass es nie eine gute Idee ist, sich in Kerle zu verlieben, die nicht dein Typ sind. Es endet immer schlecht und setzt dich für eine lange Zeit außer Gefecht. Luc, mit seiner winzigen Gestalt und seiner Spatzenstimme, war eine Ausnahme von meiner erklärten Faszination für Kerle – eine Ausnahme, die mir Unglück gebracht hatte.

Ich schlief bis um neun Uhr und hatte einen Traum von Luc in seinem Rollstuhl. Ein Bild, das das letzte Stadium unserer Liebesrivalität veranschaulichte. Ein paar Wochen Erholung, und ich war allem unterworfen: den Lügen, den Szenen. Von einer Therapiesitzung zur nächsten hatte Luc sich in seinen Krankengymnasten verliebt, und danach kam ich ihm vor wie eine halbe Sache. Er lag falsch. Mein Chinese, würde er je aufwachen, konnte Zeugnis ablegen über meine Fähigkeit, wunderbare Arbeit zu leisten.

Um zehn Uhr war das Frühstückstablett bereit, er aber nicht. Er hatte Schwierigkeiten, seine Augen zu öffnen, sie waren vollständig in seinem geschwollenen Gesicht versunken, das etwas gelb geworden war. Wie alt er wohl war? Etwas jünger als ich, 32 oder 33. Aber angeblich sieht man Chinesen ihr Alter nicht an. Vielleicht täuschte er etwas vor.

Ich schob eine Bettpfanne unter die Decke und griff seinen Penis.

»Pinkeln?«, fragte ich, für den Fall, dass er nicht verstand.

Ich hörte das Plätschern, und eine Welle durchfuhr meine Hand. Nicht schlecht. Ich schüttelte seinen kleinen Schlauch, bevor ich die Schüssel wieder entfernte. Ich glaube, das tat ihm gut.

Ich hob seinen Kopf und setzte ein Glas Wasser an seine Lippen. Er probierte erst, dachte nach, er vertraute mir nicht. Ich konnte ihm das nicht übelnehmen. Schließlich trank er die Hälfte, aber verweigerte den Kaffee. Das konnte ich verstehen. Ich schob ihm das Croissant in den Mund, und er aß es ganz. Gut: Ich hatte die zerstoßenen Drogen sorgfältig unter den Teig gemischt.

Er war für einen kurzen Moment wieder bei Sinnen und fing an zu schreien. Es war mir egal, niemand würde ihn hören. Der Witwer von oben war seit drei Monaten im Krankenhaus, und das einzige Fenster im Schlafzimmer ging raus auf einen ansonsten fensterlosen Hof. Als er meine unerschütterliche Ruhe bemerkte, hörte er auf und schaute an die Decke.

»Mir ist schlecht«, sagte er mit ausdrucksloser Stimme.

»Du wirst dich bald besser fühlen«, sagte ich mit einem Achselzucken.

Um die Wahrheit zu sagen, war die Chance ziemlich groß, dass dem nicht so war, zumindest wenn er an meiner Stelle weiter all die Pillen schluckte.

Er schloss die Augen. Kein Kämpfer. Ziemlicher Fatalist. Angeblich etwas Orientalisches. Zu Hause in China war er vielleicht misshandelt worden. Er war erstaunlich ruhig für jemanden, der sich in Gefangenschaft befand, dachte ich.

Als ich die Decke wegzog und die Peitsche schwang, sah er mich mit einem flehenden Ausdruck an, aber Mitleid ist ein Gefühl, das ich verabscheue. Und bitte, mal im Ernst: Sein Schwanz war halbsteif, und das ist ein eindeutiges Zeichen. Er musste verstanden haben, er drehte sich leicht, um mir seinen Arsch zu präsentieren, oder vielmehr, um seine zerbrechlicheren Teile zu schützen. Seine Pobacken waren um einiges fleischiger als Lucs, der es liebte, von mir verhauen zu werden, etwas, was ich ihm in fünfzehn Jahren nie verweigert hatte, etwas, über das er sich nicht beschweren konnte. Der Idiot hätte mich nicht verlassen sollen. Wir hatten kleine gemeinsame Gewohnheiten, und die ganz plötzlich zu verlieren ist nicht leicht, vor allem für jemand so Instabilen wie mich, noch dazu, wenn der Frühling kommt.

Es stimmte, wir liebten uns noch immer sehr, Luc und ich. Es war selbstverständlich nicht wie früher. Abgesehen von hochglanzpolierten Ritualen, die wir etabliert hatten, um uns Erleichterung zu verschaffen, vollführten wir Drehungen und Wendungen, um jeden unnötigen Kontakt mit dem anderen zu vermeiden. Versiegelte Lippen als Reaktion auf verletzende Worte, Beine, die sich im Schlaf ineinander verschlungen hatten und nun entwirrt werden mussten, aber wir waren daran gewöhnt, und das zählt. So viel Ausweichen für ein bisschen Frieden. Beziehungskunst ist Kampfkunst, eine, die wir meisterlich beherrschten: schwarzer Gürtel, vierter Dan. In Ordnung auch für K. o., bei denen wir ohne Schmerzen auf die Tatami krachten. Der Chinese hatte sich nicht gerade freiwillig in diese Situation begeben, also hatte er Schmerzen. Das ist alles nur im Kopf, sage ich! Ich dachte mir, er wäre Junggeselle und wisse wenig über Frauen. Wie ich höre, gibt es in China Frauenmangel.

Nachdem mein Bedarf gedeckt war, fühlte ich mich sehr entspannt, ließ ihn schlafen und ging duschen. Vielleicht konnte ich meinen Chinesen längere Zeit in diesem Zustand halten – Wochen, Monate, sogar Jahre. Paris war schließlich viel besser als Mailand. Alles, was ich tun musste, war, ihn gut zu füttern und ihn nicht zu sehr fertig zu machen. Ich konnte ihm einen Fernseher und einen DVD-Player ins Zimmer stellen, damit er Unterhaltung hatte, und dann, nach und nach, würde er Französisch lernen. Das wäre wenigstens etwas Positives.

Ich zog mir saubere Sachen an. Es war wundervoll draußen, ich goss meine Pflanzen. Ich war froh, dass Luc mich hier leben ließ. Unsere Wohnung wurde zu meiner Wohnung, auf Jahre hinaus. Das hatte er gesagt, und das war schön, er hätte es nicht zu sagen brauchen. Wir hatten die Erdgeschosswohnung vor fünfzehn Jahren für kleines Geld mit einem Bankkredit gemeinsam gekauft, und wir hatten sie selbst renoviert, ziemlich schön sogar. Alles, was ich tun musste, war, jeden Monat die Hypothek zu zahlen. Nichts, worüber man sich Sorgen machen musste, ich hatte die Mittel, ich konnte mich nicht beklagen.

In diesem Moment stolperte ich über den Rucksack meines Mannes. So leicht, wie er war. Ich fand seinen Pass. Auf Chinesisch natürlich. Hundertdollarnoten. Ein ziemlich großer Haufen. Der wäre für unsere Flitterwochen. Mein Liebling hatte an alles gedacht.

Wieder munter, setzte ich mich vor den Computer, um ein bisschen mit den Tasten zu spielen. Ich hatte eine Nachricht von Jérôme: *Ich habe dir drei Rezepte angehängt, die du mir bitte vor heute Abend zurückschickst, meine Große. War gestern alles okay? Wie war er?*

Großartiger Kerl, antwortete ich. *Du hast sie sehr bald zurück.*

Ich klickte auf die Bilder. Das erste war einfach. Ein Gemüseschmortopf. Grüne Bohnen, Erbsen, Karotten. Ich hatte das Rezept bereits in meinen Akten, ich musste es nur ausdrucken. Das Gleiche galt für den Schokoladenkuchen. Das dritte war nicht so einfach. Ich entschied mich schließlich für Kalbshaxe mit gemischtem Gemüse. Ich schrieb das Rezept aus dem Gedächtnis nieder, daran war ich gewöhnt. Ich schickte alles am frühen Nachmittag. Jérôme würde zufrieden sein.

Ich machte mir eine Tasse Kaffee und aß den Rest Lasagne auf. Ich gönnte mir sogar ein wenig Himbeersorbet. Die Kalbshaxe hatte offenbar meinen Appetit angeregt. Ich hielt es für eine gute Idee, ein so typisch französisches Gericht für meinen kleinen Liebling zu kochen. Das würde ihm gefallen.

Ich ging also in die Rue de Belleville, in die Nähe der Metrostation Jourdain, zum besten Schlachter im Arrondissement. Ich kaufte Biokartoffeln, -karotten, -rüben und -bohnen, dann holte ich eine Auswahl Käse in einem Käsegeschäft, das es mit der Qualität sehr genau nimmt. Mein Rucksack war randvoll, als ich die Rue de Belleville zurücklief. Ich ging noch in einen chinesischen Supermarkt – es gab sie überall in diesem Viertel –, um drei Dosen Tsingtao und gezuckerten Ingwer zu kaufen.

Als ich nach Hause kam, war alles ruhig. Ich machte mich in der Küche zu schaffen, summte, während ich kochte. Ich mag manchmal ein wenig grob sein, aber ich muss zugeben, dass es nichts Befriedigenderes im Leben gibt, als für einen schlafenden Mann ausgefallene Gerichte zu ersinnen. Tatsächlich fühlte es sich so an, als hätten wir die Himmelspforte schon erreicht, mein Chinese und ich. Und dieser Luc, der wollte, dass ich meine Tabletten nehme! Der war doch nicht ganz richtig im Kopf!

Ich hatte schon lange nicht mehr so viel Spaß am Kochen gehabt. Ich erinnerte mich an alles: die Heiterkeit der Bewegungen, die Begeisterung, die mir Düfte und Aromen bereiteten. Ich hatte große Freude daran, das Gemüse in identische kleine Würfel zu schneiden. Ich benutzte ein Keramikmesser, das Luc mir aus Japan mitgebracht hatte. So leicht wie eine Feder und scharf wie eine Rasierklinge. Asien hörte nicht auf, mir Geschenke zu machen!

Während Fleisch und Gemüse kochten, rührte ich eine Mischung aus Schokolade, Butter und geriebenen Mandeln an, die ich auf den gezuckerten Ingwer goss, der auf Alufolie verteilt war, dann tat ich meine Zubereitung in den Kühlschrank. Ingwer ist ein Aphrodisiakum, das ist eine allseits bekannte Tatsache. Das Gleiche gilt für den Salbei, den ich ins Fleisch getan hatte. Der Abend begann vielversprechend.

Ich deckte den Tisch mit großer Sorgfalt, wie für ein Foto. Die Tischdecke, die passenden Servietten, meine schönsten Teller und Gläser ... Ich hatte sogar zwei Sträuße Osterglocken gekauft, die ersten der Saison. Ich kürzte zwei Kerzen mit meinem japanischen Messer und steckte sie in den Kerzenständer, den Lucs Mutter uns geschenkt hatte: Das war großartig, echte Promo für *Foodgourmet*. Ich vermisste mein Schoßhündchen bereits. Schnell, schnell, ich machte kurz Katzenwäsche im Bad, dann ging ich wieder zu ihm. Mein Liebhaber war noch etwas schläfrig, wie er da auf seinem Bett lag, zwei schmale Schlitze, wo vorher seine Augen waren. Sobald er das japanische Messer sah, öffnete er sie so weit wie Dessertteller. Kein Grund, sich aufzuregen, immerhin war das Teil nicht viel größer als ein Steakmesser, aber eindrucksvoll, weil es so spitz war, ein richtiger Stichel. Um ihm zu zeigen, dass ich ihn nicht verletzen wollte, setzte ich mich auf die Bettkante und kratzte mein Knie mit der Spitze der keramischen Klinge am Saum meines karierten Rocks. Es bildeten sich sofort Blutstropfen, sehr vorsichtig formte ich eine dünne rote Linie, ein C für Chinese, da ich seinen Vornamen nicht wusste. Das Ergebnis war sehr zart, vermochte ihn aber nicht zu beruhigen. Ich klopfte auf mein Herz, um ihm zu zeigen, dass ich Gefühle für ihn hatte. Er schien mir nicht zu glauben, also sagte ich sogar »I love you«. Er muss mich für verrückt gehalten haben.

Aber das war nicht alles, mein Kalb lief Gefahr, am Boden des Topfes anzubraten. Ich klatschte in die Hände, *hopp, hopp.* Er stand schwankend auf, ich schubste ihn unter die Dusche, er reagierte nicht. Er nahm die Dinge von ihrer besten Seite, auf asiatische Weise. Zen ist japanisch, aber es heißt, die Nippons haben alles von ihren Nachbarn aus dem Reich der Mitte geklaut. Also muss Zen chinesisch sein.

Ich wusch ihn mit einem Mandelmilchduschgel, das sehr, sehr angenehm roch. Es ging mir großartig. Es ist wahr: Wenn die Hände eines Mannes gefesselt sind, gewinnt sein Penis an Bedeutung. Er ließ sich nett von mir umsorgen, und wir kamen tatsächlich ziemlich gut klar. Der arme Kerl brauchte etwas Erfahrung: Man profitiert immer von dem, was man lernt.

Ich trocknete ihn mit einem Badehandtuch ab, das auf dem elektrischen Handtuchhalter gut vorgewärmt war. Ich tupfte all seine kleinen Wunden mit einem Wattestäbchen ab, das in Wasserstoffperoxid getränkt war, schmierte etwas Heilsalbe überall dorthin, wo es nötig war, rieb Arnika auf ein paar Blutergüsse. Ich hüllte ihn in einen meiner seidenen Bademäntel und kämmte seine Haare. Er schien glücklich. Ich war im siebten Himmel.

Als er den gedeckten Tisch sah, war er erstaunt, er hatte wahrscheinlich genug vom Schlafen. In seinen unter schrägen Lidern verborgenen schwarzen Augen konnte ich Angst erkennen. Atemberaubend, wie Erfahrung einen unerfahrenen Mann reifen lassen kann!

Ich schüttelte meine Hände wie wild, wie ein Stummer, sodass er endlich begriff, dass das, was gewesen war, nun vorbei war, dass sich das Szenario geändert hatte. *Nicht mehr schlafen, jetzt essen.*

»Es ist sehr gutes Essen, du wirst sehen! Wunderbares, französisches Essen!«

Ich ging zum Kühlschrank, um die Teller mit den Horsd'œuvres herauszunehmen: zwei Scheiben Entenstopfleber aus Gers, zusammen mit Toast und Feigenkonfitüre. Ich nahm ein Stück Toast von seinem Teller, verstrich die geschmeidige Paste darauf, fügte etwas Konfitüre hinzu und nahm einen Bissen, um ihm zu zeigen, dass er vor nichts Angst haben musste. Als ich ihm das Schnittchen an die Lippen führte, schlang er es hinunter. Und so ging es durch das gesamte Essen. Aber ich erlaubte mir Pausen, um auch mich selbst zu stärken, schließlich hat Großzügigkeit ihre Grenzen.

Er machte »*Mmh, sehr gut, großartig*«. Und tatsächlich war das Kalb ein voller Erfolg. Ich hatte es leicht gewürzt, damit sich mein Liebling mehr zu Hause fühlte, und das entpuppte sich als großartige Idee. Ich schob ihm Gabeln voll Fleisch und Gemüse in den Mund. Wir hatten einen befriedigenden Rhythmus gefunden. Er war so attraktiv wie bei unserem ersten Treffen, sein Walderdbeerenduft bestand trotz der Aromen des Essens und dem Mandelmilchduft des Duschgels fort. Mein süßer kleiner Soldat hatte eine starke Persönlichkeit, die er nur noch nicht offenbart hatte. Aber Luc hatte unrecht: Ich konnte geduldig sein.

Mein Mann hatte absolut umwerfende Hände und Arme. Ich hatte eine derartige Perfektion seit Eric nicht mehr so nah gesehen, dem jungen Schwimmmeister im 200-Meter-Freistil, den ich im Umkleideraum missbraucht hatte. Ich hatte deswegen alle möglichen Schwierigkeiten gehabt, unter anderem mein Rauswurf aus dem Schwimmverband und ein Jahr skandalöser, chemischer Zwangsjacke. Sie reden über Menschenrechte für Männer, aber was ist mit den Rechten der Frauen? Die interessieren die Leute einen Scheiß.

Er nahm Kaffee an, ohne dass ich vorher meine Lippen hineintunken musste. Das Vertrauen war wiederhergestellt. Was zeigt, dass es nicht viel braucht. Dann machten wir es uns mit kleinen Gläsern Calvados auf dem Sofa gemütlich, und er ließ es sich gefallen. Es gab Momente, da meinte ich, Erstaunen in seinen müden Augen aufblitzen zu sehen. Ein guter Koch ist ein guter Liebhaber. Ich kannte das Sprichwort und konnte seine überraschende Wahrheit bestätigen.

Um drei Uhr brachte ich ihn satt gefressen zurück in sein Zimmer und war sicher, dass er schlafen würde: Ich hatte ihm drei Tabletten in sein zweites Glas Calvados gemogelt.

Als ich ins Bett ging, fiel mir dasselbe Gefühl von Ekstase auf, das ich auch am Anfang der Beziehung mit Luc verspürt hatte. Der Frühling war gekommen. Ich hatte keinen Zweifel an unserer Fähigkeit, ein glückliches Paar zu werden. So etwas gibt es, egal was sie sagen: Man muss dem Glück nur einen kleinen Schubs geben, das ist alles.

Am nächsten Tag wusch ich mich und checkte meine E-Mails. Keine Neuigkeiten aus Mailand. Ich war beruhigt. Es ist immer so, dass gerade, wenn alles glatt läuft, das Schlimmste passiert. Das weiß ich nur zu gut.

Ich machte Frühstück. Als ich ins Schlafzimmer ging, schlief er. Ich wollte ihn nicht stören, ich blieb stehen und sah meinem kleinen Engel beim Schlafen zu, ohne einen Mucks, ohne die Decke vom Bett zu ziehen, zwei Fingerbreit davon entfernt, die devote Frau zu sein, verloren in der Bewunderung ihres Mannes und zu Tode geängstigt von der Vorstellung, seinen Schlaf zu stören. Schließlich hielt ich es nicht mehr aus, und meine Hand schnellte nach vorn. Vielleicht war ich doch noch nicht komplett stabilisiert.

Als er wach wurde, hielt ich seinen Penis fest in meiner rechten Hand, mit der Spitze vor meinem Mund wie ein Mikrofon, und ich sang: »*Stranger in the night, I'm so exciting ...*«

Er verzog das Gesicht. Man muss schon sagen, dass ich nicht sehr gut singe. Ich beendete das Konzert und gab ihm sein Frühstück.

Im Badezimmer ließ ich ein wohltemperiertes Bad ein und fügte einen Badezusatz von Chanel N°5 hinzu. Ein wahres Hochgefühl! Ich setzte ihn auf die Kante der Badewanne, seine Füße waren immer noch gefesselt, und *platsch!* Ich überlegte, ob ich sofort dazukommen sollte, als es an der Tür klingelte. So ein Mist!

Nach dem ersten Anflug von Panik entschied ich, die Tür nicht zu öffnen. Es klingelte erneut, und dann:

»Sonia, ich bin's, Luc. Mach auf, ich weiß, dass du da bist.«

Die Tür abzuschließen und zu verriegeln war eine gute Idee gewesen. Ich hatte es tun müssen, unser Zuhause war immer noch sein Zuhause.

»Was zum Teufel tust du?«, rief er, als er hereinkam.

Und da sage noch einer, ich sei nicht höflich. Nicht mal *Hallo, danke,* nichts. Dem armen Kerl ging es tatsächlich nicht gut. Er setzte sich aufs Sofa. Da war dieser Geruch von Walderdbeeren, und ich fragte mich, wann er ihm auffallen würde, aber er war ihm egal. Davon abgesehen hatte ich bereits vergessen: Luc roch nicht das Geringste!

»Mit Georges ist alles aus!«

Was? Aus mit dem Macho-Krankengymnasten, der ihm so wunderschöne Blutergüsse verpasste? Ich hatte tatsächlich nie an die beiden geglaubt. Eine Massage, die zur Heirat führt, das kann nicht funktionieren. Und dass ich es vorher gewusst hatte, machte es jetzt auch nicht besser.

»Egal wie wir es drehen und wenden, Luc, wir kriegen es nicht hin. Wir sind zu verschieden«, sagte ich in sanftem Opfertonfall, der zu meiner weißen Bluse passte.

»Ich komme zurück, Sonia, morgen ziehe ich wieder ein ...«

»Nein, das wird nicht möglich sein!«

»Wir haben keine andere Wahl, Sonia. Dies ist mein Zuhause.«

»Es ist zu spät!«

»Und wieso das?«

»Es gibt einen anderen!«

Er sah mich an, als wolle er sagen: *Rede ruhig weiter, ich glaube dir eh kein Wort.* Was für eine Chuzpe Kerle haben! Denken immer, dass Frauen unfähig sind, ohne sie klarzukommen. Dass Frauen nur dazu da sind, zu heulen und sie anzubetteln, wieder zurück nach Hause zu kommen. Junge, lag er falsch!

»Hör mit dem Blödsinn auf, Sonia. Du hast deine Tabletten genommen, oder? Ich finde dich komisch.«

Das war ziemlich unglaublich! Der Kerl, den ich jetzt hatte, war attraktiver, jünger, frischer. Er war Tausende von Kilometern gereist, um in meine Arme zu fliegen. Er relaxte gerade in meiner Badewanne, duftend nach Chanel N°5, und der Kerl, der gerade verlassen worden war, legte Machoallüren an den Tag und tat so, als habe er kürzlich ein Mammut erschlagen, um seinen Stamm zu retten! Dieser Idiot hatte meinem Schatz das Bad versaut! Am Ende gibt es Grenzen; Grenzen, die ich freudig überschreite, und wenn ich erst mal anfange zu schreien, wird es ziemlich laut.

»Hau ab, du armseliger Wicht! Ich habe jemand anderen in meinem Leben, und du gehst mir auf die Nerven, du Versager!«

Ich lief langsam rot an. Er erinnerte sich daran, was das bedeutete, also verschwand er und warf die Tür hinter sich ins Schloss.

Ich blieb eine Weile in der Mitte des Wohnzimmers stehen, um mich zu beruhigen. Selbst wenn du stabil bist, schaffen es bestimmte Leute, dich aus der Haut fahren zu lassen. Mich für einen Krankengymnasten zu verlassen? Da musste man schon sehr beschränkt sein. Für einen Mann verlassen zu werden und nicht für eine Frau, das war nicht so hart, aber ... Ich konnte keinen Zusammenhang erkennen! Ich war total durcheinander. Es passierten zu viele Dinge in zu kurzer Zeit. Ich hatte den Punkt erreicht, an dem ich eine Tablette brauchte. Das war klug! Zum Glück gab es kein Risiko für eine Überdosis, da ich nur noch eine Tablette übrig hatte. Der Chinese hatte sie alle gefuttert.

Sobald ich die Badezimmertür öffnete, traf mich die Abwesenheit von Wilderdbeerenduft. Chanel N°5 hatte ziemlichen Schwung, aber dennoch bekam ich Angst. Und aus gutem Grund. Der Schaum war ganz allein in der Wanne, kein chinesischer Kopf war zu sehen. Ich sah rot. Weg? Nein, er war zusammengesackt, ganz weiß im roten Wasser. Mein armes Baby! Ich ergriff seinen Kopf, der blöde Idiot sah in Richtung seines Schädels, in seinen Augen war nur Weißes zu erkennen. Ich zog ihn etwas höher: Der Griff des Keramikmessers ragte aus seinem Bauch hervor, aus dem es rot ins Chanel N°5 blutete. Es gibt Leute, die wissen genau, wie sie dir auf die Nerven gehen können! Wieso so viel auf sich nehmen, um zu sterben, wenn es das Einzige ist, aus dem es kein Entrinnen gibt? Denn wirklich, er hatte eine Menge durchmachen müssen, um das verdammte Messer zu finden und es sich in den Bauch zu rammen, ohne es vorher zu verschlucken. Ich dachte, dieser Harakiri-Kram wäre japanisch, aber wie es sich herausstellte, war selbst das chinesisch!

Ich war enttäuscht. Seine Ehre wichtiger zu finden als meine köstlichen Gerichte, also wirklich! Da musste man doch geistesgestört sein! Es ergab keinen Sinn. Man darf so ein gefährliches Ding nicht in der Reichweite von Kindern liegen lassen. Selbst ich hätte das Messer nicht einfach irgendwo gelassen! Ich sah mich, wie ich mir ins Knie schnitt, und dann ... Dann wusste ich gar nichts mehr.

Aber ruhig bleiben! Die Gegenwart war kompliziert genug, dies war nicht der Moment, in der Vergangenheit hängenzubleiben. Ich musste an die Zukunft denken. Mein Ex würde am nächsten Tag mit einem vollen Lieferwagen vor der Tür stehen. Wunderbar! Er würde den Chinesen mögen. Ich zögerte. Sollte ich sie ihre Schweinereien machen lassen und einfach allein in die Flitterwochen fahren? Ich hatte das Geld. Ich konnte weit wegfahren. Sogar nach Shanghai. Da gab es Frauenmangel. Also gut, auf geht's. Andererseits war ich nicht sicher, ob ich dafür stabil genug war, große Reisen waren in meinem Fall wirklich nicht empfehlenswert. Ich fühlte, wie ich rot wurde: Sorgen lassen stets meine Wangen glühen. Ich fand das Rezept in der Nachttischschublade. Luc hatte recht. Ich musste wieder anfangen, meine Medikamente zu nehmen.

Es war immer noch schön draußen. Einer der Kirschbäume glaubte, wieder jung zu sein, und schwenkte seine erste Blüte. Es ist ganz normal, dass man im Frühling etwas mehr im Saft steht. Man lässt sich für eine Weile behandeln und redet nicht mehr darüber. Aber ich musste mir endlich eingestehen, dass Chinesen ganz genau mein Typ waren.

Bevor ich in die Apotheke ging, nahm ich die letzte Tablette. Der Kerl hatte wirklich saubere Arbeit geleistet.

GROSSER BRUDER

Von Salim Bachi
Quartier Latin

Übersetzt von Zoë Beck

»Mann, wie das hier stinkt.«

Im Pendlerbahnhof von Saint-Michel stank es wirklich. Säuerliche Gerüche schlängelten sich durch die Gänge und suchten nach Beute.

»Lass uns hier verschwinden.«

Sie waren hässlich, auch hässlich gekleidet, aber das war ihnen egal, jedenfalls wollten sie, dass man das von ihnen dachte. Sie mussten unbemerkt bleiben, mit der grauen Gebäudemasse der Sozialbausiedlung verschmelzen. Sie zogen sich nicht um, wenn sie nach Paris fuhren. Sie trugen ihre Kampfkleidung, Notfallpsychiatriestyle. Pass auf, Hochspannungsschaltkasten! Weiße Nikes, Sergio-Tacchini-Trainingsanzug, internationales Format. Sie waren unantastbar!

»Ausweis!«

Nicht ganz unantastbar. Die Bullen stellten sie an die gekachelte Wand des Gangs und durchsuchten ihre Taschen. Dann öffneten sie ihre Rucksäcke. Neue Schuhe waren da drin.

»Die habt ihr doch geklaut!«

»Nein, *monsieur l'agent,* die gehören uns.«

Der Jüngere präsentierte sogar eine Rechnung. Einer der Bullen schnüffelte an dem Papier, als hätte er sich damit morgens noch den Arsch abgewischt.

»Ja, klar. Ein Haufen Diebe seid ihr, ihr Scheißarabs.«

Die Arabs zuckten nicht mal mit der Wimper. Nichts. Reagierten so gut wie gar nicht, also überlegten sich die Bullen, wie sie die beiden noch ein bisschen mehr aufmischen könnten, ein bisschen Spaß muss sein. Zu dumm, wirklich zu dumm, dass wir uns nicht mehr mitten im Algerienkrieg befinden, als man die Sandneger noch in die Seine werfen konnte, nicht weit von hier, gleich nebenan. Für diese Polizisten war der 17. Oktober 1961 zweifellos ein glücklicher Tag: vierhundert Turbanträger in der Seine, weg damit! Okay, die Zeiten ändern sich und mit ihnen auch bestimmte Methoden. Man konnte ihnen immer noch ans Bein pinkeln, die Psychoschiene fahren. Aber hier war nichts zu machen. Man konnte sie problemlos befummeln, sie waren wie Schafe, diese Schwitzköpfe.

»Lass die Mädchen in Ruhe, Robert. Du siehst doch, dass sie schüchtern sind.«

Die Bullen lachten und gingen weiter, watschelten dabei mit ihren großen Füßen wie Bauchtänzerinnen.

»Ganz ehrlich, die sind *selbst* Mädchen«, sagte der Große Bruder.

Die beiden Jungs machten ihre Taschen zu und gingen zum Ausgang an der Seine-Seite. Draußen regnete es. Sie gingen den Quai Montebello ein Stück entlang, gegenüber der Notre-Dame-Kathedrale. Der Ältere sagte Folgendes zu dem Jüngeren:

»Siehst du, Rachid, du darfst niemals nie diese Arschlochspielchen mitspielen.«

»Du meinst die Bullen?«

»Richtig. Von Typen wie uns werden die ganz heiß. Gandhi hat das alles verstanden.«

»Gandhi?«

»Auf welcher Schule warst du eigentlich?«

»Auf derselben wie du.«

»Gandhi war der Meinung, dass Gewalt zu nichts führt. Dadurch legitimiere man nur die Gewaltausübung der Besatzer. Die Bullen – das sind unsere Engländer, verstehst du? Und wir sind die Hindus.«

Rachid verstand nichts. Trotzdem gehorchte er dem Großen Bruder und tat, was er ihm sagte. Es hatte sich immer gelohnt, und es war sehr viel einfacher, als sich den Kopf über Geschichten von Indern und Engländern zu zerbrechen. Dieser Kerl war ihm ein Rätsel. Manchmal laberte er stundenlang irgendwelches Zeug, das kein Mensch verstand. Aber man musste dem Großen Bruder zugutehalten, dass es sich am Ende immer lohnte, doch.

»Weißt du, Rachid, dass wir uns in dem alten Studentenviertel befinden – dem Quartier Latin, wenn dir das lieber ist?«

»Einen Scheißdreck ist mir das lieber. Mir gefällt gar nichts.«

»Sei nicht so negativ. Und weißt du, warum es Quartier Latin heißt?«

Er hatte keine Ahnung.

»Weil sie hier im Mittelalter Lateinisch sprachen, und zwar nur Lateinisch. Alle Gelehrten des Christentums unterhielten sich miteinander auf Latein. Weißt du, wer auf der anderen Seite des Flusses hinter Notre-Dame wohnte?«

»...«

»Der Mönch Abaelard wohnte in der Nähe des Quai aux Fleurs. Hast du schon mal von Heloisa und Abaelard gehört, Rachid?«

»Noch nie.«

»Abaelard war der Sohn eines bretonischen Aristrokraten, der sein Geburtsrecht aufgab, um das Philosophieren zu erlernen. Weil ihm das Kloster von Notre-Dame zu klein wurde, brach Abaelard mit seinen Meistern und gründete eine Schule auf dem Montagne Sainte-Geneviève. Seine Schüler folgten ihm. Er war jung, attraktiv und sehr eloquent. Des Nachts stieg er den Berg hinab zur Seine und kehrte in das Haus des Kanonikers Fulbert ein, wo er ein Zimmer gemietet hatte. Der Kanoniker hatte eine schöne Nichte, Heloisa. Sie wurde Abaelards Schülerin. Natürlich wurde sie schwanger. Abaelard heiratete sie, aber der Kanoniker fühlte sich betrogen: Er heuerte ein paar Schläger an, damit sie in Abaelards Zimmer eindrangen und ihn entmannten.«

»Ihn entmannten?«

»Sie schnitten ihm die Eier ab, Mann. Abaelard zog sich in ein Kloster zurück, und Heloisa ebenfalls. Sie schrieben sich jahrelang Liebesbriefe. Aber es war alles vorbei, verstehst du.«

Und diesmal verstand Rachid ausnahmsweise. Er liebte Miquette, die ihm öfter im Keller des Wohnblocks einen blies. Er flippte aus, wenn sie ihm die Eier leckte, ja, da, ein bisschen weiter unten. Kannst du dir vorstellen, dass man sie dir abschneidet? Er konnte sich vorstellen, dass dieser Typ, Abaelard, danach echt fies gelitten hatte, allein im Keller seines Klosters, während er Briefe an Heloisa schrieb. Aus dieser Geschichte lernte er außerdem, sich noch besser vor Miquettes Vater in Acht zu nehmen, dem Fulbert in Unterhemd, der jeden Abend mit seinem Deutschen Schäferhund in der Sozialbausiedlung Gassi ging, bevor er sich zu einem Plausch mit der Kripo aufmachte, um denen von seinem Algerien zu erzählen, dem während des Krieges. Ihr Alter sprach kein Latein; er knurrte seinen Köter auf Französisch an, schnäuzte sich in ein Geschirrtuch und warf Rachid böse Blicke zu, wenn er an der Tür vorbei zu ihrem Gebäude ging. Wenn er auch nur eine leise Ahnung davon hätte, dass seine Tochter und Rachid ...

»Gehen wir weiter?«

Rachid gefiel es langsam dort am Seineufer gegenüber von Notre-Dame. Ihm fehlte das Wissen, um das gotische Gebäude geschichtlich einordnen zu können. Anders als der Große Bruder las Rachid keine Bücher. Er hörte NTM, Tupac Shakur, 50 Cent, Dr. Dre und Snoop Dogg, aber er rührte kein Buch an, niemals.

»Weißt du, wer Tupac umgebracht hat?«

»Die Gesellschaft, Rachid, die Gesellschaft.«

»Es heißt, dass er noch gelebt hat, im Auto von seinem Produzenten.«

»Jetzt ist er tot. Mozart ist auch tot. Eines Tages wirst du sterben. Ganz egal wie, du wirst umkommen. Es gibt mehr Tote, als es Lebende auf der Erde gibt, Rachid. Und Tupac ist jetzt Teil dieser Menge.«

»Aber der Imam in der Siedlung sagt immer, dass wir beim Jüngsten Gericht von den Toten auferstehen.«

»Wen meint er mit *wir*?«

»Muslime.«

»Was ist mit den anderen? Den Juden? Den Christen?«

»Das weiß ich nicht.«

»Für Juden sind Christen und Muslime auf ewig tot, und sie werden am Ende der Zeit nicht auferstehen. Den Christen zufolge sind Juden und Muslime verdammt, weil sie das Pech haben, keine Christen zu sein. Und für einige Muslime werden die Juden und Christen bis in alle Ewigkeit in der Hölle schmoren.«

»Also liegen alle falsch?«

»Vielleicht haben sie nicht denselben Gott. Vielleicht wird es einen Krieg der Götter am Ende der Zeit geben. Hast du darüber schon mal nachgedacht, Rachid?«

»Das ist Gotteslästerung. Es gibt nur einen Gott. Das sagt der Imam.«

»Die Juden und Christen sagen das auch. Also sag mir, warum du kein Jude oder Christ bist, Rachid? Und warum Christen und Juden keine Muslime sind?«

»Um Himmels willen, du treibst mich in den Wahnsinn!«

»Und was ist mit den anderen?«

»Welchen anderen?«

»Mit den Buddhisten, Animisten, Atheisten, Agnostikern.«

»Sie kommen zusammen mit den Juden und Christen in die Hölle«, entschied Rachid.

»Das sind eine Menge Leute. Wir werden in der Hölle in guter Gesellschaft sein.«

»Unmöglich.«

»Wenn der Gott der Juden recht hat, brennen wir in den Flammen, weil keiner von uns Jude ist. Liegt der Gott der Christen richtig, kommen wir zusammen mit den Juden in die Hölle.«

»Allah ist der einzig wahre Gott.«

»Die Chancen stehen eins zu drei, Rachid. Eins zu drei. Das ist Mathematik.«

»Gott würfelt nicht!«

»Einstein glaubte das auch, Rachid. Möge Er euch beide erhören! Abgesehen davon ist es vielleicht gar nicht derselbe.«

Der Große Bruder fing an zu lachen, während er zu Notre-Dame hinübersah, so nah und doch so fern. Manchmal flogen Möwen über die Seine und verschwanden. Sie hatten auch auf eine Weise Spaß, sie spielten beim Flug über das Werk von Maurice de Sully und Ludwig VII. Es war ein endloses Projekt, die Bauarbeiten waren noch immer im Gange. Es kam ihm vor, als verschwänden ganze Generationen in der Vorhölle der Geschichte, in den Nachtwachen der Erinnerung.

»Was ist mit den Menschen, die vor uns gelebt haben, Rachid? Was stellst du mit den Arabern an, die es vor dem Islam gab? Kommen die auch in die Hölle? Mohammed hatte ihnen noch nicht beigebracht, dass es Allah gibt. Mohammed selbst gab es noch nicht. Was machst du mit diesen Menschen, Rachid?«

»Die sind tot, fertig.«

»Das sind eine Menge toter Menschen, findest du nicht?«

Sie überquerten die Uferstraße und bogen in die Rue du Fouarre ein.

»Fouarre bedeutet Stroh.«

Der Große Bruder war schon bei einem anderen Thema. Rachid hing immer noch in ihrem Gespräch über Gott und seine Anhänger fest. Es beschäftigte ihn arg. Wenn der Große Bruder recht hatte, war alles sinnlos. Aber der Große Bruder musste falsch liegen, kein Zweifel.

»Strohstraße. Schon lustig, dass die Straßen in Paris immer noch eine versteckte Bedeutung haben, eine neue Geschichte. Hier wurde im Mittelalter die Straße mit Stroh bedeckt, damit die Studenten auf etwas Trockenem sitzen konnten, während sie unterrichtet wurden. Die ganze Straße war mit wissbegierigen Menschen bedeckt. Sie war für den Verkehr gesperrt. Und wenn ein Wagen durch einen der Kurse fuhr, den die Mönche unterrichteten, schlugen die Studenten den Fahrer zusammen und warfen seine Ladung auf den Boden. Um solche Schlägereien zu vermeiden, sperrten die Behörden die Straße mit Ketten ab. Der Unterricht begann morgens nach der Messe. Nachts kamen Penner und schliefen auf dem Stroh. Sie wurden morgens wachgetreten, bevor das Stroh für die Studenten gewechselt wurde. Daher der Ausdruck *der letzte Strohhalm*.«

»Woher weißt du das alles?«

»Aus Büchern. Des Menschen beste Begleiter.«

Jetzt gingen sie durch die Rue Dante.

»Dante soll hier gewohnt haben, nachdem er aus Florenz geflohen war.«

»Florenz?«

»Scheiße, Mann, du musst echt ab und zu mal aus La Courneuve rauskommen!«

Der Große Bruder reiste viel, so verrückt sich das auch anhörte. Er hatte einen Behindertenausweis, mit dem er umsonst Zug fahren konnte und Rabatt bei den meisten Fluggesellschaften bekam. Er war in Sarajevo beim Entschärfen einer Antipersonenmine verwundet worden. Mit achtzehn war er der Schutztruppe der Vereinten Nationen beigetreten und nach Bosnien geschickt worden. Nach seiner Entlassung hatte er sich nach Italien aufgemacht, wie er Rachid erzählte, der nie die Sozialbausiedlung von La Courneuve verlassen hatte: Die einzigen italienischen Wörter, die er kannte, waren *pizza* und *spaghetti*. Außerdem ranzte der Große Bruder ihn jedes Mal an, wenn er seine Nudeln durchschnitt, bevor er sie in sich hineinschlang.

Er war gereist, sagte er, um nach dem Grauen des Krieges seinen Kopf wieder klar zu kriegen. Als eine Art Gesundung. Rachid konnte sich nicht wirklich an die ganzen Stationen seiner Reise erinnern. Aber er wusste, dass der Große Bruder einen Behindertenausweis hatte. Und er war sehr verschwiegen, was seine Kriegsverletzung betraf. Er sprach nie darüber. Wenn Rachid darauf drängte, sagte ihm der Große Bruder jedes Mal, er solle *Fiesta* von Hemingway lesen. Aber Rachid fasste nie ein Buch an, das wusste jeder. Im Grunde war das auch das Problem. Wenn Rachid auch nur das geringste Interesse an irgendetwas Schriftlichem gehabt hätte, würde er seinen älteren Freund sehr viel besser verstehen. Aber da es sich immer lohnte, mit dem

Großen Bruder abzuhängen, sagte sich Rachid einfach vergiss es, obwohl seine Ignoranz die Seine füllen könnte.

»1309 verlässt Dante Italien. Er kommt hierher, nach Paris, um die Vorlesungen Siger von Brabants zu hören. Genau hier, auf dem Stroh der Rue du Fouarre, saugt er diese *abscheulichen Wahrheiten, mit Syllogismus aufgezeigt* auf.«

Rachid hatte nagenden Hunger. Ein süßer, aufregender Kebabgeruch kitzelte seine Nasenlöcher: Die einzige Wahrheit, aus der er einen Syllogismus ableiten konnte, war für seinen Bauch alles andere als abscheulich.

»Ich bin am Verhungern.«

»Man sollte immer einen leeren Magen und einen freien Geist haben.« Der Große Bruder fing an, gleich dort auf der Straße mit lauter Stimme zu rezitieren: »Sind das etwa die glorreichen Mittel, mit denen Dante Alighieri in die Heimat zurückgeholt werden soll, nachdem er beinahe fünfzehn Jahre im Exil ertragen musste? Ist dies der Lohn für seine Unschuld, die allen offenbar ist? Sind dies also die Früchte für Schweiß und Mühe seiner Studien? Niemals wird ein Mann, der mit der Philosophie so tief vertraut ist, die Schande ertragen, sich wie ein Verbrecher anketten zu lassen, um seinen Ruf wiederherzustellen! Niemals wird ein Mann, der für Gerechtigkeit einsteht und dem derartiges Unrecht widerfuhr, die Vorstellung ertragen, denen gegenüberzutreten, die ihm Unrecht taten, als seien sie seine Wohltäter, um ihnen Tribut zu zollen! So kann man nicht in sein Heimatland zurückkehren, Vater. Solltet Ihr oder ein anderer einen Weg finden, der nicht den Ruhm und die Ehre Dantes beschmutzt, so werde ich ihn gehen, ohne zu zögern. Gibt es keinen ehrbaren Weg, um Florenz wiederzusehen, werde ich niemals zurückkehren. Was dann? Kann ich die Sonne und Sterne denn nicht von jedem Winkel der Erde aus sehen? Kann ich denn nicht unter jedem Teil des

Himmels die Wahrheit suchen, das Kostbarste der Welt, ohne zu einem ruhmlosen Mann zu werden, der in den Augen der Menschen und der Stadt Florenz ehrlos geworden ist? Nicht einmal an Brot, da bin ich sicher, wird es mir mangeln.«

Der Große Bruder verstummte.

Der Große Bruder wurde in Algerien, in Cirta, geboren und wuchs dort auf. Als er zehn Jahre alt war, ließ sein Vater, ein Immigrant, den er nie kennengelernt hatte, ihn und seine Mutter in die Pariser Peripherie holen, was dank der neuen Familienzuzugspolitik möglich war. Seitdem hatte er sich immer wie ein Exilant gefühlt, daher seine ausschweifende Liebe zu Dante und Joyce, sein Pantheon der Verbannten.

Vor allem aber fühlte er sich von Menschen angezogen, die ihrer Kindheit entrissen und deren Lebensläufe von politischen Ereignissen, Kriegen, Hungersnöten gebrochen wurden. Oder schlicht durch die Abwesenheit einer Bindung an das Umfeld, in dem sie geboren wurden und aufgewachsen waren, entfremdet wurden, ein wenig wie Joyce, der aus Dublin floh, weil es zu eng für sein Genie geworden war. Er selbst hatte den Eindruck, dass Frankreich wie ein Anzug war, der seine Bewegungsfreiheit einschränkte. Dies erklärte, warum er sich mit achtzehn zum Militärdienst gemeldet hatte, und auch seine Flucht nach Italien, mit einer Ausgabe der *Göttlichen Komödie* in der Tasche seiner Uniform.

»Um wieder auf unsere Unterhaltung zurückzukommen – du solltest wissen, Rachid, dass Dante nicht religiöse Menschen ins Fegefeuer verwies, einen Vorraum zum Paradies. Und weißt du, wo Mohammed in der *Göttlichen Komödie* ist?«

»Nein.«

»In der Hölle! Sogar Averroës – wir kennen ihn als Ibn Rushd –, der zweite Lehrmeister nach Aristoteles, ist noch vor unserem Propheten im Fegefeuer. Siehst du, Rachid, du musst die Dinge in Relation setzen. Immer relativieren.«

Der Große Bruder sprach gern. Er schwang seine Reden, ganz egal ob Rachid ihm folgen konnte. Genau genommen gab er sich in der Sozialbausiedlung eher distanziert. Er gab sich nicht einfach so mit jedem ab und war völlig verschwiegen, was seine kleinen Ausflüge nach Paris betraf. Natürlich brauchte er Rachid als seinen Fußknecht, aber der Junge war ziemlich einfältig. Nur der Imam aus der Nachbarschaft sorgte sich um ihn. Die anderen Kids in seinem Alter machten sich über ihn lustig und hielten ihn von ihren Angelegenheiten fern – wenn sie kleine Deals machten, Motorroller klauten, nächtliche Spritztouren unternahmen, die ein klein wenig Freude in ihr elendes Leben zwischen den riesigen Gebäuden der Sozialbausiedlung brachten, wo es zwischen all dem Asphalt kein Grün gab, außer den Pflanzen, die sie nachts rauchten, wenn sie herumlungerten und stundenlang Scheiß redeten.

Jetzt gingen sie durch die Rue Dante. Sie kamen zum Boulevard Saint-Germain und folgten ihm in Richtung des Boulevard Saint-Michel. Sie gingen in ein McDonald's an der Kreuzung, warteten ein paar Minuten vor den Kassen und bestellten bei der sexy Studentin in der roten Schürze zwei Menüs. Sie gingen mit ihren Hamburgern, Pommes und Getränken nach oben.

»Das Mädchen hinter der Theke, denkst du auch drüber nach, wie ihre Muschi wohl riecht?«

»Rachid, ich habe dir doch schon gesagt, du sollst nicht so vulgär reden.«

»Sie riecht bestimmt nach Pommes und gegrilltem Fleisch. Da würde ich meine Nase nicht reinstecken wollen.«

»Darum bittet dich auch niemand.«

Rachid nahm sein Handy und fing an, auf der Tastatur herumzudrücken, deren Beleuchtung anging und die beim Tippen Töne von sich gab.

»Was zum Teufel machst du da?«

»Ich schreib 'ne SMS.«

»Wem, verdammt?«

»Meinem Mädchen.«

»Bist du verrückt? Wir sind hier zum Arbeiten!«

»Ich sag ihr doch nicht, wo wir sind. Sie arbeitet auch.«

»Wo arbeitet sie?«

»Bei Quick, auf den Champs.«

»Wie ist es denn bei ihr? Riecht sie auch nach Pommes, deine Dulcinea?«

»Dulcinea? Willst du mich verarschen?«

»Nein. Oder wenn es dir lieber ist, doch. Zeig mal, was du ihr schreibst.«

Mikett libste ich mag dich vol kras, ich schwör. Ich ruf dich heutabend an. Fileicht geht dein Alter mitm Hund. Las us im Keler ficken. Ich pesog es deine Abrikose. Dusch forher. Küse Gelibte.

»Rachid, das ist Poesie! Du solltest mehr schreiben. Miquette muss darüber sehr glücklich sein.«

»Mein Big Mac wird kalt.« Er stürzte sich gierig auf die zweistöckige Konstruktion aus Brot und Fleisch. Er verschlang sein Essen mit Begeisterung und vergaß auch nicht die matschigen, stinkigen Pommes. Er ertränkte das Ganze in einem Liter eisiger Cola. Das Ende seiner Mahlzeit bezeichnete er mit einem klangvollen Rülpser, von dem der Große Bruder angewidert zusammenzuckte.

Was den Großen Bruder betraf, so hatte dieser sein Essen nicht angerührt. Er aß wie ein Vögelchen, der Große Bruder.

Nichts als Haut und Knochen. Wie so ein Schilfrohr. Ein denkendes Schilfrohr. Er wusste nicht, ob er über Rachid und sein Liebesleben lachen oder weinen sollte. Über Rachids Leben, dessen Elend ihm nicht entging. Über das grelle, dreckige Licht, das die Pappkulisse dieses Restaurants durchdrang, eine Essensfabrik für all die armen Penner von Paris. Und über die verwirrten Touristen, die nicht wussten, wohin, verloren *en el corazón de la grande Babylon.* Aber er würde ihre Leben nicht beweinen. So waren sie eben. Okay.

Ihm fehlte oft seine Kindheit unter dem silbrigen Himmel am Rande des Meeres, das unendlich schien. Und das Glitzern der Wellen, wenn sich die Sonnenstrahlen auf dem stahlblauen Wasser brachen. Aber war dies nicht nur ein Trugbild, das ihn vor diesen mit Keith-Haring-Reproduktionen behängten Wänden heimsuchte? Kleine Strichmännchen, die auf pissfarbenem Gelb Händchen hielten. Kunstledersitze und Resopaltische waren nun sein Leben, einzigartig, unmöglich zu bestehlen. Nichts, was man wegnehmen konnte. Man konnte hier reuelos sterben, davon war er überzeugt.

Er schnappte sich seine Tasche, stand auf und ging zur Toilette. Dort schloss er die Tür ab und zog seinen Jogginganzug aus. Darunter trug er eine Anzugsjacke und Flanellhosen. Er öffnete die Tasche und nahm die neuen Schuhe heraus. Welten von den Nikes entfernt, die er zusammen mit dem Jogginganzug in die Tasche stopfte. Sobald er das Restaurant verlassen hatte, würde er alles wegwerfen. Aus der Tasche seines Hugo-Boss-Jacketts zog er eine Streifenkrawatte, die zu seinem hellblauen Oberhemd passte. Als er aus der Toilette kam, sah er nicht mehr aus wie ein junger Typ aus der Sozialbausiedlung, sondern fast schon wie so ein Yuppie.

»Jetzt bist du dran«, sagte er zu Rachid.

Dieselbe Aktion bewies die Verwandlung des Aschenput-tels, aber diesmal hatte die Prinzessin Eier und am Kinn Bartstoppeln.

»Du hättest dich heute Morgen rasieren können.«

»Hab ich vergessen, Großer Bruder, ich schwör bei Gott.«

McDoof ist ein sehr guter Ort für diese Art der Meta-morphose: Man konnte mitten im Raum stehen, den Ho-senlatz aufmachen und sich einen runterholen, ohne auch nur die kleinste Unruhe zu erzeugen. Die Leute, die hier essen, werden taub und blind, konzentrieren sich nur auf ihre Ketchup- oder Mayonnaisetütchen, ungefähr wie in der U-Bahn, wo die größte Gleichgültigkeit an der Tages-ordnung ist. Eine der Grundregeln hier ist, dass man nie-mals jemanden anstarrt. Höchstens schaut man mal aus dem Augenwinkel, aber man starrt nicht. Wenn man diese eine Regel penibel befolgt, kann man problemlos einen Fremden abknallen und davonkommen, ohne dass sich jemand daran erinnert, wie man aussieht. Deshalb bewun-derte Rachid den Großen Bruder. Er hatte die Gabe, die toten Winkel der modernen Gesellschaft ausfindig zu ma-chen.

Sie gingen raus und den Boulevard Saint-Michel entlang. Fast wären sie dem Boulevard Saint-Germain bis zum Odéon gefolgt, aber etwas hielt sie zurück. Irgendein un-bekannter Befehl. Fast so, als würde jemand für sie den Weg bestimmen, die Grenzen, die sie nicht überschreiten durften. Der Große Bruder musste häufig denken, dass er nur der Hauptdarsteller in einer von einem Idioten erdach-ten Geschichte war, voller Schall und Wahn. Wahrschein-lich war sein Urteilsvermögen durch das Lesen getrübt. Oft hatte er den Eindruck, dass das Leben, sein Leben, in den nächtlichen Wäldern brannte.

Sie überquerten die Rue des Écoles, gingen weiter den Boulevard Saint-Michel hinauf, kamen am Collège de France vorbei, ohne es eines Blickes zu würdigen, unweit des Ortes, wo Roland Barthes von einem Milchlaster überfahren worden war.

»Er ließ sich sterben.«

»Wer?«

»Roland Barthes. Er trauerte.«

Rachid hatte keine Ahnung davon, dass hier ein Mann Bücher geschrieben und Studenten unterrichtet – manche von ihnen geliebt – hatte und gestorben war, weil er den Verlust seiner einen Liebe nicht hatte ertragen können: den seiner Mutter.

Der Große Bruder schätzte seine Eltern nicht besonders. Er gab ihnen die Schuld dafür, ihn nicht auf dieses Leben vorbereitet zu haben. Er hatte sich alles selbst beibringen müssen, und er hatte spät damit begonnen, zweifellos zu spät. Erst nach der Armee hatte er seine Ausbildung erhalten, während seiner langen Wanderungen durch Europa, mit seinem Rucksack und dem Soldatenlohn für den ganzen Ballast. Der Lohn war nicht mehr als ein leeres Versprechen. Aber immerhin konnte er sich davon Bücher kaufen.

Ja, seine Eltern waren aus einem fremden Land importiert worden. Sie hatten sich von der riesigen Industriemaschinerie benutzen und dann zerschmettern lassen wie die alte Version eines Computerprogramms.

Aber ihre Kinder waren nie Teil dieses Programms gewesen. Sie hatten sich verbreitet wie Fehler im Code. Der Jahrhundertwechsel hatte den großen Computercrash, den riesigen, weltweiten Bug nicht herbeigeführt, aber ein paar Individuen, die zu der Zeit erwachsen geworden waren, flippten in ihrem Teil der Welt einfach aus. Natürlich hatten nicht alle von ihnen das American-Airlines-Flugzeug an einem Septembermorgen im Jahr 2001 bestiegen, aber die meisten hatten sich auf riskante Fährten über die Erde begeben, seitdem sich die riesige Maschine über dem ganzen Planeten verteilt hatte, Menschen wie einfaches Material benutzt hatte, austauschbar und entsorgbar, so wie sie seine Eltern benutzt hatte.

Das konnte er Rachid nicht erklären. Wie sollte er erklären, dass die Reichen nicht länger die Armen importieren mussten, um ihre Fabriken am Laufen zu halten, weil sie jetzt dieselben Fabriken in deren eigenen Ländern aufbauten – Heimarbeit, könnte man sagen.

»Entweder man ist Teil der Lösung oder Teil des Problems.«

»Äh ...«

»Malcolm X.«

Sie blieben einen Moment vor der Place de la Sorbonne stehen. Wo der Große Bruder wieder einmal Rachid einen Vortrag hielt, zweifellos um sich über ihn lustig zu machen.

»Auf der Rue du Fouarre war jedes Haus eine Schule. Aber wie konnte man all diese Menschen unterbringen, die sich während des Tages auf dem Stroh stapelten und abends herumirrten, um eine Unterkunft zu finden? Also baute man Kollegien! Sie waren Wohnheim, Schutzraum und Kantine in einem. Robert de Sorbon, der Kaplan von Saint Louis ... Möge er in der Hölle schmoren, König Louis. Robert de Sorbon erhielt vom König ein Haus in der Nähe der Bäder. Der Mann nahm sechzehn arme Theologiestudenten auf. So wurde die Sorbonne geboren, an derselben Stelle wie dieser Komplex aus dem späten 19. Jahrhundert, der ziemlich hässlich ist, mit einer recht hübschen Kapelle aus dem 17. Jahrhundert in der Mitte. Kardinal Richelieu hatte diese großartige Kapelle für die Sorbonne errichten lassen, in der er auch beerdigt wurde. Ein Meisterwerk klassizistischer Architektur.«

Der Große Bruder gab den Touristenführer und wies auf die Fassade einer der berühmtesten Universitäten der Welt hin. Rachid hingegen beobachtete die Studentinnen, die gerade aus dem letzten Kurs des Tages kamen.

Die Nacht war hereingebrochen, und nur die Cafés um die Sorbonne herum erleuchteten den Platz, den diese langhaarigen Mysterien überquerten. Rachid war von ihnen fasziniert.

Blonde, Brünette, Rothaarige, Große, Kleine, einige waren in warme Kleidung gehüllt, andere, trotz oder wegen der Kälte, kaum bekleidet und mit roten Wangen – sie schossen vorbei, die Beine wie Raketen, schossen vorbei wie Quecksilber, um den Bus zu bekommen oder von der Metro verschluckt zu werden, um für immer von der Erdoberfläche zu verschwinden, wenigstens für eine Nacht; am nächsten Tag würden sich diese früh blühenden Blumen mit den ersten Sonnenstrahlen wieder in Bewegung setzen wie Stängel im Morgenwind.

Rachid entwickelte eine poetische Seele. Wurde er ganz rührselig von dem Kontakt mit Paris, der Stadt des Lichts? Trugen die Vorträge des Großen Bruders langsam Früchte?

Der Große Bruder hingegen interessierte sich einen Scheiß für Frauen, er sehnte sich ungefähr so sehr nach ihnen wie nach seiner ersten Geschlechtskrankheit, die er mit fünfzehn bekommen hatte, von der Frau des Hausmeisters, die begierig nach Jugend und Exotik gewesen war. Seither hatte er keine Zeit mehr darauf verschwendet. Er hatte nicht einmal mehr die notwendigen Mittel dazu.

Sie positionierten sich vor dem ersten Gebäude auf der Rue Gay-Lussac an der Ecke des Boulevard Saint-Michel. Der

Große Bruder spielte auf den Tasten der Zugangscode-Box, die große Tür öffnete sich, und sie begaben sich in die Lobby. Ein Freund von der Post, der ihm noch etwas schuldete, hatte ihm den Code gegeben. Das Leben ist schwer für jene *hommes de lettres*, und ein klein wenig weißes Puder bringt Licht in den düstersten Tag. Und wie jeder weiß, deckt das Einkommen eines Briefträgers kaum die Bedürfnisse einer laufenden Nase und eines Gehirns über selbiger im Zustand des Entzugs.

Der Concierge würde nicht anwesend sein, hatte sein koksnasiger Freund versichert. Und es stimmte.

Der Große Bruder sah sich die Namen an den Briefkästen an. Er drückte einen Knopf auf der Gegensprechanlage und wartete. Nichts. Ihm war klar, dass sie sich dort nicht zu lange aufhalten sollten. Er versuchte es mit einem anderen Namen. Stille. Dann ein Knacken. Er hörte ein schläfriges, langgezogenes *Ja*, zweifellos die Stimme einer alten Frau.

»Paket für Sie, Madame.«

»So spät noch?«, fragte die Stimme misstrauisch.

»Sie *sind* doch Madame Hauvet?«

»Ja.«

»Sonderlieferung, Madame.«

»Vierter Stock, die erste Tür links.«

Die Glastür machte ein schrilles Geräusch und entriegelte sich.

Sie nahmen den alten Kirschholzaufzug. Ein kleiner Sitz war an eine Wand geklappt. Es war kaum genug Platz für Rachid und ihn. Sie hofften, dass niemand den Aufzug im zweiten oder dritten Stock anhalten würde. So etwas war schon einmal geschehen. Der Große Bruder hatte stumm auf seine Fußspitzen starren müssen. Die wenigen Sekunden hatten sich wie Jahrhunderte angefühlt.

Die Kabine fuhr hoch und blieb auf ihrem Stockwerk stehen. Niemand sonst hatte den Aufzug gerufen.

Ein zweites Wunder erwartete sie im Flur: Die Wohnungstür war für sie geöffnet worden.

Wozu all die gepanzerten Türen, Codes, Gegensprechanlagen mit Kameras, wenn man im letzten Moment alle Vorsicht fallen ließ, sobald die Gefahr am größten war?

Sie gingen in die Wohnung und schlossen lautlos die Tür hinter sich. Sie hörten, wie die alte Dame sie darum bat, das Paket auf den Tisch zu legen und zu gehen.

Der Große Bruder und Rachid hatten kein Paket dabei, um es auf den Konsolentisch mit der Carrara-Marmorplatte zu legen. Sie würden auch nicht gleich wieder die Wohnung verlassen. Stattdessen gingen sie den langen Flur entlang und betraten ein riesiges Wohnzimmer, was der alten Dame gar nicht gefiel; ihr schneeweißes, ordentlich gewelltes Haar zeugte zweifellos von der höchsten Kunst eines sehr teuren Friseurs.

»Aha, Sie wollen wohl noch eine Kleinigkeit?«

Die Frau stand auf, griff nach ihrer Handtasche und nahm die Geldbörse heraus. Sie öffnete sie in ihrer Gegenwart, ohne zu bemerken, dass sie nicht wie Paketboten gekleidet waren. Sie zog einen Fünfeuroschein heraus und reichte ihn Rachid. Er schien ihr am zugänglichsten, vielleicht wegen seiner Jugend.

»Wir wollen kein Trinkgeld«, sagte der Große Bruder und trat auf sie zu. »Wir wollen Ihre Almosen nicht.«

Die Stimme, mit der diese Wörter gesprochen wurden, klang unheilvoll. Die alte Dame verstand und öffnete weit den Mund.

»Was Sie auch tun, Madame, schreien Sie nicht.«

Er zeigte ihr seine Hände und schloss sie mit einer merkwürdig sanften Geste, als würde er bereits den Hals der

Frau zudrücken. Dann gab er Rachid ein Zeichen, der daraufhin zu ihrer Beute ging und die Schnur, die sie im Ein-Euro-Shop ein Stück weiter den Boulevard runter gekauft hatten, abwickelte. Er band ihr die Hände hinter dem Rücken zusammen, legte sie auf die Couch und band dann ihre Knöchel zusammen. Sie knebelten sie nicht.

»Wenn Sie schreien, sind Sie tot, haben Sie das verstanden?«

Die Frau nickte, den Mund offen und leer. Etwas kam nicht durch, die Worte blieben ihr im Halse stecken.

Der Große Bruder verließ das Wohnzimmer, um sich den Rest der Wohnung anzusehen. Er ging in die große Küche und dort zur Theke. Er öffnete eine Schublade und nahm ein großes Messer heraus. Dann ging er ans Ende des Flurs, öffnete alle Zimmertüren. In einem der Zimmer, ganz am Ende, in der Nähe des Badezimmers, machte er eine Entdeckung, die ihm alles in allem durchaus natürlich erschien. Er kam zurück ins Wohnzimmer und sprach leise mit Rachid.

Jetzt ging Rachid raus. Er überquerte den Flur, kam an der Küche vorbei, sah ein zweites Wohnzimmer voll mit hässlichen Vasen und Statuetten, betrat dann das Schlafzimmer, das durch königsblauen Stoff, der die Wände bedeckte, abgedunkelt war. Seine Augen mussten sich erst an die Dunkelheit gewöhnen, bis er endlich verstand, warum er dort sein musste.

Zur selben Zeit schritt der Große Bruder mit dem Messer in der Hand in dem großen Zimmer auf und ab. Er untersuchte die Gemälde an den Wänden, die kleinen uramerikanischen Statuetten und sogar eine Berbervase, die er von ihrem Platz nahm.

»Die kommt aus Algerien«, sagte die zitternde Stimme. »Sie können sie haben, wenn Sie wollen. Ich schenke sie Ihnen. Sie gehörte meinem Vater ... Wissen Sie, er liebte dieses Land. Wir hatten dort ein Haus.«

Der Große Bruder stellte die Vase ab und ging zu den Gemälden.

»Jean Dubuffet«, sagte er und deutete auf ein Porträt; es war höchst vereinfacht, fast verrückt – gestrichelte Linien, die ein Wunderkind nachgemalt hatte.

»Das können Sie auch nehmen, Sie können alles nehmen.«

Madame Hauvet wurde auf der Couch immer unruhiger. Sie wurde wieder lebendig. Sie dachte, sie hätte eine Möglichkeit aufgespürt, sich freizukaufen. Alles würde bald wieder in Ordnung sein. Er würde das Gemälde nehmen und mit seinem schrecklichen Handlanger verschwinden. Vielleicht könnte sie ihm noch ein paar Kinkerlitzchen anbieten, und dann wäre alles vorbei.

»Es hängt dort ganz gut«, antwortete der Große Bruder. »Ich werde es nicht anrühren. Diese Werke haben eine Seele, Madame. Sie gehören niemandem. Sie sollten in einem Museum sein. Und Museen sollten frei zugänglich sein.«

Sie verstand es nicht: Diese Gemälde gehörten ihr, und sie könnte sich damit den Hintern abputzen, wenn sie es wollte. Ihr Lösegeld war durch dieses dumme Gerede entwertet worden. Diese Typen waren völlige Idioten!

»Sehen Sie, Madame, während des Krieges schickte man mich nach Jugoslawien.«

»Oh! Das muss schrecklich gewesen sein«, sagte sie und täuschte großes Mitgefühl vor. »Sie müssen sehr gelitten haben.«

»Ich? Nein, keine Sorge. Aber die bosnischen Bauern schon. Die haben sehr gelitten, wie Sie es ausdrücken.«

Er hielt einen Moment lang inne.

»Haben Sie Dante gelesen, Madame?«

»Als ich jung war. Furchtbar langweilig.«

»Das ist schlecht«, sagte er sehr barsch.

Sie bereute, ihre Meinung über Dante kundgetan zu haben. Sie hatte fast vergessen, dass sie auf deren Gnade angewiesen war. Auf *seine* Gnade. Er jagte ihr schreckliche Angst ein. Er war nicht wie andere Verbrecher. Nicht wie diejenigen, die man im Fernsehen sah. Diejenigen, die zwei Monate lang Autos angezündet hatten. Solche Leute waren weit weg von ihrer Welt, weit weg von ihr. Dieser Mann kam ihr zu nah, um harmlos zu sein, wie die Sonne der Erde. Er war in ihrer Wohnung! In ihrem Zuhause, mein Gott! Sie war so dumm gewesen, sie würde am liebsten heulen.

Er unterbrach ihre Gedanken und fing wieder an zu reden.

»Ja, Madame, die Hölle existiert. Ich sah sie mit eigenen Augen. Ich sah diese verwüsteten Bauernhöfe, wo alles geplündert, zerstört, niedergetrampelt war. Ich spreche nicht über Menschen, ich spreche über Objekte, Madame, nur Objekte. Glauben Sie mir, sie haben eine Seele. Wie Sie und ich.«

Er hielt sie vom Nachdenken ab. Er versuchte, sie abzulenken – schlimmer noch, er hielt ihr Vorträge. Ihr graute nun vor ihm.

»Dann lassen Sie die Gemälde und nehmen Sie den Schmuck, nehmen Sie meinen gesamten Schmuck. Er ist in dem Safe hinter dem Dubuffet, der Ihnen so gut gefällt. Der Schlüssel ist am unteren Rand des Rahmens befestigt.«

Sie stand kurz davor, hysterisch zu werden.

»Das ist nicht sehr klug, Madame. Jeder könnte ihn dort finden.«

Rachid kam zurück ins Wohnzimmer. Er war nicht mehr allein. Als sie ihn sah, fing Madame Hauvet leise an zu weinen.

»Ruhe!«

Er wurde von einem bleichen Mädchen begleitet. Für den Großen Bruder schien sie einem Modigliani entstiegen zu sein. Für Rachid war sie nur irgendwie dünn und groß. Außerdem war sie zu Tode erschrocken.

Sie zitterte am ganzen Leib, ihre Augen waren noch vom Schlaf verschleiert. Sie konnte nicht älter als sechzehn sein.

»Das ist meine liebe Enkelin!«

Jetzt schluchzte die alte Frau.

»Halt die Scheißfresse!«

Sie hörte auf zu schluchzen, und der Große Bruder drehte das Porträt um, nahm den Schlüssel und öffnete den Safe. Darin fand sich eine Ebenholzkiste: Er hob den Deckel. Ketten, Armbänder, einige Ohrringe. Er untersuchte den Inhalt im Licht einer Lampe und schloss die kleine hölzerne Kiste wieder.

»Ich dachte, ich könnte Ihnen trauen«, sagte er. »Sie enttäuschen mich wirklich.«

»Ich verstehe nicht ... nein, ich verstehe Sie nicht.«

Aber sie verstand ihn. Der Schmuck war nicht echt. Deshalb versteckte sie ihn nicht vor ihm. Der Dubuffet war ebenfalls eine Kopie. Der Große Bruder wusste auch das. Aber er gab jedem Menschen gern eine zweite Chance, sogar eine dritte. In Bosnien hatte er erlebt, dass Männer und Frauen an manchen Orten niemals auch nur die geringste Chance hatten.

Er ging zu der alten Dame, drehte sie auf den Bauch, griff sich ihre Hand und schnitt ihr mit dem großen Messer den kleinen Finger ab. Er warf ihn auf den weißen Teppich. Ein Blutfleck breitete sich aus wie eine erblühende Rose. Er hatte ihren Kopf auf das Couchkissen gedrückt, um ihre Schreie zu unterdrücken.

Das Mädchen, das wie ein Model von Modigliani aussah, fiel in Ohnmacht, Rachid schaffte es kaum, sie aufzufangen. Er legte sie sanft auf den Teppich.

Als die alte Frau sich nicht mehr bewegte, drehte der Große Bruder sie um, damit sie nicht erstickte. Als sie wieder zu sich kam, sagte er: »Hören wir mit den Spielchen auf. Wo ist der Schmuck?«

Die alte Frau versuchte, etwas durch ihre blutigen Lippen zu sagen. Sie hatte sie sich vor Schmerz aufgebissen. Hellrote Blasen bildeten sich in ihrem Mund und zerplatzten auf ihrem Kinn. Der Große Bruder musste ganz dicht an sie heran, um zu hören, was sie über den Schmuck sagte.

Er stand auf, und diesmal ging er zu einem kleinen Schreibtisch. Er ignorierte die sichtbaren Schubladen, kniete sich hin und steckte den Kopf unter die Schreibtischplatte. Er tastete herum und fand es. Er schob eine kleine hölzerne Verkleidung beiseite, und die wertvollen Objekte fielen auf den Teppich. Er hob sie auf und steckte sie in die Tasche seines Hugo-Boss-Jacketts. Welcher Bulle würde einen Mann durchsuchen, der wie er gekleidet war? Besonders wenn er im Taxi nach Hause fuhr.

»Ich habe schlechte Nachrichten für Sie«, sagte er zu der alten Dame. »Mein Freund und ich können es uns nicht leisten, wiedererkannt zu werden. Von niemandem.«

»Oh Gott! Oh Gott! Ich flehe Sie an. Bitte, ich flehe Sie an. Lassen Sie mich am Leben, bitte! Ich werde nichts sagen. Ich schwöre es. Ich bitte Sie inständigst. Ich habe es nicht verdient zu sterben.«

»Niemand verdient es zu sterben, Madame. Und doch, früher oder später ... Und denken Sie nur: Bis jetzt haben Sie sehr gut gelebt. Es hat Ihnen an nichts gefehlt.«

»Ich flehe Sie an, um Gottes willen, nehmen Sie *sie!* Nehmen Sie sie. Nehmen Sie meine Enkelin. Ist sie nicht wunderschön? Sie wird Ihnen sehr gefallen, da bin ich mir sicher. Bitte, bitte, töten Sie mich nicht. Ich habe das nicht verdient. Ich gebe sie Ihnen, nehmen Sie sie!«

Diese Reaktion überraschte ihn nicht mehr. Schließlich war es eine sehr menschliche Reaktion. Eine alte Bärin hätte anders reagiert, aber nicht eine Großmutter.

»Sie hat es auch verdient zu leben«, sagte er ganz sanft. »Sie ist so jung. Stellen Sie sich doch mal vor, was sie noch alles vor sich hat. All die guten Dinge, die sie für die Menschheit tun kann. Und glauben Sie mir, ich weiß eine Menge über das menschliche Wesen.«

Die alte Frau spuckte jetzt Blut.

»Sie wird niemandem nutzen. Sie ist eine Schlampe. Ein lausiges Miststück. Sie ist ... sie ist eine Hure, ja das ist sie.«

Der Große Bruder hatte genug gehört und nahm sich der alten Frau an.

Das Mädchen lag immer noch auf dem Teppich, träge wie eine Odaliske. Sie war wunderschön. Und sie schlief wie eine Prinzessin im Märchen. Der Große Bruder war froh, dass sie all das nicht mitbekommen hatte. Er freute sich für sie. Vielleicht würde sie sogar ihre eigene Nacht durchschlafen, eine Nacht ohne Ende, eine Nacht ohne Herrlichkeit.

BERTHET GEHT

Von Jérôme Leroy
Gare du Nord

Übersetzt von Zoë Beck

1.

Berthet und Berater Morland essen im Chez Michel auf der Rue de Belzunce zu Mittag. Berthet und Berater Morland haben Langustenfrikassee mit Steinpilzen als ersten Gang bestellt und anschließend Fasan mit Stopfleber.

Es ist Herbst.

Berthet und Berater Morland sind Männer der Welt *davor.* Berthet und Morland bevorzugen ausschließlich Restaurants mit saisonalen Produkten, und Berthet und Morland glauben noch immer an Geschichte, Loyalität und derartige Dinge.

Berthet und Berater Morland wissen, dass sie aus der Zeit gefallen sind, aber so ist es nun mal. Berthet und Morland wurden vor der ersten Ölkrise geboren, und Morland noch viel, viel früher. Berthet und Morland gehören zu jenen Europäern über vierzig, denen es erspart geblieben ist, Mikrochips eingepflanzt zu bekommen.

Es käme Berthet oder Morland niemals in den Sinn, Temperaturen von 27 Grad Celsius am dritten November als normal zu erachten.

Es käme Berthet oder Morland niemals in den Sinn, dass die Marktwirtschaft und das damit verbundene Gemetzel nicht eine einzige große Lüge sind.

Es käme Berthet oder Morland niemals in den Sinn, im Stehen Sandwiches zu essen oder sich MP3-Player direkt ins Gehirn zu stöpseln.

Berthet und Morland sind über das bevorstehende Ende der Welt informiert.

Manchmal macht Berater Morland Witze. Für diesen hochrangigen Agenten, dazu noch protestantisch, ist das selten. Sehr selten. Aber es kommt vor.

»Berthet«, sagt Morland. »Ich habe eine Geliebte, die noch keine dreißig ist, und weißt du was, manchmal habe ich Angst, dass ich in einem USB-Anschluss lande statt in ihrer Möse.«

Berthet sagt nichts. Berthet ist nervös. Berthet kennt Morlands Geliebte nicht, und Berthet ist noch nicht mal davon überzeugt, dass Morland eine Geliebte hat.

Was Berthet über Morland weiß:

Er hat eine Tarnidentität als europäischer Bürokrat,

er hat eine große, fickbare Frau, die Philosophie am französischen Gymnasium in Brüssel unterrichtet,

er hat keine Kinder,

er ist seit fünfundzwanzig Jahren bei Der Einheit, auf einer der obersten Ebenen,

er hat eine Vorliebe, die ihm alle Ehre macht, für die Literatur der unglücklichen, vergessenen Schriftsteller der Fünfzigerjahre, Henri Calet und Raymond Guérin,

er hat eine etwas weniger ehrbare Vorliebe für das vollständige Repertoire des Sängers Sacha Distel,

er ist Berthets Vorgesetzter,

er ist ein guter Kerl, fast ein Freund.

»Stimmt etwas nicht?«, sagt Berthet schließlich. »Es passt so gar nicht zu dir, über Mösen zu reden.«

»Die Einheit gibt dir den Laufpass«, sagt Morland. »Sie wollen dir ans Leder. Und zwar schon ganz bald.«

Vor dem Langustenfrikassee mit Steinpilzen hatten sich Berthet und Morland eine Flasche Champagner als Aperitif bestellt. Drappier brut, zéro dosage.

Berthet und Morland essen exzellente Charcuterie und trinken den Champagner, der eigentlich wie Wein schmeckt – was im Ersatzzeitalter immer wieder vollkommen überrascht.

»Wann?«, fragt Berthet.

»Du kannst sagen, was du willst«, sagt Morland. »Wenn sie anfangen, mit dieser Kompetenz Pinot noir zu machen, gibt es fast Hoffnung für das Überleben der menschlichen Rasse.«

»Wann?«, wiederholt Berthet, der gleicher Meinung ist, was zéro dosage und Pinot noir als Sublimierung der weinähnlichen Qualität des Champagners angeht, und der sich daran sogar erfreut, aber den Morlands Information trotzdem irgendwie aufregt.

»Wann was?«, fragt Morland, der sich und ihm ein weiteres Glas Champagner einschenkt. »Wann sie dich töten werden oder wann sie es beschlossen haben?«

»Beides«, sagt Berthet.

Berthet könnte auch sagen: *Beides, mon général.* Nur dass es kein Witz wäre. Morland ist ein Ein-Stern-General, auch wenn das viele nicht wissen, und er hat vermutlich seit dreißig Jahren keine Uniform mehr getragen. Morlands Tarnung ist es, der Berater eines Mitglieds der Europäischen Kommission in Brüssel zu sein.

Berthet und Morland sehen sich an.

Im Chez Michel hat man immer den Eindruck, man befinde sich auf dem Land. Die Rue de Belzunce ist ruhig – ein kleiner, sauberer, enger Riss im Kontinuum, das sich aus dem Gare du Nord, dem Boulevard Magenta und der Rue Lafayette formiert. Die Kulisse ist reinster Simenon. Berthet hat Simenon nie gemocht. Morland schon immer.

»Ich fahre mit dem Thalys zurück nach Brüssel – komm mit. Ich werde dich verteidigen ...«

»So habt ihr's nur leichter, mich abzuknallen.«

»Du enttäuschst mich. Ich riskiere mein Leben, um dich zu warnen.«

Sie trinken den Champagner aus, essen die Charcuterie auf. Das Fett der Andouille de Guémené beruhigt Berthet, wiegt ihn für einen Moment in Sicherheit, was die Möglichkeit seiner fortbestehenden körperlichen Kräfte betrifft, fast so sehr wie seine 9-mm-Glock im Schulterhalfter und seine Tanfoglio .22 in der Knöcheltasche.

Berthet antwortet nicht. Berthet fragt nach der Weinkarte. Eine blonde Bedienung kommt zu ihnen. Berthet bekommt einen Steifen. Das ist ein sicheres Zeichen. Der Tod ist auf Beutezug. Berthet konzentriert sich darauf, einen Weißwein auszuwählen, der zum Langustenfrikassee mit den Steinpilzen passt. Berthet entscheidet sich für einen Vouvray. Trocken. La Dilettante, von Catherine und Pierre Breton.

Die Blonde sagt, es ist eine gute Wahl, und Berthet möchte ihr sagen, dass er sehr gern ihre Möse lecken würde.

»Du möchtest sehr gern ihre Möse lecken, was?«, fragt Berater Morland.

Eine seltsame und spezielle Form der Telepathie existiert zwischen Männern, die seit langer Zeit gemeinsam in engem Kontakt mit Staatsgeheimnissen und gewaltsamen Todesfällen stehen.

Berthet glaubt, dass er sterben wird. Berthet weiß, dass er sterben wird oder schon dabei ist. Die plötzliche Steifheit seines Schwanzes ist ein physisches Zeichen, das ihn hundertprozentig warnt. Ein sogar noch sichereres Zeichen als Morlands Ankündigung.

Berthet wird von jedem, von allem steif, wenn sich der Tod nähert.

Es fing an, als Berthet zwölf Jahre alt war, lange vor der Militärschule Saint-Cyr Coëtquidan, lange vor Der Einheit. Sein Großvater wurde in einem Dorf in der Picardie beerdigt. Sie hatten einen Zug vom Gare du Nord nehmen müssen, um genau zu sein. Berthet war so traurig, als wäre er derjenige, der gestorben war.

Als er mit seinen Eltern aus dem Taxi stieg, hatte Berthet durch den Regen zu den Statuen mit den großen Möpsen auf dem Gebäude hinaufgesehen. Die Statuen repräsentierten internationale Reiseziele. Die Statuen weiter unten, die vor den riesigen Fenstern standen, repräsentierten regionale Reiseziele. Ihre Möpse waren natürlich nicht so groß. Berthet mochte die internationalen lieber. Die Städte mit den großen Möpsen.

Städte, in die Berthet später im Auftrag Der Einheit reisen würde – London, Berlin, Wien, Amsterdam –, Städte, in denen er manipulieren, destabilisieren, lügen, foltern, morden würde, und Städte, in denen er hinterher verzweifelt vögeln würde, wenn er Frauen gefunden hatte, die diesen Statuen ähnelten, große, mächtige, standhafte Frauen.

Um zur Beerdigung seines Großvaters zu gelangen, hatten sie einen alten Hauptstreckenzug mit Schlafabteilen genommen. Berthet, vom ersten Todesfall in seinem Leben ganz verzweifelt, hatte die Zeit irritierenderweise damit verbracht, ständig hin und her zu laufen, vorbei an seiner schluchzenden Mutter, um sich dann in der Toilette des Wagons einen runterzuholen, während er vor seinem geistigen Auge zum Rhythmus der Schienen die Eisenbahnkaryatiden auferstehen ließ, mit ihren festen Brüsten und den Armen vor dem grauen Himmel.

Als sie seinen Großvater beerdigten, spielte der Regen perfekt seine Rolle auf dem Friedhof am Rand von Abbeville, und Berthet vergoss heiße Tränen, weil er seinen

Großvater gemocht hatte, aber auch weil sein malträtierter Schwanz ein bisschen blutete und er Angst hatte, dass es durch seine schwarzen Cordhosen durchsuppen könnte.

Zu der Zeit sah der Gare du Nord noch nicht wie ein Flughafen aus, von dem aus man in die vierte Dimension reisen würde, ein Bahnsteig für die Irren, die in die Parallelwelten der Drogen reisen wollten, in die beschleunigte Obdachlosigkeit und den sozialen Tod. Ihre mittelalterlich wirkenden Gesichter, ihre Geschwüre, ihre fehlenden Zähne, ihr fauler Geruch nach Massengräbern, ihre kümmerlich artikulierte Sprache, all das war wie der lebendig gewordene Vorwurf an den Sozialstaat für dreißigjähriges Versagen.

Zu der Zeit waren die Züge im Gare du Nord nicht für Hochgeschwindigkeit ausgelegt, exklusiv genutzt durch globale Eliten. Blaue, graue, bordeauxrote Züge, phallisch genug, um einen Lacan-Jünger zum Lachen zu bringen. Und aus diesen Zügen quellen jetzt zu jeder Stunde Männer und Frauen, die mit ihren Laptops und Handys sehr geschäftig wirken, die Körper voller Benzodiazepine und Antidepressiva, Alkohol, Wichse, Scheiße und den neuesten Zahlen ihrer Rendite für ihre Investitionen in Start-ups in Amsterdam oder Kopenhagen. Sie sind voll mit all dem, aber nicht mit Nikotin. Irgendwo muss man Grenzen setzen: Zigaretten stinken, und Rauchen kann tödlich sein.

Zu der Zeit gab es am Gare du Nord, um diese beiden mutierenden Spezies voneinander fernzuhalten, noch keine Patrouillen aus Soldaten und Streifenpolizisten, die einem immer das Gefühl geben, ein Anschlag stünde kurz bevor. Abgesehen davon weiß man bei Der Einheit, dass immer ein Anschlag kurz bevorsteht, dass vielleicht in diesem Moment gerade einer stattfindet, obwohl niemand davon weiß. Ein postmoderner Anschlag.

Zu der Zeit gab es auch noch keine Spezialeinsatzkommandos, zu Ninjas verwandelt, um die neue Marktlücke ein für alle Mal entstehen zu lassen – eine digitale Kluft bis ans Ende der Zeit, unüberbrückbar, ein Ende des Krieges aller gegen alle. Halsschützende Helme, dunkle Visiere, kugelsichere Westen, Gelenkschützer, die Walkie-Talkies ständig am Krächzen.

Und Berthet denkt, dass er das 10. Arrondissement nie gemocht hat, den Gare du Nord noch weniger, den Gare du Nord als:

Vorraum des Anschlags,

Vorspiel des Bürgerkriegs,

Hinterzimmer des elektronischen Faschismus,

Lagerhalle des Tötungsgewerbes,

Labor der Apokalypse.

Wieder kann Morland Gedanken lesen: »Als ich vor einer Weile aus Brüssel zurückkam und den Bahnsteig entlangging, musste ich denken, dass mittlerweile jeder in einem dauerhaften Ausnahmezustand lebt, und jeder glaubt, das sei normal. Niemand kann sich mehr daran erinnern, wie es hier vor nur zwanzig Jahren war. Was auch besser ist, sonst würden sie wirklich in Panik ausbrechen.«

Morland hält inne. Morland muss von der Charcuterie aufstoßen, aber diskret, schließlich ist Morland ein hochrangiger Geheimdienstbeamter mit Stil – und kein Penner.

»Verdammte Scheiße, Berthet, die wollen dir wirklich ans Leder, die von Der Einheit ...«

Die blonde Bedienung bringt die Flasche Dilettante.

Berthet hat immer noch einen Steifen. Berthet kostet. Der Vouvray ist perfekt, es bricht einem das Herz, wie perfekt er ist, sogar wenn man weiß, dass Die Einheit einen loswerden will und es nicht mehr viele Gelegenheiten geben wird, Wein zu trinken.

»Weißt du warum?«, fragt Berthet.

»Hélène. Hélène Bastogne«, sagt Berater Morland.

Das Langustenfrikassee mit Steinpilzen wird gebracht.

Berthet und Berater Morland schnüffeln daran.

Es riecht wie ein Herbstwald am Meer.

Und dann explodieren die Fenster von Chez Michel.

2.

Berthet liegt auf dem Boden. Überall auf seinem Anzug ist das Frikassee. Berthet sieht:

Morland mit gekappter Schädeldecke, wie bei einem weich gekochten Ei, während er sein Glas Dilettante auf halbem Weg zum Mund geführt hält,

die gut ausgestattete blonde Bedienung, die kein Gesicht mehr hat, aber immer noch mit einer Flasche Châteldon-Mineralwasser in der Hand dort steht,

das andere Pärchen, das im Chez Michel zu Mittag gegessen hatte und jetzt tot ist, ihre zerfetzten Köpfe liegen auf dem Fasan mit Stopfleber, der trotz der beiden sauber abgetrennten, manikürten Frauenfinger, die auf dem Fleisch liegen, immer noch sehr verführerisch aussieht,

eine Katze direkt neben seinem Kopf, eine Katze, die miaut, als wolle sie ihr Missfallen zum Ausdruck bringen, aber eine Katze, die Berthet nicht hören kann.

Berthet denkt zwei Dinge:

erstens, Katzen sind keine Demokraten, was eine vage, Baudelaire'sche Reminiszenz sein muss,

zweitens, ich bin taub von der Explosion. Wahrscheinlich eine Handgranate. Sie werden wiederkommen, um ihre Arbeit zu beenden. Scheiße. Scheiße. Scheiße.

Berthet steht auf. Berthet stinkt nach Langusten und Steinpilzen. Berthet ist genervt. Berthet hat eine romantische
Vorstellung vom allerletzten Gefecht. Und die hat nichts
mit einem Mann in einem zerrissenen Armani-Anzug zu
tun, der nach Langusten riecht.

Hélène Bastogne, was weißt du?

Irgendwo lärmt die Alarmanlage eines Autos.

Berater Morlands gekappter Schädel tropft in den Dilettante von Catherine und Pierre Breton.

Barbaren. Ein Haufen Barbaren. Wie man so etwas einem
nahezu reinen Wein antun kann.

Ein Motorrad wendet am Ende der Rue de Belzunce. Zwei
Typen mit Helmen. Bedeutungslose Subunternehmer. Die
Einheit vergibt jetzt diese Aufträge wie jede andere große
Firma im privaten Sektor. Es ist erbärmlich.

Der Fahrer des Motorrads lehnt sich gegen den Pfeiler
der Saint-Vincent-de-Paul-Kirche, bevor er schlitternd an-
hält.

Der Beifahrer zieht den Sicherungsstift aus der zweiten
Handgranate.

Verfluchte Subunternehmer, ich sag's euch.

Profis wären direkt zu Chez Michel hereingekommen, an
Berthets und Berater Morlands Tisch gegangen und hätten
den beiden gleichzeitig in den Hinterkopf geschossen, mit
kleinkalibrigen Waffen, so wie die Tanfoglio .22 an Berthets
Knöchel eine war.

Furzgeräusche. Bis alle reagieren würden und verstanden
hätten, dass der Anschlag kein Streich war, wären sie weit
weg.

Kommt schon! Blöde Zeitarbeiter. Sogar Die Einheit hat
jetzt Buchhalter. Sogar Die Einheit erfährt Haushaltskür-
zungen. Teilzeitarbeiter beim Geheimdienst. Arschlöcher.
Berthet weiß, dass er in einem System lebt, in dem sich ir-

gendwelche Typen selbst am Tag des Weltuntergangs noch über Fehlbeträge beschweren.

Berthet nimmt seine Glock raus. Berthet steckt einen Ladestreifen in den Schacht. Die undemokratische Katze jault ihn immer noch an. Berthet hätte gern sicher gewusst, dass die Munition ordentlich in der Waffe steckt. Das kann man am Geräusch erkennen, aber Berthet ist immer noch taub.

Berthet eröffnet das Feuer. Berthet kann den gereizten kanonenschiffartigen Lärm, den die Glock macht, nicht hören.

Berthet trifft den granatenwerfenden Beifahrer zuerst. Der daraufhin theatralisch taumelt, der zu Boden geht, der ganz von selbst auf dem Bürgersteig der Rue de Belzunce explodiert.

Berthet verändert seine Schussbahn.

Berthet begibt sich in eine neue Zielerfassungsphase.

Berthet denkt: Drecksau!

Berthet knallt ein Loch in den Helm des Fahrers. Viermal.

Das Motorrad gerät ins Schlingern, der Mann kippt runter, das Motorrad schlittert auf der Seite weiter und bleibt vor Berthets Füßen liegen.

Jetzt sitzt die entkernte Bedienung auf der Bank, das Châteldon-Wasser verteilt sich, das Châteldon-Wasser sprudelt auf den Moleskin-bezogenen Sitz.

Berater Morland wartet immer noch in Ewigkeit auf den Nervenimpuls, durch den sein Arm das Glas Dilettante an seine zuckenden Lippen führen würde.

Berthet merkt, dass sein Gehör wieder funktioniert, als Berthet hört:

wie die Katze vorwurfsvoll jault,

wie Berater Morland das Lied »La Belle Vie« von Sacha Distel durch rötlichen Brei hindurch summt,

wie das Motorrad im Leerlauf brummt,
wie die Polizeisirenen plärren.

Hélène Bastogne. Scheiße.

Und wenn man sich dann noch vorstellt, dass Berthet den Fasan mit der Stopfleber verpasst hat.

Berthet steckt die Glock zurück ins Halfter, trinkt den letzten Schluck von dem Dilettante direkt aus der Flasche.

Und Berthet macht sich auf.

Hélène Bastogne.

3.

Anders als Berthet liebt Hélène Bastogne das 10. Arrondissement. Hélène Bastogne wohnt hier. Eine Wohnung an der Place Franz-Liszt, unterhalb Saint-Vincent-de-Paul und dem hübschen kleinen Cavaillé-Coll-Park. Nicht weit entfernt von dort, wo Berater Morlands gekappter Schädel fast damit fertig ist, in den Dilettante zu tropfen, wo Berthet den Schauplatz des Gemetzels verlässt und in Richtung Gare du Nord eilt.

Hélène Bastogne ist eine investigative Journalistin, und wie alle investigativen Journalisten wird Hélène Bastogne manipuliert. Hélène Bastogne weiß nichts davon, aber selbst wenn Hélène Bastogne einen Verdacht hätte, würde das Hélène Bastogne einen Scheiß kümmern, weil Hélène Bastogne gleich kommt.

Die Lösung wäre ein Roman, denkt Hélène Bastogne. Da draußen ist der Himmel blau. Ein Roman, in dem Hélène Bastogne alles offenlegen würde. Den blauen Novemberhimmel und den Wind in den Bäumen des Cavaillé-Coll-Parks.

Hélène Bastogne konzentriert sich auf den Schwanz in ihr. Ein Roman wäre für eine Reihe von Problemen die Lösung. Aber Hélène Bastogne kennt die Namen der Bäume nicht. Das bedauert Hélène Bastogne. Eigentlich wäre ein Roman für gar nichts die Lösung. Hélène Bastogne spürt, wie der Schwanz in ihr schlaff wird.

Hélène Bastogne kommt gleich.

Hoffentlich kommt er nicht vor ihr. Der Schwanz gehört zu Liebhaber #2. Liebhaber #1 ist ein grau melierter Verleger aus der Rue de Fleurus. Liebhaber #2 ist sein Chefredakteur. Liebhaber #2 ist vorbeigekommen, um sich Hélène Bastognes Arbeit anzusehen. Geständnisse eines Geheimdiensttypen.

Liebhaber #2 hat versprochen, mit ihr in eine neue Bar am Canal Saint-Martin zu gehen. Hélène Bastogne weiß nicht, wie die Bar heißt. Hélène Bastogne weiß im Moment gerade gar nichts, nur dass sie gleich kommt.

Ein Roman. Ein Roman über die Lust, über den Wind in den Bäumen, deren Namen sie nicht kennt. Über die Bars am Canal Saint-Martin, über das 10. Arrondissement, über den Schwanz von Liebhaber #2 und auch den von Liebhaber #1.

Hélène Bastogne kommt gleich.

Der Schwanz von Liebhaber #2 rafft sich wieder auf. Oder vielleicht liegt es an Hélène Bastogne, die ihn reitet und den Winkel leicht verändert hat. Und das ist besser für ihn. Werd jetzt nicht schlaff, bitte, werd jetzt nicht schlaff.

Explosive Geständnisse, wie es so schön heißt. Der Typ kam vor zwei Wochen zur Zeitung. Der Typ trug einen schönen Armani-Anzug. Höchstens fünfundvierzig. Sanfte Augen, tiefe Stimme, kurz geschnittenes Haar. Der Typ fing an zu reden.

Wind in den Bäumen, Wind in den Bäumen des Cavaillé-Coll-Parks, noch immer. Die Spitze des einen, den Hélène Bastogne durch das große Fenster sehen kann, bewegt sich im selben Rhythmus wie der Schwanz von Liebhaber #2.

Hélène Bastogne kommt gleich.

Der Typ wäre vielleicht auch ein guter Liebhaber gewesen. Der Typ erzählte in dieser Wahlkampfzeit wirklich interessante Sachen. Von der Elfenbeinküste bis zu den Unruhen in den Sozialbausiedlungen vor den Toren von Paris. Die wahre, blutige Poesie des Geheimdienstes.

Er nannte auch Namen.

Dann ging er. Dann kam er am nächsten Tag wieder. Und er erzählte wieder wirklich interessante Sachen, von dem Spiel mit den islamistischen Schläferzellen, den im Irak entführten Journalisten, und er nannte wieder Namen. Und Zahlen.

Hélène Bastogne kommt gleich.

Dinge kommen und gehen, das ist in einer Konsumgesellschaft normal. Der Wind in den Bäumen des Cavaillé-Coll-Parks, der Schwanz von Liebhaber #2 in ihr, die Geständnisse des Geheimagenten im Armani-Anzug, alles kommt und geht in Hélène Bastognes Welt. Ein Roman, um das zu sagen. Aber Hélène Bastogne wüsste nicht, wie. Hélène Bastogne macht sich fast schon Vorwürfe, weil sie es nicht weiß.

Hélène Bastogne braucht Erlösung. Schnell. Hélène Bastogne muss kommen. Schnell. Wie jeder glaubt sie nicht mehr an Gott. Vielleicht an einen Roman. Aber Hélène Bastogne wüsste nicht, wie. Zunächst einmal:

weiß sie nicht, wie die Bäume heißen,

weiß sie nicht, wie man betet,

weiß sie nicht, ob der Spion sie nicht doch ein bisschen verarscht hat,

weiß sie nicht, ob sie schreiben kann.

Hélène Bastogne kommt gleich.

Und trotzdem ist Hélène Bastogne keine Idiotin. Liebhaber #2 ist in erster Linie ein Chefredakteur. Als er sich den

MP3-Mitschnitt von dem Gespräch mit dem Geheim-agenten anhörte, fand er das so wahnsinnig, dass er in Hélène Bastognes Büro in der Zeitungsredaktion herum-tanzte –»Das ist der Knaller, Baby!« – die peinliche Rap-per-Parodie eines paarundfünfzig-, bald schon paarund-sechzigjährigen Babyboomers mit einem unanständig hohen Gehalt.

Und hinterher hatte er Hélène Bastogne ficken wollen. Logisch. Im Moment noch gefällt Hélène Bastogne, in ei-nem Monat wird sie zweiunddreißig, die zynische Anima-lität daran. Liebhaber #2 ist nicht mehr diese abstrakte Macht, die wie ein tyrannischer Nero über die Redaktions-leitung herrscht, die am selben Tag nach New York und wieder zurück fliegt, die sich mit müden und gierigen Ge-sichtern in den Salons der Luxushotels trifft, die Anrufe auf einem Handy entgegennimmt, das wie eine Handfeuerwaffe vernickelt ist.

Nein, Liebhaber #2 hatte mit einem Mal einen Körper. Hormone, Adrenalin, Eau de Cologne. Leicht zittrige Hände, feuchte Schläfen: das Aufblitzen von Amphetaminen, das Aufblitzen von Triumph, das Aufblitzen seiner jubelnden Keimdrüsen. Ein Spion, der auspackt, ein Spion, der Namen nennt, Daten, Beweise, ein Spion, der die Auflage der Zei-tung explodieren lassen wird.

Hélène Bastogne kommt gleich.

Ein stärkerer Windstoß. Die namenlosen Bäume im Ca-vaillé-Coll-Park bewegen sich. Liebhaber #2 kommt jetzt. Wenn sie das alles nach und nach herauströpfeln, können sie die Auflage in den nächsten zwei Wochen verdoppeln.

Hélène Bastogne lässt sich auf den Oberkörper von Lieb-haber #2 fallen. Dann gleitet sie an ihm herunter auf das bordeauxfarbene Bettlaken. Zerknautschte La-Perla-Un-terwäsche. Der Bildschirm eines Mac blinkt. Hélène Bastogne begräbt ihr Gesicht an einem verschwitzten Hals, neben einer wie wild pulsierenden Halsschlagader.

»Also, meine Schöne, wollen wir in diese neue Bar gehen? Sie ist am Quai de Jemmapes.«

»Wenn du möchtest.«

Liebhaber #2 ist ein typischer Babyboomer. Liebhaber #2 gefällt es, junge Frauen, die halb so alt sind wie er und nur ein Drittel so viel verdienen wie er, an langweiligen Orten wie dem Canal Saint-Martin vorzuführen, der mittlerweile vollkommen zu einem Museum geworden ist. Immer in der Hoffnung, dem Geist von Arletty zu begegnen. Arschloch. Sie wird für ihre Mühen noch eine Weile die Hure spielen und ihn dazu bringen, ihr etwas bei Antoine und Lili zu kaufen, einer trendigen Boutique ein Stück die Straße runter, am Quai de Valmy. Ehrlich gesagt hat Hélène Bastogne keine sonderlich gute Laune.

Weil Hélène Bastogne nicht gekommen ist.

Wie üblich.

4.

»Wir haben Berthet nicht erwischt, Monsieur.«

»Sie sind echt dämlich, Moreau. Haben Sie es wieder extern vergeben?«

»Ja, Monsieur.«

»Mit Ihrem Geiz reiten Sie uns noch ganz tief in die Scheiße rein. Waren Sie das, der Anschlag im 10.? Ich hab gerade davon auf France Info gehört.«

»Ja, Monsieur.«

»Wer sind die Toten?«

»Meine beiden Subunternehmer, drei Zivilisten und Morland.«

»Sie haben den Berater umgebracht? Sie sind so dumm, Moreau.«

»Wenn der Berater bei Berthet war, bedeutet das doch, dass der Berater geredet hat, oder?«

»Sie sind ein Idiot, ein Arschloch und ein Trottel. Und zu allem Überfluss haben Sie eins der schönsten Restaurants in Paris zerstört. Von wo aus rufen Sie an?«

»Brady ...«

»Die Straße oder Mockys Kino?«

»Ein Kino, ja, Monsieur. Hier sind lauter Schwarze, die sich einen runterholen, Monsieur. Wem gehört das Kino, sagten Sie?«

»Mocky, Moreau, Mocky. Sie sind zu allem Überfluss auch noch ein kompletter Ignorant. Bleiben Sie dort, Moreau, und warten Sie auf Anweisungen. Ich werde den dämlichen Schlamassel, den Sie angerichtet haben, in Ordnung bringen.«

Sie legen auf.

Moreau ist nicht glücklich. Moreau ist gezwungen, in einem dunklen Kino zu sitzen.

Moreau ist gezwungen, sich einen Schwarz-Weiß-Film mit dem jungen Bourvil anzusehen, der die Kirchenkollekte klaut.

Moreau ist gezwungen, dort zwischen lauter Schwarzen sitzen zu bleiben, die sich einen runterholen.

Berthet wird dafür bezahlen.

5.

Berthet betritt den Gare du Nord. Die Karyatiden machen sich vor dem blauen Novemberhimmel über ihn lustig. Besonders die aus Dunkerque, so kommt es ihm vor. Ein Zug nach Dunkerque, warum nicht? Und dann ein Frachtschiff.

Und was dann?

Berthet dreht komplett durch. Berthet weiß, dass er sich zusammenreißen muss, und zwar schnell. Das ist nicht Joseph Conrad. Das ist nicht Graham Greene.

Berthet hat Die Einheit am Arsch. Berthet trägt einen zerrissenen Anzug, der nach Kordit und Langusten riecht. Berthet hat immer noch einen Ladestreifen für seine Glock, zwei für seine Tanfoglio. Berthet weiß, dass er auf keinen Fall nach Hause gehen kann. Die Einheit wartet dort natürlich auf ihn.

Berthet wohnt allerdings nicht weit von hier entfernt, Passage Truillot im 11., aber es erscheint ihm nun unmöglich, die Rue du Faubourg-du-Temple, die Grenze zwischen den beiden Arrondissements, zu überqueren. So wie es Morland früher mit der Berliner Mauer ergangen sein muss. Der arme Morland.

Aber hey, irgendwie ist das alles Morlands Schuld.

Morland hatte Berthet gesagt, er solle mit dieser Journalistin, Hélène Bastogne, reden. Und dass es Der Einheit sehr helfen würde. So zu tun, als sei er einer vom Geheimdienst. Den Geheimdienst destabilisieren, indem man den Geheimdienst verpfiff. Weil Die Einheit während der Wahlkampfphase dem Alten, dem Präsidenten, gegenüber immer noch loyal ist, während der Geheimdienst eher den Kandidaten der Opposition favorisiert, den Heuchler. Und der Alte will den Heuchler niedermachen.

Jedenfalls hatte es Morland so erklärt.

Innenpolitik, was für ein Scheißdreck, denkt Berthet, während er ein unheimlich unpersönliches Café aus Neon und Edelstahl betritt.

Darin sitzen Menschen mit den angestrengten Mienen aller Abreisenden und andere Menschen mit den angestrengten Mienen derer, die nicht abreisen, aber die nichts Besseres zu tun haben, als diejenigen zu beobachten, die es tun.

Ja, Innenpolitik ist ein Scheißdreck, denkt Berthet, dem es nichts ausmachen würde, in Algier, Abidjan oder Rom zu sterben, aber nicht zwei Kilometer von seiner Wohnung entfernt in einem Arrondissement, in dem es nichts außer Bahnhöfen, Krankenhäusern und Huren gibt.

Oder anders gesagt, einem Arrondissement für hypothetische Abreisen, die an verregnete Orte, zu unheilbaren Krankheiten und bezahlten Orgasmen mit Melaninflecken auf wohlgeformten Ärschen führen.

Ja, Innenpolitik ist langweilig.

Und verdammt, wo wir gerade von Bahnhöfen sprechen! Berthet findet den Gare de l'Est sogar noch deprimierender als den Gare du Nord. Der Gare du Nord macht auf futuristisch und Orwell, aber der Gare de l'Est müffelt immer noch nach den Eingezogenen, die zweimal innerhalb von zwanzig Jahren abfuhren, um sich an der Ostfront abschlachten zu lassen.

Außerdem ist es absurd, dass Berthet Verstecke in einem Dutzend europäischer und afrikanischer Städte hat, von denen nicht einmal Die Einheit etwas weiß, aber hier in Paris, im 10. Arrondissement – nichts, nada, null.

Berthet versteht endlich, wenn auch ein bisschen spät, einen Grundsatz aus *Die Kunst des Krieges* von Sunzi. Ein Buch, das jeder bei Der Einheit behauptet gelesen zu haben, es ist deren Bibel und die Grundlage für Seminare nach dem Spezialeinheitentraining in Guyana.

Berthet dachte immer, dass es ein bisschen angeberisch war, Sunzi zu lesen, irgendwie »Wir bei Der Einheit sind die Philosophenkrieger«, Getue eben.

Aber jetzt muss Berthet zugeben, dass das alte Schlitzauge recht hatte: »Sorge für Frieden in deinen Städten.« Oder anders ausgedrückt, Frieden wäre eine Einzimmerwohnung, die nur er kennt, ausgestattet mit:

sauberen Anzügen,

Waffen ohne Seriennummern,

falschen Papieren,

Medikamenten im Badezimmerschränkchen,
etwas Bargeld,
Handys mit örtlichen Nummern.

Es gibt diese Wohnungen. Die nächste ist in Delft, zwischen Brüssel und Amsterdam. Delft – das tut Berthet sicherlich sehr gut.

Die Straße könnte eine Möglichkeit sein. Geradeaus Richtung Porte de la Chapelle, die Autobahn nach Lille. Ja, genau.

Berthet bestellt an der Theke einen Kaffee. Berthet durchdenkt es. Berthet versteht. Die Einheit will, dass er tot ist, um die Quelle der Geheimdienst-Leaks zu eliminieren. Die Einheit will sich reinwaschen, nachdem die Drecksarbeit getan ist.

Berthet ist deprimiert. Wenn Die Einheit beschlossen hat, ihn auf diese Art loszuwerden, dann, weil Die Einheit ihn für überholt, alt, einen Verlierer hält.

Berthet könnte Hélène Bastogne anrufen und ihr sagen, dass sie reingelegt wurde. Das würde nicht viel bringen, nur Die Einheit verärgern. Egal was er nun tut, er ist definitiv weg vom Fenster.

Berthet will pinkeln. Berthet geht in den ersten Stock des Cafés. Um aufs Klo zu kommen, muss man fünfzig Cent in eine Art Sparschwein an der Türklinke werfen.

Ein obdachloser Penner wartet eindeutig darauf, dass Berthet reingeht und dass Berthet die Tür offen lässt, wenn er rauskommt. Der Geiz dieses Cafés, der Geiz des Penners, der Geiz der Innenpolitik, all das nervt Berthet.

In der Welt, wie sie vorher war, musste man fürs Pinkeln nicht bezahlen. Das zu akzeptieren ist ein weiterer Beweis dafür, dass tatsächlich allen Menschen, die nach der Ölkrise geboren wurden, Überwachungschips eingepflanzt wurden.

Berthet sucht nach passendem Kleingeld. Berthet fühlt den Drang des Penners, pinkeln zu müssen, so stark wie seinen eigenen. Das nervt Berthet noch mehr.

Dann knallt Berthet durch.

Berthet nimmt seine Glock raus und bricht dem Penner mit dem Griff die Nase. Dann findet Berthet endlich die richtige Münze, Berthet betritt das Klo, Berthet zerrt den Penner mit sich rein, was leicht geht, bedenkt man, wie dünn dieses ökonomisch benachteiligte Individuum durch seine Drogenabhängigkeit ist, und sobald die Tür geschlossen ist, zertrümmert Berthet das Gesicht des Penners, indem er mit dem Absatz seines Church's-Schuhs darauf einstampft. Er denkt an:

den Scheißdreck Der Einheit,

den Scheißdreck des Geheimdiensts,

diesen beschissenen Sunzi,

diesen Fasan mit Stopfleber, den er ausfallen lassen musste,

diesen Innenpolitikscheiß.

Der Penner ist schnell verunstaltet und tot. Anstelle seines Gesichts sind dort Knochensplitter, faule Zähne, Fleischfetzen, und ein Auge springt sogar aus seiner Höhle und sieht Berthet missbilligend an.

Berthet pisst, Berthet furzt, und Berthet fragt sich, was in ihn gefahren ist.

Berthet wäscht sich die Hände, Berthet spritzt sich Wasser ins Gesicht, Berthet wischt sich seine Church's und den Hosensaum ab.

Berthet fällt dann ein, dass er vergessen hat, sein Haldol zu nehmen, als er im Chez Michel war. Und das ist das Ergebnis.

Berthet schluckt zwei pinkfarbene Gelkapseln und will gerade rausgehen, als eines seiner beiden Handys vibriert.

6.

»Hallo, mein Freund!«

Liebhaber #2 erkennt sofort die Stimme am anderen Ende des Handys. Liebhaber #2 liebt diese Stimme. Die Ausdrucksweise eines Top-Bürokraten, die Salbung eines Kabinettsministers, der bei den Medien gut ankam, weil die Stimme zwei Essays pro Jahr über Globalisierung veröffentlicht, immer dieselben, und weil die Stimme überall eingeladen wird, um all die Komplimente und Bücklinge der Journalisten entgegenzunehmen. Die Stimme ist eine der zehn oder zwölf mächtigsten Stimmen in Frankreich.

»Hallo, Monsieur.«

Liebhaber #2 versucht, ruhig und entspannt zu bleiben. Um auf Augenhöhe mit der Stimme zu reden. Liebhaber #2 ist schließlich der Chefredakteur einer wichtigen Tageszeitung.

»Ich muss Sie um einen Gefallen bitten, mein lieber Freund …«

Liebhaber #2 wirft sich in die Brust. Liebhaber #2 vergisst, dass er splitternackt in Hélène Bastognes Bett liegt, und dass seine Finger nach Hélène Bastogne riechen. Was Hélène Bastogne betrifft, sie duscht gerade so ausgiebig, dass Liebhaber #2 beleidigt sein könnte, wäre er mit den Gedanken nicht gerade woanders.

»Ich höre, Monsieur.«

»Bei Ihnen arbeitet eine Journalistin namens Hélène Bastogne, glaube ich?«

»Das stimmt, Monsieur.«

Liebhaber #2 verkneift es sich zu sagen: *Das ist ja lustig, was für ein Zufall, gerade habe ich sie noch gefickt, ziemlich gut, wenn ich das mal so über mich sagen darf, und jetzt gehen wir beim Canal Saint-Martin was trinken. Wie sieht's aus, wollen Sie mitkommen? Wir könnten einen Dreier draus ma-*

chen. Diese Dreißigjährigen haben es gern, wenn sie gut ge-
fickt werden, wissen Sie. Wahrscheinlich wegen ihrer gerin-
gen Kaufkraft im Vergleich zur älteren Generation.

Aber Liebhaber #2 kennt die Stimme dafür nicht gut genug. Das ist zu schade. Eines Tages.

»Mademoiselle Bastogne hat einige recht sensible Informationen von einem unserer Geheimagenten erhalten,
nicht wahr?«

Oha. Oha. Vorsicht. Vorsicht, denkt Liebhaber #2.

»Das stimmt. Und wir werden sie auch bald bringen. Aber
wenn das für Sie ein Problem ist, Monsieur, kann ich das
auch aufschieben.«

»Das kommt gar nicht infrage, mein lieber Freund, es ist
gar nicht unsere Art, die Presse zu kontrollieren. Im Gegen-
teil, ich werde Ihnen etwas im Vertrauen mitteilen: Wir
selbst haben diesen Agenten ermutigt zu reden. Es geht dabei um interne Stabilität, das ist sehr kompliziert, eines Tages werde ich Ihnen alles erzählen. Wir sind sehr für Trans-
parenz, mein lieber Freund. Da wäre nur eine Sache. Dieser
Agent möchte Mademoiselle Bastogne noch einiges mitteilen, es sind sehr interessante Dinge.«

»Er kann einfach morgen wieder ins Büro kommen.«

»Da liegt jetzt das Problem. Ein rivalisierender Dienst hat
ihn in ihren Büros bemerkt. Wir sind im Wahlkampf. Er ris-
kiert seine Karriere und sogar sein Leben, wenn er sie wieder
aufsucht. Ihre Journalistin wohnt im 10., nicht wahr? Sagen
Sie ihr, sie soll nach Hause gehen. Unser Mann ist in der
Gegend. Er wird sie dort treffen. Er wird sich dort sicherer
fühlen.

Machen Sie schnell, mein lieber Freund. Sagen wir, noch
in dieser Stunde. Es ist dringend. Wir werden unseren
Mann direkt danach an einen sicheren, ruhigen Ort bringen.«

»Aus Sicherheitsgründen möchte ich bei dem Interview ebenfalls anwesend sein«, sagt Liebhaber #2. »Man weiß ja nie.«

»Ihre Ethik und Ihr Mut gereichen Ihnen zur Ehre, mein lieber Freund, ich wollte gerade dasselbe vorschlagen. Aber unser Agent ist sehr nervös. Es sollte so wirken, als käme dieser Vorschlag von Mademoiselle Bastogne, dann würde er sich sicherer fühlen. Ich zähle auf Sie, mein lieber Freund, und ich werde nicht vergessen, mich Ihnen nach der Wahl erkenntlich zu zeigen.«

Die Stimme legt auf. Liebhaber #2 steht auf, geht zum Schlafzimmerfenster. Liebhaber #2 schaut auf den Cavaillé-Coll-Park hinunter. Kinder spielen, bevor die Dunkelheit hereinbricht, was nicht mehr lange dauern wird. Liebhaber #2 kratzt sich die Eier, Liebhaber #2 blickt zur Fassade von Saint-Vincent-de-Paul. Oh, wirklich kein gutes Beispiel für einen nachgemachten griechischen Tempel.

Liebhaber #2 kratzt sich am Arsch. Liebhaber #2 hat das Gefühl, dass sie ihn genau da haben, wo sie ihn haben wollen. Aber echt jetzt, das ist paranoid, zu viel Koks. Such dir 'nen neuen Dealer, du musst dran denken, dir 'nen neuen Dealer zu suchen.

Hey, sagt sich Liebhaber #2, es ist eigentlich echt gleich um die Ecke, wo ich mich immer mit meinem Dealer treffe. Gleich beim Saint-Louis-Krankenhaus. Ich gehe hin, sobald alles mit diesem Berthet geregelt ist. Ich werde einen Riesenspaß mit der kleinen Bastogne haben. Ich werde Bo Bun bei dem Asiaten in der Avenue Richerand bestellen. Da gibt's das beste Bo Bun in Paris. Koks, Bo Bun und Sex. Wenn man schon einen Abend in dieser lausigen Gegend verbringen muss, dann kann man ihn sich auch schön machen.

Hinter ihm hört die Dusche auf zu laufen. Die Schlampe ist endlich damit fertig, sich den Arsch zu waschen.

Ohne sich umzudrehen, spürt Liebhaber #2 die feuchte Anwesenheit von Hélène Bastogne. Der Schwanz von Liebhaber #2 wird ein bisschen steif. Das ist nicht der richtige Zeitpunkt, auch wenn es einem das Herz erwärmt, wenn man mit über fünfzig sieht, dass die Maschine noch im Bruchteil einer Sekunde zum Laufen gebracht werden kann.

»Während du dich geschrubbt hast, erhielt ich einen Anruf. Man sagte mir, Berthet hätte immer noch eine Menge auszuplaudern, und zwar schnell. Danach ist er dann weg. Er ist offenbar gerade in der Gegend. Das trifft sich gut, findest du nicht? Wir könnten ihn bitten, uns hier zu treffen. Kannst du ihn irgendwie kontaktieren?«

Hélène Bastogne schaut auf den hängenden Hintern von Liebhaber #2. Hélène Bastogne würde diesen miesen Ficker am liebsten rauswerfen. Aber der miese Ficker ist manchmal ein guter Journalist. Nicht oft, aber manchmal. Also sagt Hélène Bastogne: »Ich habe seine Handynummer. Ich rufe ihn an.«

7.

»Moreau?«

»Ja, Monsieur?«

»Sind Sie immer noch im Brady?«

»Wo, Monsieur?«

»Bei Mocky, Sie Trottel.«

»Bei wem?«

»Scheiße, in diesem Kino.«

»Ja, Monsieur, und hier sind immer noch lauter Schwarze, die sich einen runterholen, Monsieur.«

»Sie können jetzt wegtreten, Moreau. Sie gehen zu einer Wohnung an der Place Franz-Liszt, Nummer sieben. Daneben ist eine Bar, die heißt L'Amiral. Der Türcode lautet

1964CA12. Oberstes Stockwerk. Die Wohnung gehört einer Hélène Bastogne.«

»Und?«

»Sie räumen auf. Wenn Berthet nicht da ist, räumen Sie trotzdem auf und warten. Bis Berthet kommt.«

»In Ordnung, Monsieur.«

»Sagen Sie mal, Moreau, welcher Film läuft denn bei Mocky?«

»Was?«

»Der Film, der auf der Leinwand läuft.«

»Irgendwas mit dem jungen Bourvil, der die Kirchenkollekte klaut. Ich verstehe gar nichts. Die Schauspieler sind furchtbar. Und dann noch diese ganzen Schwarzen, die sich einen runterholen ...«

»Moreau, Sie haben keine Ahnung von Film. Und dieser Unsinn von den Schwarzen, die sich einen runterholen – sind Sie ein Rassist, oder was, Moreau? Oder haben Sie vergessen, Ihr Haldol zu nehmen? Wenn Sie vergessen, Ihr Haldol zu nehmen, fangen Sie an, Dummheiten zu machen, das wissen Sie doch.«

»Ich habe mein Haldol genommen, Monsieur, und hier sind wirklich Schwarze, die sich einen runterholen.«

»Na gut. Von mir aus. Auch wenn ich mir nicht vorstellen kann, warum sich irgendjemand zu *Un drôle de paroissien* einen runterholen sollte, es sei denn, es handelt sich um wirklich ernsthafte Filmenthusiasten. Also, Ihre Mission?«

»Oberstes Stockwerk, Place Franz-Liszt, Türcode 1964CA12. Ich räume auf.«

»Gut, Moreau. In Ordnung, machen Sie sich auf den Weg.«

8.

In seinem Bezahlklo im Gare du Nord steckt Berthet sein Handy wieder ein. Hélène Bastogne. Die ihn sehen will.

Vielleicht ist es eine Falle, vielleicht auch nicht. Im Grunde ist es Berthet egal. Berthet hat Kopfschmerzen. Berthet sieht auf die entstellte Leiche des Penners. Vielleicht haben sie bei Der Einheit recht, vielleicht ist er völig kaputt. Der Umstand, dass er total durchgeknallt ist, nur weil er einmal sein Haldol vergessen hat, beweist es. Scheiße.

Da kann er sich auch genauso gut mit Hélène Bastogne treffen. Berthet verlässt das Klo. Zwei Leute warten. Berthet zieht einen offiziellen rot-weiß-blauen Ausweis hervor.

»Gesundheitsamt, vorübergehend geschlossen.«

Und Berthet lächelt. Und Berthet macht eine ausladende, kompetente und freundliche Geste, die besagt, dass alle wieder runtergehen müssen, dass er auch gleich hinterherkommt, direkt nach ihnen.

Berthet verlässt das Café. Berthet verlässt den Bahnhof.

Im 10. Arrondissement bricht die warme Novembernacht herein. Globale Erwärmung. Die Pendler strömen in Scharen herein, auf dem Rückweg in die Vorstädte. Seit Berthet bipolar ist – nein, eigentlich seit er völig psychotisch wurde – erinnert sich Berthet an alle Zahlen, die er sieht. Es ist erschreckend.

Allein heute, zum Beispiel, sah Berthet zufällig auf Postern und in Zeitungen und wird sich ewig erinnern:

Portugals Schulden, die 63 Prozent ihres Bruttosozialprodukts betragen,

wähle 08 92 68 24 20 und sprich hemmungslos mit ganz heißen Bräuten,

349 Euro im Monat, ohne Anzahlung, für einen Passat Trend TDI,

60 Prozent ihrer Haut sind verbrannt, nachdem die junge Senegalesin in einem Bus in den Sozialbausiedlungen von Paris attackiert wurde.

Berthet, der sich gegen den menschlichen Strom bewegt, wandelt also fast automatisch alles in Zahlen um, und er sieht keine Menschen mehr, die den Gare du Nord betreten, sondern:

180 Millionen Fahrgäste jährlich,

27 Gleise,

2 Metrolinien,

3 Regionalbahnlinien,

9 Buslinien,

247 Überwachungskameras,

1 Sonderkommissariat.

Das alles, weil Die Einheit vor ein paar Jahren Berthet zum Leiter einer Arbeitsgruppe ernannte, die Terroranschläge auf das öffentliche Verkehrssystem von Paris aushecken sollte.

Menschen rempeln Berthet an. Berthet will sich jetzt übergeben. Berthets Kopfschmerzen werden immer schlimmer.

Berthet meidet die Rue de Belzunce, nimmt einen anderen Weg entlang des Boulevard de Denain, durch die Rue de Valenciennes, die Rue Lafayette. Berthet ist es heiß. Aber es ist November. Scheiße. Das Ende der Welt kommt.

Man könnte sich fragen, was das alles noch soll, dieses Katz-und-Maus-Spiel in diesem Arrondissement, das jetzt im Zwielicht versinkt, wozu noch dieses Gezänk zwischen dem Geheimdienst, Der Einheit, dem Alten, dem Heuchler.

Um ein Land zu regieren, das dem Untergang geweiht ist, auf einem Planeten im Endstadium?

Berthet erinnert sich an ein anderes Mittagessen mit Morland im Chez Michel, vielleicht vor einem Jahr. Auch da, Daten, geheime Zahlen. Berthet will nicht, dass ihm all diese Zahlen wieder einfallen. Berthet nimmt noch eine Haldol.

Eine pinkfarbene Pille gegen die Apokalypse. Armer Scheißer.

Berthet erreicht die Place Franz-Liszt. Berthet denkt darüber nach, noch einen im L'Amiral zu heben, bevor er sich mit Hélène Bastogne trifft. Berthet zögert, verwirft den Gedanken, obwohl sein Mund von dem Haldol ganz fürchterlich trocken geworden ist.

Der Türcode. Die Treppen, er zieht die Glock und beugt sich dann runter, um die Tanfoglio aus dem Halfter an seinem linken Knöchel zu nehmen. Eine Intuition. Die Intuition eines Spions. Die Intuition eines Psychotikers.

Oberstes Stockwerk. Berthet stößt leicht gegen die halb offene Tür. Heißes Licht von einer Lampe. Er sagt: »Hélène Bastogne?« Keine Antwort.

Berthet tritt fest gegen die Tür.

Berthet macht, Kopf voran, eine Rolle. Berthet hört das furzende Geräusch eines Schalldämpfers. Berthet spürt die Kugeln in seinen Bauch eindringen, in seinen Brustkorb und auch, wie eine sein linkes Ohrläppchen wegreißt.

Berthets sieht eine Combas-Reproduktion an der Wand – das ist also der Geschmack der Dreißigjährigen – und feuert blind. Nach rechts mit der Glock, nach links mit der Tanfoglio. Es klingt nach schlecht ausgerichteten Lautsprechern, einem kaputten Stereo.

Berthet leert seine Ladestreifen.

Berthet steht auf. Berthet spuckt Blut. Berthet hustet in den Dunst.

Berthet stolpert in ein mit Secondhandschick ausgestattetes Wohnzimmer und sieht Hélène Bastogne in einem schäbigen Klubsessel mit aufgeschlitzter Kehle und einen gealterten Romeo, der ihm, wie er sich vage erinnert, bei der Zeitung schon mal begegnet ist. Ihm wurde ebenfalls die Kehle durchgeschnitten, und er wurde obendrein noch entmannt. Seine Eier liegen in einem klassischen Ricard-Aschenbecher auf einem niedrigen Tisch im Vallauris-Stil.

Deshalb ist Berthet wenig überrascht, Moreau ausgestreckt auf einem fadenscheinigen Kelim mit zwei runden Öffnungen in der Stirn zu sehen, den typischen Einschusslöchern der Tanfoglio. Moreau nahm auch Haldol, aber Moreau ließ wahrscheinlich immer wieder welche aus. Sonst hätte Moreau den Restaurantjob nicht so dermaßen versaut. Sonst hätte Moreau den Romeo nicht kastriert. Sonst hätte Moreau die Tür nicht halb offen stehen lassen.

Berthet hustet. Blutklumpen. Von seinem Ohr, das höllisch wehtut, gar nicht zu reden.

Nun, wenigstens hat Berthet Moreau erledigt. Berthet setzt sich in einen anderen Klubsessel. Im 10. Arrondissement ist es jetzt Nacht. Berthet sieht die Wipfel der Bäume im Cavaillé-Coll-Park, die Spitze der Saint-Vincent-de-Paul-Fassade.

Berthet hat Angst. Berthet hat Schmerzen. Er hofft, dass es nicht mehr allzu lange dauern wird.

Er glaubt, den Wind in den Bäumen zu hören. Aber das wäre merkwürdig, bei all dem Verkehr und all den Sirenen unten.

Zwei Minuten später ist Berthet tot.

9.

Drei Tage später ging die Stimme aus reiner Neugier am Gare du Nord vorbei, in die Rue de Belzunce, zur Place Franz-Liszt. Die Stimme ging durch den Cavaillé-Coll-Park zurück, in die Saint-Vincent-de-Paul-Kirche, und die Stimme betete, durchaus ernsthaft, für die Seelen:

von Berater Morland,

von der blonden Bedienung im Chez Michel,
von dem Pärchen, das im Chez Michel zu Mittag aß,
von den zwei inkompetenten Motorradfahrern,
von dem Penner im Klo des Cafés im Gare du Nord,
von Berthet,
von Moreau,
von dem entmannten Chefredakteur,
von Hélène Bastogne.

Dann ging die Stimme raus.

Der Herbst war im 10. Arrondissement immer noch warm.

Und die Stimme sagte sich, dass die Operation alles in allem recht erfolgreich verlaufen war.

TEIL II

DIE VERLORENE BEFREIUNG

WIE EINE TRAGÖDIE

Von Laurent Martin
Place de la Nation

Übersetzt von Jan Karsten

> *Mir gilt die Welt, nur wie die Welt, Graziano;*
> *Ein Schauplatz, wo man eine Rolle spielt,*
> *Und mein' ist traurig.*
> William Shakespeare, *Der Kaufmann von Venedig*

1.

Immer noch derselbe Anblick, derselbe Geruch, dieselbe Abscheu. Nichts hat sich verändert.

Mein Schlafzimmerfenster geht zur Nacht hinaus. Eine Nacht, in der die Stadt in all ihren tausend Lichtern leuchtet. Eine Nacht, in der Männer in ihren Verstecken ungeduldig auf den nächsten Morgen warten. Als Kind habe ich gedacht, dass totes Licht die Erde verlässt und in den Himmel auffährt, um ein Stern zu werden. Das Abendessen ist vorbei. Sie sind gegangen. Meine Schwester Sophie und ihr Ehemann. Fast-Ehemann: Sie heiraten morgen. Deshalb bin ich hier.

Ein paar taumelige Schritte durch mein Zimmer. Nichts hat sich verändert. Die abgenutzten Möbel. Die Tapete. Der trostlose Geruch. Ich habe einen ganzen Tag gebraucht, um hierherzufahren. Die Langeweile und die Anstrengung, hier sein zu müssen. Das wird mich fertigmachen.

Als ich ankam, war der Tisch gedeckt. Beide saßen schon da. Sein Name ist Patrick, und meine Schwester ist schwer verliebt. Das ist alles, was ich weiß. Mutter hat Suppe für uns gekocht. Suppe ist eine Familientradition. Schon seit dreißig Jahren. »Iss, solang sie heiß ist.« Mutter sieht kein bisschen älter aus. Na ja, ein kleines bisschen. Noch immer ist da irgendetwas Trauriges in ihren Augen, sind ihre Wangen rosa, ist ihr Haar pechschwarz. Nicht wie meins, das erst braun wurde und dann weiß. Verdammt, bin ich alt geworden. Abendessen. Interesse an Patrick heucheln. Mit scheußlichen Kopfschmerzen. Patrick ist groß und ziemlich gut aussehend. Meine Schwester ist auch hübsch. Die Jahre haben ihr gutgetan, sie sieht jetzt fast noch besser aus. Irgendwas sagen, egal was, nur damit die Zeit vergeht, und dann drängt Sophie mich, ihnen ein paar Abenteuer zu erzählen. Abenteuer aus meiner Zeit bei der Marine, in der U-Boot-Einheit. »Das ist ein komplett anderes Leben.« – »Dann erzähl uns davon.« Also erzähle ich davon. Die Tauchgänge, die Fahrten, die Einsatzhäfen. Die gefährlichen Situationen, die dir einen Schauer über den Rücken jagen, wenn du keine Ahnung hast, wie so ein U-Boot funktioniert. Ich arbeitete im Maschinenraum. Eine sehr wichtige Aufgabe, und Patrick fand mich interessant. Alle waren glücklich, dass ich wieder da war, freuten sich über meine Geschichten, und ich spielte den verlorenen und nun heimgekehrten Sohn, als wäre nie etwas passiert, dabei wäre ich am liebsten weit, weit weg gewesen. Patrick fragte mich, warum ich aus Paris fortgegangen bin. »Um zu sehen, wie es anderswo so ist.« Er konnte spüren, dass ich log. Aber es gibt bestimmte Geschichten, die erzähle ich lieber nicht. In einem ruhigen Moment dankte mir Sophie fürs Kommen. »Ohne dich würde bei meiner Hochzeit etwas fehlen..«

Wir gingen auseinander. Bis zum nächsten Tag. Ich war wieder allein in meinem miesen Zimmer, in dem ich so viele beschissene Jahre damit verbracht hatte, den Sternen dabei zuzusehen, wie sie die Erde verlassen, und mich zu fragen, ob ich eines Tages wohl den Mut aufbringen würde abzuhauen. Ich musste schon einen guten Grund gehabt haben, in dieser Stadt abzutauchen und in einem U-Boot wieder aufzutauchen, die halbe Zeit des Jahres abgeriegelt von der Außenwelt. Keine Wunder, dass meine Haare weiß sind und meine Augen müde.

2.

Der erste Morgen. Früh aufgestanden, als Erster. Alte Marineangewohnheit. Sechs Uhr, jeden Tag, miese Angewohnheiten wird man nie mehr los. Mutter schläft noch. Ich füttere den Kater. Er muss auch schon fünfzehn oder sechzehn sein. Ich habe den Kerl damals gefunden, einsam und nass, direkt vor unserem Haus. Die einzige gute Tat, die ich jemals getan habe. Glaube ich zumindest. Ich mache mir eine Tasse Kaffee. Mutters Kaffee ist immer noch genauso schlecht. Auch vom Küchenfenster aus kann man die Stadt sehen, die Bahngleise, die Hochhäuser, die sich aus der Dämmerung lösen und gerade erst aufwachen. Es ist noch fast Nacht. Ich nehme mir eine alte Zeitung, die auf dem Tisch liegt. Seiten fehlen. Ich überfliege ein paar der Nachrichten, während ich meinen Kaffee trinke.

In der Stille dieser frühen Stunde sehe ich mich nach dem Bügeleisen um. Es ist noch immer an derselben Stelle. Im Dielenschrank. Alles ist noch immer an derselben Stelle. Ich frage mich, ob ich tatsächlich weg gewesen bin, ob es nicht vielleicht der Kater nach einer schwer durchsoffenen Nacht ist, der mich nur denken lässt, dass ich zehn Jahre abgetaucht war. Mein einziger Anzug muss noch gebügelt werden. Den Schein wahren. Patricks Eltern haben Geld. Sie haben einen großen Raum im Bois de Vincennes gemietet, in einem Restaurant mit einem kleinen Garten. Unsere Familie hat kein Geld für so etwas. Also müssen wir den Schein wahren. Eine Familientradition. Wie die Suppe. Aber ich mache ihr keinen Vorwurf: Mutter tat, was sie konnte, nachdem mein Vater gestorben war. Ein perfekt gebügelter Anzug. Eine Hochzeit im September, wenn die Tage schon kürzer werden, was für eine Idee. Ich lege ihn in meinem Zimmer aufs Bett und schließe die Tür, damit der Kater nicht hereinkommt und sich darauf zusammenrollt.

Jetzt ist Mutter aufgestanden. Sie ist überrascht. Sie hat vergessen, dass ich zurück bin. Dabei bin ich das erste Mal seit zehn Jahren wieder hier.

»Hast du gut geschlafen?« – »Ja! Mein Zimmer sieht immer noch genauso aus wie damals.« – »Was hast du erwartet, was ich tun würde?« – »Ich weiß es nicht.« Sie nimmt sich eine Tasse, schüttet sich Kaffee ein und trinkt einen Schluck. »Dein Kaffee ist sehr stark.« – »Anders mag ich ihn nicht.« Sie gießt etwas Wasser dazu. »Ich hab meinen Anzug für die Hochzeit gebügelt.« – »Das hätte ich für dich machen können.« – »Ich bin dran gewöhnt. Bei der Marine mussten wir alles selber erledigen.« – »Also ist zumindest das nicht mehr, wie es früher war.« Sie lächelt traurig und fügt hinzu: »Geht es dir gut?« Was soll ich darauf sagen? Ich lüge: »Klar! Die Arbeit, das Leben ... alles ist prima.« Sie leert ihre Tasse. Ich sage ihr, dass ich einen Spaziergang machen werde. »Brauchst du was?« – »Nein! Ich habe einfach Lust, ein bisschen spazieren zu gehen.« – »Na, dann hat sich ja doch einiges geändert.« – »Absolut.«

Ich gehe zu Fuß nach unten. Fünfter Stock. Siebenundfünfzig Stufen. Ich erinnere mich daran, wie ruckelig der Abstieg früher gewesen ist. Damals gab es oft Stromausfälle, und das Licht ging aus. Es war stockfinster, und man musste die Stufen im Kopf mitzählen, damit man nicht stolperte. Draußen. Eine Art Platz, auf dem sich zwei Gebäude treffen. Unseres und Olivers. Oliver war ein Freund meines Vaters. Wie auch immer, er lebt längst nicht mehr hier. Die Luft ist kühl. Das seltsame Gefühl, dass diese neue alte Welt viel kleiner ist als die alte, die ich hinter mir gelassen habe. Ein paar Schreie in der Ferne und das Hintergrundrauschen, das niemals verschwindet. Ein Gemisch aus allen Dingen, die in einer Stadt passieren. Noch nie habe ich erlebt, dass es hier still gewesen wäre. Ich gehe die Rue de Fécamp hoch, überquere den Boulevard Daumesnil und biege in die Rue de Picpus ein, die zu dem kleinen Park führt, in dem ich früher viel rumgehangen habe. Dort habe ich mit Marco und den Jungs meine erste Zigarette geraucht. Der Mix aus alten und neuen Wohnsiedlungen bildet den Rhythmus meines Spaziergangs. Nichts hat sich wirklich verändert, aber alles ist anders. Zehn Jahre sind eine Ewigkeit. Ich verlassen den Park in Richtung Place de la Nation. Raus aus dem Viertel. Das Viertel war unser Universum, dort fühlten wir uns als Herrscher der Stadt und der ganzen Welt. Was für ein Witz. Wir waren nicht mehr als zerbrechliche kleine Insekten, die in einem Raum herumirrten, der viel zu laut und unermesslich für sie war.

Und die Seitenstraßen in dieser Gegend waren wie kleine Inseln, auf denen sich das Leben jeweils um ein Café herum gruppierte. Diese kleinen Cafés waren unsere Treffpunkte. Nur selten gingen wir weiter weg. Sehr selten in ein anderes Viertel – für uns war das die Fremde und viel zu weit entfernt von zu Hause. Hastig trinke ich eine Tasse Kaffee in einem dieser Cafés. Ich weiß nicht, ob sich der Name geändert hat. Meine Erinnerung ist etwas verschwommen. Ein paar alte Männer sitzen an einem Tisch und trinken Bier. Sie saßen schon vor zehn Jahren dort, vor hundert Jahren.

Geschäft neben Geschäft, wie überall woanders auch. Die gleichen Schilder, die gleichen Farben. Standardisierung hat sich breitgemacht und alles übernommen. Nichts als Schatten. Gebäude, Autos, Männer, Frauen, die Bevölkerung. Nichts als Schatten, die ich ignoriere.

Ich gehe zurück nach Daumesnil und setze mich ins erste traurige Café, das ich sehe. Eine junge Frau, knapp zwanzig, nimmt meine Bestellung auf. Nur einen Kaffee. Diese Rückkehr in die Vergangenheit ist fürchterlich. Sie zwingt mich, über mich selbst nachzudenken, dabei habe ich die letzten zehn Jahre nichts anderes gemacht, als zu versuchen, mich vor mir selbst zu verstecken, mich zu vergessen. Ich bin immer noch derselbe. Nichts hat sich verändert. Das Wesentliche kommt immer wieder zurück. Dichte, schwere Dämpfe entsteigen den Seelen der Dinge. Das Leichte, das Oberflächliche, das Berauschende ... ich habe es vergessen. Ich tauche aus meinen Gedanken auf und leide an einer schmerzhaften Krankheit: quälende Nostalgie.

Mutter hat sich Sorgen gemacht. »Du hättest ruhig sagen können, wo du hingegangen bist.« – »Wozu denn? Ich bin doch wieder da.« – »Wegen der Hochzeit.« – »Denkst du, ich fahre tausend Kilometer, um dann die Hochzeit meiner Schwester zu verpassen?« Sie hat mir einen Teller mit Fleisch und Soße hingestellt. Ich rühre kaum etwas an. »Schmeckt's dir nicht?« – »Ich habe keinen Appetit.« – »Aber es ist Kalbsragout, das hast du doch immer geliebt.« – »Ja! Das habe ich immer geliebt.« Sie findet, ich sehe blass aus für jemanden von der Côte d'Azur. »In meinem Beruf arbeitet man nicht viel an der frischen Luft.« Dann macht sie noch ein paar Kommentare über meine weißen Haare und dass mein Vater in meinem Alter noch kein einziges gehabt hätte.

Wir machen uns für die Hochzeit fertig. Mutter möchte auf keinen Fall zu spät kommen. Sie hat sogar ein Taxi bestellt. »Zur Hochzeit deiner Schwester fahren wir nicht mit dem Bus!« – »Sie hätte uns ihr Auto leihen können.« – »Das hat sie selber noch gebraucht.« Mutter hat sich für den besonderen Anlass extra ein neues Kleid gekauft. Sie fragt mich, wie ich es finde. Ohne aufzuschauen sage ich, dass es gut aussieht.

3.

Etwa hundert Gäste. An jedem Tisch acht. Ich sitze am Brauttisch. Auf dem Platz, der eigentlich für den Brautvater vorgesehen ist. Der schlimmste Platz auf einer Hochzeit. Ich höre mir höflich das Gerede von Patricks Eltern an. Sie sind Geschäftsleute und echte Arschlöcher. »Unsere Kinder sind so bezaubernd!« Aber ja! Er ist ihr einziger Sohn, also musste alles perfekt sein. Und das merkt man. Eine Band. Essen, und noch mehr Essen. Getränke, und noch mehr Getränke. In diesem Moment hasse ich meine Schwester, aber immer, wenn sie rübersieht, lächle ich ihr herzlich zu. Zwischen zwei Jas und zwei bedeutungslosen Kommentaren schaute ich mir die Gäste genauer an. Die meisten waren Studienkollegen von Patrick. Wirtschaftswissenschaften. Der Apfel fällt nicht weit vom Stamm. Ich kenne keinen einzigen von ihnen. Und ein paar Freunde meiner Schwester, die ich seit Jahren nicht mehr gesehen habe, sind auch da. Die Gesichter sind im Dunkel meiner Erinnerung verschwunden. Zeit. Das Gefühl, als würde ich kopfüber in genau dem versinken, was ich hinter mir lassen wollte. In einem Zug leere ich mein Glas Wein, es ist guter Wein, ich möchte betrunken werden. Patrick spielt den liebenswerten Schwager. Ich leere das nächste Glas. Ich höre kaum noch hin. Das nächste Glas.

Und dann sehe ich sie.

Sie sitzt an einem Tisch und lächelt unbestimmt in die Runde. Zu Beginn der Feier war sie noch nicht da, sie muss gerade gekommen sein. Dasselbe traurige Gesicht. Dasselbe schwermütige Lächeln. Und das kurze Haar noch ein bisschen kürzer. »Ist das Valérie da drüben, die mit dem blauen Kleid?«, frage ich meine Schwester. »Ja.« – »Habt ihr noch Kontakt?« – »Ein bisschen, warum?« – »Bin nur neugierig.« Meine Schwester sieht mich seltsam an. Ängstlich fast. Keine Ahnung, warum. Mein Herz regt sich, rast in meiner Brust, fast wie vor zehn Jahren. Während des Essens schaue ich immer wieder zu Valérie hinüber. Ich bin ziemlich sicher, dass sie mich ebenfalls gesehen hat.

In der Pause vor dem Dessert wird der Champagner serviert. Ich nehme eine Flasche und zwei Gläser und stehe auf. Valérie sitzt allein da, abwesend. Ich gehe zu ihr. Das Gefühl, schon etwas torklig zu sein, kurz davor, in einen bodenlosen Abgrund zu stürzen, einen dieser dunklen Orte, mit denen uns der Alkohol so großzügig belohnt, bevor er seinen Tribut für alle Ausschweifungen einfordert. Charon arbeitet jetzt an Land. Drei tiefe Atemzüge. Ich erreiche ihren Tisch.

[Er nähert sich ihr mit einer Flasche in der Hand. Sie sitzt an einem Tisch.]
Er: Hallo.
[Sie schreckt auf.]
Sie: Hallo ... Ich habe noch nicht den Mut gefunden, rüber zum Tisch des Brautpaares zu gehen ... Du bist zurück?
Er: Zu diesem Anlass. Das ist alles.
Sie: Ich hätte nicht gedacht, dass ich dich noch mal wiedersehe. Sophie redet so gut wie nie von dir.

Er: Bei mir war nicht viel los in den letzten Jahren. Ich habe Champagner mitgebracht. Möchtest du?

Sie: Ja, gerne.

[Er füllt ihr Glas. Sie trinken einen Schluck, um ihre Verlegenheit zu überspielen.]

Sie: Was treibst du jetzt so?

Er: Nicht viel. Ich habe ein paar Jahre auf einem U-Boot gedient. Jetzt arbeite ich in einer Autowerkstatt in Toulon. Und du?

Sie: Ich bin hiergeblieben. Viel läuft nicht. Das ist eine schöne Hochzeit.

Er: Was immer das sein soll, eine »schöne Hochzeit«.

Sie: Deine Schwester und deine Mutter scheinen glücklich zu sein.

Er: Das stimmt. Bist du allein hier? Ohne Begleitung?

Sie: Ja. Ganz allein.

[Stille.]

[Sie stoßen miteinander an.]

Er: Prost

Sie: Prost.

Der Liebestrank wirkt.

Wir verbringen den Rest der Nacht zusammen. Kramen in Erinnerungen. Sie spricht mit mir über U-Boote. Was haben die Leute nur alle mit U-Booten? Valérie. Vor langer Zeit waren wir ein Paar. Sie war eine Freundin meiner Schwester. Sie war wunderschön. Ist sie noch immer. Ihr kultivierter Charme entfaltet sich aufs Hinreißendste vor der Folie meiner rohen, fast animalischen Ausstrahlung. Wir leeren die Flasche Champagner und öffnen eine neue. Die Welt um uns herum tritt in den Hintergrund. Wir sind allein, umschlossen von der lärmenden, singenden, johlenden Menge. Eine schöne Hochzeit.

Ich willige ein, mit meiner Schwester zu tanzen. Sie ist besorgt. Ich bin selig. Ich wünsche ihr viele Momente des Glücks. »Nur Momente?« – »Könnte schlimmer sein, oder?«

Im Garten des Restaurants. Mit Valérie. Im Freien, betrunken, taumelnd, in Richtung Unendlichkeit und frischer Luft. Sie nimmt meine Hand.

4.

Ich kenne ihren Körper noch immer ganz genau. Obwohl wir nur wenige Wochen zusammen waren, kurz bevor ich die Stadt verlassen habe. Jeder Teil ihres Körpers hat sich in mein Gedächtnis gebrannt. Fast wie mit Säure.

Ich lausche ihrem ruhigen Atem. Dann wacht sie auf. Es ist sechs Uhr in der Früh. Wir haben nur ein paar Minuten geschlafen. Die stille Harmonie am ersten Morgen. Die Körper noch in Aufruhr. Hände, die sich berühren, sich abwehren, sich finden. Die Zweifel. Die Fragen. Wer wird sich trauen, das Schweigen zu brechen?

[Sie liegen zusammen, eng aneinandergeschmiegt. Stille.]
Sie: Ich muss gehen.
Er: Schon?
Sie: Ja. Es ist spät. Es ist früh. Ich rufe dich nachher an, oder morgen. Ich muss jetzt wirklich los.
[Sie verlässt das Bett, zieht sich an und hastet davon. Er bleibt allein zurück.]

Sie verlässt das Zimmer. Ich bewege mich nicht. Ich höre die Tür ins Schloss fallen. Schließe deine Augen. Vergiss es. Fange an zu träumen. Aber nichts passiert. Nur dieses Verlangen, das alles durchströmt.

Sie hat nicht angerufen, weder später noch an den Tagen danach.

Ich drückte mich herum. Im Haus. Vor dem Haus. Suchte nach ihr im Telefonbuch. Es gab niemanden namens Valérie Mercier. Wieder und wieder lief ich zu dem Haus, in dem sie früher gewohnt hat. In der Nähe des Boulevard Michel Bizot. Ein Typ kam raus und sagte, er kenne sie nicht. Sie wohne hier nicht mehr. Meine Schwester ist in den Flitterwochen auf irgendeiner Insel in der Karibik. Ich kann sie nicht deswegen nerven.

Nur sehr langsam finde ich ins Leben zurück, nach dem fast tödlichen Stich, den Valéries schmerzhaftes Schweigen mir versetzt hat.

5.

Marco. Er hat gehört, dass ich zurück bin. »Du hättest dich melden können« – »Das wollte ich auch.« Marco. Ein Freund, fast ein Bruder, und der Typ, mit dem ich ständig herumhing, bevor ich die Stadt verlassen habe. Allerdings nicht gerade ein solider Mensch. Wenn ich nicht abgehauen wäre, hätte es schlimm mit mir enden können, wenn ich mich weiter mit ihm herumgetrieben hätte.

Wir verabreden uns an der Place Daumesnil. Das war schon früher immer unser Treffpunkt gewesen. Und alles war genau, wie ich es in Erinnerung hatte. Traurig und grau.

Autos umkreisen einen Brunnen, in den steinerne Löwen Wasser spucken. Er verspätet sich. Ich gehe ein wenig herum. Ausgebrannt und müde von den vielen Nächten, in denen ich mich schlaflos herumgewälzt habe, fieberhaft, auf das Klingeln des Telefons wartend, auf Valéries Stimme, auf ihren Atem. Dieses beschissene Verlangen. Er fährt in einem hübschen kleinen englischen Wagen vor.

Marco hat sich kaum verändert. Ein großer blonder Typ mit lachenden Augen. Wir begrüßen uns mit Küssen auf beiden Wangen. »Ich freu mich, dich zu sehen.« – »Ich mich auch.« Wir suchen uns ein Café, in dem wir etwas trinken können.

»Also! Wie geht's dir, was gibt's Neues?« – »Ich habe es geschafft, mich in die Gesellschaft einzugliedern, wie es so schön heißt. Ich leite eine Sicherheitsfirma. Ich vermittle harte Jungs für große Partys und Konzerte und so.« – »Und du hattest keine Probleme, die Firma aufzubauen?« – »Nein, ich kenne ein paar Leute, die mir geholfen haben.« – »Das ist gut.« – »Ja. Und wie sieht's bei dir aus?« – »Ich schlag mich so durch. Ich habe lange Zeit bei der Marine gedient, auf einem U-Boot, in Toulon.« – »Das hat mir deine Mutter damals erzählt.« – »Jetzt habe ich einen Job in einer Autowerkstatt gefunden und mir von meinen Ersparnissen eine kleine Wohnung gekauft.« – Ein beschauliches Leben.« – »Irgendwie schon. Ein bisschen zu beschaulich.« – »Warum ziehst du nicht wieder her? Ich bringe dich schon irgendwo unter.« – »Du weißt, dass das nicht geht.« – »Alles ist möglich. Vor allem heutzutage.« Wir unterhalten uns über die vergangenen Jahre. Verlorene Jahre. »Ich will heute Abend ein bisschen ausgehen. Hast du Lust mitzukommen?« – »Klar.«

Eine schöne klare Nacht. Sie gehört uns und der Feier unseres Wiedersehens. Darum geht's.

Rund um die Bastille hat sich alles, oder so gut wie alles, verändert. Wir beginnen den Abend an einem Ort mit tropischer Atmosphäre und einer gewissen Klasse. Dann ziehen wir weiter zu einer neuen Bar, die im indischen Stil dekoriert ist. Schließlich landen wir in einem angesagten Nachtklub, der sich über drei Etagen erstreckt. Marco kennt jeden. Er stellt mich als seinen Jugendfreund vor, der endlich heimgekehrt ist. Man behandelt mich mit Respekt. Ich bemerke, wie er hin und wieder diskret mit Leuten spricht. Marco scheint etwas mehr zu sein, als nur der Chef einer Sicherheitsfirma. Ich frage ihn nicht danach, denn es geht mich nichts an. Wir werden ziemlich betrunken. Vor allem ich. Ich möchte vergessen, dass ich überhaupt existiere. Vergessen, dass Valérie existiert. Doch solche Dinge lassen sich nicht so leicht vergessen.

Irgendwann landen wir auf der Party eines Freundes von Marco. Es ist eine große Feier in einem riesigen, frisch renovierten Loft in der Nähe der Rue Crozatier. Ich wälze mich eine Stunde mit einer Flasche Rum auf einer Ledercouch herum. Ich schwebe, bis ich aufstehe und irgendwohin kotze. Ich bemerke, dass der Freund einen ziemlich Aufstand macht. Marco sagt ihm, er soll sich beruhigen, und wir verschwinden.

Im Auto ans Ufer des Sees im Bois de Vincennes, außerhalb der Stadt. Der Morgen dämmert. Der Rausch verschwindet langsam und macht Glückseligkeit Platz. Das Geräusch des Wassers. Das Geräusch von Schritten. Die Geräusche der großstädtischen Stille. Marco, der vor mir geht. Der plötzlich stehenbleibt. »Sieh mal!« Eine Feldmaus, am Rande des Wassers. Marco greift nach einem alten, herumliegenden Ast. Er geht weiter, bleibt wieder stehen und beginnt, auf das arme Tier einzuschlagen. Die überraschte Maus zerspringt in kleine Teile. Marco hört nicht auf. »Was machst du da?« Keine Antwort. Er schlägt weiter. Und weiter und weiter. Dann verstehe ich: Wir gehören jetzt unterschiedlichen Welten an. Wir haben uns weit auseinandergelebt. Schließlich hört er auf. Sein Atem geht schwer. »Willst du nach Hause ins Bett?« – »Ja.«

Auf der Rückfahrt die Frage. Die Frage, die ich mich nicht zu fragen getraut habe. »Bist du nicht in Schwierigkeiten geraten?« – »Weswegen?« – »Vor zehn Jahren.« – »Nein! Da kam gar nichts. Ich habe die ganze Sache vergessen.« – »Ich konnte es nicht vergessen.« – »Du hast falsch gelegen. Du hättest nicht gehen müssen. Nichts ist passiert.« – »Das wussten wir ja nicht. Und es war gut für mich, dass ich gegangen bin. Wer weiß, was sonst aus mir geworden wäre.«

6

Marco ruft an. »Was hast du heute Abend vor?« – »Nichts. Nicht viel.« – »Ich nehm dich mit. Ich komme gegen zehn vorbei und hol dich ab.« – »So spät?« – »Ja.« Er legt auf.

Ich verbringe den Tag mit Mutter. Ich helfe ihr dabei, ihr Schlafzimmer zu tapezieren. Erst war sie zögerlich, aber ich habe sie überzeugt. »Dein Vater mochte diese Tapete.« – »Mein Vater ist seit fünfzehn Jahren tot.« – »Ja, das stimmt.«

Gegen zehn. Ich höre das Hupen eines Autos. Ich sehe raus. Marco hält seinen Kopf aus dem Fenster eines dunklen BMWs. Er winkt mir zu. Ich gehe runter. »Verdienst du genug, um dir den leisten zu können?« – »Nein, der ist geliehen. Steig ein.« Ich setze mich zu ihm. Er schiebt eine CD ins Autoradio und dreht die Lautstärke voll auf. Der Bass bringt das ganze Auto zum Vibrieren. Ich rufe: »Wohin fahren wir?« – »Wart's ab.«

Wir verlassen unser Viertel, fahren aus Paris heraus in die Vororte. Er macht die Musik leiser. Wir erreichen das Industriegebiet von Rungis. Es herrscht wenig Betrieb, so spät am Abend. Wir fahren vorbei an Schuppen und Lagerhäusern. Große, schwarz-weiße Gebäude, wie in alten Filmen. Wir wenden, Marco biegt rechts in eine Straße ein und rollt vor einem offenen Schuppen aus. Wir gehen rein.

Im Innern ein englischer Laster und zwei kleine Lieferwagen. Ein paar Männer laufen herum. Die Sache beunruhigt mich. »Was läuft hier ab?« – »Nichts. Geschäfte.« – »Was ist das für eine Scheiße?« – »Komm mit!« Wir steigen aus dem Auto. Wir gehen rüber. Marco begrüßt die Typen. Es sind vier; sie sehen mich eigenartig an. »Er ist ein Freund, kein Problem.« Sie nehmen Kisten aus dem Lkw und laden sie in die Lieferwagen. »Was ist da drin?« – »Zigaretten und Stereoanlagen.« – »Du verarschst mich. Ich hab dir doch gesagt, dass ich mit so einem Scheiß nichts zu tun haben will.« – »Reg dich ab, es dauert nicht lange.« – »Ist das deine Nummer hier?« – »Nein. Ich beaufsichtige das für jemanden.« – »Für wen?« – »Erinnerst du dich an das Café du Commerce?« – »In der Rue de Wattignies?« – »Ja. Der Wirt hat einen Sohn, Frédéric Dumont.« – »Kann sein.« – »Für den arbeite ich. Ich organisiere die Arbeitskräfte.« – »Hast du diese Scheiße nicht satt?« – »Was erwartest du von mir? Soll ich für die verdammte Bahn arbeiten wie dein Vater oder in einer Fabrik wie meiner? Soll ich mich kaputtbuckeln wie so'n Arschloch für ein beschissenes Gehalt?« – »Dazu zwingt dich doch keiner.« – »Ich weiß nicht, was ich sonst tun soll.«

Ein Telefon klingelt. Einer der Typen geht ran. Kurz darauf gibt er einen Befehl, und alle setzen sich in Bewegung. Marco packt mich am Arm. »Schnell! Wir müssen abhauen.« Wir rennen rüber zum BMW. »Fährst du?« – »Warum?« – »Weil du der beste bist.« Er wirft mir die Schlüssel rüber. Ich starte den Wagen. »Wir müssen verschwinden. Die Zollfahnder rücken an.« Ich beschleunige. Er ist mein Co-Pilot. »Rechts. Links. Jetzt *gib Gas!*« Ich lasse die Autolichter ausgeschaltet. In der Ferne scheint sich etwas zu bewegen. »Park da im Schatten.« Ich schalte den Motor aus. Stille. Ein Ring aus Licht kommt langsam näher. Ein Auto fährt vorbei. Der Zoll. Ich beobachte im Rückspiegel, wie es kleiner wird. Dann biegt es ab, ich starte den Wagen, und wir rasen davon. Marco schaut weiter aus dem Rückfenster. »Alles klar? Machst du dir Sorgen?« – »Nicht um uns. Aber um die Ware. Meinen Anteil.« – »Du hättest mich niemals in diese Sache mit reinziehen dürfen.« – »Tut mir leid. Ich dachte, es würde dir Spaß machen. Woher hätte ich das wissen sollen?« – »Du gehst mir auf die Eier.«

7

Die Sonne taucht die Stadt in ein seltsames Licht. Irgendwie warm und friedlich. Ich mache einen langen Spaziergang zum Lycée Paul-Valéry. Dort habe ich mich mit Marco verabredet. Unser altes Gymnasium. Eher mein altes Gymnasium; Marco ist nicht oft in der Schule gewesen. Aber ich habe mich wirklich bemüht. Vor allem in Französisch und Geschichte. Aber warum bin ich dann heute Mechaniker?

Marco ist schon da. Sitzt auf der Motorhaube seines BMW. Wir suchen uns ein nahe gelegenes Café. Wir sitzen draußen. Wir bestellen, dann reden wir Unsinn.

Und dann hat sie ihren Auftritt. Zum zweiten Mal. Valérie. Mit großen Schritten läuft sie eilig vorbei, als wäre sie spät dran. Ich rufe ihren Namen. Ich stehe auf. Ich laufe ihr hinterher. Schließlich dreht sie sich um.

[Sie läuft zügig über die Bühne. Er ruft nach ihr. Sie dreht sich um.]
Sie: Was machst du hier?
Er: Nichts. Ich trinke einen Kaffee. Hast du etwas Zeit?
Sie: Nein, tut mir leid. Jemand wartet auf mich.
Er: Du hast nicht angerufen.
Sie: Ich weiß, ich war sehr beschäftigt.
Er: Ich habe gewartet. Ich konnte dich nicht erreichen.

Sie: Verzeih mir.

Er: Es gibt nichts, was ich dir verzeihen müsste. Ich bin nur auf der Durchreise.

Sie: Ich verspreche dir. Sobald ich …

Dann höre ich eine Stimme: »Mami!«

[Aus dem Off ruft eine Stimme.]

Valérie dreht sich weg. Ein kleines Mädchen läuft auf sie zu. Etwa acht Jahre alt. Valérie schaut mich kurz an. Auf ihrem Gesicht erkenne ich tiefe Verzweiflung. Hinter dem kleinen Mädchen erscheint ein Typ. Ein großer Typ. Er kommt mir bekannt vor.

Sie: Ich muss weiter.

Er: Ich verstehe.

Sie: Ich ruf dich an.

Er: Spar dir die Mühe. Ich verstehe vollkommen.

Sie: Das glaube ich kaum.

[Sie dreht sich um und geht ab.]

Sie geht davon. Zittrige Beine, explodierendes Herz, jeden Moment werde ich auf dem Asphalt zusammensinken. Zwei Atemzüge. Ich gehe zurück zum Café. Marco stellt mir Fragen. »Du kennst Valérie Dumont?« – »Was?« – »Das Mädchen, dem du hinterhergelaufen bist.« – »Sie ist eine Freundin meiner Schwester. Wir haben uns auf der Hochzeit gesehen. Ich wusste nicht, dass ihr Nachname Dumont ist.« – »Es ist der Name ihres Mannes. Ich habe dir von ihm erzählt, in der Lagerhalle. Ich erledige ein paar Sachen für ihn. Wenn du willst, stelle ich euch vor.« – »Das ist nicht nötig. Das ist wirklich nicht nötig.«

8.

Zerbrochenes Herz, niedergeschlagen und verletzt. Bauch-
krämpfe. Ich komme vom Bahnhof. Mein Zugticket. Morgen fahre ich nach Toulon.

Das Telefon klingelt. Ein kurzes Gespräch. Mutter in der
Tür. »Ein Anruf für dich.« – »Marco?« – »Nein, es ist eine
Frau.«

Ich stürze zum Telefon.

Sie ist es.

*[Sie auf der einen, er auf der anderen Seite der Bühne. Sie
sprechen in ein Telefon]*

Sie: Antoine?

Er: Ja!

Sie: Es tut mir leid.

Er: Du hast mir nicht gesagt, dass du verheiratet bist.

Sie: Ich weiß.

Er: Oder dass du eine Tochter hast.

Sie: Ich weiß. Verzeih mir. Als wir uns wiedersahen ... ich
war auf einmal so ... Ich wusste nicht, wie ich mich verhalten sollte.

Er: Und jetzt?

Sie: Ich weiß es immer noch nicht. Aber wir können uns
treffen, wenn du möchtest.

Er: Das ist keine gute Idee.

Sie: Was meinst du damit?

Er: Du bist verheiratet, du bist Mutter, das alles.

Sie: Das ist kein Problem.

Er: Ich werde fortgehen.

Sie: Das musst du wissen.

Er: Stimmt. Wann?

Sie: Jetzt.

Er: Es ist schon Nacht.

Sie: Ich warte hier bei mir auf dich. Es ist niemand zu Hause.
[*Sie legen auf und gehen in unterschiedliche Richtung von der Bühne ab.*]

»Ich bin noch mal kurz weg und treffe mich mit einer Freundin«, rufe ich Mutter zu. »So spät noch?« – »Sie hat sonst keine Zeit.« – Gut, mein Sohn.« – »Ich nehme Sophies Auto.«

9.

Ich rase durch die dunkle Nacht. Nur ein Gedanke treibt mich an. Zu ihr. Schnell zu ihr. Schnell. Ein hübsches Appartement am Boulevard Diderot. Ich klingle. Sie öffnet die Tür.

[*Die Türklingel läutet. Sie zögert kurz, setzt sich dann in Bewegung, richtet ihr Haar mit einer Hand und öffnet die Tür.*]
Sie: Komm rein.
Er: Danke ... schöne Wohnung ... Ihr habt Geld, was?
Sie: Ich nicht.
Er: Aber dein Mann.
Sie: Ja. Möchtest du etwas trinken?
Er: Etwas Starkes.
Sie: Cognac?
Er: Perfekt.
[*Sie gießt Cognac in ein Glas.*]

Ich schließe meine Augen. Was treibe ich hier? Ich hätte heute fortgehen sollen. Ich hätte niemals herkommen dürfen. Sie macht mir einen Drink.

[*Sie bringt ihm ein Glas.*]
Sie: Bitte schön.
[*Er nimmt einen großen Schluck.*]
[*Schweigen.*]

Ich trinke fast den ganzen Cognac in einem Schluck. Dann Stille. Dann Schweigen. Wie zwei Fremde im Fahrstuhl.

[Sie nimmt seine Hand und beide gehen ab.]

Sie nimmt mich an die Hand. Sie führt mich langsam die Treppen hinauf, in ein Schlafzimmer. Nicht das gemeinsame Schlafzimmer. Ein Gästezimmer. Sie lässt nur eine kleine Lampe brennen. Sie streichelt über mein Gesicht. Ihre Hand zittert. Und wir lieben uns. Ineinander verschlungen, atemlos, erschöpft, trauen wir uns nicht mehr, etwas zu sagen.

[Die beiden liegen in einem großen Bett atemlos, dicht aneinandergedrängt. Wir können vermuten, dass sie unter den Laken nackt sind. Schweigen.]
Sie: Warum bist du fortgegangen?
Er: Warum? Weil ich die Stadt nicht mehr ertragen konnte.
Sie: Du magst Paris nicht? Unser Viertel?
Er: So einfach ist es nicht. Ich liebe die Stadt, aber ich hasse sie auch. Es ist die Stadt meiner Kindheit. Das ist eine entsetzliche Sache! So viele Jahre ... so viele schmerzhafte Jahre.

Stille.
Sie legt ihre Hand auf meine Wange.

Sie: Weißt du, ich war ziemlich verliebt in dich.
Er: Ich war auch schwer verliebt in dich.
Sie: Wir hatten Sehnsucht nacheinander.
Er: Und wie!
Sie: Und du bist fortgegangen.

Er: Ja ... und was nun?

Sie: Hör auf damit.

Er: Hör auf womit?

Sie: Ich habe noch eine lange Zeit von deinem Körper geträumt.

Er: Du weichst mir aus. Und was jetzt?

Sie: Ich kann die Frage nicht beantworten. Die einzig mögliche Antwort würde dir nicht gefallen. Und mir würde sie auch nicht gefallen.

Er: Ich kenne die Antwort.

Sie: Da bin ich mir nicht so sicher.

Er: Und deine Familie?

Sie: Was ist mit meiner Familie?

Er: Ich weiß es nicht.

[Sie legt ihre Hand über seinen Mund.]

Sie: Psst. Sprich nicht über die Zukunft. Sie existiert nicht.

[Sie umarmen sich.]

10.

Ich entschließe mich, noch etwas länger in Paris zu bleiben. Meine Mutter ist überglücklich. Am nächsten Tag treffe ich mich mit Valérie. Wir gehen spazieren. Kurze Augenblicke, die wir dem Rest der Welt entreißen. Augenblicke, ganz für uns, innerhalb der ständigen Bedrohung, bevor das unausweichliche Ende über uns zusammenschlägt.

[Sie durchschreiten die Bühne, halten sich an den Händen.]

Sie: Morgen habe ich keine Zeit. Aber später ...

Er: Später?

Sie: In ein oder zwei Tagen. Ich kann's noch nicht genau sagen, es ist kompliziert.

Er: Ich bitte dich um nichts.

Sie: Ich weiß. Es ist nicht leicht für mich.

Er: Für mich auch nicht.

[Sie gehen ab.]

Abend. Marco kommt vorbei, um mich abzuholen. »Wohin gehen wir?« – »Ein Nachtklub nahe der Bastille.« – »Das gefällt mir überhaupt nicht.« – »Ich muss dir was sagen.« – »Was denn?« – »Wart's ab.«

Es ist kein richtiger Nachtklub. Nur eine große Bar, aus deren Hinterzimmer laute Musik dröhnt. Wir bestellen Cocktails. »Was wolltest du mir sagen?« – »Noch ein bisschen Geduld. Eigentlich möchte ich dich jemandem vorstellen.« – »Ich mag deine Geheimnistuerei nicht. Beim letzten Mal war ich richtig sauer auf dich.« – »Letztes Mal ist alles gut gegangen.« Wir trinken aus und bestellen erneut. Drei Männer kommen herein. Marco winkt ihnen zu, und sie kommen an unseren Tisch. Ich kenne einen von ihnen aus der Lagerhalle, und ich erkenne Dumont. Was macht er hier? Marco stellt uns einander vor. Dumont starrt mich an. »Kennen wir uns nicht von irgendwoher?« – »Kann sein. Ich komme aus dem Viertel, aber ich war 'ne ganze Weile fort.«

Marco lobt mein Talent als Fahrer. Das weckt Dumonts Interesse. »Und was machst du im Augenblick so, mein Freund?« Ich kann es überhaupt nicht leiden, wenn mich jemand einfach so »mein Freund« nennt. »Ich arbeite in einer Werkstatt.« – »Ich kann dich vielleicht gebrauchen.« – »Ich wüsste nicht, wozu.« – »Als guten Fahrer.« – »So was mache ich nicht mehr.« – »Marco, du solltest ihn überzeugen.« – »Ich kümmere mich darum.« – »Keine Chance.« Dumont schaut mich kalt an. Er mag es nicht, wenn man ihm widerspricht. »Ich habe das Gefühl, wir werden uns wiedersehen.« – »Das glaube ich kaum. In ein paar Tagen verschwinde ich von hier.« Er antwortet nicht. Er verschwindet mit seinen beiden Leibwächtern. Marco sagt nichts. »Warum hast du mich hierhergebracht? Warum hast du mich dem Kerl vorgestellt?« – »Damit du hierbleibst. Er hat Arbeit für dich.« – »Ich bin nicht auf der Suche nach Arbeit. Du kapierst es einfach nicht. Ich will nicht in Paris bleiben. Ich kann nicht in Paris bleiben. Ich möchte so schnell wie möglich von hier fort.«

11.

Augen tauchen in die Nacht. Valérie kommt zu mir rüber. Ich kann ihren Atem spüren und dann ihre Arme, die mich halten.

[Sie geht zu ihm hin und legt ihre Arme um seine Schultern.]
Sie: Woran denkst du gerade?
Er: Was mir im Leben gefehlt hat.
Sie: Habe ich dir gefehlt?
Er: Vielleicht. Schwer zu sagen. Ich hatte vergessen, was du mir bedeutet hast, aber als ich dich auf der Hochzeit wiedersah, war auf einmal alles wieder da. Es ist niemals richtig weg gewesen. Es hatte sich die ganze Zeit über nur versteckt, bereit, jederzeit wieder zum Vorschein zu kommen.
Sie: Du hast mir immer noch nicht verraten, warum du damals wirklich fortgegangen bist.
Er: Ich habe es niemandem erzählt. Der wahre Grund ist viel zu grausam.
Sie: Sag es mir.
Er: Die Wahrheit tut weh.
Sie: Ist es wirklich so schlimm?
Er: Ich denke schon ... Vor zehn Jahren trieb ich mich viel mit Marco herum ...
Sie: Ich weiß.

Er: Wir haben eine Menge Mist gebaut. Fast wie Kleinkriminelle. Ich für meinen Teil hatte immer noch die Vorstellung von so etwas wie einem normalen Leben im Kopf. Aber Marco ... hatte schon eine gewisse Grenze überschritten. Und eines Tages hatten wir dieses Problem mit einem Typen. Marco bat mich, ihn zu einem Treffen zu begleiten. Er müsste was Geschäftliches klären. Mitten in der Nacht, kurz nach zwölf. Wie sich rausstellte, schuldete der Typ Marco eine Menge Geld. Nun sollte er ihm etwas davon zurückzahlen. Es war in Bercy, bei den Speichern, in denen der Wein gelagert wurde, bevor sie alles abgerissen haben. Ein verlassener Ort. Der Typ wartete dort auf uns, auf seinem Moped. Wir waren mit dem Auto gekommen, ich fuhr, wie meistens ... Marco stieg aus und sprach mit ihm. Dann schrien sie sich an. Der Kerl stieß Marco zu Boden, sprang auf sein Moped und fuhr los. Marco rappelte sich hoch, kam zurück zum Auto und sagte mir, ich solle dem Kerl hinterherfahren. Und das tat ich. Der Typ hatte keine Chance, uns zu entkommen. Als er merkte, dass wir näher kamen, bremste er ab, wendete, stieg ab und zog eine Pistole aus seiner Jacke. Es war zwar Nacht, aber der Mond schien hell, und wir konnten deutlich erkennen, dass er direkt auf uns zielte. Wir duckten uns. Ich gab Vollgas ... Er kam nicht mehr dazu, zu schießen, ich hatte ihn voll erwischt ... Der Aufprall hatte uns ziemlich durchgerüttelt. Wir setzten zurück. Der Typ lag auf dem Boden. Tot ... Ich beschloss, auf der Stelle auszusteigen. Marco wollte weitermachen. Wir schworen uns, den anderen niemals zu verpfeifen, wenn einer von uns deswegen verhaftet werden sollte.

[Schweigen.]

Sie: Ich habe sehr lange geglaubt, dass du wegen mir weggegangen bist.

Er: Nein, ich bin vor dieser Sache weggelaufen. Ich hatte Blut an den Händen. Und ich wollte nicht dafür bezahlen. Aber tatsächlich habe ich dafür bezahlt. Zehn Jahre – ein Leben als Verbannter.

Sie: Es war kein bisschen deine Schuld. Es war nur ein Unfall.

Er: So etwas wie nur ein Unfall gibt es nicht.

[Schweigen.]

Sie: Möchtest du etwas trinken?

Er: Nein.

[Schweigen.]

Sie: Ich habe Angst.

Er: Warum?

Sie: Du hättest nicht zurückkommen sollen. Wir hätten uns nicht wiedertreffen sollen. Wir werden Menschen unglücklich machen.

Er: Menschen? Wen?

Sie: Uns, vielleicht. Und unsere Familien ...

Er: Was unsere Familien angeht: Wir müssen einfach nur verschwinden.

Sie: Was ist mit uns?

[Schweigen.]

Sie: Mir ist kalt.

Er: Lass uns zurückgehen.

[Sie gehen ab.]

12.

Drei Uhr morgens. Das Telefon. Ich steige aus dem Bett. Mutter auch. Sie denkt bestimmt, es sei Sophie. Marcos Stimme. Ich beruhige Mutter. »Antoine, bist du's?« – »Weißt du, wie spät es ist?« – »Du musst mir helfen.« – »Wo steckst du?« – »Auf dem Land. Seine-et-Marne. Ein Dorf namens Ferrière.« – »Was treibst du denn da?« – »Ich habe den

BWM geschrottet.« – »Jemand verletzt?« – »Nein.« – »Wie kann ich helfen?« – »Hol mich hier ab.« – »Jetzt?« – »Ja! Ich bin am Marktplatz, vor der Kirche, mitten im Dorf. Ich bin schon drei Kilometer zu Fuß gelaufen. Ich hab die Schnauze voll.« – »Bin schon unterwegs.«

Ich ziehe mich schnell an. Ich schnappe mir die Schlüssel und die Papiere von Sophies Auto. Zwei Minuten später fahre ich auf der Autobahn nach Osten. Vorwärts durch die Nacht. Was für ein Arschloch, dieser Marco. Ich fahre etwa eine halbe Stunde. Dann biege ich auf eine Straße ein, die nach Marne-la-Vallée führt. Kleine Straßen und Dörfer rauschen vorbei. Verfahr dich nicht. In dieser Gegend bin ich noch nie gewesen. Endlich sehe ich ein Schild mit der Aufschrift *Ferrière*. Nach links abbiegen. Was zur Hölle mache ich hier eigentlich noch mal? Geh zurück nach Toulon. So schnell wie möglich. Geh zurück nach Toulon. Schließlich bin ich da. Das Dorf schläft tief und fest. Ich werde langsamer und halte vor der Telefonzelle. Niemand. Wo ist der Idiot? Ich schalte den Motor aus. Gerade will ich aussteigen, da setzt sich Marco auf den Beifahrersitz. »Danke, ich schulde dir was.« – »Du schuldest mir überhaupt nichts.« Ich starte das Auto. »Was ist mit deinem Wagen?« – »Darum kümmere ich mich später.« – »Eines Tages wird es dich erwischen.« – »Eines Tages. Aber nicht heute. Du bist hier. Du hast mir den Arsch gerettet.«

Ich setze Marco vor seinem Haus ab. Er ist aus der Rue de Fécamp in ein vornehmeres Appartement in der Rue Montgallet gezogen. Er dankt mir erneut. »Steht deine Entscheidung wegen Dumont endgültig fest? Du möchtest nicht für ihn arbeiten?« – »Nein! Auf keinen Fall.« – »Vielleicht ist es besser so.« Und er fügt hinzu: »Wie fühlt es sich an, mit seiner Frau zu schlafen?« – »Was?« – »Du hast mich genau ver-

standen.« – »Was willst du von mir? Bist du bei der Sitte?«
– »Eines Tages wird euch irgendjemand auf die Schliche
kommen.« – »Na und?« – »Dumont ist nicht besonders
weichherzig. Er wird dich übel zurichten. Und seine Frau
auch.« – »Er wird es niemals herausfinden.« – »Ich hab's
rausgefunden, und ich hab's nicht mal wissen wollen.
Nacht!« Er schlägt die Autotür zu. Ich muss wirklich aus dieser Stadt verschwinden. So schnell wie möglich. Bevor die
Dinge richtig eklig werden.

13.

Zwölf Uhr mittags. Valérie wartet auf mich. Sie möchte mit
mir reden. Nicht bei ihr zu Hause, in irgendeinem abgelege-
nen Café. Ich nehme das Auto meiner Schwester. Ich bin
müde. Der Schlafmangel der letzten Nacht macht mir noch
zu schaffen. Ich gehe rein. Ich sehe mich nach Valérie um.

[Er tritt ein. Sie sitzt an einem Tisch. Er geht zu ihr.]
Er: Was gibt's?
Sie: Ich musste dich sehen. Gestern Abend habe ich mit
meinem Ehemann gesprochen.
Er: Was?
Sie: Ich habe ihm gesagt, dass ich eine Affäre mit jemandem habe.
Er: Das ist nicht wahr!
Sie: Was hätte ich denn tun sollen? Er meinte, ich würde
mich seltsam verhalten. Er hätte angefangen nachzufor-
schen, und er hätte damit Erfolg gehabt. Er kam ziemlich
spät nach Hause. Ich habe gewartet, bis es so ungefähr ein
Uhr gewesen ist. Er sah aus, als würde ihn etwas beschäf-
tigen. Ich habe mir mit zwei Gläsern Cognac Mut ange-
trunken. Und dann habe ich ihm alles erzählt. Ich habe
ihm nicht von dir erzählt. Er bestand auf einen Namen, er

bedrohte mich, er brüllte mich an. Glücklicherweise wachte unser kleines Mädchen auf, da beruhigte er sich ein wenig.

Er: Und dann?

Sie: Ich habe ihm gesagt, dass ich mit dir von hier verschwinden werde.

Er: Mit mir?

Sie: Erinnerst du dich, als wir über die einzig mögliche Antwort auf die Frage nach unserer Zukunft sprachen? Es ist nicht die Antwort, die du erwartet hast. Ich bleibe nicht hier. Ich gehe fort. Ich gehe fort, weil es das Einzige ist, was ich tun kann, auch wenn es vielleicht nicht gut für mich ist oder für dich. Ich möchte die nächsten Tage, die nächsten Wochen mit dir verbringen, so weit weg von hier wie möglich.

[Er geht zu ihr hin und legt seine Arme um sie.]

Ich nehme sie in den Arm. Ich drücke sie so fest, dass sie fast zerbricht. Ich weiß, dass sie recht hat, wir haben uns in etwas verrannt, aber es ist zu spät, unsere Liebe aufzugeben.

Er: Was passiert mit deiner Tochter?

Sie: Meine Mutter weiß Bescheid. Sie nimmt sie eine Zeit lang zu sich.

Er: Wann geht's los?

Sie: Sofort. Ich habe ein bisschen was gepackt. Nur zwei Taschen.

Er: Wir schleichen uns davon wie Diebe?

Sie: Wir stehlen Liebe, und wir werden dafür bestraft werden.

Er: Na dann komm!

[Er greift nach ihrer Hand, und sie gehen ab.]

Ich fahre sie zum Bahnhof. Gare du Lyon. Ich sage ihr, ich werde in einer Stunde wieder da sein, spätestens. So lange brauche ich für die Fahrt, um meine Sachen zusammenzusammeln, mit meiner Mutter zu sprechen und wieder zurückzufahren. Sie sagt, sie wartet am Train Bleu auf mich. Ich steige ins Auto und fahre nach Hause. Ich weiß, dass ich mein Viertel nie mehr wiedersehen werde.

14.

Rein ins Gebäude. Hoch die Treppen, vier Stufen auf einmal. Die Tür. Das Wohnzimmer. Ich erkläre Mutter, was los ist: »Gerade kam der Anruf. Ich muss zurück in die Werkstatt. Ein Notfall. Der Chef liegt im Krankenhaus.« – »Du verlässt mich?« – »Dieses Mal nur kurz.« – »Du kommst bald zurück?« – »Versprochen.« Glaubt sie mir? Schnell gehe ich ins Schlafzimmer. Ich stopfe mein Zeug in die Tasche. Ein letzter Blick durchs Zimmer. Auf Wiedersehen. Ein Kuss für Mutter. »Ich nehme Sophies Auto. Ich stelle es auf den Parkplatz am Bahnhof und schicke die Schlüssel per Post zurück.« Sie seufzt. Auf Wiedersehen.

Ich laufe die Treppen hinab. In den Hausflur. Pralle auf Marco. »Was machst du denn hier?« – »Ich warte auf dich.« – »Warum? Steckst du wieder in Schwierigkeiten?« – »Es geht um Dumont. Ich fürchte, du machst eine große Dummheit.« – »Ich?« – »Ja. Er ist nicht besonders erfreut.« – »Er hat dich geschickt.« – »Du musst zurückgeben, was du ihm weggenommen hast.« – »Ich habe ihm überhaupt nichts weggenommen.« – »Seine Frau.« – »Was redest du da. Sie ist doch nicht sein Besitz.« – »Sie ist immer noch seine Frau.« – »Marco! Lass den Scheiß. Wir leben nicht mehr im Mittelalter. Sie kann tun und lassen, was sie will.« – »Das sieht er anders.« – »Es ist mir scheißegal, wie er das sieht. Ich habe mein Zeug geholt, und jetzt verschwinde ich.« – »Ich sag's dir noch mal, du machst eine große Dummheit.« – »Marco! Ich dachte, du bist mein Freund.« – »Ich *bin* dein Freund. Darum bin ich hier. Ihr könnt nicht einfach zusammen durchbrennen. Glaub mir, er wird euch aufhalten.« – »Wie?« Marco senkt seinen Blick. Hinter mir höre ich eine Stimme.

»Dein Freund hat recht.«

Ich weiß sofort, wer das gesagt hat. Dumont. Ich drehe mich um. Er fährt fort: »Marco hat dir die Situation sehr gut erklärt.« – »Da gibt es nichts zu erklären.« – »Sie ist meine Frau.« – »Sie kann machen, was immer sie will.« – »Sie hat schon immer gemacht, was sie wollte. Außer mich zu verlassen.« – »Das hat sich jetzt wohl geändert, denke ich.« Ich drehe mich um zu Marco, der mir im Weg steht. »Mach Platz, ich muss los.« Er bewegt sich nicht. »Lass mich durch, Marco!« Er schließt die Augen und scheint eine Entschuldigung zu murmeln. Ich spüre eine Art Stoß, dann eine heftige Explosion an meinem Schädel. Und dann das Nichts.

Ich komme zu mir. Es ist dunkel. Ich friere. Ein unangenehmer Geruch steigt mir in die Nase, ein klebriger Geruch. Mein Kopf ist kurz davor zu zerspringen. Meine Augen schmerzen. Ich berühre meinen Schädel. Das Haar ist von Blut verklebt. Wo bin ich? Ich versuche mich aufzurappeln. Muss würgen. Ich kotze. Und spucke. Ein Hustenanfall. Ich taumele ein paar Schritte nach vorn. Ich breche zusammen. Ich schreie vor Schmerzen. Ich werde es schaffen. Ich richte mich langsam auf. Die Wände sind eiskalt. Betontreppen. Der Keller. Langsam krieche ich voran. Muss wieder kotzen, Galle und Blut. Endlich der Hausflur. Endlich draußen. Luft. Die beschissene Luft steigt mir sofort in den Kopf. Das erste Mal in meinem Leben freue ich mich über die Pariser Luft. In meiner Tasche spüre ich die Schlüssel zu Sophies Auto. Valérie dürfte immer noch am Bahnhof auf mich warten.

[Er ist allein auf der Bühne. Er stürzt und rappelt sich wieder auf.]
Er: *[rufend]* Warte auf mich, ich komme zu dir!

Die Nacht bricht an. Das Auto. Die Schlüssel. Fahr los. Ich kann kaum etwas erkennen. Blut und Tränen trüben meine Sicht. Ich wische mit dem Ärmel des Pullis über mein Gesicht. Alles verschwimmt. Fahr. Ich kann mich kaum aufrecht im Sitz halten. Fahr. Ein Licht. Rot? Grün! Vollkommen egal. Ich würge erneut. Nichts als bittere Galle. Und Blut, das aus meinem Schädel läuft. Die Wunde hat sich wieder geöffnet. Mir geht's echt beschissen. Wo bin ich? Mitten im Nirgendwo. Alles ist unbekannt. Ah, doch! Da vorn. Die Straße, die zum Bahnhof führt. Das Steuer rutscht mir aus der Hand. Ich zittere am ganzen Leib.

Er: *[rufend]* Warte auf mich, hier bin ich!

Das Auto hält auf dem Bürgersteig. Ich versuche auszusteigen. Ein kurzer Schritt. Ich stürze auf die Knie.

Er: *[rufend]* Hier bin ich …

Ein Atemzug. Ein fremdartiges Gefühl. Kälte füllt mich aus. Eine Träne, dann nichts mehr. So sterbe ich also. Auf einem dreckigen Bürgersteig, während Valérie auf mich wartet.

[Er sackt in sich zusammen. Aus dem Off ertönt ein Schrei.]
[Vorhang.]

Christophe Mercier
Pigalle

Übersetzt von Martin Spieß

Faith has been broken, tears must be cried
Let's do some living, after we die
Keith Richards/Mick Jagger

Es gibt bessere Orte als ein Restaurant im 9. Arrondissement, um Heiligabend zu verbringen, so viel ist sicher. Obwohl ich die letzten zwanzig Jahre dort Stammgast war und mit dem Besitzer – mit mehreren aufeinanderfolgenden Besitzern – befreundet bin, seitdem ich in diesem Viertel lebe.

Tatsächlich ist das Chez Léon nicht gerade in meiner Nähe, aber dort hinzugehen gibt mir Gelegenheit, ein bisschen zu Fuß zu gehen. Wobei, so weit ist es nun auch nicht, ehrlich gesagt ... Ich lebe in der Rue de la Grange-Batelière – ein belesener Auftraggeber, und davon gibt es einige, hat mir erzählt, dass George Sand hier gelebt hat, als sie ein Kind war, glaube ich – und das Chez Léon ist auf der Ecke der Rue Richer und der Rue de Trévise, fast gegenüber vom Folies Bergère, wo sich jeden Sommer Busladungen amerikanischer und japanischer Touristen ergießen, auf der Suche nach »Gay Paree«. Es ist ein Spaziergang von zweihundert Metern und gibt mir Gelegenheit, im Café an der Ecke Richer-Faubourg-Montmartre Zigarillos zu kaufen. Der Laden wird von einem tätowierten Pärchen geführt, beide ausgesprochen unangenehm, aber es macht Spaß, sie zu beobachten. Und Leute zu beobachten ist mein Beruf.

Ich bin nämlich Privatdetektiv. *Private Eye*, wie man sie in amerikanischen Romanen nennt. Aber an meinem Leben ist nichts Glamouröses: Ich habe keinen Fedora, und ich trage auch keinen Trenchcoat (also, ja, ich trage einen, aber nur, weil es in Paris so oft regnet). Niemand denkt an Humphrey Bogart, wenn er mich sieht, und seit der Schließung des Kinos Action Lafayette, an dessen Stelle jetzt ein Billigsupermarkt steht, sehe ich seine Filme nicht mehr, weil sie nirgendwo sonst hier im Viertel gezeigt werden. Und im Fernsehen schaue ich sie auch nicht, weil sie mich langweilen. Also, sie langweilen mich *jetzt*, meine ich. Aber vor dreißig Jahren mochte ich die düstere Romantik dieser Filme, und manchmal sage ich mir, dass ich ohne *The Big Sleep* wohl nicht diesen Beruf ergriffen hätte. Gerade zurück aus dem Algerienkrieg, wäre ich wahrscheinlich wie mein Vater Konditor geworden und mittlerweile von Blätterteig-Cremeschnitten angewidert. Alles in allem ein Glücksfall, dass ich *The Big Sleep* gesehen habe. Obwohl ...

Es ist wirklich ein mieser Job, besonders nach dreißig Jahren, und er laugt einen aus. Die wenigen Haare, die ich noch habe, sind weiß, und ich habe Schwierigkeiten beim Gehen (Arthritis, von zu viel Zeit, die ich lauernd im Regen verbracht habe, versteckt hinter einer Säule gegenüber vom Ritz, wartend auf eine untreue Ehefrau) und ich sehe nicht mehr aus wie Bogart, sondern eher wie Maurice Chevalier in *Love in the Afternoon*: ein anderer Film-Privatdetektiv, aber näher dran an der Realität. Zumindest an meiner. Das ist ein Film, den ich gern mal wieder sehen würde. Aber als ich ihn das erste Mal sah – eine schreckliche Kopie mit italienischen Untertiteln bei einem kleinen Filmfestival im Action Lafayette – hat er mich irgendwie deprimiert. (Ursprünglich hatte ich mich wegen zwei Kinos für dieses Viertel entschieden – dem Action Lafayette in der Rue Buffault und dem Studio 43 in der Rue du Faubourg-Montmartre, das jetzt ein Friseursalon ist –, 1985 war das, eine Zeit, in der man einen seltenen Film sehen konnte, wenn man ganz Paris durchkämmte). Es ist eine Komödie, aber nur Nichtprivatdetektive finden sie komisch – oder Privatdetektive, die ihre Tochter nicht allein aufziehen. Was immer noch großes Publikum bedeutet.

Jetzt, wo meine Tochter nicht mehr bei mir lebt, sondern bei ihrer Mutter in Nantes, würde es mir nichts ausmachen, ihn noch mal zu sehen, vielleicht sogar mit einem Hauch von Nostalgie. Denn ohne Lola – meine Tochter heißt Lola, nicht Ariane, wie Chevaliers Tochter im Film – ist mir langweilig. Sie ist seit sechs Wochen weg und studiert PR an einer Schule, für die ihre Mutter zahlt (und ihr reicher Stiefvater): in Nantes, einer Stadt, deren Name sie dazu wahrscheinlich prädestinierte. Ein mieser Schachzug meiner Ex-Frau, um sie dorthin zu locken, ganz klar. Sie sollte über Weihnachten zurückkommen, aber ihr reicher Stiefvater hat sie nach Chamonix eingeladen, und sie wird hier erst in der zweiten Woche ihrer Ferien eintreffen, nach Neujahr.

Ich hatte also, darauf will ich hinaus, keine andere Wahl, was Heiligabend betrifft. Wenn ich ihn schon allein verbringen musste, konnte ich auch zu Chez Léon gehen, anstatt allein vor meinem Fernseher zu sitzen, mit Foie Gras aus der Dose und lauwarmem Champagner.

Doch an diesem Heiligabend, dem ersten Weihnachten ohne Lola, regnete es. Und was ist schlimmer als Weihnachten allein in einem Restaurant, um der alten Zweizimmerwohnung in einem dunklen Gebäude im 9. Arrondissement von Paris zu entkommen, abgesehen von Weihnachten allein in einem Restaurant, um der alten Zweizimmerwohnung in einem dunklen Gebäude im 9. Arrondissement von Paris zu entkommen, während es regnete.

Es hatte schon die letzten zwei Tage geregnet. Ich hatte sie damit verbracht, vor dem Royal Monceau herumzulungern, um einen superreichen Emir auf frischer Tat zu ertappen, dessen Ehefrau mich engagiert hatte, und ich hatte das düstere Funkeln der Girlanden in den Bäumen der Avenue Hoche angestarrt, unter den gleichgültigen Augen der Passanten, die unter ihren Regenschirmen Schutz suchten und nach unten sahen, um den Pfützen auf dem Gehweg auszuweichen, nur mit ihren letzten Weihnachtseinkäufen beschäftigt. Der Arc de Triomphe, ganz am Ende, hatte nie zuvor so trostlos ausgesehen, und meine Arthritis war aufgeflammt.

An diesem 24. Dezember war ich nach einer stundenlangen Observierung in den späten Morgenstunden nach Hause gekommen und hatte mir einen irischen Grog gemacht (kochender Whiskey und Nelken). Danach hatte ich mich unter der Daunendecke begraben, die ich von meiner Urgroßmutter geerbt hatte.

Ich hatte einen guten Teil des Tages geschlafen und hörte, nachdem ich aufgewacht war, ein paar Bach-Kantaten, um mich auf den Tag einzustimmen, eingehüllt in drei Decken in meinem Voltaire-Sessel, mit einem Jack Daniel's. Keith Richards hört auch klassische Musik, nehme ich an. Er brach sich ein Bein, als er von der Trittleiter in seiner Bibliothek fiel … Wir müssen im selben Alter sein. Ich fantasierte ein bisschen über den alten Keith, wie er ebenfalls Bach hörte, dann legte ich als Zugabe die Stones auf. Ich begann mit »Time Waits for No One«, wegen Mick Taylors Solo (er ist der beste Gitarrist, den sie je hatten), und weil der Bourbon, der Regen, Weihnachten allein, die Arthritis und mein schwer zu fassender Scheich mich in mürrische Stimmung versetzt hatten. Nach dem dritten Jack Daniel's, einem sehr heißen Bad und der kompletten *Exile on Main Street* fühlte ich mich etwas beschwipst, nicht länger in Weihnachtsstimmung, aber wieder belebt und sogar kämpferisch. Eine kämpferische Melancholie sozusagen, eine energetische Melancholie wie in »Let It Loose«.

Ich schlüpfte in eine graue, plissierte Hose, ein weißes Hemd und das taillierte, dunkelrot-schwarz melierte Sakko, das mich laut Lola wie einen Zuhälter aussehen lässt, dann war ich, bewaffnet mit meinem großen roten Regenschirm und einem Regenmantel, auf dem Weg ins Chez Léon.

Es war neun Uhr abends, die festlichen Pariser feierten zu Hause, und die Rue de la Grange-Batelière war leer.

Ich hatte Lust, irgendwo einen Drink zu nehmen, um Teil der fröhlichen Stimmung einer überfüllten Bar an einem Festtagsabend oder Teil der düsteren Stimmung einer leeren Bar an einem Festtagsabend zu sein. Ich hatte es immer gemocht, nachts bei einem Bier rumzuhängen, an den Theken der Bars in den Vororten oder den Provinzbahnhöfen.

Aber die Weinbars gegenüber vom Drouot waren geschlossen, und die dunklen, bedrückenden Glaswände des Auktionshauses zeichneten sich gegen den Himmel ab, vernebelt vom schwachen Nieseln, das dem Nachmittagsregen gefolgt war. Ich hatte das Viertel selten so tot gesehen. Mehr als tot sogar, menschenleer, als ob die Bewohner vor einem Marsangriff hatten fliehen müssen, als ob sie alle von der Pest gestreift worden waren.

Ich ging allein die Rue Drouot entlang, bis zu den Grands Boulevards. Nachdem ich einen Tag damit verbracht hatte, in der Wärme meines Bettes und mit einer halben Flasche Bourbon weich zu werden, fühlte es sich gut an, ein bisschen zu laufen, und meine Arthritis belästigte mich auch nicht mehr. Auf dem Boulevard des Italiens stürzte sich eine Gruppe verirrter, vergnügter Amerikaner auf mich –

ich war die einzige Menschenseele weit und breit – und fragte mich nach dem Grand Café. Es bereitet mir immer Vergnügen, Englisch zu sprechen, weil ich in meinem Beruf nicht oft Gelegenheit dazu habe, also gab ich ihnen freudig Auskunft. Dankbar oder bereits total betrunken wollten sie mich mitschleppen, es fiel mir schwer, ihre Einladung abzulehnen, ohne ihnen zu nahe zu treten. Ich überzeugte sie schließlich davon, dass ich anderswo erwartet wurde. Eine Notlüge, die mir schwerfiel. Nicht weil mir zu lügen etwas ausmacht, aber weil mir bewusst wurde, wie schlecht mein Englisch ist, obwohl ich es gern benutze.

In diesem Zustand der Demütigung wandte ich mich nach links in Richtung Faubourg-Montmartre und Chez Léon. Ich wollte eine Abkürzung durch die Gassen nehmen. Sie verströmen das Gefühl des alten Paris, sie geben einem die Illusion, den Geruch der alten Laternenpfähle einzuatmen. Sie erinnerten mich an Céline und die Passage Choiseul, und ich freute mich auf die erleuchteten Schaufenster am Weihnachtsabend. Man sollte über einfache Freuden nie die Nase rümpfen. Ich liebe den Laden auf der linken Seite der Passage Jouffroy, der Repliken alter Spielzeuge verkauft: Er bringt meine sentimentale Seite zurück und den guten Jungen, der ich einst war. Da ist auch der Spazierstockladen auf der anderen Seite, in der Nähe des Musée Grévin (eine von Lolas größten Freuden). Ich würde mir gern eines Tages einen Stock zulegen, aber sie sind zu teuer. Oder einfacher gesagt, es ist mir unangenehm, die Tür zu öffnen und den alten Herren mit der Schildplattbrille zu wecken, der stets hinter seinem Tresen einzunicken scheint.

Wie ich mir hätte denken können, war die Passage Jouffroy geschlossen, die Tore waren heruntergelassen. Trübsinn machte sich breit, und im Affekt wäre ich beinahe wieder nach Hause gegangen, um mir mit Jack D. den Rest zu geben, während ich die Stones und Johann Sebastian Bach hörte. Der Gedanke an den Kater des nächsten Morgens hielt mich ab. Ich wusste nur zu gut, wie ich mich fühlte, wenn ich mich mit Bourbon volllaufen ließ. Davon hatte ich in einem anderen Leben genug gehabt, bevor Lola geboren wurde. Aber jetzt, nein danke. Morgendliche Kater blieben den ganzen Tag, und dieses Wissen reichte aus, um mich vernünftig sein zu lassen. Also ging ich weiter in Richtung Chez Léon.

Der Scherzartikelladen, in dem ich früher zu Weihnachten und Silvester Überraschungsknaller gekauft hatte und auch falsche Schnurrbärte, die Lola zum Totlachen fand, hatte ebenfalls geschlossen. An diesen Abenden wurde ich daran erinnert, dass ich alleinerziehender Vater war, und wenn sie im Bett war, besoff ich mich mit Whiskey und weinte in mein Glas. Die Chirac- und Spider-Man-Masken lächelten mich missmutig an.

Das Café der zwei Tätowierten hingegen hatte noch geöffnet. Wegen des festlichen Anlasses trug sie anstelle ihres üblichen Bikershirts ein tief ausgeschnittenes, das ihre falschen Perlen und ihre Jane-Mansfield-Brüste so unappetitlich betonte wie ein weich gewordenes Stück Butter. Nicht dass es sie irgendwie sympathischer machte. Sie maulte einen kleinen Asiaten an, der darauf bestand, für ein Feuerzeug mit einem Zweihunderteuroschein zu bezahlen. Ich glaubte, ich hörte, wie sie ihn »Schlitzauge« nannte, wie in *Tintin au Tibet,* und das brachte mich zum Lachen. Feigling, der ich bin, quittierte ich ihr Gemurmel mit einem falschen, wissenden Lächeln. Ich bin einer ihrer alten Stammkunden, habe aber ständig Angst, dass sie mich anpampt. Ihr Mann, mit dünnem Schnurrbart und ebenfalls herausgeputzt – schwarze Lederhose und orangefarbene Krawatte –, weigerte sich, einer alten verlotterten Dame ein Bier zu servieren. Er schimpfte mit dem Kellner: »Komm schon, Marcel, mach hin! Du weißt, dass wir bei Mimines Schwester zum Weihnachtsessen eingeladen sind. Das Arschloch hat uns gesagt, dass sie mit den Austern ohne uns anfangen, wenn wir nicht um zehn Uhr da sind.« Er nennt alle Kellner Marcel – ich habe viele hier durchkommen sehen, alle sahen krank und unterbezahlt aus –, wie in alten aristokratischen Familien, in denen alle Dienstmädchen zu Marie umgetauft wurden. Ich hasse diese alten aristokratischen Familien.

Die Rue Richer, ohne Straßenlaternen, war dunkel, ihre Pizzerien waren geschlossen, die koscheren Schlachter (*Chez Berbèche, besser bedient*) hatten die Rollläden unten, ihre Reisebüros (auch koscher) boten der eher spärlichen Kundschaft ausgedehnt auf verblichenen Postern Traumurlaube zu Schnäppchenpreisen an.

Ich hörte die Schreie der verrückten Frau aus Nummer 46. (Von einem gebildeten Auftraggeber, noch so einem, habe ich erfahren, dass Alexandre Dumas kurze Zeit in diesem Haus gelebt hat.) Man kennt sie hier im Viertel, manche Leute beschweren sich und wollen sie einweisen lassen. Offenbar lebt sie in einer Bruchbude am oberen Ende der Treppe des Gebäudes, da wo früher der Goldenberg Lebensmittelladen war. (Er hat vor ein paar Monaten zugemacht, und seine Vorderseite ist mit Steinen verblendet.) Man kann sie umherstreifen sehen, starr vor Dreck, sie trägt immer die gleichen wollenen Unterröcke, die sie zum Pinkeln nicht runterlässt (sie kniet sich auch nicht hin, sie macht alles im Stehen, wie ein Tier), den gleichen dicken, dreckigen Pullover, ihr Gesicht ist das einer alten Säuferin. Die Hausmeister der umliegenden Wohnhäuser geben ihr ein bisschen Geld für Hausarbeiten, Treppen schrubben oder mitten in der Nacht den Müll rausbringen. Manchmal zerrt

Maria, die sich um das Haus mit der Nummer 46 kümmert, sie in ihre Wohnung und zwingt sie, sich zu duschen. Ich kenne die Frau durch sie. Sie muss einmal wunderschön gewesen sein. Wenn sie Marias Wohnung verlässt, wenn ihr graues Haar gerade gewaschen und nicht fettig oder wirr ist, fällt einem auf, wie wunderschön sie immer noch ist und was für ein attraktives, raues Gesicht sie hat. Ihr Name ist Elena, sie kam vor dem Krieg aus Italien (Ferrera), um vor Mussolini zu fliehen, und später starb mit Ausnahme eines Sohns ihre gesamte Familie in Auschwitz. Maria weiß das alles, weil sie schon vor zwanzig Jahren hier lebte und weil Elena, die zu der Zeit in einer Atelierwohnung von Goldenberg lebte, damals noch sprach. Dann starb ihr Sohn, sie wurde Stadtstreicherin und hörte auf zu reden. Also, sie hörte nicht wirklich auf: Sie drückt sich immer noch aus. Stößt nachts schreckliches Geheul aus, das aus dem Fenster am oberen Ende der Treppe ihres Gebäudes dringt, wo sie ihre Lumpen hintrug, nachdem sie aufhörte, Miete zu zahlen. Sie bellt den Mond an, wie ein Hund, wie ein Tier, als hätte sie keine Sprache, als könnte sie sich nicht länger artikulieren, wie die verzweifelte Frau, die sie ist und der nichts mehr etwas bedeutet. Das Heulen kommt aus einem großen roten Loch tief in ihrem Mund. Die, die sie loswerden oder einweisen lassen wollen, sind die Yuppies, die spezielle Kabelkanäle wie Canal+ abonnieren. Sie sind in den letzten Jahren in dieses Viertel eingefallen wie Ratten in Nadelstreifenanzügen. Ich hasse Yuppies, die Canal+ abonnieren. Die Leute, die hier schon lange Zeit leben – alte Juden mit Schläfenlocken und Kippas, die man am Samstagmorgen mit gesenkten Augen zur Synagoge eilen sieht, in weißen Hemden, schwarzen Anzügen und Hüten – haben Mitleid mit ihr. Sie ist eine von ihnen, nur verzweifelter. Laut Maria könnte es sein, dass sie einen Enkel hat, der

»sehr erfolgreich« ist, keiner weiß, auf welche Weise. Er würde sie gern in eine eigene Wohnung ziehen lassen, irgendwo anders, aber sie will nicht, sie suhlt sich in ihrer Einsamkeit und ihrem Kummer.

Wenn sie schreit, kann man sie in der Stille der Nacht mehrere Blocks weit hören. Im Sommer, wenn mein Fenster geöffnet ist, teilen ihre animalischen Schreie den Himmel über den Dächern wie ein Hexenbesen und dringen bis zu mir.

Sie heult nicht jede Nacht, nur wenn sie Angst hat oder sich an diesen Tag während der deutschen Besatzung erinnert, an dem sie nach Hause kam und feststellte, dass eine Massenverhaftung stattgefunden hatte und ihre gesamte Familie weggebracht worden war.

Ihre Schreie stören mich nicht mehr, aber an diesem Heiligabend, unter dem dichten Nieselregen, der wieder angefangen hatte, in dieser verlassenen Straße, deren Gehwege morgen mit von Austern übervollen Mülltonnen gesäumt sein würden, ließen sie mich erschaudern. Ich begann, schneller zu gehen.

Chez León ist ein großer, langer Raum mit einer Bar auf der rechten Seite. Manchmal gehe ich am Ende des Abends dorthin, um einen Drink mit dem Besitzer zu nehmen, ein junger, großspuriger Kerl aus Marokko, den ich mag. Vor ein paar Jahren schlug er vor, dass wir Geschäftspartner werden sollten. Die Idee war, einen Autohandel zwischen Nordafrika und Frankreich aufzuziehen. Sein Name ist El-Hadji, er ist ein lebenslustiger Moslem mit einem sexy Gang und einem sanften Blick. Unterhaltungen mit ihm sind beschränkt – Sex und Geld –, aber das ist egal, denn man kann Freundschaft hinter seinen Worten spüren und manchmal sogar so etwas wie Zärtlichkeit.

Unsere Freundschaft bekam vor drei Jahren beinahe einen schweren Schlag versetzt, als er es sich in den Kopf gesetzt hatte, dass Lola, die er bereits kannte, seit sie klein war, dabei war, »ein echter Hammer« zu werden, wie er es ausdrückte. Ich hatte kein Verlangen danach, zu sehen, wie Lola ein Mitglied von El-Hadjis Harem wurde, auch wenn er mein Freund und ein netter Typ ist. Aber ich blieb bei den Erziehungsrichtlinien, die ich Lola schon immer gegeben hatte, und ich hinderte sie nicht daran, mit ihm auszugehen, als er sie zum Essen einlud. Wirklich eine gute Entscheidung. Nach dem dritten Mal sagte sie, er sei das größte Arschloch, so verdammt dumm, und wie um alles in der Welt könne so ein Typ ein Freund von mir sein. Ein paar Monate lang setzte sie keinen Fuß ins Chez Léon, und ich konnte meine Gewohnheit wieder aufnehmen, ohne die Sache je wieder mit meinem Kumpel El-Hadji anzusprechen.

Es ergab sich ein oder zwei Mal, dass ich ihm beruflich aushalf, und seitdem ist das zwischen uns eine Freundschaft fürs Leben, sagt er. Ich habe nicht die gleiche Hingabe, ich hoffe nur, er bleibt hier: Ich will nicht, dass er alles stehen und liegen lässt und in einen Vorort zieht, davon redet er manchmal. Ich will weiterhin herkommen, so wie heute Abend, so wie ich es die letzten zehn Jahre mache, seitdem er als junger Kellner hier aufgetaucht war. Ich will weiterhin in der Milch menschlicher Güte baden. (Shakespeare hat mal so was in der Art geschrieben.)

El-Hadji heiratete vor sechs Monaten (nachdem ich seine zukünftige Braut auf seinen Wunsch einer kleinen Ermittlung unterzogen hatte, um herauszufinden, ob sie treu war) und hörte für eine Weile auf, über Frauen zu reden. (Es kommt langsam zurück.) Er ist ein totaler Egozentriker: Eine Woche nach seiner Hochzeit ließ er sich seinen sexy Lockenkopf schneiden, weil es bequemer war, wenn er einen Fahrradhelm trug, und da er nun eine seriöse Frau gefunden hatte, war es ihm egal, ob er weiterhin gut aussah.

Jetzt ist seine Frau schwanger, und seit zwei oder drei Monaten beschwert er sich über ihren dicken Bauch und lässt seine Haare wieder wachsen. Irgendwas ist da im Busch, aber es ist nicht meine Aufgabe, den Moralapostel zu spielen.

Es gibt einen blassblauen Keramikbrunnen in der Mitte des Raumes vom Chez Léon, der immer trocken ist. Auf jeder Seite entlang der Wand und eingefügt in Nischen sind Tische für vier Personen, an denen man sich wie zu Hause fühlt.

An diesem Abend des 24. Dezember trug El-Hadji eine Art Stierkämpferkostüm, über seinem weißen Hemd hatte er eine schwarze Seidenweste, die dezent mit rosa Seide bestickt war, im Stierkämpferstil. Als ich ankam, war der Laden leer. Er kam mit zwei Gläsern Champagner zu mir und setzte sich. Er war in vertrauensseliger Stimmung und erklärte mir, dass er nicht heute Abend geöffnet hatte, weil er hoffte, Geld zu machen, sondern weil er nicht zum Weihnachtsessen mit den Schwiegereltern wollte und so später zu seiner Geliebten konnte. Ich hatte richtig vermutet. Seine grünen Augen leuchteten.

Er hatte nur eine Reservierung zum Abendessen, zwei Personen, gegen halb zehn.

Er wusste, es würden keine unerwarteten Gäste kommen, nicht an einem Abend wie diesem, in einer so verlassenen Straße, also würde er früh schließen können.

El-Hadji wusste nur zu gut, dass ich allein gekommen war, um den bedrückenden Feierlichkeiten zu entkommen, der vorgefertigten, heiteren Zeit, die man heute Abend haben musste. Er nahm keine Bestellung auf, brachte mir aber wie gewöhnlich fünf oder sechs kleine Teller mit gewürztem Gemüse. Ich wusste, dass meine traditionelle Hühnchen-Oliven-Tajine folgen würde, zusammen mit einem

Couscous-Gericht. Das ist der Vorteil daran, Stammgast zu sein, man muss nicht viel reden. Meine Tajine würde ich mit einem Boulaouane Rosé hinunterspülen, gefolgt von einem kleinen Glas Brandy aufs Haus. Es ist beruhigend, an Heiligabend einen Ort zu finden, an dem man vergessen kann, dass man an einem Feiertag ganz allein ist.

El-Hadji war zurück auf seinem Posten hinter der Bar. Er hatte ein freudestrahlendes, geistesabwesendes und maskenhaftes Lächeln im Gesicht, weil er daran dachte, wie dieser Abend enden würde, und ich tagträumte vor meinen Horsd'œuvre, als sie hereinkamen.

Die beiden waren wie eine Erscheinung. Sie war sehr groß (1,85 Meter, wie mein professionelles Auge automatisch erkannte), sehr lang, mit unglaublichen, nicht enden wollenden Beinen, ummantelt von Anglerstiefeln aus weichem Leder mit falschen Perlen am Saum.

Als sie ihren langen Pelzmantel ablegte, erstickte ich fast beim Anblick ihres Rückens: Ein dünnes, sehr kurzes rotes Wollkleid ließ ein Oval unbedeckt, auch ihre Schenkel waren zu sehen. Als sie ihren Hut abnahm, fielen ihre pechschwarzen Locken auf den Rücken. Sie hatte umwerfende grüne Augen und eine Zahnlücke. Ich liebe Frauen mit einer Lücke zwischen ihren oberen Schneidezähnen, wie die Schauspielerin Maria Schneider. Dieses Mädchen war eine Mischung aus Brigitte Bardot 69, ein erotisches Jahr, und Maria Schneider – der Frau meiner Träume, als ich dreißig war.

Der Mann war ihr gewachsen – ganz ohne schlechtes Wortspiel. Er muss zwei Meter groß gewesen sein, wie Phil Defer aus *Lucky Luke*. Ich bin keiner dieser Männer, die behaupten, sie wären unfähig zu beurteilen, ob ein anderer Mann attraktiv ist oder nicht, aus Angst, andere Leute könnten denken, sie seien schwul. Ich kann beurteilen, ob ein Mann attraktiv ist oder nicht, und dieser Mann war ganz sicher attraktiv.

Es ist umso lobenswerter von mir, zuzugeben, dass er attraktiv war, weil er geckenhaft schön war, attraktiv, aber eitel und dümmlich, was ich aus keinem besonderen Grund immer gehasst habe. Er war riesig, gut gebaut, krauses Lächeln und wuschelige Haare, der typische Playboy, den man im Kopf hat, wie er, Sonnenbrille auf der Nase, auf der Vespa seine Muskeln spielen lässt, während er am Strand entlangfährt, um sämtliche Frauen aufzureißen.

Kurz, dieses Paar hinterließ einen bleibenden Eindruck. Sogar El-Hadji, der selbst ziemlich groß ist, reichte seinem Gast nur bis zur Schulter. Als er mir meine Tajine brachte, brach seine Verärgerung durch sein aufgesetztes Lächeln. »Was glaubt diese Braut, wer sie ist? Sie hat mir ihren Mantel gegeben, als wäre ich ihr Diener.« Vermutlich hatte sie ihn nicht mal gesehen.

Was macht man, allein vor einer Tajine an Heiligabend, wenn sich so ein atemberaubend aussehendes Pärchen an den Nebentisch setzt? Man schaut sie an. Und wenn man ein guter Privatdetektiv ist, schaut man sie an und spitzt die Ohren, ohne dass sie etwas davon mitbekommen.

Das beschäftigte mich eine Weile. Sie war besonders schön, und als ich sie sprechen hörte, dachte ich, ich hörte Lauren Bacall in *The Big Sleep*. Ich bin kein uneingeschränkter Fan von Lauren Bacall, ich finde sie sogar etwas dämlich, um ehrlich zu sein, aber ich liebe ihre rauchige Stimme.

Der attraktive Typ – sehr schick, mit goldener Uhr und goldenem Armband, Einstecktuch, das auf seine Krawatte abgestimmt war, schick, wie ich es nie sein könnte – sah seine Liebste mit leuchtenden Augen an. Hinter der Fassade des jungen Geschäftsmannes war mühelos der verliebte Knabe zu sehen. Er war nicht älter als fünfundzwanzig, zu jung, um wirklich Geschäftsmann zu sein, oder er war ein besonders begabter. Er sah aus wie ein niedlicher Junge.

Das Pärchen war durchaus sympathisch, und weil ich so beschäftigt damit war, sie zu beobachten, hatte ich meine mittlerweile kalt werdende Tajine vergessen, genau wie meinen Weihnachtsblues und die Tatsache, dass ich bei meinem Freund El-Hadji Zuflucht gesucht hatte, damit ich nicht allein sein würde.

Der Name des jungen Mannes war Nico. Ihrer war Teresa, Teresa, Teresa, ein Name, den er immer wiederholte, um ihr näher zu sein, sie zu besitzen, um sich davon zu überzeugen, dass sie ihm gehörte. Sie sah ihn sanft an, als ob er ihr welpenhafter kleiner Bruder sei, der zufälligerweise auch ihr Liebhaber war.

Nachdem El-Hadji jedem von ihnen Hummer mit Mayonnaise serviert hatte, brachte er mir meinen Feigenbrandy und setzte sich. Ich veralberte ihn ein bisschen: »Seit wann gibt es bei dir denn Hummer? Hast du ihn gefroren gekauft?«

Er zuckte mit den Schultern. »Ich habe diese Hummer nur für sie gekauft. Frisch. Ich weiß, wie man sie perfekt kocht. Der Typ bestand auf Hummer, als er den Tisch reservierte. Ich sagte, dies sei ein tunesisches Restaurant, er sagte ja, das wisse er, er wäre früher oft hergekommen, aber er brauche heute Abend unbedingt Hummer zum Abendessen. Was sollte ich tun? Der Kunde hat immer recht, und ich wollte das Restaurant heute Abend eh öffnen. Davon abgesehen war es die einzige Reservierung, die ich hatte … Scheiße! Ich hab vergessen, ihnen ihren Chablis zu bringen.«

Offensichtlich war es ihnen nicht aufgefallen, und El-Hadji, der die Flasche hielt und ins Leere schaute, musste eine volle Minute warten, um einen leidenschaftlichen Kuss nicht zu unterbrechen. Das Mädchen war so wunderschön, dass der Kuss nichts Anstößiges hatte.

El-Hadji kam zurück zu meinem Tisch, um mir ausführlich von seinem Plastikweihnachtsbaum zu erzählen. Er hatte ihn nicht aufgestellt, weil er nicht wollte, dass sein Laden zu sehr nach Weihnachten aussah, er fand das dämlich. Er überlegte, ob er ihn morgen aufstellen sollte, um seinen Laden schließlich doch weihnachtlicher aussehen zu lassen, aber der Baum lag verstaubt auf dem Dachboden, und es fehlte ein Zweig. Einfach, um ein paar Gäste anzulocken (denn, weißt du, heute Abend ist okay, aber wenn es bis Januar so leer bleibt, ist das schlecht fürs Geschäft).

Ich hörte ihm unaufmerksam zu, während ich an meinem zweiten Glas Feigenbrandy nippte, als ich Nico entsetzlich erbleichen sah, während er zum Eingang schaute.

Ein Mann war hereingekommen. Er sah schäbig aus: klein, beinahe zwergenhaft. Sein gräulicher Teint unter einem Zweitagebart schien so zerknittert wie sein Anzug, der zu groß war, in verblichenem Pink, einer Farbe, die – daran musste ich denken – meine Grundschullehrerin der ersten Klasse anschaulich als »betrunkene Kotze« beschrieben hatte.

Er hätte fünfzig, genauso gut aber auch siebzig sein können. Sein fettiges, dünnes Haar lugte unter seinem Filzhut hervor, den er nicht abgesetzt hatte. Man wollte ihm Kleingeld geben, damit er sich ein Sandwich kaufen konnte.

Alles passierte sehr schnell. Der schöne Nico wurde blass, ich warf El-Hadji einen Blick zu, weil ich erwartete, er würde den Eindringling loswerden, aber El-Hadji war starr vor Schreck: Er wurde rot und senkte den Kopf, konzentrierte sich intensiv auf die paar Körner Couscous in der geronnenen Soße auf meinem Teller. Nico stand auf, ließ seine reizende Teresa zurück und ging zu dem Besucher.

Nico, den attraktiven, extravaganten Nico, der Chez Léon erst vor einer Weile betreten hatte, gab es nicht länger. Er war bleich, nahm kleine Schritte, den Kopf gesenkt. Neben ihm sah der Besucher wirklich wie ein Zwerg aus, aber ein Zwerg mit Macht.

Der ältere Mann formte mit seinen Fingern ein Zeichen, Nico beugte sich herunter, sodass ihre Köpfe auf derselben Höhe waren. Ich glaube, der Typ flüsterte ihm etwas zu, aber ich war nicht sicher. Ich war mir aber sicher, dass er Nico mit der rechten Hand auf die linke Wange schlug, ein Klaps, um ehrlich zu sein, wie in dem Spiel, in dem man einander das Kinn hält und dieses kleine Lied singt, und wer zuerst lacht, kriegt eine Ohrfeige. Nur war dies kein Spiel.

Nico ging nicht zu seinem Tisch zurück. Plötzlich gebeugt, niedergeschmettert und gealtert, verließ er das Restaurant. Der alte Mann bewegte sich nicht. Er beobachtete Nico beim Verlassen, dann kam er zu meinem Tisch, an dem El-Hadji verblieben war, so weiß und starr wie eine Wachsfigur.

»Geben Sie der Dame, was sie verlangt, ich lasse Ihnen Geld da.«

Er legte ein kleines Bündel von Zweihunderteuroscheinen auf den Tisch und ging davon. El-Hadji, dessen Blick noch immer gesenkt war, überprüfte es nicht, aber da war locker genug Bargeld, um die Ausgaben des Abends zu decken, und selbst wenn er seinem Gast Kaviar mit der Suppenkelle servieren würde, hätte er den Laden schließen und nach den Feiertagen wieder öffnen können, ohne Verluste zu machen.

»Die Mafia«, stammelte er.

Der alte Mann war gegangen.

Die ganze Sache hatte nicht länger als zwei Minuten gedauert, und Teresa hatte noch immer nicht reagiert, als ob sie noch nicht mitbekommen hätte, dass ihr Beau sie verlassen hatte.

In Paris passieren seltsame Dinge, so viel ist sicher, flüsterte der kleine Kerl aus der Provinz von Savoie (die Konditorei meines Vaters war in Albertville), der in mir schlummerte. Aber sein großer Bruder, der erwachsen und Privatdetektiv geworden war, wollte mehr wissen.

Ich sprang auf und ging raus, in meinem dunkelrotschwarz melierten Sakko.

Der alte Mann schien sich in der menschenleeren Straße in Luft aufgelöst zu haben, aber ich erspähte eine rückgratlose, zerlumpte Gestalt, die sich auf die Mülltonnen erbrach. Es war Nico. Er hatte in zwei Minuten keine fünfzig Meter geschafft. Er schlurfte, auf seinem Weg zum Jüngsten Gericht.

In der Rue Richer war nichts von der verrückten Frau zu hören, und alles war still. Man konnte Girlanden auf Weihnachtsbäumen durch Fenster funkeln sehen. Der Regen war zu einem leichten Schnee geworden, der sich beim Erreichen des Bodens auflöste. Der schäbige alte Typ war wie ein Flaschengeist, wie eine Schneeflocke, sagte ich im Scherz zu mir selbst. Er löst sich auf, verschwindet, existiert nicht länger.

Nicos Geist hingegen existierte noch und klebte am Asphalt. Er sah aus, als zöge er eine unsichtbare Sträflingskugel. Und dann sah ich ihn eine Vierteldrehung machen (unter Schwierigkeiten, weil sein Körper ihm nicht mehr gehorchte) und ins Goldenberg-Gebäude gehen, das mit den von Steinen verblendeten Schaufenstern, das Gebäude, in dem die alte italienische Frau, die verzweifelte, verrückte Jüdin lebte.

Ich folgte ihm. Das Gebäude, kurz davor, abgerissen zu werden, war verlassen und finster. Die Marmorlobby roch nach Schimmel, und am Fuß der großen Treppe stellte eine gelbliche, von schwarzen und blauen Graffiti bedeckte Steingöttin stolz eine Nacktheit zur Schau, die niemanden mehr interessierte. Aufstieg und Fall der eleganten Haussmann-Architektur. Aber ich war nicht dort, um über die Geschichte des 9. Arrondissements zu schreiben.

Ihm zu folgen war so einfach, ich schämte mich beinahe. Auf jeder Stufe der großen, pompösen Treppe hielt er inne. (In anderen Zeiten waren hier schon junge, romantische Männer hinaufgeeilt, um dickbäuchige Banker zu werden, mit birnenförmigen Köpfen wie König Louis-Philippe.) Ich sagte mir, und ich fand das unterhaltsam, dass ich weder Privatdetektiv noch Konditor wie mein Vater hätte werden sollen, sondern Gelehrter, Historiker.

Im Dunkeln, kaum beleuchtet vom Schnee, der hinter den zerbrochenen Oberlichtfenstern fiel, ging Nico weiter nach oben, und ich folgte ihm. Wir waren zwei Figuren in einem Schwarz-Weiß-Stummfilm, der in Zeitlupe abgespielt wurde. Es war bitterkalt. Eine Ratte kroch zwischen meinen Beinen umher, ich hielt mich am Treppengeländer fest und fühlte, wie sich die Farbe ablöste. Es brauchte nicht viel, und ich würde herunterfallen. *Fröhliche Weihnachten!*

Das steinerne Treppenhaus endete im fünften Stock, aber Nico nahm noch eine schmalere, hölzerne Treppe, die sich in das darüberliegende Stockwerk schraubte, in dem, zu einer anderen Zeit, die Zimmer der Dienstmädchen gewesen sein mussten. Ich blieb am Fuß dieser Art Leiter stehen, die in den Himmel hinaufstieg. Dort oben war alles dunkel.

Hier also lebte die verrückte Frau, und Nico war gekommen, sie zu besuchen. Ein Bild, noch etwas unscharf, begann sich in meinem Kopf zu formen.

Und plötzlich war ich mir sicher. Nico war der berühmte Enkel, der »sehr erfolgreich war«, und deswegen wollte er in diesem Viertel abendessen. Kindheitserinnerungen vielleicht, aus einer Zeit, in der sein Vater noch gelebt hatte und seine Großmutter noch zurechnungsfähig gewesen war. Und ich verstand auch, wo sein Geld herkam, sein Anzug, sein goldener Schmuck, und warum sich El-Hadji zu verflüssigen schien, als der alte Kerl ins Chez Léon gekommen war. Meine Wege und die der Mafia des 9. Arrondissements hatten sich schon früher gekreuzt. Nico war verdammt, das wusste ich. Er war gekommen, um sich von seiner Großmutter zu verabschieden.

Darauf achtend, dass die hölzernen Stufen nicht knarrten, ging ich weiter nach oben. Es roch säuerlich, der Geruch von Urin, der Geruch eines Stalls, der nie ausgemistet wurde.

Nico war oben. Er tastete sich im Dunkeln voran, fand eine große Taschenlampe und richtete sie auf einen Haufen Lumpen unter der Dachschräge. Die alte Frau schlief wie ein müdes Baby, ganz rot und runzlig. Ihr Gesicht wirkte seltsam friedlich. Wieder konnte ich die einstige Schönheit sehen, von der meine Freundin Maria gesprochen hatte. Sie wurde nicht wach.

Nico stellte die Taschenlampe ab und beugte sich in den erleuchteten Lichtkreis. Er nahm seine Brieftasche aus der Innentasche seines Sakkos und holte ein Bündel Scheine heraus, das er neben dem ärmlichen Bett ablegte. Er tat das Gleiche mit seiner Brieftasche. Dann legte er seine goldene Uhr und sein Armband ab, und nachdem er die Krawatte gelöst hatte, folgte die schwere Kette mit dem Anhänger, die er um den Hals trug.

Er legte alles neben die Geldscheine und die Brieftasche. Am Ende dieses seltsamen Entkleidungsrituals schnitt er grob eine Handvoll seiner lockigen Haare ab, mit einem Küchenmesser, das er beim Herumtasten in den Sachen seiner Großmutter bei den billigen Weinflaschen gefunden hatte.

Er legte die Locken neben die anderen Gaben. Als sein Gesicht wieder im Schein der Taschenlampe erschien, konnte ich erkennen, dass er geräuschlos weinte.

Er verharrte dort regungslos etwa zehn Minuten und sah sie mit großer Zärtlichkeit an. Dann kniete er sich hin, küsste ihre Hand und stieg die Treppe wieder hinunter.

Ich hatte kaum Zeit, mich in der Dunkelheit des Treppenabsatzes des sechsten Stockes zu verbergen, dann folgte ich ihm. Ich wusste, dass es nichts gab, das irgendjemand noch für ihn tun konnte, aber mich bewegte eine Art makabre Neugier, professionell wie auch romantisch. Und schließlich, wieder unten, dachte ich, dass ich ihn nicht allein sterben lassen wollte.

Als er die Straße erreicht hatte, legte er seine Krawatte ab, stopfte sie in die Tasche seines Sakkos und warf das Sakko in eine Mülltonne. Bald würde es mit Austern- und Zitronenschalen bedeckt sein. Jetzt, da er nur sein Hemd mit offenem Kragen trug, es heftiger schneite und der Schnee am Boden liegen blieb, ging er schneller, als sei er erpicht darauf, die Sache zu Ende zu bringen.

Er wandte sich nach links, zum Cité de Trévise. Ich liebe diesen Platz mit dem Springbrunnen und den Bäumen, seinen alten, soliden und sehr bourgeoisen Gebäuden. Die Balkone um den Platz herum waren mit Girlanden dekoriert, die unter dem Schnee glitzerten.

Nico starrte sie ein paar Minuten an und zitterte. Er stand vor dem alten Laden, der an einer Ecke des Platzes Theaterperücken verkauft (es wirkte wie aus einem Roman von Balzac), und rauchte eine letzte Zigarette, die er des Schnees wegen kaum anzünden konnte. Er sah aus, als sei er erfüllt von einem dumpfen Gefühl der Sehnsucht nach einem Leben, das nie seins hätte sein können. Dann ging er weiter, entlang der Rue Bleue, dann in die triste und verlassene Rue

Lafayette, diese kalte Durchgangsstraße, die das 9. Arrondissement teilt, zwischen den ersten Hängen von Montmartre und dem flachen Haussmann-Teil, in dem ich lebe.

Ich folgte ihm bis zur Rue des Martyrs und freute mich beinahe für ihn, dass sein letzter Gang – und ich war sicher, dass es sein letzter war – ihn durch einen belebteren, beschwingteren Teil des Viertels führte, das ich immer schon gemocht hatte. In einer Nacht wie dieser konnte man den Zauber von Weihnachten spüren. Die Schaufenster der Antiquitätenläden auf dem kleinen Platz Saint-Georges waren noch erleuchtet, und weil ich sehr langsam ging, entdeckte ich einen prächtigen Leierkasten, der mich an den aus Jean Renoirs *La règle du jeu* erinnerte. Ich fragte mich, ob die Menschen, die im bourgeoisen 16. Arrondissement leben, am Ende so glücklich oder im Reinen mit sich waren.

Die Cafés in der Rue des Martyrs waren noch hell erleuchtet, und die Straße runter, auf der rechten Seite, hatte der schöne Obst- und Gemüseladen – geführt von einem Marokkaner, dem Weihnachten herzlich egal war – noch geöffnet. Nachdem er den Boulevard Rochechouart erreicht hatte, wandte Nico sich nach links Richtung Pigalle. Die Sexshops bespritzten die Nacht mit ihren grellen Lichtern, aber die Huren, die in ihren viel zu kurzen Kunstpelzmänteln froren, versuchten erst gar nicht, den seltsamen Passanten zu verführen, der trotz des Schnees nur ein Hemd trug, zerzaust, einsam, in Ungnade gefallen, jetzt schon ein Schatten.

Auf der Place Blanche stieg Nico in eine schwarze Limousine, die auf ihn zu warten schien. Sie fuhr in den Kreisverkehr und in Richtung Opéra. Der Schnee am Boden war mittlerweile so dick, dass die Limousine es schwer hatte, voranzukommen, sodass ich ihr leicht folgen konnte. Meine Füße froren in meinen Cowboystiefeln, und ich sagte mir, dass wenigstens Nico nicht mehr draußen in der Kälte war. Rue Blanche, die Kirche La Trinité, unter dem Schnee weniger mürrisch als sonst, und der riesige funkelnde Weihnachtsbaum im Park. Die Kirchenpforten waren sperrangelweit offen, ein Brunnen voller Licht, wie der Schlund der Hölle. Ein Lautsprecher spielte wieder und wieder »Stille Nacht« für die wenigen Gläubigen, die vorsichtig zur Mitternachtsmesse gingen. Aber ich mag keine Hymnen oder Krippen mehr. Ich habe zu lange gelebt.

Die Limousine bewegte sich vorwärts, feierlich, geräuschlos, wie ein schwarzer Wal, beleuchtet vom bläulichen Weiß des Schnees. Hinter der Opéra öffnete sich, ohne dass sie langsamer wurde - zugegeben, sie fuhr nicht besonders schnell -, eine der Türen, und ein Körper fiel heraus. Schließlich beschleunigte der Wagen im Matsch und verschwand in Richtung Boulevard Haussmann.

Die Kreuzung war vollkommen leer, der Weihnachtsmann der Galeries Lafayette, der versteckt in der Wärme seines Kaufhausfensters mit seinem hässlichen, haarlosen Pappmaché-Rentier im Baumwollschnee stand, bewegte für niemanden seine mechanischen Arme.

Ich ging hinüber zu Nico. Er hatte aufgehört zu atmen, und sein Geständnis, in wackeliger Handschrift hingekritzelt - *Ich habe betrogen* - war mit einem Messer an seine Brust geheftet. Er sah aus wie ein verängstigter kleiner Junge. Ich schloss seine Augen und ging.

Der Pate, einer meiner Lieblingsfilme, fiel mir erst ein, als ich direkt vor der Opéra stand. Ich dachte an all die Morde und den Tod von Al Pacinos Tochter am Ende, auf den Stufen der Oper in Palermo. Die Szene amüsierte mich, und ich glaube, ich lächelte sogar. Wie theatralisch diese Italiener sind! Aber im Ernst, es hätte mehr Stil gehabt, wenn sie sich seiner Leiche vor der Opéra entledigt hätten, am Fuß einer majestätischen Treppe, und nicht dahinter. So wie sie es getan hatten, kam es mir dürftig vor. Die Mafiosi des 9. Arrondissements waren Kleinganoven.

Autos waren selten auf der Place de l'Opéra, aber man konnte bereits ein paar geschniegelte Silhouetten sehen: erste Feiernde in Anzügen und langen Kleidern, die die zwölf Schläge zur Mitternacht abgewartet hatten und nun nach Hause zurückkehrten. Gebrechliche Silhouetten, die angesichts des Schnees vorsichtig vorangingen – sie hätten aus einem Gemälde von Dauchot stammen können.

Ich kannte Dauchot gut, am Ende seines Lebens. Ich hatte ihn vor zwanzig Jahren in seinem Atelier besucht, das sich wie ein Turm über Pigalle erhob, und wir waren Freunde geworden. Manchmal schaute ich in den Morgenstunden auf einen Drink bei ihm vorbei, wenn ich nach einer Observierung niedergeschlagen war. Er war der einzige meiner Freunde, der mir um acht Uhr morgens einen trockenen Pastis servierte, anscheinend wie Robert Mitchum, als er auf Korsika drehte. Er zeigte mir das Bild, an dem er gerade arbeitete, obwohl der arme Kerl gegen Ende nicht mehr viel malte. Wir sprachen nie viel, aber wir mochten uns. Ich liebe Freundschaft. Der alte Säufer fehlt mir wirklich.

Die Rue du Faubourg-Montmartre war beinahe magisch, surreal, in der Stille des Schnees. Aber meinem Herzen war nicht nach Träumen.

Fünfzig Meter hinter der Kreuzung bohrten sich die Schreie der verrückten Frau durch die Stille und flogen über den Schnee. Ich hatte sie nie zuvor so laut heulen hören, bis zur Erschöpfung. Man konnte spüren, dass sie außer Atem war. Nach ein paar Sekunden der Stille fing sie erneut an, ein langes, schrilles Schluchzen, unmenschlich, so menschlich, unerträglich. Je näher ich kam, umso mehr fühlte ich mit ihr. Es tat mir leid, dass sie nicht im Schlaf gestorben war, dass sie die Dinge gesehen hatte, die ihr Enkel zurückgelassen hatte, der dort drüben unter den toten Augen des Weihnachtsmanns zu einem schemenhaften Haufen Schnee geworden war.

Ein Mannschaftswagen kam auf der verdeckten Straße herangeschliddert und hielt vor dem Gebäude der verrückten Frau. Menschen im Viertel mussten angerufen und sich beschwert haben. Niemand ist an Heiligabend sehr geduldig.

Auf dem Weg nach oben in meine Wohnung hörte ich Tino Rossis bescheuertes Lied »Petit Papa Noël« unter einer Tür hindurchtrompeten. Ich war nicht in der Stimmung. Beinahe hätte ich bei meinem Nachbarn geklingelt, einem Gerichtsvollzieher mit hässlichen Töchtern, und hätte auf starken Mann gemacht wie ein Privatschnüffler, mit der Drohung, ihm die Fresse zu polieren, wenn er die Musik nicht leiser stellte. Aber warum sich aufregen? Ich war zu müde, sogar zum Reden.

Als ich nach Hause kam, sank ich in meinen Voltaire-Sessel und bourbonisierte mich. Ich trank alles, was ich übrig hatte, und hörte wieder und wieder »Wild Horses«, nicht die Version der Stones, sondern die meines Kumpels Elliot Murphy, des letzten Rockstars, des letzten Blues-Musikers, des ultimativen Einzelgängers, wie Dylan, wie Neil Young. Er lebt nicht weit von hier, in der Rue Beauregard, auf der anderen Seite des Arrondissements. Manchmal besuche ich ihn, wenn ich den Blues habe, dann nimmt er seine Gitarre und spielt ein bisschen Willie Dixon für mich. Wundervoll, meine Freunde, einfach wundervoll.

Aber heute Nacht war Weihnachten, und es war zu spät. Außerdem ist Elliot ein verheirateter Mann und Vater.

Also hörte ich weiter »Wild Horses«, ganz allein.

Am Weihnachtsmorgen hatte ich einen entsetzlichen Kater.

DIE RACHE DER KELLNER

Von Jean-Bernard Pouy
Le Marais

Übersetzt von Zoë Beck

Alle hier nannten ihn Zatopek.

Jeden Morgen trabte er fünfmal gemächlich um die Place des Vosges und blieb dabei unter den Bogengängen, obwohl es sehr viel aufregender ist, menschlich gesprochen, unter den Linden im Park zu laufen, wenn das Wetter schön ist.

Das machen jedenfalls die ganzen anderen doofen Jogger in der Gegend.

Aber er war nicht wie die anderen Fitnessfanatiker, die in ihre pastellfarbenen, durchsichtigen Markenjogginganzüge schwitzten, iPods in den Ohren, Schweißflecken unter den Armen und mit den dummen Gesichtern derjenigen, die gezwungen sind, Derrida zu lesen.

Er sah gar nicht wirklich aus wie die anderen bürgerlichen Künstlertypen aus dem 4. Arrondissement, die sich erst mal selbst ins Schwitzen brachten, bevor sie ihre schwitzenden Angestellten in ihren Start-ups gängelten. Sein struppiges Haar, seine seltsamen und beängstigenden Grimassen, sein einschüchternder Blick, seine abgerissenen Klamotten, all das war ziemlich auffällig in diesem Tempel des unzeitgemäß guten Geschmacks. Er sprach mit niemandem. Nicht einmal mit sich selbst. Er rempelte nie jemanden an, nicht einmal, wenn er direkt an den Tischen von Ma Bourgogne vorbeilief, von wo aus ihn eine Gruppe besorgter italo-amerikanischer Touristen beobachtete, wie er schwer atmend auf seinen dürren Beinchen vorbeischwankte, einer durchgeknallten Ente nicht unähnlich, als hätte er vor, ihren Tisch voller Tee und Gebäck umzuwerfen.

Sein Ritual veränderte sich nie: In seiner dritten Runde blieb er vor mir stehen, und ich reichte ihm ein Glas Wasser, das er wie ein Kamel wegsoff. In meinem altmodischen schwarz-weißen Kellnerlivree kam ich mir vor wie eine Elster oder an den Wochenenden wie ein Storch, der einem schmutzigen, erschöpften Fuchs etwas zu trinken gibt.

Wenn er seine fünf Runden im Vosges-Stadion beendet hatte, verschwand er, löste sich buchstäblich zwischen den alten Steinen der Rue de Birague auf, wenn er unter dem Bogen des Pavillon du Roi durchgelaufen war, und niemand würde ihn für den Rest des Tages zu Gesicht bekommen. Aber um Punkt neun Uhr am nächsten Morgen, Sommer wie Winter, tauchte Zatopek auf der anderen Seite von der Rue de Béarn kommend wieder auf und stürmte am Pavillon de la Reine vorbei, als hätte er die Aschebahn von Prag vor sich.

Einige von uns, echte Profibarkeeper, hatten ausgerechnet, dass er seit drei Jahren auf diese Art trainierte. Fünf Runden oder ungefähr zwei Kilometer jeden Tag seit drei Jahren um den Platz, da kam man insgesamt – noch 'ne Runde, Chef! – auf ganze 2190 Kilometer. Hut ab. Auf dein Wohl.

Zatopek.

Und dann, an einem klaren Dienstag Ende September, erschien er nicht mehr. Auch nicht am folgenden Tag. Die Nachbarschaft war in Aufruhr. Hätte man einen von Daniel Buren signierten Fingerhut anstelle der riesigen, hässlichen Statue von Ludwig XIII. mitten im Park vorgefunden, wäre das längst nicht so schlimm gewesen. Wir warteten. Vielleicht war Zatopek krank. Oder vielleicht hatte er Hühneraugen. Oder seine Schienbeine hatten seine Knie durchlöchert – man weiß ja nie, was bei so einer dummen Joggingbesessenheit alles passieren kann.

Wir gingen von Bar zu Bar, von Laden zu Laden und führten eine rasche Untersuchung durch, befragten Nachbarn, so wie es die Bullen tun, wenn sie wieder allen auf den Sack gehen wollen. Niemand hier hatte von einem Unfall gehört. Keine alten Leute, die von einem Bus überfahren worden waren, weder von der Linie 29 noch von der 96. Keine Feuerwehrleute und keine Rettungssanitäter waren irgendwohin gerufen worden. Nichts Besonderes war geschehen.

Es war, als wäre Zatopek mit einem Mal zu den Olympischen Spielen abgereist, um die Ehre des 4. Arrondissements vor der ganzen Welt zu verteidigen. Unsere geduldige Sorge hielt eine gute Woche an. Überhaupt keine Nachrichten von unserem anonymen Champion. Ich wartete jeden Tag mit einem Glas Wasser in der Hand.

Eine seltsame Panik überfiel all diejenigen, die die Place des Vosges wirklich liebten. Es war schon eine Katastrophe. Der Reiz des Platzes hatte plötzlich einen seiner wichtigsten Bestandteile verloren. Ein Reiz, den wir erschaffen, beschützt und in uns behütet hatten. Trotz der Touristenherden, Fremdenführer und der jämmerlichen Parade reicher Leute aus dem 16. Arrondissement, die jedes Wochenende aus der Rue des Francs-Bourgeois – von wo auch sonst – auf den Platz quollen und mit dümmlichen Visagen und Zähnen so scharf, dass sie den Asphalt damit aufschneiden konnten, nach zum Verkauf stehenden Maisonettewohnungen suchten. Trotz der Massen an neuen Galerien unter den Arkaden, die randvoll mit scheußlicher, auf die Lobotomisierten abgestimmter Kunst waren, die nichts weiter als armselige naive Malerei, laszive Nackte in matter Bronze und hyperrealistische Gemälde von Bordeauxflaschen zeigte. Trotz der ganzen Kinder, die in den Sandkästen des Parks aneinander zerrten; trotz der Obdachlosen, die gleich neben dem Miyake kampierten.

Wir vermissten Zatopek.

So als würde in einem kleinen Dorf im Département Creuse der Postbote nicht mehr kommen.

Mein Job als Kellner im Ma Bourgogne beinhaltet freie Nachmittage. Nach dem Ansturm am Mittag werde ich abgelöst. Dann besuche ich meine Kollegen in den benachbarten Bars. Die Internationale Liga der Barkeeper. Sehr angenehm, bedient zu werden. Ausnahmsweise mal. Aber Vorsicht, wir nerven den Kellner nicht die ganze Zeit. Und wir geben Trinkgeld.

Nach und nach waren wir zu einer Gruppe geworden, die wie Pech und Schwefel zusammenhielt. Natürlich aus beruflichen Gründen; als Gruppe war es einfacher für uns, rechtzeitig über freie Stellen informiert zu sein, über Vertretungen und wo man sich noch was dazuverdienen konnte. Aber es war auch der Überlebenswille, der unsere kleine Gemeinschaft zusammenschweißte: Wir waren ungefähr zehn, und wir hatten es satt, uns das Gerede über Fußball anzuhören und die latent rassistischen Unterhaltungen von Gästen zu ertragen, die morgens noch nicht richtig wach oder abends schon halb besoffen waren.

Ich trug ihnen das Problem vor und muss mich angehört haben wie Victor Hugo im Exil, denn sie waren alle sofort mit von der Partie. Wir beschlossen, jeden zu kontaktieren, den wir kannten, um mehr über Zatopek zu erfahren. Woher kam er? Wo wohnte er? Wohin ging er? All diese Fragen hatten sich uns in den letzten drei Jahren nie gestellt. Unser Maskottchen war immer zuverlässig. Jeden Tag kam er zur selben Zeit. Wie die Post. Wie eine Radiosendung.

Wenn wir, die saisonalen Straßenkellner, Zatopek bemerkt hatten, mussten ihn auch andere Leute gesehen haben. Pförtner, Straßenkehrer, Ladenbesitzer, wir würden sie alle ansprechen. Seltsamerweise vermissten wir diesen Verrückten, der jeden Tag seine Beinchen in unserem Revier ausschüttelte, wirklich. Uns war unwohl dabei, in der Vergangenheitsform von ihm zu reden. Das zeigte nur, wie besorgt wir darüber waren, was ihm zugestoßen sein könnte.

Es lag etwas Dramatisches in dem, was wir taten, keine Ahnung, warum, es war reine Intuition. Aber irgendetwas stimmte nicht. Die gesamte Nachbarschaft brach weg, die alten Bewohner verschwanden einer nach dem anderen und wurden von ihren jungen Erben mit zurückgegeltem Haar ersetzt; die alten Kurzwarenhandlungen und Kunstschmiede verwandelten sich unausweichlich in Klamottenläden, aus denen dann wiederum Restaurants wurden, in denen man zwanzig Euro für einen Radieschensalat bezahlte.

Zur Bestandsaufnahme trafen wir uns am Samstag um drei Uhr bei Jean-Bart an der Ecke Saint-Antoine und Rue Caron, einem coolen, lebhaften Café-Tabac voller unbegreiflicher junger Menschen und Keno-Süchtigen.

In weniger als einer Woche war die Arbeit erledigt.

Drei Pförtner später wussten wir, wo Zatopek wohnte: in der Rue Saint-Gilles Nummer 12. Ein höhlenartiger, gepflasterter Innenhof voller uralter Werkstätten, mit alten und zerfallenden Wohnungen, Behelfsunterkünften, die Vorstellung des armen Mannes von einem Loft.

Manchmal war ich in meinen Pausen dort herumgegangen, in der Hoffnung, mir ein Dachzimmer mieten zu können. Ich hatte es satt, jeden Morgen durch ganz Paris fahren zu müssen.

Mit Jean-Louis, der sich im Café-Tabac an der Ecke Saint-Claude und Turenne abrackert, ging ich dorthin, um zu sehen, was los war. Uns schlug das Herz bis zum Hals, weil wir Angst hatten zu erfahren, dass der alte Jogger gestorben war. Überraschung. Es war unmöglich, die altmodische Einfahrt mit dem Torbogen zu betreten: Ein riesiger Holzzaun versperrte den Eingang. Abrissgenehmigung. Gefolgt vom Bau mehrerer Wohnungen, von denen einige »erschwinglich« sein sollten. Die Bauleitung hatte die Impact-Immo-Gesellschaft zusammen mit der Stadt Paris als Auftraggeberin, zumindest was die Sozialwohnungen anging. Hinter den Schildern: eine gigantische Baustelle.

Das war also der Grund. Immobilien. Diese beschissenen Immobilien. Diese moralische Geißel. Dieser in Zement gegossene Zynismus. Was Zatopek anging, hatten sie ihn woanders einquartiert. Irgendwo. Zweifelsohne weit weg. Vielleicht in einem Altersheim. Vielleicht in einem Obdachlosenheim, wer weiß?

Arschlöcher! Diese herzlosen Scheißkerle!

Ein alter Kerl. Er hatte bemerkt, wie wir enttäuscht auf die offiziellen Bekanntmachungen geglotzt hatten. Kappe, Stock, der Typ, der den ganzen Tag herumlungert, um jemanden zu finden, mit dem er reden kann.

»Ich hab hier gewohnt, sie haben mich rausgeworfen, ich werde Ihnen nicht sagen, wie, diese Arschlöcher, die ließen sich nicht umstimmen, ich war einer der Ersten, das war denen egal ...«

»Dürfen wir Sie auf ein Getränk einladen?«

»Dazu sag ich nicht Nein, Jungs.«

Das Mitteilungsbedürfnis des Alten war so grenzenlos, wie seine Kehle bodenlos war. Wir erfuhren tonnenweise über die Place des Vioques – den Platz der alten Säcke, wie er die Place des Vosges nannte. Er kannte jeden. Und viel wichtiger, er kannte Zatopek. Dessen echter Name Monsieur Girard war, so stand es auf seinem Briefkasten. Aber er hatte sich nie mit dem alten Spinner, einem Eisenbahner im Ruhestand, angefreundet – das musste der Grund sein, warum er den ganzen Tag herumgaloppierte, er hielt sich vielleicht selbst für eine Lokomotive. Die Einzige, die mit ihm gesprochen hatte, war die alte Marthe, die den Müll rausbrachte und manchmal für zwei kochte. Sie war ebenfalls verschwunden. Das war nicht verwunderlich.

Alle waren weggegangen, nachdem man sie Stück für Stück in Richtung Ausgang geschoben hatte. Diese Arschlöcher von Impact Immo hatten es fertiggebracht, alle Bewohner von Nummer 12 in weniger als einem Jahr auszuquartieren. Wie sie es getan hatten? Vermutlich durch Verhandeln. Ein bisschen Kohle – sehr wenig, bei der Gegend –, aber die Armen, die dort wohnten, wussten es nicht besser. Was die Ältesten und fast Bettlägerigen betraf, für die gab es einen Platz in einem Altenheim, unter normalen Umständen unmöglich zu bekommen. Für den Alten war es anders, er hatte sich auf das Geld gestürzt, obwohl er wusste, dass er übers Ohr gehauen wurde, aber er hatte ein schwaches Herz. Er hatte alles seiner Tochter gegeben, in deren Gästezimmer er jetzt in der Rue de Turenne wohnte. Mit seiner kümmerlichen Rente würde er es so bis ins Grab schaffen.

Seltsam war nur, dass wir mit einem Mal das Gefühl hatten, alles zu wissen und trotzdem noch nichts erfahren zu haben. Die einzige Spur, die wir hatten, war die alte Marthe. Die Müllfrau. Sie könnte etwas mehr über Zatopek wissen. Aber sie hatte nicht gesagt, wohin sie gehen würde. Sie könnte genauso gut auch wieder auf dem Land leben. Irgendwo in ein Elendsquartier abgeschoben, ein ländlicher Abladeplatz zwanzig Kilometer vom nächsten Lebensmittelgeschäft entfernt. Unser Marathonmann vielleicht auch. Durch die Felder zu joggen wäre nicht die schlimmste Strafe.

Unser Alter schimpfte noch weiter über diese miesen Immobilienhaie, und wir ließen ihn dann mit seinem fünften Picon-Bier allein.

Wir steckten fest.

Um weiterzukommen und weitere Spuren von den früheren Mietern der Nummer 12 zu finden, bräuchten wir ein ganzes Heer von Enthüllungsjournalisten. Wir konnten uns nur schwer mit der Möglichkeit zufriedengeben, dass Zatopek schon irgendwo sicher untergebracht sein würde. In Anbetracht des Zustands, in dem er war, könnte dieses Irgendwo ein stinkendes Heim sein, ein Ort wie ein Gefängnis, wo sie einen langsam betäubten, wo sie einen abkratzen ließen. Weil es für die Gesellschaft zu teuer war, sich um ihre Reliquien zu kümmern. Das schreibt sogar *Le Parisien,* und das heißt schon was.

Die Tage verstrichen, und die Place des Vosges liebäugelte zunehmend mit Versailles. Wenn man bedenkt, dass ich den Platz schon als kleines Kind kannte, damals ein wirklich hartes Pflaster. Mit der Eröffnung des Picasso-Museums hatte sich alles geändert. Der spanische Farbkleckser hatte die gesamte Gegend in den Klassizismus befördert. Schick und adrett und Platinkreditkarten. Auch wenn der Laden, in dem ich arbeite, Ma Bourgogne, schon immer stilvoll gewesen war. Früher war er eine Perle in einer schroffen Gegend. Jetzt war er eine Perle zwischen anderen Perlen. Und der ehemalige Bildungsminister Jack Lang lebte quasi darüber.

Es war Joseph, der die Jagd wieder eröffnete. Er arbeitete nachts im Elephant du Nil an der Saint-Paul-Metrostation. Die komische alte Frau, die jeden Morgen in seiner Bar herumlungerte, kam aus dem Altersheim in der Rue de Fourcy.

Sie genehmigte sich ihren ersten Weißwein mit Limonade um zehn Uhr morgens und soff sich bis zum Mittag durch. Sie säuft sich ins Grab, sagte der Besitzer über sie. Eine echte Schwätzerin. Und dazu noch eine fiese, die auf die ganze Welt wütend ist.

Am darauffolgenden Samstag tauchten wir als Delegation, als eine Gruppe von Gewerkschaftsvertretern auf. Und wir wurden nicht enttäuscht. Es war die gute alte Marthe, die Müllfrau aus Nummer 12, die Monsieur Girard kannte – Marcel für seine Freunde, Zatopek für uns. Ein armer Teufel. Pensionierter Eisenbahner, der halb verrückt geworden war, nachdem er die Einzelteile einer Frau zusammensuchen musste, die von einem Güterzug überfahren worden war. Auf jeden Fall verrückt, aber nur halb, manchmal auch ganz. Sie und Zatopek waren die Einzigen gewesen, die sich wirklich gegen die Immobilienhaie gewehrt hatten. Ihm gehörte die kleine Zweizimmerwohnung im hinteren Teil des Innenhofs, und er brüllte immer, dass man ihn hier nur mit den Füßen zuerst rauskriegen würde, sie sollten sich nicht mit ihm anlegen. Der alte Kerl war ein Fall für die Zwangsjacke. Und bei bester Gesundheit; er ging sogar laufen, glaubt man's denn?

»Wo wohnt Monsieur Girard jetzt?«

»Was wollen Sie von Marcel?«

»Nichts. Wir sehen ihn nur nicht mehr auf der Place des Vosges, deshalb machen wir uns Sorgen. Er war ein Freund, ein Bekannter.«

»Ach wirklich? Hat er mit Ihnen gesprochen?«

»Eher nicht. Er hat gelächelt. Wir mochten ihn.«

Sie hielt das Glas Weißwein in der Hand und betrachtete uns. Wie sie dasaß, in ihrem blauen Kittel, die Wangen rot, und die Augen ein undurchlässiges Weiß vom Altersstar. Verdammt niedlich, wie eine alte Kaffeekanne aus Emaille.

An der man sich die Hände verbrannte, wenn man nicht aufpasste.

»Warum machen Sie sich Sorgen?«

»Keine Ahnung. Deshalb würden wir gern wissen, wo er ist. Damit wir uns keine mehr machen müssen.«

Sie musterte uns eingehend. Lange genug, um ihr Glas zu leeren und ein weiteres zu bestellen.

»Eines Morgens war er nicht mehr da. Er war während der Nacht weggegangen.«

»Er ist umgezogen?«

»Ich weiß es nicht. Jedenfalls hat er alles zurückgelassen. Zwei Tage später kamen zwei Typen von Emmaus und haben sein Zeug mitgenommen. Es war nicht viel. Klapprige Möbel, altes Zeug von einem verrückten Penner. Er muss alles mitgenommen haben, was ihm etwas bedeutete. Kleidung wahrscheinlich.«

»Hatte er noch irgendwo Familie, vielleicht, keine Ahnung, irgendwo auf dem Land?«

»Das glaube ich nicht. Er war ein Pariser, ein echter Pariser, bis ins Mark.«

Und so weiter. Sie sprach immer weiter, wollte uns nicht gehen lassen. Endlich hatte sie das Gefühl, wichtig zu sein, und das gefiel ihr. Spät im Leben, fast schon an der Schwelle des Todes, hatte sie ein Publikum gefunden. Aber für uns war es nur Staffage.

Wir ließen sie reden, wir hatten das Wichtigste erfahren. Zatopek war plötzlich verschwunden.

Ein bisschen zu plötzlich.

An jenem Samstag, als wir aufbrachen, um die Rue Saint-Antoine zu verlassen – sie war bereits mit müßigen Menschen überfüllt, die alle zwanzig Meter stehen blieben, um Speisekarten oder Immobilienanzeigen zu lesen – beschlossen wir, unsere Taktik zu ändern. Wir setzten uns um ein paar glühend heiße Pizzas und beschlossen schnell, ohne dass jemand die Führung übernahm, ein paar Gänge höher zu schalten. Niemand wagte es, offen die schlechten Gedanken auszusprechen, die uns gerade in den Kopf gekommen waren. Der faulige Geruch einer zwielichtigen Operation. Der Gestank eines üblen Streichs.

Finster teilten wir die Arbeit auf. Es wirkte wie die Zusammenkunft von Anarchisten, die das stürmische Ende der Republik planten. Jeder von uns wusste, dass wir den schlechten Geschmack im Mund loswerden mussten.

Maurice vom Dôme hatte eine Cousine, die bei der Stadtverwaltung arbeitete. Er hatte sie gefragt. Eine Sackgasse. Marcel Girard hatte nie irgendetwas von der Behörde gewollt und immer seine Wohnsteuer bezahlt. Kürzlich hatte er eine Adressänderung angegeben: Montargis, Rue des Hirondelles. Dadurch fiel er nicht mehr in die Zuständigkeit der Pariser Stadtverwaltung. Wir überprüften das: Es gibt keine Rue des Hirondelles in Montargis.

Mehr oder weniger dasselbe bei der Rentenkasse der Eisenbahner. Samir vom Fontenoy an der Ecke Saint-Gilles und Beaumarchaisi hatte diese Aufgabe übernommen. Marcel Girard hatte seine letzten beiden Zahlungsanweisungen nicht eingelöst. Die Post hatte sie mit *Empfänger unbekannt* versehen. Die SNCF hatte von ihm keine neue Adresse. Sie warteten. Sie mussten. Ohne Totenschein mussten sie laut Gesetz ein Jahr warten, bevor sie sein Konto auflösten. Sobald sich etwas Neues ergab, würden sie Samir informieren. *Danke, sehr nett von Ihnen.*

Wir trafen uns wieder mit Marthe. Nach dreißig Litern Weißwein erklärte sie sich bereit, uns zu der Person zu bringen, die ihr Heim leitete, damit sie, was sehr freundlich war, sich in ähnlichen Institutionen nach ihm erkundigte. Nichts. Es gab niemanden in Paris oder Umgebung mit dem

Namen Marcel Girard. Nicht in einem Pflegeheim oder Seniorenwohnheim oder Ähnlichem. Niemand mit dem Namen hatte einen längeren Krankenhausaufenthalt.

All das hatte uns gute zwei Wochen gekostet. Zwei Wochen, in denen wir weitergemacht hatten, obwohl der winzige Hoffnungsfunke mit immer neuen schlechten Nachrichten zu kämpfen hatte, schlechten, aber nicht endgültigen. Vielleicht war er jetzt obdachlos und lebte in einem dieser Campingzelte, die ständig am Seineufer und dem Saint-Martin-Kanal auftauchten.

Zwei Wochen, in denen uns das Herz immer tiefer in die Hose gerutscht war und wir den Gedanken, der alte Läufer könnte tot sein, wegschoben.

Aber ein Dorf ist und bleibt ein Dorf, selbst in einer großen Stadt, selbst tief in der Stadt des Lichts, dieser unvermeidlichen Stadt, in die Menschen aus aller Welt kommen, um sie zu bewundern, mit leuchtenden Augen und festgefrorenem Lächeln vor dem blinkenden Eiffelturm. In einem Dorf weiß jeder alles über alles, und die Rollläden sind geschlossen. Bernard, der Keller im Mousquetaires an der Ecke der Rue Beautreillis, serviert allen The-Doors-Fans Bier, wenn sie die langweilige Fassade des Gebäudes angaffen, in dem Jim Morrison abgekratzt ist. Er baggert an der Postbotin rum, die ihm erzählte, dass der Hauptsitz der DAL – einer linken Gruppe, die sich auf Wohnungsfragen spezialisiert hat und die Immobilienhaie seit Jahren aufmischt – ganz in der Nähe der Rue des Francs Bourgeois liegt.

Mir wurde diese Aufgabe zugeteilt. Ich sollte in dieser Richtung herumschnüffeln. Die Linken könnten etwas über die Sache in der Rue Saint-Gilles Nummer 12 wissen.

Die Aktivistin war praktisch eine Oma. Nicht die Anführerin, aber eine Schlüsselfigur. Sehr interessiert an unserer

Geschichte, sogar am Telefon. Ich verabredete mich mit ihr im Ma Bourgogne. Als sie sich im hinteren Teil des Raums an einem der weiß gedeckten Tische niederließ, wurden ihre Augen ganz groß. Zweifelsohne war es das erste Mal, dass sie es wagte, diesen Ort, der den Besitzern von Platinkreditkarten vorbehalten war, zu betreten.

Sie war fröhlich und quirlig. Eine *Pasionaria*. Die sich vermutlich für etwas rächte, vielleicht ihr früheres Leben. Der DAL wusste – das waren ihre Worte – alles über den abscheulichen, ekelhaften Skandal von Nummer 12. Sie hatten sich dagegengestellt, alles versucht, sogar eine unangekündigte Hausbesetzung, die schnell von den Bullen aufgelöst wurde, aber nichts hatte geholfen, die Presse hatte den Skandal kaum je erwähnt, was ein deutlicher Spiegel der neuen, zynischen Härte der regierenden Klasse war. Die Bürogangster des Immobilienkapitalismus agierten halbwegs legal, aber diese Legalität war bis ins Unendliche variabel, weil sie von der Regierung geschützt wurden. Das erklärte auch, warum die früheren Bewohner, obwohl sie wussten, dass man sie verarschte, alle, oder fast alle, das bisschen Geld angenommen hatten. Um so schnell wie möglich verschwinden zu können.

Und einer der Hauptgründe, laut dieser streitsüchtigen alten Dame, war, dass die Verhandlungen von einem pensionierten Polizeichef namens Henri Portant geführt wurden, einem hinterhältigen und doppelzüngigen Kerl, der eine Mischung aus Freundlichkeit, Drohungen, Verständnis und Härte an den Tag legte, wie er es schon während seiner beruflichen Laufbahn getan haben musste. Für einen Kerl, der dreißig Jahre damit verbracht hatte, die Härtesten der Harten zum Reden zu bringen, war es ein Klacks, mit verängstigten alten Leuten, die keine Unterstützung hatten, fertigzuwerden.

Sie selbst hatte ihn einmal getroffen, nur einmal, an dem Tag, als der DAL darüber informiert wurde, dass er mit seinen Sachverständigen auftauchen würde, um die Bewohner im Hinterhof von Nummer 12 zu überreden. Sie erinnerte ihn als jemand, der ruhige Stärke ausstrahlte, sehr ruhig, unglaublich ruhig, wie jemand, der überhaupt keine Skrupel hatte, absolut keine Vorbehalte, dem sein Job zweifellos doppelt so viel einbrachte, wie er seinen Opfern anbot.

Die rebellische Großmutter bat uns, ihr mitzuteilen, falls wir irgendwas herausbekamen. Die Geschichte der Nummer 12 lag ihr im Magen. Der DAL hatte juristische Mittel. Jeder Beweis für eine Unterschlagung könnte vor Gericht sehr weit führen, kein Grund aufzugeben. Der Krieg wird nicht verloren, weil der Feind jede Schlacht gewinnt.

Übellaunig trafen wir uns am folgenden Samstag im Jean-Bart. Wir trugen alles zusammen. Bernard sprach als Erster.

»Es ist ganz einfach. Zatopek will nicht gehen. Er hat keine Familie. Sie sehen in ihm einen Verrückten, und allen anderen in der Nummer 12 geht das am Arsch vorbei.«

»Außer Marthe.«

»Aber was kann die alte Hexe tun? Nein, Zatopek zählt nicht. Und das alte Wrack schafft es sicherlich nicht, Sand ins Getriebe zu streuen oder irgendwas aufzuhalten.«

»Zeit ist Geld.«

»Und wer steht auf der anderen Seite? Harte Jungs, die einen hübschen Haufen Kohle dafür bekommen, alle rauszuschmeißen.«

»Mit einem ehemaligen Bullen, der das Kommando hat.«

»Über den sollten wir mehr rauskriegen.«

»Haben wir schon. Der stille, nette Inspector Maigret-Typ, der gemütlich sein Kalbsragout verspeist, ist Geschichte.«

»Stimmt. Jetzt sind da Cowboys.«

»Ja? Kommt schon! Was denkt ihr?«

»Die müssen den Alten unter dem Schutt versteckt und mit einem Laster rausgeschafft haben. Oder er ist ins Fundament gefallen, und sie haben Beton über ihn gekippt. Wer weiß?«

Bernard hatte es gesagt. Er hatte gesagt, was alle dachten. Einmal ausgesprochen, erschien es wahr. Es war nicht mehr nur ein dummer Gedanke. Es wurde glaubhaft und real. Erschreckend glaubhaft. Ein anonymes Grab.

Und was jetzt? Was sollten wir mit dieser beschissenen Fast-Sicherheit anfangen?

»Wir müssen das überprüfen.«

»Was überprüfen?«

»Portant. Den Bullen. Wir müssen ...«

»Ihn foltern? Bis er auspackt? Wie stellst du dir das vor?«

»Nein. Wir treffen uns mit ihm. Um mehr herauszufinden.«

»Er ist ein Bulle. Wir packen das nicht. Schau uns mal an: Wir sind ein Haufen gelangweilter Kellner, nette Jungs, die wegen einem armen alten Irren rumheulen, der nicht mal ein Gast war. Der Cartier-Bresson-Typ ...«

»Und trotzdem haben wir's geschafft, Sachen rauszufinden.«

»Gut. Aber womit haben wir's zu tun, wir armseligen, bierbäuchigen, vierzigjährigen Waschlappen? Mit den Bullen. Mit der Stadtverwaltung. Mit 'ner Menge mächtiger Typen, deren Arme so weit reichen, dass sie uns aus dreißig Kilometer Entfernung noch eine reinhauen können.«

Wir sahen uns an. Wir wussten, dass Maurice recht hatte. Von vorn bis hinten. Aber wir wussten auch, dass recht haben nicht reichte. So war das nun mal.

»Es kostet uns nichts, noch ein bisschen mehr herauszufinden«, sagte ich bedächtig.

Wir verschwendeten keine Zeit. Es war so offensichtlich. Das Internet. Das Telefonbuch. Dort gab es einige Portants. Aber nur einen Henri. Er wohnte in der Rue de l'Insurrection Nummer 22 in Vernon-sur-Eure. Ich rief ihn an und behauptete, für den CNAV-Rentenfonds zu arbeiten. Ich sprach von einer Akte, die von der Polizeibehörde ausgestellt worden war und mich verwirrte, weil der Adressat längst pensioniert war.

Er fiel darauf rein. Er fing an zu schreien. Da sieht man mal, wie die Verwaltung in Wirklichkeit arbeitet! Es überraschte ihn nicht, es sei ein totales Chaos bei denen! Er brüllte so sehr, dass ich einfach auflegte, als er mich nach dem Aktenzeichen fragte, um denen die Hölle heiß zu machen.

Jetzt wussten wir, wo er wohnte.

Und weiter?

Nichts weiter.

Außer dass Samir zwei Tage später einen Anruf von der Pensionskasse der Eisenbahner bekam. Marcel Girard war wieder aufgetaucht. Er hatte darum gebeten, dass man ihm seine kleine Rente an die neue Adresse schickte: Rue de l'Insurrection Nummer 22 in Vernon-sur-Eure.

Samstag.

Wir waren alle da.

Mit denselben Ergebnissen, die einer Detektivgeschichte alle Ehre machten, aber einer, die schwer zu beenden war.

»Erst macht er ihn kalt, und dann will er auch noch an sein Geld.«

»Er hat Zatopek bestimmt im Garten von seinem blöden Haus begraben.«

»Klingt wie der Landru-Fall. Oder Petiot. Dieser Scheiß ist nicht neu.«

Und dann warfen wir uns vorsichtige Blicke zu. Prüften uns. Still. Sehr lange. So lange, wie es dauerte, zwei weitere Gläser Kir zu trinken.

In einer Stunde musste ich wieder an der Place des Vosges sein. Um die ganzen reichen Scheißer zu bedienen, die einen ansahen, als sei man Ektoplasma, eine Amöbe, die nie schnell genug arbeitete. Sie rufen einen herbei, indem sie mit den Fingern schnippen. Sie bellen unter dem Bogengang: »Garçon!«

Also traf ich eine Entscheidung.

»Morgen fahre ich nach Vernon. Um mir den Drecksack mal anzusehen.«

»Ich komme mit«, sagte Samir.

»Ich auch«, sagte Maurice. »Ich mag Action. Zum Andenken an Zatopek. Mal sehen, was passiert.«

Wir fuhren früh los. Mit Maurice' Auto. Der Kerl fährt total auf Gadgets ab, er steckt seinen gesamten Lohn in alles, was neu ist. Er hatte sogar ein Navi am Armaturenbrett. Er fuhr gut, und er fuhr schnell, riskierte sogar ein paar Punkte. Wir schluckten die 130 Kilometer wie ein Schinkensandwich und waren um neun in Vernon.

Dank des Navis fanden wir die Rue de l'Insurrection leicht. In einer Wohnsiedlung aus den Achtzigern. Künstliche moderne Häuser mit Rasen, dekoriert mit Gartenzwergen, geschnittenen Hecken und mindestens einem Affenbaum alle fünfzig Meter. Es roch nach Geld, aber nicht zu sehr. Es war eher der Geruch des Geldes pensionierter Beamter. Mit Autos, die ordentlich vor den altmodischen Häusern ihrer Besitzer geparkt waren. Das angenehme Leben. Weit weg von Darfur. Weit weg von all den elenden, hilflosen, alten Leuten, die in den großen Städten vor sich hin vegetieren und manchmal aus denselben Dosen fraßen wie ihre räudigen Hunde.

Unsere Stille sprach Bände, während wir eine geschlagene Stunde im Auto warteten, ohne zu wissen, warum, und vage darauf hofften, den Bullen zu sehen. Nichts. Andere Leute kamen mit Kinderschwärmen aus ihren Häusern und eilten zu ihren Autos. Ein Picknick. Ein Waldspaziergang. Vielleicht Kirche. Sonntägliches Mittagessen in einem Restaurant, und dann ins Kino. Wohlverdienter Friede.

Und dann kam er raus. Klein und fett.

Ohne nachzudenken, stiegen wir aus dem Wagen, gingen auf ihn zu wie die Gebrüder Earp in einem armseligen O. K. Corral. Drei gegen einen. Wir wollten nur mit ihm reden. Ich fing drei Meter von ihm entfernt damit an.

»Monsieur Henri Portant?«

Er blieb stehen. Dieselben Reflexe wie früher. Er inspizierte uns. Rechnete aus, was hier passieren könnte. Wer wir sein könnten. Er dachte nach, das war offensichtlich. Vielleicht waren wir Ex-Straftäter, die er früher mal festgenommen hatte und die jetzt auf Rache aus waren. Oder Straßenräuber, die ihn ausnehmen wollten.

»Entschuldigung?«

»Sind Sie Henri Portant?«

»Worum geht's hier?«

Wir zögerten. Wir wussten nicht, wo wir anfangen sollten.

Der ehemalige Bulle steckte seine Hand in die Innenseite seiner Jacke. Samir reagierte sehr schnell, stürzte sich auf ihn, verpasste ihm den Kopfstoß des Jahrhunderts.

Portant fiel schreiend rückwärts um. Ich sprang auf ihn zu, um ihn aufzurichten und wegzuzerren. In sein Haus. Es war ein Riesenfehler, dass das alles mitten auf der Straße stattfand.

Er blutete, seine gebrochene Nase sprudelte wie ein Springbrunnen. Seine bestürzten blauen Augen waren hinter dem roten Fluss kaum zu sehen.

Ich packte ihn am Jackenaufschlag und zog ihn mühsam auf die Beine. Er stöhnte und machte Blutblasen.

»Ihr Arschlöcher«, murmelte er.

Ich schlug ihn. Er stöhnte. Er hatte Schmerzen.

»Oh mein Gott, ich glaub's nicht!«, rief Maurice hinter mir.

Ich drehte mich um.

Gute zwanzig Meter entfernt, bewegte sich Zatopek auf uns zu und trottete ächzend über den Bürgersteig.

LA VIE EN ROSE

Dominique Mainard
Belleville

Übersetzt von Martin Spieß

1.

Japanische Touristen versammelten sich vor der Treppe
in der Rue de Belleville, um zu sehen, wo Edith Piaf das
Licht der Welt erblickt hatte, und hielten sich im April-
Nieselregen auf, vor dem sie sich mit seltsamen Hüten
aus pinkfarbenem, durchsichtigem Plastik mit dem Logo
einer Reiseagentur schützten. Den ganzen Weg bis zum
Boulevard de Belleville, zweihundert Meter weiter unten,
schimmerten leuchtend rote Schilder mit chinesischen
Schriftzeichen durch den Dunst. Legendre bog nach links
ab, hinein in das Labyrinth der kleinen Kopfsteinpflaster-
straßen, die zum Park führen, drehte das Lenkrad weit
herum, um den Kindern auszuweichen, die in den Pfützen
Fußball spielten. Arnaud versuchte, aus einer Thermos-
kanne den Kaffee zu trinken, den sein Freund vor einer
halben Stunde gemacht hatte, als das Funkgerät zu knis-
tern angefangen hatte. Sie waren sehr spät ins Bett gegangen, und das Aufwachen war ihm schwergefallen.
Doch nun raste sein Herz beim Anblick der Polizeiwagen,
die ein paar Dutzend Meter weiter die Straße in blinken-
des Blaulicht tauchten.

Legendre parkte das Auto am anderen Ende der Straße
und zwinkerte Arnaud zu.

»Ich muss vorsichtig sein«, sagte er. »Die haben mich hier
im Viertel zu oft rumhängen sehen, einer von ihnen hat

schon gedroht, mir wegen Behinderung der Justiz einen Strafzettel zu verpassen. Kommst du?«

Als Arnaud zögerte, hielt Legendre die Autoschlüssel mit theatralischer Geste hoch.

»Okay, du willst lieber im Warmen bleiben«, sagte er. »Das ist dein Problem. Im Handschuhfach sind CDs. Aber ich sage dir, Mann, wenn du Inspiration für dein Buch brauchst, ist das der Ort, wo du sie findest.«

Arnaud zuckte mit erzwungenem Lächeln die Schultern. Es tat ihm beinahe leid, dass er Legendre vor ein paar Tagen davon erzählt hatte, aus Langeweile, aus Einsamkeit. Aber um die Wahrheit zu sagen, hätte es, selbst wenn er ihn seit der Uni nicht mehr gesehen hätte, niemand anderen gegeben, mit dem er darüber hätte reden können. Am Anfang des Winters hatte Arnaud Arbeitslosengeld beantragt, um mit dem Schreiben des Romans anzufangen, über den er schon so lange nachdachte. 181 Tage, er hatte sie gezählt, und er hatte nicht mal vier Kapitel hinbekommen. Den ganzen Winter über war er in seiner Wohnung auf- und abgegangen, hatte den Blättern des Kastanienbaums beim Fallen unter die Fenster und beim Landen auf dem Gehweg zugesehen, wo sie bald unsichtbar wurden. Er spürte, wie er in der Trägheit und Ruhe der kleinen Stadt im Randbezirk versank – was für ein Klischee, dachte er, der früher im Hauptfach Literatur studiert hatte, über seine Ambitionen, seine Kraftlosigkeit.

Nach einem mit viel Wein heruntergespülten Essen – Legendre hatte ihm eine Zigarette angeboten, und da er nicht sehr oft rauchte, war ihm schwindelig geworden, und er hatte gelacht, als wäre es ein Joint gewesen – waren ihm nachlässig ein paar Worte über seinen Roman rausgerutscht, den er bis zum Frühling fertigkriegen wollte, und er hatte hinzugefügt, dass es voranging, dass es gut voranging. Legendre versuchte, ihm etwas zu entlocken, und schließlich gab er zu, dass es ein Noir-Roman war, aber viel mehr wollte er nicht sagen. Selbst wenn er gewollt hätte, er hätte es nicht gekonnt. Er sagte lediglich, dass sein Held ein Privatdetektiv sein würde, das Opfer eine Frau, die in Paris lebte und irgendwo im Nachtleben arbeitete, eine Stripperin oder Prostituierte. »Und wer ist der Mörder?«, fragte Legendre, und Arnaud hob auf mysteriöse Weise seine Augenbrauen. »Wenn ich es dir erzähle, gibt es keine Spannung mehr«, antwortete er. Die Wahrheit aber war, dass er es selbst nicht wusste. Er hatte kein Gefühl für Verbrechen, das gab er nur ungern zu, und die fünf Monate, in denen er kurze Pressemeldungen in Zeitungen durchgegangen war, hatten rein gar nichts verändert. Wenn er nachzuvollziehen versuchte, was einen Mann dazu brachte, seine Hände um den Hals einer Frau zu legen und zuzudrücken, konnte er es sich nicht vorstellen, und er sagte sich, das sei ein schlechter Start für einen Romancier. Würde sein Mörder Zuhälter, Kunde oder Serienmörder sein? Es war absurd, Opfer und Setting bereits zu kennen und unfähig zu sein, den Mörder zu finden, als wäre ein Schriftsteller schlimmer als ein schlechter Bulle.

Er wusste, dass Legendre für Zeitungen arbeitete, und das hatte ihn veranlasst, den Kontakt zu ihm wieder aufzunehmen: die wirre Hoffnung, dass sein alter Freund das Geheimnis gewöhnlicher, alltäglicher Dramen durchdrungen hatte, weil er darüber geschrieben hatte, und es ihm nun eröffnen konnte.

Als er mit Legendre über seinen Roman sprach, klopfte ihm sein Freund auf die Schulter, zeigte auf das in einem Regal stehende Funkgerät und sagte: »Sieh dir das an: Das ist ein Polizeifunk-Transmitter. Wenn im Viertel was passiert, schaffe ich es manchmal, vor denen da zu sein, und verkaufe meine Fotos für fünf- oder sechshundert Euro.

Komm und übernachte nächstes Wochenende bei mir, und wenn etwas passiert, nehme ich dich mit. Mit ein bisschen Glück wirst du ihn sehen, deinen idealen Killer. Aber mach dir nichts vor, im Moment passiert nicht gerade viel.«

Doch der Transmitter knisterte am frühen Morgen, und als er den Code hörte, den die Polizei verwendete, sprang Legendre auf und schüttelte Arnaud, der auf dem Fußboden der Zweizimmerwohnung schlief, die sich über einem asiatischen Obst- und Gemüseladen mit seinem übel riechenden Gestank nach Durians befand. »Komm schon«, sagte er, »das hier ist echt«, und zwanzig Minuten später bogen sie in die Rue Jouye-Rouve ein.

Mehrere Eingänge zum Parc de Belleville waren noch nicht geschlossen, also kamen sie ohne Schwierigkeiten hinein. Sie waren nicht allein. Schaulustige bevölkerten die Wege, vor allem Teenager, die auf Zehenspitzen standen, um über die Metallzäune und das gelbe Polizeiband zu spähen, das zwischen den Bäumen gespannt war. Trotz des grauen Himmels konnte man ganz Paris sehen, nur leicht vom Nebel verschleiert, sogar den Eiffelturm im Westen. Die Trompetenbäume blühten, Tulpen standen aufrecht in den vorsichtig gegrabenen Dreiecken aus Erde, und der kleine Wasserfall des Parks murmelte. In der Mitte des abgesperrten Bereichs jedoch gab es eine leichte Erhebung unter einer grauen Plane. Der feine Nieselregen hatte fast aufgehört, nur der Geruch von Moos und Gestrüpp blieb in der feuchten Luft hängen. Die Zaungäste vermengten sich hinter dem gelben Band zu einer warmen, regungslosen Masse, und Arnaud fühlte sich beinahe gut: Es war das erste Mal, dass er einem Tatort so nah war, und er entdeckte die mit Flüstern durchsetzte Stille, die seltsame Komplizenschaft der Menge, diese morbide Faszination, die beinahe abergläubische Angst – aber genauso die Hoffnung, dass eine Ecke der grauen Plane sich heben und eine Hand oder ein Bein freigeben würde.

Legendre hatte sich ein paar Meter entfernt. Arnaud hörte ihn flüstern, er ging von einem Schaulustigen zum anderen. Nach zwei oder drei Minuten kam sein Freund zurück, griff seinen Arm und führte ihn weg von der Menge.

»Ich habe ein paar Informationen«, sagte er mit leiser Stimme. »Es ist eine Jugendliche, Migrationshintergrund, siebzehn oder achtzehn Jahre alt, Layla M. Sie ist hier aufgewachsen, aber sie hat seit gut einem Jahr woanders mit einem Kerl zusammengelebt. Sie hat in einem Nachtklub in Pigalle getanzt, und es heißt, sie habe auch mit Gästen geschlafen. Sie ist erwürgt worden. Siehst du, jetzt hast du deine Geschichte! Alles, was du tun musst, ist herauszufinden, wer es getan hat, und du hast dein Buch!« Er sah zur grauen Plane herüber und fuhr fort: »Hast du was zu schreiben dabei? Geh und befrag die Nachbarn, die Leute, die in dem alten Gebäude da drüben leben – das mit dem Hotel-Boutha-Schild –, vielleicht haben sie was gesehen. Ich bleibe hier und versuche, die Kerle auszuquetschen – diskret. Beeil dich, du musst der Erste sein, der sie befragt. Wenn du nach den Bullen kommst, werden sie dir nichts sagen.«

Widerwillig verließ Arnaud die Menge. Er fror in seiner leichten Jacke und wäre lieber in der Gruppe geblieben, diesem Kokon aus Schaulustigen. »Aber ich kann das nicht«, protestierte er. »Ich hab so was noch nie gemacht. Was zur Hölle gibt mir das Recht, sie zu befragen?«

Legendre warf vor Verzweiflung die Arme in die Luft. »Ich dachte, du wolltest ein bisschen einsteigen. Wenn du lieber vor deinem Computer sitzen und dir die Haare raufen willst, selbst schuld.«

Arnaud war beschämt, dass er sein Geheimnis so schlecht verborgen hatte. »Aber was soll ich ihnen denn sagen?«, beharrte er, und Legendre antwortete mit einem Zwinkern, bevor er sich abwandte. »Sag ihnen, du bist Privatdetektiv. Das sollte ihnen gefallen, und du hast etwas, worüber du nachdenken kannst.«

Arnaud wartete, bis Legendre gegangen war, dann filzte er die Innentasche seiner Jacke, nahm das Notizbuch mit dem Stift heraus, das er stets bei sich trug, und ging zu den Toren des Parks. Hotel Boutha lag auf einer Anhöhe, und Legendre hatte nicht ganz unrecht: Es war das einzige Gebäude, aus dessen Fenstern man diesen Teil des Parks einsehen konnte. An die Fassade war ein Schild genagelt – *Abbruchgebäude* –, aber die Apartments waren offensichtlich bewohnt. In der Lobby standen übergelaufene Mülltonnen, die ihn beinahe davon abhielten, hineinzugehen, und die Briefkästen waren so oft aufgebrochen worden, dass die Türchen in den Angeln hingen; die Namen waren verblichen, unleserlich. Arnaud notierte sich diese Details und kopierte sogar das rote Graffito an einer Wand. Er fühlte einen Anflug von Scham, die Situation so auszunutzen, nur um diese Bruchstücke von Realität in die Hände zu bekommen, wie ein gemeiner Dieb. Dann bahnte er sich einen Weg durch die Mülltonnen und ging die Treppe hinauf.

Er klingelte an den Türen im ersten und zweiten Stock, bekam aber keine Antwort; hinter einer Tür weinte ein Baby, doch niemand öffnete. Ein kleines Mädchen in einem Schlafanzug öffnete schließlich die Tür nebenan. Sie trug ihr Haar in Dutzenden geflochtener Zöpfe und sah ihn schweigend an. Ehe er etwas sagen konnte, tauchte ihre Mutter auf, deren Haar ebenso geflochten war wie das ihrer Tochter und die genauso still war, zog ihr Kind zurück und schloss die Tür. Er ging weiter nach oben. Das Treppenhaus stank nach Urin und Gemüsesuppe, aber er hatte weder das

Herz, das aufzuschreiben, noch sich eine Notiz von der totalen Stille des Kindes und seiner Mutter zu machen. Für einen Augenblick dachte er darüber nach, wieder nach unten zu gehen und Legendre zu sagen, dass das Gebäude leer stand, aber dann hörte er, wie sich im dritten Stock eine Tür öffnete, und als er auf dem Treppenabsatz ankam, sah er einen alten Mann, der ihn von der Türschwelle seiner Wohnung aus aufmerksam beobachtete.

Der Mann musste auf ihn – oder, was wahrscheinlicher war, auf die Polizei – gewartet haben, denn auf dem Küchentisch neben dem Eingang standen ein Teller Kekse und Tassen mit Kaffeeflecken. »Guten Morgen, Monsieur«, sagte Arnaud und streckte ihm die Hand entgegen. »Ich bin Privatdetektiv und untersuche das Verbrechen, das sich gerade unten zugetragen hat.« Der alte Mann schüttelte mit überraschender Sanftheit seine Hand.

Obwohl es in der Wohnung ziemlich heiß war, trug er eine dicke Karojacke und eine Wollmütze, die er augenblicklich und mit einem peinlichen Gesichtsausdruck absetzte: »Ich weiß schon gar nicht mehr, wann ich sie aufhabe. Treten Sie ein, treten Sie ein.«

Arnaud blieb in der Tür stehen und klopfte mit seinem Stift auf den Umschlag des Notizbuchs in seiner Hand. »Ich habe nicht viel Zeit, Monsieur«, sagte er. »Ich muss das ganze Gebäude befragen.«

Der alte Mann lächelte wissend, als ob er sich vollkommen im Klaren darüber war, dass ihm in den unteren Stockwerken niemand geöffnet hatte, und wiederholte einfach: »Bitte, kommen Sie herein.«

Arnaud zögerte. Später würde er sich nicht daran erinnern, wie er erraten hatte, dass der alte Mann etwas wusste; vielleicht, weil sich sein Lächeln genau dann verhärtet und er Arnaud direkt in die Augen gesehen hatte, als er noch einmal ablehnen wollte. Also nickte er und sagte: »Nur fünf Minuten.« Und mit zwei Schritten war er in der Küche. Unter der Heizung schlief ausgestreckt auf einer karierten Decke in denselben Farben wie die Jacke des alten Mannes ein alter Hund, der nicht einmal die Augen öffnete, als Arnaud einen Stuhl für sich heranzog.

Während der alte Mann in der Küche herumwirtschaftete, kontrollierte, ob der Kaffee heiß war, und eine Zuckerdose und Milch auf den Tisch stellte, sagte er: »Es ist ein Mädchen, richtig?«

»Ja«, antwortete Arnaud und sah aus dem Fenster auf die Bäume des Parks. Zwischen ihren Ästen drückten sich Farbkleckse – die Schaulustigen – gegen das gelbe Absperrband. »Layla M., siebzehn oder achtzehn Jahre alt, hat man mir gesagt. Todesursache Strangulation.« Er bemühte sich um die neutrale Stimme des Privatdetektivs, der er zu sein vorgab. »Das heißt, sie wurde erwürgt, wissen Sie?«

Der alte Mann stand mit dem Rücken zu ihm. Seine Hände waren im Waschbecken, er bewegte mechanisch Besteck unter dem Wasserstrahl des Hahns. Er sagte kein Wort.

»Scheint, als wäre sie hier in der Nähe aufgewachsen«, fuhr Arnaud fort. »Sie lebt seit ein paar Monaten nicht mehr hier im Viertel, aber ich dachte, dass sich ein paar Leute an sie erinnern würden. Sie selbst – kannten Sie sie vielleicht?«

Der alte Mann hatte die Hände immer noch in der Spüle. Er schien das Besteck eine endlos lange Zeit zu spülen, und Arnaud, der dachte, dass das Geräusch des Wassers vielleicht verhindert habe, dass er ihn gehört, wiederholte etwas lauter: »Kannten Sie sie vielleicht?«

Der Mann hielt seinen Kopf gesenkt, streckte aber die Hand aus und stellte das Wasser ab. Immer noch mit dem Rücken zu ihm gewandt, sagte er: »Ja, Monsieur, ich kannte sie. Ich kannte sie sehr gut. Ich habe sie geliebt wie eine Tochter.«

Arnaud blieb für einen Moment still. Er verfluchte Legendre dafür, ihn in diese Situation gebracht zu haben; er hatte weder eine Ahnung, wie man jemanden tröstete, noch, wie man ihn ausquetschte oder seine Schuld beurteilte, und er sagte nichts, bis sich der alte Mann endlich umdrehte und gegen die Spüle lehnte, während er sich mit dem Handrücken die Augen trocknete. Dann sprach er unbeholfen weiter: »Sie musste wahrscheinlich nicht leiden, wissen Sie, sie war sicherlich ohnmächtig, als sie nicht mehr atmen konnte. Und die Polizei dort, die finden den Bastard, der es getan hat. Machen Sie sich keine Sorgen, das sind Tiere, aber am Ende werden sie immer gefasst.«

Der alte Mann hob den Kopf und starrte Arnaud an, ohne zu antworten. Er nahm die Kaffeekanne, brachte sie zum Tisch und füllte die beiden Tassen. Er setzte sich vor Arnaud hin, direkt neben den Hund, den er lange hinter den Ohren kraulte; dann, als hätte er gerade eine Entscheidung getroffen, richtete er sich auf, legte seine Hände auf den Tisch und sagte: »Ich werde Ihnen eine Geschichte erzählen.«

2.

Wissen Sie, Monsieur, in zwei oder drei Monaten wird dieses Gebäude abgerissen. Ich denke jedes Mal daran, wenn ich es sehe. Jedes Mal, wenn ich um die Ecke komme, bin ich froh, dass seine alten Wände noch stehen. Die eingetopften Geranien der alten Frau im dritten Stock, die sind so alt wie das Gebäude. Sie macht Ableger davon und tut sie in Wassergläser, sie sind überall in ihrer Küche. Während des Sommers, mit den Blumen und der Wäsche, die draußen trocknet, könnte man denken, es sei eine Straße in Italien. Das sage ich mir, wissen Sie, obwohl ich nie in Italien war. Jedes Mal, wenn ich das Gebäude von der Straße aus sehe, bin ich glücklich und erleichtert. Als ob der Abbruchtrupp mit seinen Bulldozern und Presslufthämmern vor dem festgelegten Termin kommen würde und von meinem Haus nichts bliebe als ein Trümmerhaufen. Sie wollen errichten, was sie eine ›Residenz‹ nennen, wissen Sie, eines dieser erstklassigen Gebäude, die sie für ein Vermögen an junge Leute verkaufen, weil man die Bäume des Parks sehen kann, als ob man nicht auf dem Land leben könnte, wenn man Bäume sehen will. Vor zwanzig Jahren war es ein Hotel – man kann immer noch das Schild sehen, das auf die Vorderseite gemalt ist –, dann haben sie drinnen ein paar Wände abgerissen und die Zimmer in Wohnungen umgebaut, um sie an Leute zu vermieten, denen es nichts ausmacht, sich ein Badezimmer und eine Toilette auf dem Flur mit vier anderen Wohnungen zu teilen. Ja, Leute wie ich und Laylas Mutter.

Aber ich habe ständig Angst, dass sie das Gebäude ohne irgendeine Warnung abreißen, und jedes Mal, wenn ich rausgehe, nehme ich meine wichtigsten Sachen mit: meine Papiere, das Geld, das ich gespart habe, meine Uhr – ich mag es nicht, sie am Handgelenk zu tragen –, meinen Sozialversicherungsausweis, ein paar Briefe von meiner Mutter und ... diese Fotos. Das ist Layla. Sehen Sie. Die sind aus dem Photomaton im Monoprix-Supermarkt. Sie hat sie mir an ihrem fünfzehnten Geburtstag gegeben. Man kann sehen, wie wunderschön sie ist. Niemand wusste, wer ihr Vater war; ihre Mutter heiratete und bekam drei andere Kinder, aber Layla war die älteste, aus der Zeit, als ihre Mutter oft ausging und es sich gut gehen ließ. Das Kind wurde wer weiß wo gezeugt und wer weiß wo geboren, auf der Straße, sie hatte es eilig, die Welt zu sehen, die Nachbarn hatten keine Zeit, einen Krankenwagen zu rufen.

Eine lange Zeit schämte sie sich dafür, auf der Straße geboren worden zu sein. Die anderen Kinder im Viertel wussten davon – Kinder wissen immer alles –, und Sie können sich sicher sein, dass sie sich über sie lustig machten. Eines Tages nahm ich sie bei der Hand – ihre Mutter bat mich oft, auf sie aufzupassen, als sie ein kleines Mädchen war, und sie war es gewohnt, in meine Wohnung zu kommen – und führte sie in die Rue de Belleville, um ihr die Marmorgedenktafel an Nummer 72 zu zeigen, wo die Piaf geboren wurde, Sie wissen schon, fünf Minuten von hier. Und dann nahm ich sie mit in die Bibliothek, um ihr zu zeigen, was für eine großartige Frau die Piaf war, ich zeigte ihr Bücher und spielte ihr Aufnahmen vor, sie sah mit den Kopfhörern aus wie eine kleine Maus – sie war ... oh, nicht älter als fünf oder sechs. Ich hatte nie einen Plattenspieler, und ihre Mutter auch nicht.

Die Geschichte von der Piaf, die wie sie auf der Straße geboren wurde ... das bedeutete Glück und Unglück für sie. Denn sie entschied sich auf der Stelle, Sängerin zu werden, und sie hatte eine schöne Stimme.

Von da an sang sie ständig. Wenn sie bei ihrer Mutter wegen der anderen drei kreischenden Kinder nicht mehr zurechtkam, besuchte sie mich. Sie gab mir Zettel mit Liedtexten darauf, und ich musste überprüfen, ob sie irgendwelche Fehler machte, und ich kann selbst kaum lesen, Monsieur. Wenn es draußen schön war, gingen wir runter in den Park, gleich nebenan, ich breitete ein Laken oder eine Decke unter einem Baum aus und gab ihr etwas von dem Essen, das ich gemacht hatte, meistens Sandwiches, Käse oder Hühnchen, und manchmal lief sie zum nächsten Franprix, um Cola zu holen. Diese Tage, wenn ich ihr beim Singen zuhörte, mit dem Duft der Blumen überall, ausgestreckt auf einer Decke mit einem Grashalm zwischen den Zähnen – manchmal sang sie so sanft, dass ich einschlief –, ja Monsieur, ohne Zweifel waren das die schönsten Tage meines Lebens.

Man hätte ihr natürlich Gesangsunterricht bezahlen und sie ein Instrument spielen lassen sollen, aber auch dafür hatte ihre Mutter kein Geld. Eine Weile dachte sie, sie könne selbst dafür zahlen, und sie sang auf der Straße, besonders im Sommer bei den Cafés auf den Bürgersteigen in Richtung Ménilmontant, und auch da begleitete ich sie, um sicherzustellen, dass ihr nichts passierte; ich nahm einen Klappstuhl mit und drehte Zigaretten, bis es an der Zeit war, nach Hause zu gehen. Ja, sehen Sie, ich hatte nie ein Kind, also war es natürlich fast so, als wäre sie von mir, ihre Mutter hatte ja immer mit den drei Kleinen zu tun. Aber sie kriegte es nie hin, genug Geld zu sammeln, um Unterricht oder ein Instrument bezahlen zu können.

Je größer sie wurde, umso komplizierter wurde es. Mit vierzehn fing sie an, ständig ihren Namen zu ändern, sagte, sie suche nach einem Künstlernamen. Sie ging viel in die Bibliothek, erst mit mir und dann allein, dort lernte sie all die Namen von Sängerinnen und Opernheldinnen, Cornelia, Aïda, Dorabella. Man musste sich vorsehen: Man durfte keinen Fehler machen, ihren jüngsten Namen mit einem alten verwechseln, oder sie wurde wütend; es war, als erwähne man jemanden, mit dem sie sich zerstritten hatte. Einmal sagte ich aus Scherz, sie wäre wie eine Zwiebel, aber anstatt Schichten zu entfernen, füge sie welche hinzu. Danach redete sie eine Woche lang nicht mit mir. Vielleicht fehlte es ihr, den Namen eines Mannes zu tragen, der ihr ein wirklicher Vater war.

Sie hielt an der Idee fest, Sängerin zu werden. Ihre Mutter wollte natürlich nichts davon hören, sie wollte, dass sie einen richtigen Beruf ergriff, mit einem guten Gehalt. Aber sie gab nicht nach. Dann fing es an, ihr zu Kopf zu steigen, und auch das ist mein Fehler, weil ich sie stets ermutigte. Diese Jahre, als sie vierzehn oder fünfzehn war – das waren die schlimmsten. Layla ging nicht mehr in die Schule, was wir nur durch Zufall herausfanden, weil sie die Briefe aus der Schule stahl und die Unterschrift ihrer Mutter fälschte. Ihr Stiefvater verprügelte sie, und danach ging sie wieder hin, aber nicht lange, sie hörte nie auf, Stunden zu schwänzen, sie ging morgens mit ihrer Schultasche aus dem Haus, verbrachte aber den ganzen Tag auf der Straße.

Es war so schlimm bei ihr zu Hause, dass sie bald schon gewohnheitsmäßig von Zeit zu Zeit hier übernachtete, dann immer öfter. Es beruhigte ihre Eltern, zu wissen, wo sie war. Ich wollte ihr mein Zimmer geben, aber sie lehnte ab, sie legte sich aufs Sofa im Wohnzimmer, da drüben, Milou schlief zu ihren Füßen. Sie sagte, sie wolle mir nicht zur Last fallen, aber ich glaube, sie wollte in der Lage sein, ein- und auszugehen, ohne dass ich sie hörte; mit dem Alter bin ich schwerhörig geworden, und es war nicht leicht, auf sie aufzupassen, sie war kein kleines Mädchen mehr. Und damals hatte ich nicht den Mut, sie zur Rede zu stellen. Ich hatte Angst, sie würde weggehen, so ist das, wenn man nicht wirklich ein Elternteil ist, man traut sich nicht, zu streng zu sein. Und dann fing sie an, tagelang zu verschwinden. Wir wussten nicht, wo sie war. Ich hatte das Gefühl, sie würde sich mit den falschen Leuten herumtreiben – wenn sie zurückkam, roch ihr Atem nach Zigaretten und sogar nach Alkohol, aber sehen Sie, Monsieur, sie liebte es immer noch, zu singen. Also sagte ich mir, dass sie das retten würde, ich dachte immer, dass es sie am Ende vor dem Schlimmsten bewahren würde, so naiv war ich!

Vor einem Jahr erzählte sie mir von Leuten, die beim Fernsehen arbeiteten. Sie sagte, es gebe Sendungen, die jungen Menschen wie ihr helfen würden, Sängerinnen oder

Schauspielerinnen zu werden, und dass sie ihr Glück versuchen werde, und zum ersten Mal bat sie mich um etwas Geld, damit sie sich ein Kleid und Schuhe kaufen konnte. Für das Vorsprechen, sagte sie – sie hat mir das Wort beigebracht: *Vorsprechen*. Sie sagte, es wäre in einem Vorort von Paris, und sie würde bei einer Freundin übernachten, einem Mädchen, das ebenfalls davon träumte, auf der Bühne zu stehen. Sie erzählte mir das alles, während sie genau dort saß, wo Sie jetzt sitzen, mit Milous Kopf auf ihrem Schoß, während sie an seinen Ohren zog, so wie sie es als kleines Mädchen gern gemacht hatte. Zu der Zeit wussten wir bereits, dass das Gebäude abgerissen werden sollte, und sie sagte, sie würde ein großes Haus mit Garten kaufen, sobald sie berühmt wäre, und dass es dort ein Zimmer für mich und einen Korb für den Hund geben würde. Ja, das hat sie gesagt. Dann fragte sie, ob sie auf der Couch schlafen könne, und natürlich sagte ich Ja. Als ich ins Bett ging, gab sie mir einen Kuss. Sie sagte, sie würde mit mir in Verbindung bleiben, weil sie nach dem Vorsprechen vermutlich ein paar Monate im Fernsehstudio sein würde. Sie lachte. Ich hatte sie schon sehr lange nicht mehr so lachen hören. Als ich am nächsten Morgen aufwachte, war sie weg.

Ich wusste sofort, dass sie lange weg sein würde. Sie war sehr früh bei sich zu Hause gewesen und hatte Geld aus dem Portemonnaie ihrer Mutter gestohlen. Sie dachten, eines der Kinder hätte die Tür offen gelassen und jemand wäre hereingeschlichen. Ich sagte nichts, aber ich war sicher, dass sie es war, auch wenn sie vorher noch nie gestohlen hatte. Ich war verletzt, weniger wegen dem, was sie getan hatte, sondern weil es bedeutete, dass sie sehr lange nicht zurückkommen würde. Und auch, weil ich mir sagte, dass sie nicht hätte stehlen müssen, wenn ich ihr mehr gegeben hätte.

Ich fing an, meine Abende bei Samir zu verbringen, dem Lebensmittelhändler auf der Ecke der Rue Piat. Er hatte einen Fernseher im Hinterzimmer, und wenn er Kundschaft hatte, ließ er mich gucken, was ich wollte. Ich sah mir all die Sendungen an, von denen Layla mir erzählt hatte, diese Sendungen für junge Leute. Ich hätte nie gedacht, dass es so viele Jugendliche gibt, die berühmt werden wollen, und ich bekam Angst um sie. Sie hatte eine tolle Stimme, und sie war schön, aber es gab eine Menge anderer Mädchen mit tollen Stimmen, die genauso gut aussahen. Ich hoffte lediglich, es würde ihr Leben nicht ruinieren, hoffte, sie würde keine Angst haben, zurückzukommen. Ich bekam während des nächsten Jahres fünf Postkarten von ihr, schauen Sie, Sie hängen da drüben an der Wand. Auf jede schrieb sie fast dasselbe: »Es geht mir gut, Opa. Hab dich lieb.«

Eines Abends dachte ich wirklich, ich hätte sie in einer Sendung gesehen. Ich war fast sicher. Zu diesem Zeitpunkt hatte ich die Hoffnung verloren, ich ging nur immer noch zu Samir, weil ich es nicht mehr gewohnt war, allein zu Hause zu bleiben, besonders ohne große Chance, dass Layla vorbeischauen würde. Das Mädchen, das ich sah, war nur für ein paar Minuten auf der Bühne, sie gaben ihr nicht mal die Zeit, ihr Lied zu Ende zu singen. Sie sagte, ihr Name sei Olympia, aber das heißt nichts, wissen Sie. Sie trug viel Make-up, mit Silber auf den Augenlidern und roten Lippen, auf eine Weise aufgetakelt, wie sie es sich hier nie getraut hätte, ein glänzendes Kleid, sehr kurz, ich erinnere mich, dass ich dachte: »So viel Geld für so ein kurzes Kleid.« Aber ihre Stimme klang wie Laylas, und sie sang ein Lied von der Piaf, was komisch ist, weil die anderen viel modernere Musik ausgewählt hatten, die Art, wie man sie aus den Autoradios junger Leute plärren hört, wenn sie mit runtergelassenen Fenstern an einer Ampel stehen, oder wenn sie ihre Schlafzimmerfenster nicht schließen. Ich konnte ihr Gesicht nicht genau erkennen, es ging so schnell, ich rief nach Samir, in der Hoffnung, er könne mir helfen herauszufinden, ob es wirklich sie war, aber als er endlich kam – er hatte einem Kunden geholfen –, war es schon vorbei.

In den Wochen danach sah ich weiter die Sendung, aber das Mädchen – Layla – kam nie zurück. Ich hielt meine Hoffnung monatelang aufrecht, ich sagte mir, dass es vielleicht nur die erste Runde gewesen war und wir sie irgendwann wiedersehen würden. Aber das geschah nicht.

Ein paar Monate später gab es Gerüchte. Jemand behauptete, sie in einer Bar oder eher einem Nachtklub gesehen zu haben, dann jemand anders, und dann noch jemand anderes. Sie schworen, dass es wirklich Layla war, sagten, dass sie dort jeden Samstag tanzte, nahe Pigalle, dann sagten sie das Wort *Peepshow*. Ich wusste auch hier vorher nicht, was das bedeutete. Etwa zu der Zeit zog ihre Familie aus. Sie hinterließen keine Adresse, ich weiß nicht, ob sie sich schämten, dass das Viertel davon wusste, dass ihre Tochter nackt für Männer tanzte. Ihre Mutter stellte eine Kiste mit den Sachen des Mädchens vor meine Wohnungstür. Sie sind immer noch da, in meinem Schlafzimmer.

Meine Geschichte ist bald vorbei, wissen Sie. Eines Tages bin ich dahin gegangen. Ich weiß nicht, warum, ich glaube, ich war mir sicher, dass es nicht Layla war, genauso wie ich mir sicher gewesen war, dass ich sie im Fernsehen gesehen hatte, mit Piafs Lied auf den Lippen auf der Schwelle zum Erfolg, aber ich musste sie mit eigenen Augen sehen. Das Gerücht war immer hartnäckiger geworden, und ich wusste im Grunde, wo ich nach ihr suchen musste. Ich brauchte ein paar Wochen, bis ich den Mut aufbrachte, und dann nahm ich eines Abends, gegen Mitternacht, den Bus nach Pigalle. Ich musste nicht lange suchen. Am Eingang eines

Klubs hingen Fotos von ihr. Ich betrachtete sie so lange, bis der Kerl an der Tür ungeduldig wurde und sagte: »Hey Opi, kommst du rein oder schlägst du da Wurzeln?« Auf einigen Fotos trug sie Kleider, die an den Schenkeln und zwischen ihren Brüsten geschlitzt waren, und auf anderen war sie fast nackt. Ich hatte sie gewaschen, als sie ein Baby und ein kleines Mädchen war, es genierte mich nicht, sie nackt zu sehen. Aber es gab kein einziges Foto, auf dem sie lachte. Der Lippenstift war wie eine klaffende Wunde quer über ihrem Gesicht, sie hatte ihre schönen runden Wangen verloren, und ihre schwarzen Augen sahen sehr groß aus. Als der Kerl am Eingang mich ansprach, war ich überrumpelt, ich konnte nicht aufhören, ihr Gesicht anzuschauen, nachdem ich es seit Monaten nicht gesehen hatte, und als er sagte »Und, Opi?«, fragte ich »Was kostet es?« und fummelte in meiner Brieftasche herum, um den Eintritt zu bezahlen.

In der Peepshow, so nennen sie es, war es dunkel, und es roch nach Schweiß, die Musik war zu laut, ich dachte, ich wäre in einer der schlimmsten Bars des Viertels gelandet. Ich blieb in der Nähe der Tür des Raumes stehen, den sie mir zugewiesen hatten, es kamen pausenlos Männer herein, schubsten sich gegenseitig, mir war heiß, und dann fiel mir auf, dass ich immer noch meine Mütze trug und setzte sie ab. Das erste Mädchen war eine Blonde in einem leuchtend pinken Slip, sie konnte nicht tanzen, aber die Männer pfiffen und schrien, zwei oder drei versuchten, sie anzufassen, aber da war ein Muskelprotz, der den Rand der Bühne bewachte. Ich musste nicht mehr lange warten, denn die Nächste war Layla.

Ich werde Ihnen nicht davon erzählen, wie sie unter den Augen dieser Männer tanzte, mein kleines gebrochenes Mädchen. Ich blieb nicht sehr lange, nur lange genug, um zu sehen, wie sie in ihren High Heels zwei oder drei Mal auf der Bühne auf- und abging, mit wiegendem Gang, den ich von ihr nicht kannte, und dann, als ich gerade meine Mütze aufsetzte, um zu gehen – vielleicht war es meine Bewegung, die ihre Aufmerksamkeit erregte –, sah sie mich. Sie hörte nicht auf zu tanzen, aber sie ließ ihre Arme fallen, die sie bis dahin über dem Kopf gehalten hatte, und knickte mit dem Fuß um. Ich sah, wie sie ihren Mund vor Schmerzen zusammenzog, aber mehr sah ich nicht, weil ich mich bereits umgedreht hatte, und ich ging, ohne zurückzuschauen.

Ich erzählte niemandem, was ich gesehen hatte. Niemand fragte mich irgendwas, aber ich glaube, eine Menge Leute verstanden es, weil ich nie wieder zum Fernsehen zu Samir ging. Ich ging nur raus, um mit dem Hund Gassi zu gehen und Lebensmittel zu kaufen. Den Rest der Zeit verbrachte ich hier, saß in der Küche und versuchte, nicht nachzudenken. Ich fragte mich nicht mal mehr, wohin ich gehen würde, wenn das Gebäude abgerissen wird.

Ich hätte nie gedacht, dass sie kommen würde. Ich erriet es nicht in ihrem Gesichtsausdruck, als sie mich bei der Peepshow gesehen hatte, alles was ich sah, war Langeweile, diese neue Zähigkeit und der stechende Schmerz, als sie mit dem Fuß umknickte, aber ich sah weder Freude noch Kummer darüber, was sie verloren hatte, und ich sagte mir, sie hätte all das endgültig hinter sich gelassen. Dennoch, als es eines Abends sehr spät an der Tür klopfte, wusste ich sofort, dass sie es war. Ich war auf dem Sofa eingeschlafen. Seitdem sie weg war, schlief ich dort für gewöhnlich, so als könnte ich mich der Illusion hingeben, dass sie im Nebenzimmer war. Ich spritze mir etwas Wasser ins Gesicht, bevor ich die Tür öffnete.

Sie war blass, und mir war augenblicklich klar, dass sie erst an der Tür auf der anderen Seite des Flurs geklopft hatte, der Tür zu der Wohnung, in der ihre Familie gewohnt hatte. Sie war wegen des Plans, das Gebäude abzureißen, nicht wieder vermietet worden, aber zwei Kerle hatten sich da niedergelassen, mit Kerzen als Beleuchtung und einem Kohleofen zum Heizen. Sie tranken den ganzen Tag und bettelten vor dem Monoprix-Supermarkt in der Rue des Pyrénées, ein Stück weiter oben. Sie hatte sie wohl aufgeweckt, denn der Jüngere, ein Kerl mit Bart, stand in der halb offenen Tür und sah uns an. Als sie eintrat, hörte ich ihn nicht die Tür schließen, und ich bin sicher, er blieb da draußen und wartete darauf, dass sie wieder herauskam.

Oh ja, ich weiß, was Sie denken. Sie denken, er wartete auf sie, folgte ihr in den Park und dann passierte, was passiert ist. Aber Sie liegen falsch.

Sie hat die Schwelle erst übertreten, als ich sagte, sie solle eintreten, und da war diese komische Mischung aus Sanftheit und Provokation in ihrem Gesicht, als ob sie mich herausfordern wollte, sie für irgendetwas zu kritisieren. Sie kam mir größer vor, vielleicht waren es ihre High Heels, vielleicht ihre Schlankheit, sie trug eine Jacke, die ich erkannte, und sie schwebte darin wie ein kleiner Vogel. Sie setzte sich aufs Sofa und sah mich mit einem komischen Lächeln an. Ich sah sofort, dass sie etwas genommen hatte, etwas, das stärker war als nur ein paar Drinks, und auch das war neu: Sie schien direkt *durch mich hindurch* zusehen, sie musste sich anstrengen, sich mit ihren Augen wieder auf mein Gesicht zu konzentrieren. Sie kratzte sich mit dem Zeigefinger an der Nase und sagte dann: »Sie sind also weg.«

Ihre Stimme war wie ihr Gesicht: genauso hart wie abgekratzt – ich weiß, ich müsste *kratzend* sagen, aber es war etwas anderes, es war, als ob beide über eine harte Oberfläche geschleift worden wären und dadurch all ihre Sanftheit verloren hätten. »Vor zwei Monaten«, sagte ich. »Aber deine Mutter hat deine Sachen dagelassen, sie sind in meinem Zimmer, ich kann sie holen, wenn du willst.«

Sie zuckte gleichgültig mit den Schultern, als ob nichts davon irgendeine Bedeutung hätte. Sie blieb zusammengesackt auf dem Sofa sitzen, mit diesem halben Lächeln auf ihren Lippen und diesem schwebenden Aussehen, und wickelte eine Haarsträhne um ihren Finger.

»Layla«, sagte ich, »komm zurück. Du kannst im Schlafzimmer wohnen, hier wird es dir gut gehen, ich schlafe jetzt fast immer im Wohnzimmer. Ich kann dir helfen, deine Sachen herzuholen, wenn du magst. Wir können sogar jetzt sofort dorthin gehen.«

Sie lachte ein freudloses Lachen, und ich dachte an die Nacht, bevor sie weggegangen war, an dieses glückliche Lachen, das ich wie einen Glücksbringer im Ohr behalten hatte, während sie nicht hier gewesen war. »Um *was* zu machen, hm?«, antwortete sie.

Ich senkte meinen Blick, ich hatte mich noch nie so alt gefühlt, so kraftlos, so dumm auch, aber ich zwang mich, weiterzusprechen. »Du kannst wieder anfangen zu singen«, sagte ich. »Samir sucht jemanden, der sich an den Wochenenden um die Kasse kümmert, es täte mir gut, ein bisschen hier rauszukommen, und es könnte für Gesangsstunden reichen. Vielleicht brauchst du nur das, um es hinzukriegen.«

Sie lachte wieder, ließ ihren Kopf dabei auf der Sofalehne hin- und herrollen und sagte dann: »Nein, Großvater, es ist vorbei, meine Stimme ist weg, hörst du das nicht? Sie ist nicht mehr da. Sie ist weg, und das ist alles.«

Es tat weh, dass sie mich Großvater nannte, denn in ihrer Stimme lag nicht die Sanftheit, die sie hatte, als sie mich Opa nannte, es war eher ein ungeduldiger Tonfall, irgendwie verächtlich, wie der der Kinder, die auf dem kleinen

Platz vor dem Park Fußball spielen, wenn sie meinen, ich ginge nicht schnell genug aus dem Weg. Es tat weh, und dann machte es mich wütend. Auch wie sie so auf dem Sofa saß, ausgestreckt wie eine Puppe, und sich hin und wieder am Knie oder an der Nase kratzte, gelangweilt, als wäre ihr alles egal. Ich setzte mich neben sie. »Man verliert seine Stimme nicht einfach so«, sagte ich, auch wenn ich dasselbe gedacht hatte, als ich ihr die Tür geöffnet hatte – diese abgekratzte, verschlissene, fast nicht wiederzuerkennende Stimme. »Das liegt daran, dass du so lange nicht daran gearbeitet hast. Ich mache dir Kräutertee mit Zitrone und Honig und diesem Pulver gegen Erkältungen, das Samir verkauft, du wirst sehen, sie kommt zurück.«

Sie aber schloss die Augen und schüttelte wütend den Kopf, und als ich meine Hand ausstreckte, um eine Haarsträhne zurückzustreichen, die ihr über die Wange gefallen war, schob sie sie ungeduldig weg. »Nein«, sagte sie. »Meine Stimme ist weg. Verstehst du das nicht? Es ist alles aus. Ach, lass mich.«

Sie dachte, sie wäre stark, aber das war sie ganz und gar nicht; sie kriegte es nicht fertig, meine Hand wegzufegen, und ich ließ sie dort, nahe ihrer Wange, selbst als sie versuchte, sie noch ungeduldiger wegzudrücken und sagte: »Lass das.«

Ich ließ meine Hand nach unten gleiten und legte sie ihr auf die Kehle. »Deine Stimme ist nicht weg«, sagte ich. »Ich bin sicher, ich würde es spüren, wenn du jetzt etwas singen würdest – hier und jetzt kann ich es unter meinen Fingern vibrieren fühlen. Dein Hals ist ganz kalt, das ist auch ein Grund, aber er wird sich aufwärmen.«

»Komm schon, lass mich in Ruhe«, wiederholte sie. »Lass mich in Ruhe, ich kriege keine Luft.« Sie hätte schreien können, wenn sie gewollt hätte, da waren Nachbarn, die beiden

Typen auf der anderen Seite des Flurs, und doch flüsterte sie, und es war, als würde zwischen uns ein Geheimnis geboren.

»Sing«, sagte ich. »Sing etwas. Sing dieses Lied von der Piaf, das du früher so mochtest. *La Vie en rose*. Sing es.«

Ihre Kehle vibrierte unter meiner Hand, als sie etwas murmelte, sogar noch leiser, aber ich verstand es nicht. Wir blieben eine Weile so sitzen. Sie öffnete ihre Augen nicht mehr. Sie versuchte auch nicht mehr, mich wegzudrücken, sie hatte die Hände auf den Knien, wartete still auf irgendetwas, und das Lächeln, das nicht wie ihres aussah, war aus ihrem Gesicht verschwunden. Sie bewegte sich nicht. Ich dachte, sie würde schlafen.

3.

Arnaud hatte kein Wort gesagt, während der alte Mann redete. Er hatte sein Notizbuch geöffnet und begonnen, mechanisch Notizen zu machen, nachdem er zu dem alten Mann herübergeblickt hatte, um sicherzugehen, dass es ihm nichts ausmachte. Aber seine Notizen waren so chaotisch, dass er später nicht in der Lage sein würde, sie zu lesen oder zu verstehen, was sie bedeuteten, abgesehen von den letzten Worten, die er mitten auf eine ansonsten leere Seite geschrieben hatte: *La Vie en rose*.

Nun war der alte Mann still. Arnaud betrachtete ihn. Dicke Tränen flossen dem Alten aus den Augen, ähnlich denen eines Kindes. Er hätte nie gedacht, dass in einem so ausgewaschenen Gesicht noch so viel Wasser oder Emotionen sein konnten. Schließlich seufzte der alte Mann, nahm seine Kaffeetasse, führte sie an die Lippen und setzte sie dann wieder ab, ohne einen Tropfen getrunken zu haben.

»Als ihr Hals unter meiner Handfläche kalt wurde, begriff ich«, sagte er. »Ich nahm meine Hand weg, und ihr Kopf rutschte auf meine Schulter. Ich wusste, was ich tun musste, also legte ich sie sanft auf die Couch und stand auf. Es ist komisch, was einem in solchen Momenten durch den Kopf geht, ich konnte nicht wirklich denken, und doch ging ich direkt zum Kleiderschrank im Schlafzimmer, weil ich wusste, dass ich dort vor langer Zeit die Decke, die wir für Picknicks im Park benutzt hatten, verstaut hatte. Ich nahm sie, ging zurück ins Esszimmer und wickelte Layla darin ein. Die ganze Zeit fragte ich mich, was ich tun sollte, aber ich muss es bereits gewusst haben. Ich hob sie ohne zu zögern hoch – es fiel mir nicht leicht, weil sie recht schwer war, obwohl sie so dünn war, aber vielleicht macht das der Tod mit einem – und ging zur Tür. Der Kerl von gegenüber musste müde geworden sein oder wollte keinen Ärger, seine Tür war geschlossen.

Ich trug Layla die drei Stockwerke nach unten, ging auf die Straße, wo es immer noch dunkel war, man konnte kein Auto hören, nicht einmal ein Moped, und hinüber zu dem Tor des Parks, das nicht richtig schließt. Jeder im Viertel weiß, dass es ein Tor gibt, das nicht schließt, und alles, was man tun muss, ist, es auf die richtige Weise zu rütteln, jeder Zehnjährige kann einem zeigen, wie. Ich stieß das Tor mit meiner Schulter weit auf und nahm den Weg zu der Stelle, an der wir damals gepicknickt hatten. Es muss kurz vor Sonnenaufgang gewesen sein, eine Amsel sang in den Bäumen, wir hatten offenbar viel länger auf der Couch gesessen, als ich dachte, vielleicht war ich mit meiner Hand auf ihrem Hals eingeschlafen. Der Duft der Blumen war in dieser Nacht sehr intensiv, ich war überrascht, dass der Frühling in der Luft lag. Ich glaube, ich war seit der Nacht, in der ich Layla in Pigalle sah, kaum aus dem Haus gewesen.

Ich stoppte an einem Baum, unter dem wir früher oft gesessen hatten. Ich kniete mich hin und legte sie auf den

Boden. Ich hob sie an, um die Decke unter sie zu schieben; ich legte sie mit geschlossenen Beinen und den Armen direkt neben ihrem Körper hin; ich knöpfte ihre Jacke zu, um die bläuliche Kette um ihren Hals zu verbergen, dann stand ich auf. Ich betrachtete sie für einen Moment. Ach, wir waren so glücklich unter diesem Baum gewesen, sie und ich. Als ich zurück nach Hause ging, fing es an zu regnen, und plötzlich hielt ich den Gedanken an sie da draußen im Regen nicht aus. Ich ging nach oben, um die pinkfarbene Nylonwindjacke zu holen, die sie zurückgelassen hatte, als sie weggegangen war; ihre Mutter hatte sie in die Kiste getan, die sie auf meine Fußmatte gestellt hatte. Ich nahm sie aus der Plastiktüte, ging wieder nach unten und zog sie Layla an; erst zog ich sie ihr über den Kopf, dann ihre Arme durch die Ärmel und schließlich die Kapuze über ihr Gesicht. Ich konnte das Geräusch der Regentropfen auf dem Plastik hören. Hatte sie ihre pinkfarbene Windjacke an, als sie sie gefunden haben? Sie ist doch nicht zu nass geworden?«

Er sah Arnaud inständig an, und Arnaud senkte seinen Blick. »Ich weiß es nicht«, sagte er mit leiser Stimme. »Ich konnte nicht hinter die Polizeiabsperrung. Aber sie war unter einem anderen Plastikding, einer Art grauen Plane. Nein, ich glaube nicht, dass sie nass war.«

Der alte Mann schüttelte mit ernster Miene seinen Kopf. Er hob die Mütze auf, die neben seiner Tasse auf dem Tisch lag, wischte sich damit übers Gesicht und behielt sie in der Hand.

»Danach bin ich wieder hier raufgegangen und habe gewartet, dass jemand kommt«, fing er erschöpft wieder zu sprechen an. »Ich wartete auf jemanden, damit ich meine Geschichte erzählen konnte. Ich komme mit Ihnen auf die Polizeiwache. Aber der Hund ... Ich würde Sie bitten, den Hund im Lebensmittelladen in der Rue Piat abzugeben.«

Arnaud steckte die Kappe auf seinen Stift und schloss sein Notizbuch. Der Kaffee musste stundenlang gekocht haben, er war viel zu stark; es fühlte sich an, als hätte er ihm die Haut vom Mund gerissen, und sein Herz schlug schneller. Er dachte an all die Zeitungen, die er seit dem Herbst quergelesen hatte, all die schäbigen Verbrechen, Messerstechereien, Schießereien, Schädel, die gegen Wände gekracht wurden, diese Suche nach dem Bösen, in die er sich selbst hineingeworfen hatte, um einen idealen Killer zu finden, und er erinnerte sich an den unglaublich sanften Handschlag des alten Mannes. Er sah sie in diesem Moment an, diese zwei Hände, die seine Mütze umklammerten und sanft streichelten, so wie man ein Tier streichelt. Dann sah Arnaud wieder auf und zwang sich zu lächeln.

»Ich bin nicht die Polizei, Monsieur«, sagte er. »Ich werde Sie nicht ins Gefängnis stecken. Ihre Geschichte ...«, beeilte er sich zu sagen. »Sagen Sie nichts. Erzählen Sie niemandem etwas. Layla kam nicht, um Sie zu besuchen. Sie haben geschlafen, Sie hörten nicht, wie sie klopfte, Sie öffneten nicht Ihre Tür.«

Der alte Mann starrte ihn verständnislos an.

»Sagen Sie nichts«, wiederholte er. »Warum?« Wie mechanisch hatte er seine Mütze wieder aufgesetzt, bereit loszugehen, bereit, der Polizei zu folgen, die in ein paar Minuten oder Stunden an seine Tür klopfen würde.

»Ich lebe außerhalb von Paris«, hörte Arnaud sich plötzlich sagen. »Ich kann Sie für eine Weile aufnehmen. Wir können jetzt dorthin. Niemand wird wissen, dass Sie letzte Nacht hier waren. Niemand wird Sie verdächtigen.«

Aber der alte Mann, dessen Gesicht unter der Wollmütze gerötet war von Tränen, sah ihn mit Unverständnis an, beinahe mit Misstrauen.

»Ich verstehe nicht, was Sie wollen«, sagte er schließlich. »Was Sie mir da erzählen, das ist nicht meine Geschichte. Ich verstehe nicht, worauf Sie hinauswollen.« Er musterte weiter Arnauds Gesicht, als sähe er ihn zum ersten Mal, als wisse er nicht, wie dieser Fremde in seine Küche gekommen war und warum er ihm gegenübersaß, die Kaffeekanne zwischen ihnen. Er schob seinen Stuhl zurück und stand schwerfällig auf. »Gehen Sie, Monsieur«, sagte er. »Bitte gehen Sie.«

Arnaud zögerte, gehorchte dann. Er stand auf, steckte Notizbuch und Stift in seine Tasche. Der alte Mann blieb hinter dem Tisch stehen, während Arnaud zur Tür hinüber und hinausging. Im Treppenhaus traf er denselben Geruch von Urin und Suppe an. Die Tür zur Wohnung gegenüber stand etwas offen, aber er war nicht versucht, einen Blick hineinzuwerfen. Gerade als er durch die Türen des Gebäudes nach draußen ging, sah er die Polizei kommen – drei Männer, die zu wissen schienen, wohin sie gingen – und er wandte sein Gesicht ab, sodass sich ihre Blicke nicht trafen.

Er ging zurück in den Park. Die meisten der Polizeiautos waren verschwunden, und die meisten Schaulustigen auch; als er die Tore durchquerte, sah er, dass das gelbe Absperrband immer noch da war, aber dass man die Leiche weggebracht hatte. Er hielt auf dem Weg an. Er sah lange auf den Rasen, der vom Regenguss aufgeweicht war. Im Gras unter einem Baum war an der Stelle, wo die Leiche das Gras vor dem Regen geschützt hatte, ein Oval von sanfterem Grün. Plötzlich fühlte er, wie ihm jemand auf die Schulter klopfte. Er drehte sich um und sah seinen Freund.

»Du hast dir ganz schön Zeit gelassen«, sagte Legendre. »Ich hoffe, du hast wenigstens etwas herausgefunden. Ich selbst hatte kein Glück. Niemand wollte mir irgendetwas sagen, und dann haben die Bullen mich rausgeschmissen. Also erzähl. Was ist passiert?«

Aber Arnaud sah wieder auf das sanfte Grasoval. Er spürte, wie ihm die Tränen kamen, Tränen, die ihm so groß und kindisch erschienen wie die des alten Mannes. Er wusste nicht, wo diese absolute Unkenntnis der menschlichen Psyche herkam. Er wusste aber mit absoluter Sicherheit, dass er sein Buch nie schreiben würde; aber das war es nicht, was diese trostlose Trauer verursachte. Legendre hatte sich eine Zigarette angezündet und starrte ihn voller Erstaunen an.

»Was ist denn mit dir passiert, Mann? Was hast du in dem Gebäude gesehen?«

Arnaud schüttelte, ohne zu antworten, den Kopf. Die letzten Schaulustigen gingen gerade weg, und Paare, Kinderwagen und Kinder kamen durch die Tore des Parks herein. In ein paar Wochen, ein paar Monaten, wird sich niemand an Layla M. erinnern, abgesehen von dem alten Mann in seiner Zelle und mir, dachte er. Er dachte auch an die pinkfarbene Windjacke, die der alte Mann heruntergebracht hatte, um damit die Leiche zu bedecken, und als aus seinen Tränen ein Schluchzen wurde, erinnerte er sich an die Plastikhüte, die die japanischen Touristen ein paar Stunden früher vor der Gedenktafel für Edith Piaf getragen hatten. Sie hatten im Grau des Morgens so hell und fröhlich gewirkt.

TEIL III

DIE GESELLSCHAFT ALS SCHAUSPIEL

Didier Daeninckx
Porte Saint-Denis

Übersetzt von Martin Spieß

Nicht weit entfernt von der Stelle, wo einst der Cour des Miracles war, vereinigen sich die Rue de Cléry und die Rue Beauregard beinahe. Sie werden nur von ein paar alten Gebäuden getrennt, in denen Sweatshops und Ausstellungsräume sind. Das Klappern der Nähmaschinen vermischt sich mit Verkehrslärm, mit den Schreien der Männer, die Handwagen schieben und Kleider schleppen, und mit den Flüchen der Autofahrer, die von den nicht enden wollenden Zustellungen aufgehalten werden. Die Augen der Frauen mit tiefen Dekolletés funkeln in den Schatten der Einfahrten. Männer schauen sie über ihre Biergläser hinweg voller Sehnsucht, aber zögerlich an. Bevor sie am Porte Saint-Denis auf die Grands Boulevards treffen, werden die Zwillingsstraßen dank der kürzesten Straße von Paris miteinander verbunden. Mit kaum sechs Metern ist sie in Wahrheit nur eine Treppe mit vierzehn Stufen, die der Straße ihren Namen gibt: Rue des Degrés. Ein Laternenmast, von zwei Wänden gerahmte Stufen und in der Mitte ein metallenes Geländer, das von den Berührungen der Kleidung zahlloser Passanten blank poliert ist.

Genau dort fand die Putzfrau des Chez Victoria, als sie im Morgengrauen den Müll rausbrachte, die Leiche von Flavien Carvel, unter dem roten Graffiti des Gesichts einer Punklegende mit dem Spruch: »Und wenn ich meinen Blick senke?« Er lag auf dem Bauch, quer auf der Treppe, und sein blutiger Schädel ruhte auf den platt gedrückten Kartons, die die benachbarten Ladenbesitzer dort abgestellt hatten. Braune Flecke zogen sich unter der abblätternden Werbetafel der Firma Artex über die rechte Wand. Als die Polizisten den Leichnam umdrehten, sahen sie, dass das Blut aus seinem Bauch geflossen war – ohne Zweifel Stichwunden – und dabei den Kopf getränkt hatte, der auf den Stufen darunter lag. Als sie die Umgebung abgesperrt hatten, folgte einer der Männer, Lieutenant Mattéo, anderen Spuren entlang der Wände der Rue Beauregard bis zum Café Le Mauvoisin, dessen Besitzer gerade die eisernen Jalousien hochzog. Über dem Schild des Cafés brannte eine Kerze, zu Füßen einer Madonna, die geschützt in einer Mauernische stand.

»Haben Sie letzte Nacht spät geschlossen?«

»So um Mitternacht ... Hat sich wer beschwert?«

»Nein, der Einzige, der das gekonnt hätte, ist dazu nicht mehr in der Lage. War alles ruhig? Ist nichts Besonderes passiert?«

Er hob eine Hand und strich sich ein paar Mal mit Daumen und Zeigefinger über den Schnurrbart.

»Nein, wegen des Fußballspiels war kaum einer hier, ich hab keinen Fernseher. Ich führe ein Café, kein Unterhaltungszentrum. Zwei Gäste saßen an dem kleinen Tisch unter dem Porträt der Voisin, der Giftmörderin – die soll ja hier gelebt haben. Ich hab drauf gewartet, dass sie ihr Bier austrinken, dann habe ich Feierabend gemacht.«

Der Polizist lehnte sich vor, um einen Blick ins Innere des Cafés zu werfen. Es roch nach Feuchtigkeit und kaltem Rauch.

»War einer von denen blond, hatte mittellange Haare, trug schwarze Jeans, weiße Sneaker und eine Reporterjacke? So um die fünfundzwanzig Jahre alt?«

»Ja, der, der in meine Richtung schaute. Hatte ein paar Biere – Leffes –, hat aber nichts vertragen ... oder hatte schon angefangen, bevor er in meinen Laden kam. Die beiden sind raus auf den Bürgersteig, in die Richtung, wo Sie jetzt stehen. Sie sind vielleicht fünfzehn Meter weit gekommen, während ich zuschloss. Ich weiß noch, dass sie aufhörten, sich zu unterhalten. Der junge Kerl, der, von dem Sie reden, lehnte an der Wand, während der andere etwas weiter unten die Straße überquerte, Richtung Rue de la Lune. Der hatte nicht vor, den anderen mitzuschleppen. Nicht gerade die feine englische, seinen Kumpel in so einem Zustand allein zu lassen ... Der Typ in der Jeans stolperte Richtung Porte Saint-Denis davon, und ich ging nach Hause, ins Bett.«

Lieutenant Mattéo musterte den Besitzer des Le Mauvoisin.

»Tut mir leid, aber ich fürchte, Sie können heute nicht öffnen ... Sie werden mich begleiten müssen. Ihr letzter Gast war nicht betrunken: Ihm war gerade ein paar Mal in den Bauch gestochen worden. Wir haben ihn auf der Treppe der Rue des Degrés aufgelesen. Die Blutspur beginnt genau da, wo sie gerade hingezeigt haben.«

Die Befragung ergab, dass die beiden Männer nacheinander ins Café gekommen waren, Carvel zuerst, gegen elf, und sein mutmaßlicher Mörder zehn Minuten später. Sie hatten sich mit gedämpften Stimmen unterhalten. Es war unmöglich gewesen, aufzuschnappen, worüber sie geredet hatten. Das Opfer hatte für die Drinks bezahlt, mit einem Fünfzigeuroschein. Der zweite Mann war um die dreißig. Der Cafébesitzer kannte ihn genauso wenig wie den Mann, mit dem er sich unterhalten hatte. Er war elegant gekleidet, kleiner als der Durchschnitt, hatte braunes Haar, ein rundes Gesicht und sprach mit leichtem, spanischem Akzent.

»Er hatte ein kleines Muttermal neben der Schläfe, das er zu verbergen versuchte, indem er immer wieder eine Haarlocke nach vorn strich. Wie eine Art Tick ...«

Über seinen Pass und andere Ausweise, die er in seiner Reporterjacke trug, fanden sie beinahe alles über Flavien Carvel heraus. Er war am 21. April 1982 in Antony zur Welt gekommen, war von Beruf Dekorateur, und er lebte in der Impasse du Gaz in La Plaine-Saint-Denis. Den Visa und Stempeln in seinem Pass zufolge war Carvel in den letzten acht Monaten in den Vereinigten Staaten, Australien, Japan, Vanatu und im Libanon gewesen, bei keinem der Aufenthalte für länger als eine Woche. Raub war nicht das Motiv, da der Mörder weder eine der Kreditkarten noch die achthundert Euro Bargeld, die er bei sich trug, mitgenommen hatte.

Mattéo fand einen Zeitungsausschnitt, der zwischen den Plastikrechtecken der American Express Platin und der Visa Infinity steckte. Jemand hatte mit Kugelschreiber darauf geschrieben:

Tom Cruise wurde zuletzt in Begleitung der Ehefrau eines französischen Präsidentschaftskandidaten gesehen, am Montag in der Rue de la Paix im 2. Arrondissement von Paris, während die Gerüchte einer Trennung des amerikanischen Stars von Katie Holmes in den Klatschblättern für Schlagzeilen sorgen.

Am frühen Nachmittag war er nach La Plaine-Saint-Denis gefahren, nachdem er sich im Casa della Pasta in der Rue Montorgueil ein Stück toskanische Pizza gekauft hatte. Er hatte die nördlichen Vororte seit Jahren nicht betreten. In seiner Erinnerung war alles grau, und es gab nichts außer Gaszählern, Ölraffineriewänden, Kokereien, Fabrikschornsteinen, vom ständigen Regen verwaschene, aschgraue Fassaden, den offenen Graben der Autoroute du Nord und ihrer anhaltenden Flut rauchender Autowracks ... Der Bau des großen Fußballstadions, des Stade de France, hatte die Geografie der Gegend komplett verändert. Die letzten Überbleibsel der alten Industrierevolution waren dem Erdboden gleichgemacht worden. Die Gebäude mit den Hauptbüros der Firmen standen wie bei einer Parade entlang der riesigen, von Blumen geschmückten Betonplatte, die jetzt die Kanalisation dahinfließender Autos bedeckte. Geradlinige Begrünung und unstete Wolkenbewegungen spiegelten sich in leuchtendem Aluminium, getöntem Glas und poliertem Stahl. Das Rezept hatte in Paris Wunder gewirkt: Dank dem Centre Pompidou, dem Forum des Halles, der Opéra Bastille, dem Arche de la Défense und der Très Grande Bibliothèque hatte sich die Stadt von ihrer Unterschicht befreit. Nun wurde das Rezept auf nahe gelegene Bezirke außerhalb der Stadt angewandt. Nichts als eine große, architektonische Geste inmitten des urbanen Dschungels, um sich die Stadt zurückzuholen.

Lieutenant Mattéo hatte schon immer im 2. Arrondissement gelebt. Er konnte sich nicht vorstellen, von dort wegzugehen, nicht mal in ein angrenzendes Viertel. Montorgueil, Tiquetonne, Réaumur, Aboukir, Sentier – all diese Straßen waren wie Lebenslinien in der Mulde seiner Handinnenfläche. Aber seit zehn Jahren musste er sich anstrengen durchzuhalten, seit dem massenhaften Zuzug von Künstler-Yuppies: Sie gaben mehr an den Gehwegtischen des Rocher de Cancale, des Compas d'Or und des Loup Blanc aus, als er Miete zahlte. Er ging am Kanal entlang, vorbei an den Camps der rumänischen Zigeuner und all der Obdachlosen, die von den Ufern der Seine verdrängt worden waren, dann nahm er die Rue Cristino Garcia, hinein in das, was vom alten spanischen Viertel übrig geblieben war. Die

Impasse du Gaz bestand aus nicht mehr als vier oder fünf roten Backsteinhäusern, wie eine Bergarbeiterstadt. Es kam ihm ein bisschen vor wie England.

Direkt hinter diesem Relikt der Vergangenheit kreisten Kraniche am Himmel. Auf einem Briefkasten stand der Name *Carvel,* daneben der Vorname *Mélanie.* Er dachte darüber nach, dass es derselbe Name war wie der seiner Assistentin. Er zog an der Kette, die neben der vergitterten Tür hing.

Eine Frau um die fünfzig öffnete, schlurfend und mürrisch. Gelbes Haar, müde Wellen einer alten Dauerwelle, ein fahles Gesicht, bläuliche Schatten unter den Augen, hängende Mundwinkel ... und der Rest ihres Körpers dementsprechend: Flaviens Mutter war die Definition von Niederlage, von Aufgabe. Anders als der Lieutenant gefürchtet hatte, nahm sie die Nachricht vom Tod ihres Sohnes auf, ohne zusammenzubrechen. Alles, was sie tat, war, ihre Zähne zusammenzubeißen und ein Zittern ihrer rechten Hand zu unterdrücken, ehe sie sich mit der Rückseite ihres Ärmels die Tränen wegwischte, die ihre Augen fluteten.

»Wie ist es passiert?«

Im Vorübergehen warf Mattéo einen Blick ins Esszimmer. Vor dem wie ein Nachtlicht erleuchteten Fernseher krümmte sich ein flacher Tisch unter leeren Flaschen und übervollen Aschenbechern.

»Noch wissen wir nicht viel. Sein Mörder könnte Spanier sein. Davon gibt es viele im Viertel. Ihr Sohn muss einige davon gekannt haben ...«

»Sicher, Dutzende. Früher ging er immer nach nebenan ins Jugendzentrum, um Karten zu spielen, zu tanzen, Tapas zu essen ...«

»*Früher* heißt wann?«

Sie hatte eine Schiebewand aufgeschoben, dahinter kam ein unordentliches Schlafzimmer zum Vorschein, dessen Wände mit Postern bedeckt waren. Ein mit zusammengepressten Lippen lächelnder Bill Gates war wie eine Anomalie in den Reihen strahlend weißer Zähne von Stars aus Showgeschäft, Film und Sport.

»Die letzten zwei Jahre kam er immer nur auf einen Sprung vorbei. Wir haben ein oder zwei Mal gegessen, zusammen mit seiner gerade aktuellen Freundin ... Letzte Woche hat er mir zum Geburtstag Blumen mitgebracht ...«

»Erinnern Sie sich an ihre Namen?«

Sie nahm eine Schachtel Lucky Strike aus ihrer Strickjacke und zündete das Ende einer Zigarette mit einem Zippo an, das nach Benzin stank.

»Die Namen der Mädchen? Nein. Er hat sie öfter gewechselt als seine Autos ... Ich erinnere mich auch nicht mehr an die Marken.«

Mattéo hatte sie nicht um Erlaubnis gefragt, den Raum zu betreten. Er begann, die Sammlungen von Videospielen, Fotoalben, Filmen und Magazinen zu durchsuchen. Plötzlich fiel ihm ein Stück Papier mit ein paar handgeschriebenen Zeilen ins Auge:

Sonntag, 28. August, New Orleans. Der Sturm kommt näher und wird immer stärker. Das Telefon hört nicht auf zu klingeln. »Bleibst du oder gehst du weg?« »Wo lebst du jetzt?« »Sind die Katzen bei dir?« »Was sollen wir tun?« Der Gouverneur bittet uns, zu »beten, dass der Hurrikan auf Stärke 2 sinkt« ... Schließlich gebe ich klein bei. Ich werde in ein solideres Gebäude umziehen. Eine alte Fischfabrik aus Steinen und Zement in der Innenstadt, fünf Stockwerke hoch. Wir sind zu siebt in der Wohnung, mit vier Katzen.

Es war dieselbe geneigte, kraftvolle Handschrift wie bei der Nachricht über Tom Cruise und die Frau des Präsidentschaftskandidaten. Er hielt Flaviens Mutter den Zettel hin.

»Hat er das geschrieben?«

»Ja, das ist seine Handschrift. Er hat sich ständig Notizen gemacht, irgendwas gekritzelt … Zeug, das er im Radio gehört hat oder am Telefon, Sachen, die er in Zeitungen gelesen hat. Er war fast schon besessen. Ich hatte es satt, ihm zu sagen, dass er das lassen soll. Er konnte nicht anders.«

»Wissen Sie, wo er die letzten Monate über gelebt hat?«

Sie schüttelte den Kopf.

»Ich weiß nur, dass er sich in Paris eine Wohnung gekauft hat … Er hat mir nie seine Telefonnummer gegeben. Nur seine E-Mail-Adresse. Was soll ich damit? Ich hab nicht mal einen Computer!«

Das Handy des Lieutenants begann, in seiner Hosentasche zu vibrieren. Er wartete mit dem Rückruf, bis er aus dem Haus und wieder auf der Impasse du Gaz war. Er hielt das Telefon schnell ein Stück weg, als Burdins schrille Stimme in sein Ohr drang.

»Ich wollte Ihnen mitteilen, dass wir, die Leiche aus der Rue des Degrés betreffend, eine Spur haben. Er ist in keiner unserer Akten, ein echtes Phantom. Ich war mit seinem Foto bei meinen üblichen Informanten. Er hing seit einiger Zeit im Hinterzimmer des Singe Pèlerin herum, da wo die Sex-Shop-Kunden der Rue Saint-Denis den Bordsteinschwalben hinterherschielen … Scheint, als sei er an einem dieser Läden interessiert gewesen, aber ich weiß nicht, an welchem.«

Mattéo kannte die Quasselstrippe des Singe Pèlerin – einen Barkeeper –, weil er ihn fünf Jahre zuvor rekrutiert hatte, nachdem er den Burschen mit der Nase in weißem Puder erwischt hatte. Das Café war vor langer Zeit ein Raum gewesen, in dem Bananen reiften; es lag versteckt in einer Ecke in der Nähe vom Ausgang der Place du Caire, gebaut über einen der Eingänge zum mystischen Cour des Miracles. Dutzende Jahre lang hatte er an diesen Namen keinen Gedanken verschwendet. Die wahrscheinlichste Bedeutung hatte er vergangene Woche von einem exhibitionistischen Alkoholiker erfahren, den sie aus der Rue Saint-Sauveur schleifen mussten. Seine Erklärung, die er von der Ausnüchterungszelle aus gab, hatte eine Stunde gedauert, aber sie ließ sich in wenigen Worten zusammenfassen. Jeden Abend, wenn die Bettler der Stadt mit klimperndem Kleingeld in ihren Taschen in ihre Höhlen zurückkehrten, war es, als habe Christus sich ihnen zugewandt: Blinde konnten wieder sehen, Amputierte standen auf ihren Beinen, die Skrofulosen waren von der Skrofulose geheilt, die Tauben wurden wieder empfindlich für Geräusche, die Stummen begannen zu singen, siamesische Zwillinge standen sich von Angesicht zu Angesicht gegenüber; alles, was sie tun mussten, war die Grenze dieser Zuflucht zu überqueren, damit Wunder geschahen!

Der Lieutenant drückte die Klinke herunter und öffnete die verglaste Tür, auf der noch die alte Telefonnummer stand, aus der Zeit, als die Nummern mit Buchstaben anfingen. Etwa dreißig Mädchen saßen auf Kunstlederstühlen und warteten darauf, im Hinterzimmer ihre Prüfung abzulegen. Die meisten waren junge Dinger aus Osteuropa oder Afrika, außerdem eine Asiatin und eine Inderin. Er ging direkt zur Bar. Vor seinem Schuldner auf die Ellenbogen gestützt, bestellte er beinahe, ohne den Mund aufzumachen.

»Mach mir einen starken Kaffee, dann sieh zu, dass du Land gewinnst und schau an der gewohnten Stelle vorbei ...«

Der Barkeeper wollte protestieren, aber Mattéo hatte sich bereits umgedreht, um die schlanken Beine einer Estin mit aufgespritzten Lippen zu bewundern, die mit einem pinken Kaugummi Blasen machte, um sich die Zeit zu vertreiben. Er schnitt eine Grimasse, als er einen Schluck Kaffee trank, ohne ihn vorher gezuckert zu haben, durchquerte den Raum, ging etwa dreißig Meter den Gehweg in Richtung Rue Saint-Denis und betrat den Laden des letzten Strohhutmachers von Paris.

Assaf, der Herr des Hauses, war dort im zweiten Stock geboren worden. Wie alle Juden des Viertels war auch er von der französischen Polizei verhaftet worden, aber er hatte die Hölle von Auschwitz überlebt und dann einen zehn Jahre dauernden Umweg durch die Lager seiner Befreier gemacht. Der Lieutenant und der Hutmacher hatten sich kennengelernt, als Mattéo eine Bande verjagte, die ihn um Schutzgeld erpresste. Mattéo hatte es sich damals zur Gewohnheit gemacht, den alten Mann zum Schachspielen zu besuchen. Er sprach praktisch nie über seine Vergangenheit, nur um in Erinnerungen an die Spiele zu schwelgen, die er gegen einen Meister aus der UdSSR bestritten hatte, einen vermuteten Trotzkisten. (Assaf hatte jedes einzelne Spiel verloren.) Da Turniere im Gulag verboten waren, ließ sich ein Insasse ein Schachbrett auf den Rücken tätowieren. Er harrte mit nacktem Oberkörper auf allen vieren aus, bis ein Spieler schachmatt war.

Mattéo umarmte seinen alten Freund. »Gleich kommt ein Kunde vorbei. Spar dir deinen Atem, er wird nichts kaufen ...«

»Du kannst in die Küche gehen. Ich bring ihn zu dir, sobald er da ist.«

Als der Barkeeper des Singe Pèlerin eintraf, sah der Lieutenant, dass er einen Regenmantel über seine Arbeitskleidung gezogen hatte. Der Barkeeper fragte nach Wasser, um eine Handvoll Tabletten zu nehmen, dann lehnte er ab, sich auf den Stuhl zu setzen, den der Lieutenant ihm zuwies.

»Ich kann nicht bleiben, es ist Mittagszeit. Die Bosse sind alle da. Was willst du von mir? Geht es um den Typen, der in der Rue des Degrés erschossen wurde?«

»Wenn du die Fragen stellst und gleich noch beantwortest, geht es um einiges schneller ... Sein Name war Flavien Carvel, und er wurde nicht erschossen, er wurde erstochen ... Was kannst du mir über ihn erzählen?«

Der Barkeeper hob den Kopf und hatte den Mund dabei offen, so als wolle er frische Luft schnappen. »Alles, was ich weiß, ist, dass er scheißreich war. Er fing vor etwa sechs Monaten an, im Viertel rumzuhängen. Er hat ein paar Anteile des Sphinx gekauft, um bei der Mafia einzusteigen. Vor Kurzem machte das Gerücht die Runde, er hätte sich in die Peepshow auf der Ecke der Rue Greneta eingekauft ... erstklassiges Geschäft. Es hieß, er sei da mit zweihunderttausend Euro aufgekreuzt.«

»Darum habe ich mich vor zwei Jahren gekümmert, eine richtige Räuberhöhle. Sicher, dass du nicht den falschen Klub meinst?«

Mattéo stand auf, füllte Wasser in einen Topf und stellte ihn auf den Herd.

»Ja, da ist alles wieder auf Kurs. Ist einer der Läden, die am meisten einbringen. Alles in bar, steuerfrei. Nach allem, was ich weiß, hatten die auch eine Menge Extras ...«

»Was für welche?«

»Sie haben kleine Falltüren eingebaut, sodass die Gäste ihre Hände durchstecken und den Tänzerinnen an die Titten gehen und ihnen Dildos oder Vibratoren in den Arsch oder in die Muschi schieben konnten. Zeug, das sie nur in dem Laden kaufen konnten, zu Höchstpreisen. Das ging auch in die andere Richtung: Wenn die Gäste wollten, haben die Tänzerinnen sie mit denselben Teilen gebumst.«

»Irgendeine Ahnung, wo er gewohnt hat?«

Der Barkeeper steckte seine Hand in die Tasche seines Regenmantels und nahm eine Visitenkarte heraus, die er dem Polizeibeamten überreichte. »Ich hab ihm den Gefallen getan, ihm zu erzählen, was ich so aufschnappe ... Er sagte, ich könne ihn über diese Immobilienfirma erreichen, wenn es dringend sei.«

Mattéo nahm die Karte. Sie war von Luximmo, einer Firma in der Rue Marie-Stuart. Er merkte sich den Namen der Person unter dem Firmennamen: *Tristanne Dupré*. Dann drehte er das Papierrechteck mechanisch um. Die Rückseite war bedeckt von Carvels nervöser Schrift:

Hätte der Tsunami nicht zugeschlagen, wäre der 26. Dezember der glücklichste Tag in Rafiqs Leben gewesen, denn er sollte an diesem Tag heiraten. Die Hochzeit war für 12 Uhr mittags geplant, aber die Wellen kamen am Morgen. Rafiq war in Patangipettai, einem Dorf in der Nähe der anderen Dörfer, die getroffen wurden. Die Männer der Gemeinde schritten sofort zur Tat, zusammen mit Jamaat, der örtlichen Organisation. Sie nahmen das für die Hochzeit vorgesehene Essen und verteilten es unter den Unglücksopfern. Bis zu dem Tag, an dem wir sie trafen, eine Woche nach dem Tsunami, versorgte die Organisation die Opfer mit Frühstück und Mittagessen, kochte Zitronenreis oder vegetarisches Biryani.

Der Lieutenant trank einen mit Akazienhonig gesüßten Pfefferminztee, dann verabschiedete er sich vom alten Assaf.

Alles, was man tun musste, um das Textil- und Rotlichtviertel hinter sich zu lassen, war, hundert Meter weit zu laufen: Man betrat einen Bereich, der für die Gewinner der neuen Wirtschaftsordnung reserviert war. All die hübschen, kleinen Gesichter aus der Welt der Finanzen, der

Werbung, des gehobenen Staatsdienstes, des Fernsehens und der Filme liefen auf den harmlosen und dekorativen Pflastersteinen umher. Sie drängten sich in Cafés auf den Bürgersteigen, ihre Handys an ihre Ohren geleimt, und verbanden sich mittels fluoreszierender Strohhalme mit Vitamincocktails. Mattéo gefiel der Ort, trotz allem: die Fassaden, das Parfum des ewigen Paris. Aber er hatte zu lange hier gelebt, um zu vergessen, wie gekünstelt alles war. Über die Rue Saint-Denis in die Montorgueil zu gehen war, wie eine Grenze zu übertreten. Er kam sich beinahe vor, als wäre er in einer Vorführung oder als sei er Tourist: Manchmal bereute er es, dass er keine Kamera um die Brust geschlungen hatte.

Er beschleunigte seine Schritte. Stadtstreicher durchwühlten die Mülltonnen, die in einer Reihe vor dem Suguisa, Le Fermette und dem japanischen Restaurant Furusato standen. Sie suchten nach essbarem Abfall in Form von Biolebensmitteln. Er bog in die Rue Marie-Stuart ein, die früher einmal ein harter Konkurrent der Rue Brisemiche gewesen war, als sie prosaischer hießen: Passage Tire-Vit und Tire-Boudin*. Die Immobilienmaklerin hatte ihr Büro im Erdgeschoss eines alten Fachwerkhauses. Tristanne Dupré sah aus wie eins der Mädchen, das im Singe Pèlerin die Gäste bediente. Die Karosserie war identisch, aber das Nummernschild war ein ganz anderes. Alles, was sie trug, von ihren Strümpfen bis zu ihrem Haarschnitt, von ihren Pumps bis zu ihrem Parfum, kam direkt aus der *Vogue*. Rock von Badgley Mischka, Schuhe von Alexander McQueen, Brille von Carolina Herrara ... Ein Blick war, als blättere man eine gesamte Ausgabe der *Vogue* durch. Mattéo schob die Karte über den Schreibtisch.

»Nach allem, was ich gehört habe, haben Sie für Flavien Carvel als Mittlerin agiert ...«

* Schwanz-Ziehen und Wurst-Ziehen.

Sie starrte ihn mit weit aufgerissenen Augen hinter leicht getönten Brillengläsern an, dann musterte sie den Inspektor von oben bis unten verächtlich. »Ich verstehe nicht.«

»Mattéo, Police Judiciaire. Carvel ist in der Leichenhalle, und ich versuche den Kerl dranzukriegen, der ihm die einfache Fahrt dorthin bezahlt hat. Je eher, desto besser. Sie haben sich zusammengetan, um die Peepshow in der Rue Greneta zu kaufen, richtig?«

Die Theorie hatte seinen Mund verlassen, ohne dass er darüber nachgedacht hatte. Dem panischen Zucken ihrer Augenlider zufolge hatte er damit genau ins Schwarze getroffen. Jetzt musste er behutsam vorgehen.

»Flavien ist tot? Das kann nicht sein!«

Sie warf sich in den Stuhl zurück, ihre Brust zuckte krampfhaft unter der Seide. Ihre Bestürzung war nicht gekünstelt. Er fragte sich, ob sie eine dieser Frauen war, die im Auto auf den verlorenen Sohn warteten, während der in der Impasse du Gaz seine Mutter besuchte. Mattéo schob einen Stapel Inneneinrichtungsmagazine beiseite und setzte sich aufs Sofa.

»Verzeihen Sie, mir war nicht bewusst, dass Sie sich so nahestanden ... Er wurde heute früh erstochen aufgefunden, in der Nähe des Porte Saint-Denis ... Mich würde interessieren, wie Sie ihn kennengelernt haben ...«

Sie steckte eine Camel in eine Zigarettenspitze mit dem Bild einer Python darauf und zündete sie mit einem ebenso verzierten Feuerzeug an.

»Auf die denkbar einfachste Weise. Er öffnete diese Tür und setzte sich genau dahin, wo Sie jetzt sitzen ... Er wollte eine Wohnung in der Fußgängerzone kaufen, vorzugsweise Tiquetonne ... Nach zehn Besuchen oder so entschied er sich für eine große Vierzimmerwohnung in einem historischen Gebäude in der Rue Léopold Bellan ...«

»Nicht billig, die Ecke. Haben Sie ihm einen guten Preis gemacht?«

Sie zuckte mit den Achseln.

»Siebentausend Euro der Quadratmeter. Seine Wohnung hatte rund einhundertzwanzig Quadratmeter … Rechnen Sie's aus … Flavien hatte ein Drittel des Geldes und war sicher, dass er kein Problem haben würde, den Rest aufzutreiben, mit dem, was die Peepshow abwarf. Er sollte nächsten Monat einziehen.«

»Wo lebte er in der Zwischenzeit?«

»Oben im vierten Stock, in einer Atelierwohnung, die der Firma gehört … Ich habe die Zweitschlüssel …«

Mattéo erfuhr, dass das Gebäude mit den Zimmern für Voyeure der Immobilienfirma gehört hatte, dass Tristanne ihrem reichen Klienten den Tipp gegeben hatte und dass sich dessen Bank auf der Place de la Bourse befand, in der Nähe der Redaktionsräume des *Nouvel Observateur*. Der Lieutenant gab ihr die Visitenkarte mit den Notizen, die Flavien gemacht hatte.

»Wissen Sie, warum er diese Notizen mit Geschichten aus dem Leben auf Papierfetzen schrieb?«

»Nein. Er tippte sie für gewöhnlich abends in seinen Computer, um sie auf einer Internetseite zu posten, das ist alles, was er mir erzählte. Ich habe ein paar davon aufbewahrt. Ich erinnere mich außerdem, dass er auf einem USB-Stick Sicherheitskopien seiner Arbeit machte.«

Die junge Frau öffnete ihre Tasche – eine Vuitton – und wühlte darin herum.

»Hier ist etwas, das er geschrieben hat.« Der Polizeibeamte nahm den Papierschnipsel:

Seit dem Beginn der Ausschreitung heizt sich die Stimmung der Polizei auf, sie provozieren uns mehr und mehr. Der

Bruder eines der durch Stromschläge getöteten Kinder hing wie gewöhnlich mit uns rum, vor dem Gebäude, als die Polizei eintraf. Sie musterten uns und sagten schließlich zu ihm: »Geh nach Hause zu deiner Mutter.« Er ging drei Schritte auf die Polizisten zu, um mit ihnen zu reden, und einer von ihnen sagte: »Bleib stehen oder du wirst es bereuen.« Wir rannten weg in den elften Stock, sie fingen an, Gaspatronen in die Eingangshalle zu schießen. Sie haben die trauernde Familie ausgeräuchert.

Er hatte gerade zu Ende gelesen, als sie ihm noch einen gab:

Flughafen von Cotonou, 25. Dezember. Ich hatte eine dunkle Vorahnung und fühlte mich sehr unbehaglich. Jedes Mal, wenn mir etwas Schlechtes widerfährt, spüre ich es. Und dieses Mal sagte mir mein sechster Sinn, dass wir nicht starten würden. Ich erwartete wirklich, dass etwas passieren würde. Ich erzählte sogar einem meiner Mitarbeiter, was ich spürte. Ein paar Sekunden später war das Flugzeug im Wasser. Die Überlebenden schrien. Ich hatte keine Angst, weil ich ja gespürt hatte, dass etwas Schreckliches passieren würde. Alles geschah unglaublich schnell. Es waren vielleicht zwei Minuten zwischen Start und Unfall. Als ich aus dem Flugzeug herauskam, war ich nicht weit vom Ufer entfernt. Ich schwamm zurück an Land und überlebte.

Der Lieutenant steckte ihn in seine Brieftasche zu den anderen, dann ging er zur Treppe. Er brauchte den Schlüssel nicht, den die Immobilienmaklerin ihm gegeben hatte. Die Tür war aufgebrochen und jeder Winkel des Ateliers war durchsucht worden. Er besah sich das Unheil – umgeworfene Schubladen, das Bett auf dem Kopf, die Matratze aufgeschlitzt. Er hob die Möbel hoch, um nach dem Computer oder dem USB-Stick zu suchen, den Tristanne erwähnt hatte. Offensichtlich hatte der Besucher alles mitgenommen. Mattéo fand im Mülleimer des Badezimmers noch eine rätselhafte Botschaft:

26. Dezember. Rababa und sein Sohn Hamed schliefen, als das Erdbeben die kleine Stadt Bam in Iran traf. Das Haus stürzte um sie herum ein, bevor sie herauslaufen konnten. Sie waren vier Tage lang eingeschlossen, bis ein Nachbar ihnen zu Hilfe kam und mit bloßen Händen im Trümmerhaufen nach ihnen grub.

Er ging zurück zur Rue de la Lune, in die Nähe des alten Hintereingangs der Poisonnerie, des Fischmarkts, durch den früher bei Morgengrauen der Fang des Tages nach Paris hineingebracht wurde. Eine kleine, beinahe provinzielle Enklave mit seinem kleinen öffentlichen Garten, der Kirche und den kleinen Gruppen von Kindern. Nur einen Schritt entfernt von den lärmenden Grands Boulevards, der Aufregung der Rue Saint-Denis und dem für Künstler-Yuppies reservierten Bereich. Von der Küche aus konnte er die getöpferte Werbung für Castrique erkennen, die *Komplette Staubentfernung, wenn Sie saugen* versprach. Er hatte die Wohnung nach der Scheidung behalten, als Annabelle mit den Kindern fortgegangen war, und gab fast die Hälfte seines Einkommens für Miete aus, für eine Wohnung, in der er nur zwei der vier Zimmer nutzte. Alles war bereit für ihre Rückkehr. Auszuziehen hätte bedeutet, sich seine Niederlage einzugestehen. Er machte sich eine Tajine mit Zitronenhuhn und Karotten warm, die die marokkanische Frau gekocht hatte, die sich um das Gebäude und um seine Wäsche kümmerte, und die bei ihm sauber machte. Später sah er einen Gangsterfilm im Fernsehen, so wie man sich die vorüberziehende Landschaft in einem fahrenden Zug ansieht, unfähig, der Handlung zu folgen, seine Gedanken fixiert auf den Mord an Flavien Carvel.

Am nächsten Morgen ging Mattéo, nach einem Halt im Büro der Police Judiciaire, in die Bank, die sich um Carvels Konten gekümmert hatte, die Financière des Victoires. Niemand schien sich bewusst zu sein, dass die Bank am vergangenen Tag in der Rue des Degrés einen wichtigen Kunden verloren hatte. Der Finanzberater des Toten erklärte sich nur sehr widerwillig bereit, das Passwort einzugeben, um in seinem Computer auf Informationen über Carvels Geldgeschäfte zuzugreifen.

»Monsieur Carvels Nettovermögen beziffert sich auf fast vierhunderttausend Euro. Wir haben außerdem Transaktionen in doppelter Höhe bewilligt. Immobilienprojekte. Ich kann Ihnen einen Kontoauszug geben, genau bis auf den letzten Centime.«

»Ich danke Ihnen, aber was mir sehr helfen würde, wäre herauszufinden, wo Flavien Carvel sein Geld herbekam ... Wenn ich das richtig verstanden habe, hat er sein Vermögen ziemlich plötzlich gemacht. Man könnte sich fragen ... War Ihrer Meinung nach alles legal?«

Der Bankier verkrampfte sich bei der bloßen Unterstellung von Geldwäsche.

»Ich wüsste nicht, warum Sie irgendwelche Zweifel haben sollten ...«

»Kein Grund ... Erfahrung vielleicht ... Ich frage lediglich, um mich abzusichern. Wo kamen diese vierhunderttausend Euro her?«

»Von überall her ... Europa, den Vereinigten Staaten, Japan, Russland, Südafrika. Alles in allem fast einhundert Länder ... Letzten Monat hat er übers Internet knapp zehntausend Überweisungen von durchschnittlich drei Euro pro

Überweisung bekommen. Er verkaufte Verbindungszeit, Zugang zu Informationen ...«

Mattéo holte seine Brieftasche hervor und faltete den Papierschnipsel auf, der bei der Leiche gefunden worden war.

»Diese Art Informationen?«

Der Bankier klemmte ihn sich zwischen die Fingerspitzen und las die Nachricht:

Tom Cruise wurde zuletzt in Begleitung der Ehefrau eines französischen Präsidentschaftskandidaten gesehen, am Montag in der Rue de la Paix im 2. Arrondissement von Paris, während die Gerüchte einer Trennung des amerikanischen Stars von Katie Holmes in den Klatschblättern für Schlagzeilen sorgen.

»Unsere Funktion ist darauf beschränkt, sicherzustellen, dass alle Transaktionen legal sind, und den Geldfluss im besten Sinne der Bank und ihrer Kunden zu verwalten. Wir würden nie in Umsätze unserer Kunden eingreifen. Alles, was ich Ihnen sagen kann, ist, dass Monsieur Carvel sein Einkommen damit machte, Informationen im Internet zu verkaufen. Nichts anderes. Ich stelle diese Listen dem untersuchenden Richter zur Verfügung.«

»Wir warten.«

Als er nach draußen kam, hatte sich in der Rue Notre-Dame-des-Victoires eine Versammlung zusammengefunden. Ein regenbogenfarbenes Banner am eisernen Zaun rund um die Börse verkündete die Errichtung des *Grenzsteins des Bösen*. Mattéo mischte sich unter die Schaulustigen, um der Einweihung eines sargförmigen Monuments zuzusehen, das die Namen sämtlicher heutiger Diktatoren und Kriegstreiber trug. Als er die Polizeisirenen hörte, ging er weg.

Seine Schritte trugen ihn in Richtung des Textilviertels. Als er die Rue Beauregard hinaufging, sah er den beschnurrbarten Besitzer des Mauvoisin im schattigen Licht seines Cafés die Kaffeemaschine polieren, dann ging er den letzten Weg von Flavien Carvel, die vierzehn Stufen der Rue des Degrés hinauf. Alles, was blieb, war eine Erinnerung an den blutbefleckten Körper, wie er unter der abblätternden Werbung für Artex die Wand berührte. Der Lieutenant drückte sich gegen die Wand, an genau die Stelle, wo das Opfer gefunden worden war. Er hob seinen Blick und bemerkte ein paar Tropfen Blut dreißig Zentimeter über seinem Kopf. Er stellte sich auf die Zehenspitzen und sah, dass weiter oben noch weitere Tropfen waren, am Rand des Schilds, da wo stand: *ARTEX verteilt CHALDÉE Kreationen, Hersteller.* Er schob einen Finger unter die Innenseite der rechten Ecke, die leicht erhaben war, und rüttelte daran. Ein kleiner Gegenstand, nicht länger hinter dem Metall eingeklemmt, fiel zu Boden. Er bückte sich und hob den kleinen USB-Stick auf, den Flavien noch hatte verstecken können, bevor er starb.

Zehn Minuten später lud Mattéo den Inhalt auf seinen Bürocomputer. Zwei Video-Icons stachen aus dem Dutzend anderer Dateien heraus. Das erste hieß *09-11-01*, das andere *Tom-Cécilia*. Er klickte das zweite an. Der Scientology-Schauspieler und die flüchtige Ehefrau gingen nahe der Opéra de Paris spazieren und lachten, als sie Arm in Arm das Café de la Paix betraten. Unbedeutende Bilder, die nur ein tendenziöser Kommentar in ein geheimes Idyll verwandeln konnte. Der Inhalt des zweiten Ausschnitts, ebenfalls eine Minute lang, war ganz anders. Er war von einer Überwachungskamera mit Zoom gefilmt, ganz oben auf einem Gebäude mit Dachterrasse. Mattéo fiel die Ecke einer Fassade auf, als die Kamera herumfuhr. Er erkannte die massive Architektur des Pentagon, mit Gärten, Parkplätzen und Eingängen, die an Kontrollpunkten mit Wachhäuschen gespickt waren. Nach etwa fünfzehn Sekunden des langsamen Scans der Webcam kam von rechts ein weißes Objekt in Sicht, krachte in einen der Bereiche der großen Betonmauer und versank darin mit einem großen Auflodern von Flammen. Eine Digitaluhr zeigte Datum und Uhrzeit des Crashs an: *09-11-01, 9.43 am.* Die Zeitlupe, die nun folgte, erlaubte Mattéo, den Flugzeugrumpf einer Boeing 757 in den Farben von American Airlines zu erkennen. Es war so offensichtlich und schrecklich wie die Wochenschauen, die die zwei Flugzeuge zeigten, Augenblicke bevor sie in die Twin Towers einschlugen. Mattéo konnte sich nicht erinnern, je einen so präzisen Film über den Angriff aufs Pentagon gesehen zu haben. Nichts, was die Bush Administration veröffentlicht hatte, um Verschwörungstheorien zu entkräften, hielt einer genauen Untersuchung stand, wohingegen hier, vor seinen Augen, die Realität der Explosion von AA Flug 77 unbestreitbar war.

Er öffnete die anderen Dateien und fand mehrere Dutzend Nachrichten ähnlich denen, die er bei seinen Ermittlungen zum Tod von Flavien Carvel bereits gefunden hatte: Zeugenaussagen von all den Katastrophen, die den Planeten im Verlauf der jüngeren Geschichte getroffen hatten – Tsunamis, Erdbeben, Umweltkatastrophen, Selbstmordanschläge, Tornados, Vulkanausbrüche ... Jede Nachricht korrespondierte mit Bildmaterial und war mit einer Quelle versehen – Nachname, Vorname und eine Telefonnummer oder E-Mail-Adresse –, gefolgt von einer Summe in Euro. Eine Gruppe Touristen auf den Philippinen, die panisch vor einer weißglühenden Wolke davonrannten, waren dreihundert Euro, das Geständnis eines Hisbollah-Märtyrer-Kindes war zweihundert Euro wert, während die Bilder eines alten Mannes, der von einer gigantischen Welle in

Thailand fortgeschwemmt wurde, tausend Euro wert waren. Nur ein Abschnitt hatte kein Preisschild: der, bei dem es darum ging, wie genau die äußeren Ringe des Pentagon zerstört worden waren. Und doch war die angebliche Quelle des Dokuments angegeben: *Fidel Hernandez.* Der Lieutenant nahm an, dass dies der elegante Typ mit dem spanischen Akzent war, der kurz vor dessen Tod mit Flavien Carvel im Café Le Mauvoisin gesessen hatte. Seine Assistentin brauchte weniger als zwei Stunden, um die Adresse herauszufinden, die Hernandez für seine Handyrechnung angegeben hatte: ein Hotel in der Nähe der Börse.

»Das riecht nicht nach einem Bluff. Ich konnte Anrufe, die er während der letzten drei Tage von seinem Handy aus machte, überprüfen. Ein paar lassen sich bis in das Viertel zurückverfolgen.«

»Danke, Mélanie.«

Mattéo ging um das Gebäude der Opéra herum und in Richtung der alten Bibliothek, der Bibliothèque Nationale. Das Royal Richelieu, eingekeilt zwischen zwei Banken, stellte unter den Fenstern jedes seiner sechs Stockwerke des Haussmann'schen Gebäudes seine vergoldeten, verschlungenen Initialen aus. Der Polizeibeamte lehnte seine Unterarme auf die Rezeption.

»Guten Morgen, ich würde gerne mit Monsieur Fidel Hernandez sprechen. Ich habe seine Zimmernummer nicht ...«

Die Empfangsdame sah auf ihren Reservierungsbildschirm.

»Tut mir leid, ich habe niemanden mit diesem Namen.«

»Mir wurde gesagt, er sei gestern noch hier gewesen.«

Sie tippte auf ihrer Tastatur und durchsuchte mehrere Seiten mit Einträgen.

»Nein, in den letzten Wochen kein Hernandez. Nicht einer.«

Mattéo schob seinen Polizeiausweis über das lackierte Holz.

»Ich darf Ihnen nichts sagen, aber es ist sehr wichtig ... Dieser Hernandez hat vielleicht unter einem anderen Namen eingecheckt. Sehr elegant, ziemlich klein, rundes Gesicht, ein leichter spanischer Akzent ...«

»Das sagt mir nichts.«

Mattéo deutete mit dem Zeigefinger auf seine Schläfe. »Er hat ein Muttermal genau hier, das er zu verbergen versucht, indem er sein Haar drüberzieht ...«

Ihr Gesicht erhellte sich mit einem Lächeln.

»Das ist nicht Monsieur Hernandez, das ist Monsieur Herrera! Sie haben den falschen Namen. Er ist seit einer Woche Gast bei uns, Zimmer 227, dritter Stock. Wollen Sie, dass ich ihn anrufe?«

Er hielt ihre Hand fest, die gerade das Telefon abnehmen wollte.

»Auf gar keinen Fall. Geben Sie mir die Zweitschlüssel für sein Zimmer, ich werde ihm eine kleine Überraschung bereiten.«

Als der Lieutenant das Stockwerk erreichte, zog er seinen Revolver, bevor er aufschloss. Hernandez lag nackt ausgestreckt auf dem Bett und sah fern, er sprang auf, als er das Klicken hörte. Zu Mattéos Überraschung griff er nicht nach einer Waffe, sondern legte die Hände über seinen Penis. Als der Manager im Hoteltresor den Safe mit dem Namen Herrera öffnete, fand Mattéo Carvels Computer und Palm Pilot, die aus der vorübergehenden Wohnung über den Büros von Tristanne Dupré gestohlen worden waren. Fidel Hernandez hieß mit richtigem Namen auch nicht Herrera, sondern Miguel Cordez. Ursprünglich stammte er aus Mexiko und hielt sich seit etwa zehn Jahren in Frankreich auf, lebte verschwenderisch durch eine Reihe von Betrügereien, eine raffinierter als die andere. Die Entstehung von Seiten wie Flickr, Dailymotion, Starbucks und YouTube, mit Pay-per-view-Amateurvideos hatte seine Aufmerksamkeit erregt. Alle waren zu groß für ihn. Er hatte schließlich einen kleinen Emporkömmling anvisiert, News-Coop, vor ein paar Monaten erstellt von Flavien Carvel.

»Ich kannte eine Menge Jungs, die in Flugzeugen arbeiteten. Sobald irgendwo ein Unglück geschah, verschwand ich nach Roissy oder New York, um Fotos oder Videoaufnahmen der ersten Leute zu kriegen, die vom Unglücksort zurückkamen. Ich konnte exklusives Material des Tsunami und von Katrina für kleines Geld kaufen ...«

»Wo kommt das von der Überwachungskamera des Pentagon her?«

»Von einem Cousin, der für eine Sicherheitsfirma in Washington arbeitet ... Er ließ es mitgehen, ehe das FBI das ganz Material einsammelte und ein Embargo verhängte. Er wollte einhunderttausend Dollar dafür. Carvel war sofort einverstanden, nur dass ich später herausfand, dass er heimlich darüber verhandelte, es für sechsmal so viel zu verkaufen.«

»Haben Sie sich darüber im Mauvoisin unterhalten? Er wollte weder aussteigen noch das Video zurückgeben?«

»Korrekt.«

Am Ende des Tages kam ein Sonderbeauftragter des State Departments, um das Video, das den Einschlag von AA Flug 77 ins Pentagon zeigte, abzuholen und es den amerikanischen Behörden zurückzugeben. Das Einzige, das Lieutenant Mattéo sich noch fragte, war, was die Säuferin in der Rue du Gaz mit all der Kohle anstellen würde, die ihr Sohn ihr hinterlassen hatte.

TOTE ERINNERUNG

Von Patrick Pécherot
Les Batignolles

Übersetzt von Jan Karsten

Ich werde ihn töten, aber ich weiß nicht, warum. Moment –
»wissen« ist nicht der richtige Ausdruck. Natürlich *weiß*
ich, wie es dazu kam, dass ich ihm eine Pistole an die Brust
halte. So was machst du nicht einfach aus Versehen. Bei niemandem. Zumindest glaube ich das. Außer, man hat eine
schlechte Erziehung genossen. Was bei mir nicht der Fall
ist. Oder du bist ein Serienmörder. So nennt man die doch
heute, oder? Egal. Ich bin kein Serienmörder. Wenn man einer ist, muss das seine Spuren in einem hinterlassen – ein
Nachgeschmack von Blut, ein Geruch nach Tod.

Dieser Geruch überfällt dich ohne Warnung wie Sodbren-
nen nach einer langen Sauftour. Es ist morgens. Solche Dinge passieren immer morgens. Zur Dämmerung, um genau
zu sein. Es ist wichtig, genau zu sein. Es dämmert also. Du
bist gerade aus einem unruhigen Schlaf erwacht, noch ganz
benommen. Wenn du die Augen aufmachst, hast du manchmal das Gefühl, du müsstest dich übergeben. Im Dämmer-
licht der Umriss auf dem Boden. Ein Bündel. Weich natürlich. Weich? Der Gedanke muss dir gekommen sein, weil es
dich an herumliegende Kleidungsstücke erinnert. Jedes Mal
denkst du zuerst an Kleidungsstücke. Das hast du aus einem
schlechten Buch, und jetzt bleibt der Gedanke bei dir, so
sieht es aus! Wie sollte es sonst sein? Die deformierte Leiche am Fuß deines Betts ist vollkommen steif, und das weißt
du auch. Und kalt. Die Muskeln verhärtet, die Sehnen ver-

steinert. Genau wie die Venen. Sie schimmern blau unter der elfenbeinfarbenen Haut wie Tintenpatronen in einem Füller, wenn die Tinte getrocknet ist.

Du kanntest das Opfer nicht; du hast es umgebracht, und dann bist du ins Bett gegangen. An bestimmten Tagen musst du es einfach tun, weil du sonst nicht einschlafen kannst. Daran lässt sich nichts ändern. Aber wenigstens weißt du, warum du getötet hast. Um schlafen zu können. Das ist ein Grund, richtig? Ein guter noch dazu. Nachdem du schon seit Tagen Schäfchen zählst, ohne eine Minute Schlaf zu bekommen, musstest du einfach etwas unternehmen.

Aber bei ihm – ich kann mich einfach nicht daran erinnern, warum ich ihn töten werde.

Eine Erinnerung! Das ist das Wort. Es gibt einen Grund, warum er sterben muss, aber er fällt mir einfach nicht mehr ein. Sein Tod muss sein. Trotzdem, es ist beschämend – er da auf der einen Seite der Pistole und ich auf der anderen. Wie auch immer, ich kann ihn ja schlecht fragen, warum ich ihn töten will.

»Sie wollen mich töten, Monsieur Robert? Aber warum?«

Also echt, man kann sich auf niemanden mehr verlassen. Es ist ja nicht so, als würde ich Unmögliches verlangen. Er ist sowieso bald tot, ein paar Hinweise auf die Hintergründe kurz vor Toresschluss wären da ja wohl nicht zu viel verlangt.

»Keine große Sache, echt.«

»Wie bitte!?«

»Also, nun machen Sie es doch nicht noch schlimmer.«

»*Was* soll ich nicht schlimmer machen, Monsieur Robert?«

»Alles. Die Gesamtsituation, Ihren verwirrten Gesichtsausdruck, Ihre idiotischen Fragen ...«

»Ah, ich verstehe ...«

»Das wurde aber auch Zeit ...«

»Er ist müde, oder?«

»Was?«

»Er ist nicht so gut drauf heute ...«

»Wer?«

»Das kann jedem mal passieren. Möchte er sich ein bisschen ausruhen?«

»Herrgott noch mal, von wem reden Sie denn?«

»Nehmen Sie meinen Arm, ich helfe Ihnen auf den Sessel. Und geben Sie mir den Revolver–«

»Pistole!«

»Die Pistole. Sie muss sehr schwer sein.«

»Überhaupt nicht! Achthundertfünfzig Gramm. Sie wissen ja wirklich gar nichts über Waffen.«

»Stimmt.«

»Natürlich müssen Sie noch die Kugeln hinzurechnen, dadurch landen wir – bei acht Gramm pro Kugel und zwölf Stück in der Kammer – bei etwa einem Kilo.«

»Bravo!«

»Gut! Das kann ich durchaus tragen.«

»Nein, ich sagte ›bravo‹ wegen Ihres guten Gedächtnisses ...«

Vielleicht muss ich ihn töten, weil er so wahnsinnig nervt. Es ist erstaunlich, wie nervtötend er ist. Schau ihn dir an, wie selbstzufrieden er jetzt guckt. Er ist ein Schwachkopf. Das wäre schon der zweite Grund!

»Sehen Sie, Monsieur Robert, wenn Sie sich nur genügend konzentrieren, dann funktioniert Ihr Gedächtnis. Es ist sehr wichtig, dass Sie es regelmäßig trainieren. Möchten Sie ein paar Übungen machen?«

Er ist wirklich unglaublich blöde.

»Schießübungen?«

»Ah! So gefallen Sie mir besser! Wenn er Witze macht, dann geht es ihm gut.«

»Aber über wen, verdammt noch mal, reden Sie eigentlich? In diesem Zimmer sind nur Sie und ich.«

»Kommen Sie näher ans Fenster. Und Ihr Revolver–«

»Pistole!«

»Entschuldigung. Ich bin nicht sehr im Thema.«

»Das nenn ich Understatement.«

»Also gut. Dann also Ihre Pistole – sie wiegt mehr als achthundert Gramm ...«

»Ein Kilo und zehn Gramm. Sie ist geladen, vergessen Sie das nicht.«

»Könnten Sie sie eventuell in eine andere Richtung halten? ... Danke. Um welches Modell handelt es sich?«

»Das Modell? Es ist eine Luger. Parabellum P-08.«

»Perfekt!«

»Ja, es ist eine gute Waffe. Ein bisschen launisch, aber sie funktioniert.«

»Ein Sammlerstück ...«

»Die Amerikaner würden eine ganze Wagenladung Kaugummi dafür hergeben.«

»Die Amerikaner?«

»Zumindest die Kerle, die nicht das Glück hatten, sie einem toten *boche* abzunehmen.«

»Einem *bo*- Reden Sie vom Krieg?«

»Ihnen muss man ja wirklich alles tröpfchenweise einflößen. Natürlich vom Krieg. Haben Sie das nicht kapiert?«

»Dem ... *letzten* Krieg?«

»Woher soll ich das wissen? Sie fragen das jedes Mal!«

»39 bis 45?«

»Noch eins von Ihren nervigen Spielchen? Soll ich subtrahieren? Addieren? 3 plus 9 ist 12. 4 plus 5 ist 9 ... Was soll das sein? Eine mathematische Gleichung?«

»Meinen Sie das ernst?«

»Junger Mann, ich versichere Ihnen, eine Luger Parabellum P-08 setzt viele Triebe frei, aber selten das Bedürfnis zu scherzen.«

»Ich spreche von dem Krieg, der von 1939 bis 1945 einen großen Teil der Welt beherrschte.«

»Immer langsam mit den jungen Pferden! Deutschland hat einige schwere Schläge einstecken müssen, aber noch ist es nicht vorbei! Zumindest lässt sich ja wohl das Ende noch nicht genau bestimmen. Sie können genauso gut von 46 reden, denke ich. Davon abgesehen, öffnen Sie das Fenster.«

»Das Fenster?«

»Stellen Sie sich davor. Was sehen Sie?«

»Nichts. Also, die Rue des Dames ...«

»Klar, die Straße. Aber was noch?«

»Hm, also gut, Fußgänger, Autos, die Schlange vor der Bäckerei-«

»Die ständigen Schwierigkeiten mit den Brotzuteilungen ...«

»Brotzuteilungen? Monsieur Robert, wir haben das Jahr 2010, es ist vier Uhr dreißig nachmittags, Schulschluss, und die Bäckerei verkauft Gebäck an die Kinder wie ... wie geschnitten Brot, genau genommen!«

Ich glaube, ich werde ihn morgen töten. Bis dahin werde ich wieder wissen, warum. Und ich werde ausgeruht sein. Er hat mich erschöpft. Leute, die sterben werden, sind sehr erschöpfend. Die meisten Menschen sind kein Zuckerschlecken. Aber mit einem Bein im Grab werden sie unerträglich. Das geht so weit, dass du sie am liebsten umbringen würdest, als wenn du das nicht eh schon vorhättest. Dieser hier hat den Vogel echt abgeschossen. Fünfzehn Minuten, und ich bin total hinüber! Die Welt steht kopf. Jetzt weiß ich nicht einmal mehr, was er hier überhaupt wollte. Oder was er gesagt hat. Was für eine Quasselstrippe, die Worte quellen aus seinem Mund wie Haferschleim. Pampe. Ein zähflüssiger Brei aus Worten, der dich unter sich begräbt und erstickt.

Piep, oder auf Französisch pépie, von dem lateinischen pituita, eine Vogelkrankheit, die durch einen dickflüssigen Schleim auf der Zunge charakterisiert ist. Und die einen schrecklich durstig macht. Ist mein Gedächtnis nicht beeindruckend? Das ganzes Gedöns und Gerumpel reingestopft wie Ramsch in einen Weidenkorb. Öffne ihn! Durchwühle ihn! Stöbere darin herum! Hol heraus, was dir gefällt! Eine echte Schatzsuche.

Erstickt. Und macht durstig. Durst. Eine menschliche Krankheit, die durch die Anwesenheit von Worten, die sich einfach nicht runterschlucken lassen, charakterisiert ist. Zu heilen in einer Bar.

Die Renaissance-Bar eignet sich dafür so gut wie jede andere. Ihre gekrümmte Fassade sieht aus wie ein auf dem Kopf stehender offener Mund, und ihr Name geht zurück auf Philippe Pétain. Für den Besitzer war der Maréchal und seine Révolution nationale ein Zeichen der gesellschaftlichen Gesundung, der Widergeburt. Die Rückkehr der Werte. Schwarzer Kaffee und weißer Sauvignon. Gelb auch, die Farbe von Anislikör. Das Gelb kam vor allem aus den Sternen. Daneben gab es billigen, gepanschten Wein und strohigen Calvados. Als er schließlich merkte, dass sich nicht viel ändern würde und seine große Nase witterte, dass der Wind aus einer anderen Richtung zu wehen begann, entfernte er Pétains Visage von der Wand. Inzwischen hatten alle vergessen, warum das Renaissance entstanden war. Nur ich nicht. Tote Erinnerung ... Erinnerungen, die Partikel des Lebens, die an dir haften bleiben. Herausgewirbelt aus der Tiefe der Zeit, wenn der Morgen selber zu Staub zerfällt. Wieso blieben ausgerechnet diese? Das Renaissance an der Ecke der Rue des Dames. Und die »Damen«, die du vorbeigehen siehst, sind keine jungen Hühner mehr. Aber zur Hölle, auf den Strich zu gehen ist nicht gerade eine Beschäftigung, die ewige Jugend verspricht.

»Einen Cinzano!«

»Es tut mir leid, Monsieur, wir haben keinen.«

»Ein Tag ohne?«

»Wie bitte?«

»Ist heute alkoholfreier Tag?«

»Ich fürchte, ich verstehe Sie nicht ganz. Martini, Cognac, Suze – ich bringe Ihnen, was immer Sie möchten. Bis auf Getränke, die wir nicht mehr führen.

»Sie haben Cinzano verboten?«

»Sehr lustig. Wir bieten keinen Cinzano an, weil den kein Mensch mehr kauft.«

»Seit wann?«

»Ich glaube, den letzten habe ich ... lassen Sie mich überlegen ... vor fünfundzwanzig Jahren serviert.«

»Vor fünfundzwanzig Jahren?«

»Und das war noch dazu eine alte Flasche und ein sehr alter Kunde.«

»Dann bitte einen Mandarin citron.«

»Aha ... Wünscht der Herr vielleicht einen Absinth? Oder ein feines Bier? Ein feines gallisches Bier?«

Mit seinem Geschirrtuch über der Schulter ist er genau so lästig wie der andere Kerl. Der zukünftige Tote. Man könnte meinen, die hätten sich abgesprochen. Wenn das der Fall ist, dann weiß er vielleicht auch, warum ich den anderen töten muss. Aber es ist nicht die Art Frage, die man jemandem stellt, den schon der Gedanke an einen Mandarin citron durcheinanderbringt. Hier muss man es einfach halten. Auf Tresenniveau, sozusagen.

»Garçon!«

»Monsieur ...«

»Wo sind die Mädchen hin?«

»Welche Mädchen?«

Es folgt ein kurzes Getuschel an der Espressomaschine.

»Sind Sie der Herr aus dem vierten Stock?«

»Ich habe die Stockwerke nicht gezählt, aber das könnte stimmen.«

»Sie sind allein rausgegangen?«

»Ja. Es ist nicht gerade eine Heldentat, wissen Sie, es kommt durchaus öfter vor. Exakt in diesem Moment zum Beispiel, wenn wir schon davon sprechen. Ihr Verhalten ist äußerst ärgerlich, Sie stellen sich ja an, als wären Sie gerade eben vom Himmel gefallen.«

Ein Café ohne Cinzano, die Rue des Dames ohne Damen – überrascht es da noch, dass dem Gedächtnis die Erinnerungen fehlen? Aber eigentlich stimmt das nicht. Ich habe Erinnerungen. Und das ist wirklich seltsam. Das Viertel zum Beispiel. Ich könnte Ihnen eine Menge darüber erzählen. Über die Rue des Dames etwa. Die Bars, die möblierten Mietwohnungen, die löchrigen Gehsteige, auf denen man sich die Knöchel verstaucht, und der Himmel, den man über den schiefen Gebäuden erahnen kann. Der Straßenname und die Straßenmädchen – man könnte denken, dass sie zusammenhängen. Falsch, die Straße wurde nach Nonnen benannt, die sie regelmäßig entlanggingen auf ihrem Weg ins Kloster oben in Montmartre. Das muss noch zu Zeiten der Musketiere und der Sänften gewesen sein. Denn ich erinnere mich nicht daran, hier jemals irgendwelche Nonnen getroffen zu haben. Musketiere auch nicht. Straßenmädchen allerdings schon. Netzstrümpfe und tief geschlitzte Röcke, müder Gang, erschöpft davon, sich vor aller Welt zur Schau zu stellen. Lippen wie Glut, die sich weigert zu verglimmen, Augen, die schon alles gesehen haben. Waschfrauen auch, sie standen an den Straßenecken. Rosige Haut, das Haar zerzaust im Dampf ihrer Bottiche, ihre Blusen öffneten und schlossen sich zu den Bewegungen ihrer nackten Arme. Und dann diese Gerüche; man war hungrig wie ein Wolf, erfüllt von der wilden Sehnsucht, jemanden zu beißen. Zu heulen wie ein Kater. Das Blut kochend in den Venen. Heiß, rot und sehr dick. Blut ...

Ich darf nicht vergessen, ihn zu töten. Bloß wen? Das ist mir irgendwie entfallen. Den Mann auf dem Fahrrad, der seine Aktentasche auf den Gepäckträger geschnallt hat und von der Place de Clichy heruntergeradelt kommt? Ich glaube nicht. Vielleicht den Pizzaboten? Ich mag Pizza nicht besonders. Oder der Typ, der die Rue Darcet entlanggeht ... Er kam aus dem Hotel Bertha, an der Ecke der Batignolles. Die Rue des Batignolles, der Square des Epinettes. Namen, die wie Spieluhren tönen. Du ziehst sie auf, und ab geht's den Boulevard entlang. »C'est la java bleue, la java la plus belle ...«

Es ist ein Sommerabend. Die Pflastersteine sind noch warm von der Hitze des Tages. In der Luft liegt der Geruch von Lindenblüten und Weißwein. Das kommt von der Sainte-Marie. Von den Bäumen auf dem Vorplatz und den Straßencafés, die ihn wie Girlanden säumen. Sie haben Tische und Stühle herausgestellt und Fässer, als alle Tische besetzt waren. Wir ließen die Flaschen kreisen, den feinen ausgezeichneten Wein mit dem felsigen Geschmack – die Hausmarke – und den perlenden Wein, der einen zum Singen bringt. »C'est la java bleue, la java la plus belle ...« Der Krämer hat sich einen Feuerwehrhelm aufgesetzt, der riesige Marcel hat sich eine rostige alte Waffe organisiert und der Briefträger zeigt stolz die beiden Granaten in seiner Posttasche herum. »Expresspaket«, sagt er. Und muss lachen. Das war vor dem Sturz. *Bumm! Bumm!* Ein Schwarm Tauben verdunkelte die Sonne. Jemand schrie »Heckenschütze!«, und die Leute warfen sich auf den Boden. Dann hören wir das Pfeifen des Zuges, der in den Bahnhof Saint-Lazare einfährt. Zusammengekauert hinter dem Fass beobachte ich, wie der kleine Briefträger den letzten Rest seines Lebens aushaucht. Blut läuft aus seiner Brust. Es fließt auf sein weißes Armband, das sich wie ein Schwamm vollsaugt, während das Lothringerkreuz Stück für Stück verschwindet.

Das war heute. Oder gestern. Im August 1944.

»*Wir haben das Jahr 2010, Monsieur Robert ...*« Alles Märchen. Ich weiß doch, was ich sehe. Eine tiefe Stille hat sich über den Platz gelegt. Es ist der Tag der Befreiung, und ein netter junger Mann ist gerade draufgegangen.

Bumm! Bumm! Es fängt schon wieder an. Eine Kugel hat die Fensterscheibe der Buchhandlung zerschmettert. Der Besitzer hatte ein Exemplar der *Poèmes saturniens* darin ausgelegt.

»Seufzer gleiten / Die saiten / Des herbsts entlang / Treffen mein herz / Mit einem schmerz / Dumpf und bang.«[*]

»Sie landen an! Er lachte. Sie landen an. Die Amerikaner werden bald Paris erreichen.«

Im Schaufenster leuchtete Verlaine wie eine Sonne.

Bumm! Eine Kugel für einen Poeten!

Bumm! Bumm!

»Oh, das tut mir leid. Ich habe Ihnen Angst gemacht, Monsieur. Es gibt keinen Grund, Angst zu haben. Ich werde Sie nicht töten. Sie nicht. Ich habe Sie ja noch nie gesehen. Menschen zu töten, die man gar nicht kennt, so was gibt es nur

[*]Nachdichtung von Stefan George

in Romanen ... Romane! Jetzt fällt es mir langsam wieder ein. Romane sind der Grund, warum ich ihn töten muss ... Wie bitte? Oh nein, ich bin nicht verrückt! Seien Sie nicht unhöflich, Monsieur. Am Ende könnte ich Sie ebenfalls töten. Den Anfang zu finden ist das Schwerste. Und wenn ich Sie so betrachte, dann könnten Sie ein erster Schritt sein, den ich fast bereit wäre zu gehen ... Halten Sie den Mund! Sie sind es nicht wert ...«

Was für ein Idiot! Ach, ... wenn man jedes Mal eine Kugel verschwenden müsste, wenn man auf einen träfe ... Acht Gramm Blei pro Dummkopf; ganz ehrlich, der Spaß würde einen teuer zu stehen kommen ... Nein, ich muss mich an das Wesentliche halten. Und das Wesentliche ist in diesem Fall, dass Bücher der Grund dafür sind, dass der Typ sterben muss.

Ein Schriftsteller? Die schlechten langweilen dich zu Tode. Von Zeit zu Zeit einen zu erledigen läuft unter Notwehr. Aber ich glaube kaum, dass er ein Schriftsteller ist. Wohl eher ein Kritiker. So wie er einem immer seine Meinung aufzwängt. »Gut. Ein bisschen langweilig. Schlecht ausgestaltet.« Darf man Kritiker töten? Autoren haben sicher den Wunsch, aber ich bin ja keiner. Und wenn ich einer gewesen wäre, hätte ich längst vergessen, was ich geschrieben habe. Ich wäre also sehr vergänglich. Aber wir reden hier ja nicht über meinen Tod, sondern über seinen. Ein Buchhändler vielleicht? Ein Bibliothekar? Es kommt mir vor, als hätte er mir ein paar Bücher geliehen. Obwohl ich ihn nie darum gebeten habe.

Ich bin jetzt an der Metrostation Brochant. Links, neben der Umgehungsstraße, wo früher das Niemandsland gewesen ist, liegt der Friedhof. Rechts geht's zur Porte de Saint-Quen, dem weiten Feld und dem Flohmarkt. Ich bin oft hier. Oder sollte ich sagen, ich bin oft hier gewesen? Ein Markt für Secondhandware. Hier gibt es alle Arten gebrauchter Kleidung, getragene Schuhe und für die, die sich auskennen, Steinkohle und Benzinkanister, entwendet aus den Lagerhallen der Eisenbahn. Das alles findet man bei Ritons in Clignancourt. Sogar, wenn man weiß, wie man danach fragen muss, Fallschirmseide und Waffen – auch eine Luger?

Sie haben mich in der Nähe seines Geschäfts erwischt.

»Papiere, *bitte*«, sagten sie auf Deutsch.

Während sie mich ins Auto stießen, hatte ich die Gelegenheit, einen Blick auf das Kassenhäuschen vorm Stadion zu werfen, auf den Kerl darin, seine Schirmmütze und seine Verlegenheit darüber, das alles mit ansehen zu müssen. Keine Fußballspiele mehr, dachte ich. In dem Augenblick hätte es nichts Schlimmeres geben können als das.

Sie fuhren den Boulevard Berthier entlang. Draußen ging das Leben weiter. An einer roten Ampel sah mich eine Frau auf einem Fahrrad mit grenzenloser Zärtlichkeit an. Grün. Der Fahrer bog ab in Richtung Malesherbes, um zur Avenue de Wagram zu gelangen. Der noble Teil der Stadt. Prunkvolle Hausfassaden, breite Gehsteige. Bevölkert mit entspannten, wichtigen Menschen, auf dem Weg zwischen zwei Geschäftsterminen, die sie mit ausholenden, eleganten Gesten abwickelten. Charmante, energiegeladene Verhandlungen zwischen fünf und sieben und reizende Erinnerungen. Das Auto hielt vor dem Hotel Mercedes, Hausnummer 128. *Geheime Feldpolizei.*

Ich erinnere mich an alles.

An den Raum mit seinen abgesplitterten Steingutfliesen. Die Blutflecke am Boden. Der Metallstuhl, die nackte Glühbirne am Ende eines langen Drahtes. Die ranzige Badewanne mit ihren obszönen Rohren.

Sie sprachen über Riton, die Waffen und die gefälschten Pässe.

»Wer gibt die Befehle?«

Ein Typ drehte die Wasserhähne in der Badewanne auf. Er war durch und durch gewöhnlich. Ich hörte, wie sich das Wasser aus den Hähnen ergoss.

»Dann werden wir dein Gedächtnis mal auffrischen!«

Dann erinnere ich mich an nichts mehr.

Als ich wieder zu mir kam, waren sie dabei zu rauchen und zu plaudern wie drei Kumpel, die sich eine Menge guter Geschichten zu erzählen haben. Von dem wirklich großartigen Abendessen. Der empfehlenswerten Bar. Der jungen Frau, die sie letzte Nacht rangenommen haben, in diesem sehr behaglichen Etablissement, ein paar Schritte vom Parc Monceau entfernt. Alle Mädchen in dem Haus waren sauber. Hygiene, das ist das Wichtigste ... so viele Typen holen sich einen Tripper in dreckigen Puffs. Sie kümmerten sich nicht mehr um die Badewanne und den Metallstuhl und den Keller mit seinem widerlichen Geruch nach Tod. Sie kümmerten sich nicht mehr länger um mich. Sie gingen in den Flur. Noch immer das Parfum der Frauen aus den frühen Morgenstunden in der Nase, als sie das so behagliche Bordell – so typisch für Paris! – verließen. Sie verschwanden im Duft der Kastanien, die die schöne, schnurgerade, angenehm schattige Avenue säumten. Nur drei gute Freunde, die miteinander plauderten.

Du kannst das Unglaubliche kaum fassen, gehst durch den Flur, hinein in den Wäscheraum, in dem eine offene Tür zur Straße führt. Die Berge aus Laken und schmutzigen Handtüchern wie leblose Körper. Und dann, wieder draußen, war dir die Luft nie intensiver erschienen. Und doch so sanft und süß an diesem Sommerabend.

Du musstest dich dazu zwingen, langsam die Avenue hinunterzugehen, schlendernd wie ein ganz normaler Kunde, obwohl das Herz in deiner Brust fast zersprang. Und schließlich die Place des Ternes, die Blumenhändler, das Café Lorraine mit seinen weiß gedeckten Tischen. Und dann die Treppen der Metro hinunter, vier auf einmal, weil du es nun fast geschafft hattest.

Ich erinnere mich an alles.

Schau, der Zeitungsstand dahinten an der Ecke der Rue Balagny, an den erinnere ich mich ebenfalls. Der Zeitungsverkäufer sieht in seiner kleinen Box aus wie eine Puppe in ihrem Puppentheater. Seine hölzerne Nase wie eine Weinrebe.

Oh ... heute verkauft jemand anderes die Zeitungen.

»Eine *Paris Soir,* bitte ...«

»Ist das eine Tageszeitung?«

»Was für eine Frage!«

»Eine ganz neue?«

»Ich würde sagen, nach zwanzig Jahren ist sie nicht mehr so ganz taufrisch.«

»Zwanzig Jahre ... die gibt's also schon seit 1990?«

»Was reden Sie da? Seit 1923 natürlich. Ja, stimmt, ich habe abgerundet. Da brauchen wir nicht zu feilschen. Die Zeitung gibt es seit einundzwanzig Jahren. Zufrieden?«

»Sie meinen nicht vielleicht die *Paris-Turf?*«

»Was interessieren mich Pferderennen?«

»Wenn Sie es nicht wissen, kann ich es Ihnen auch nicht sagen ...«

»Sie sind nicht gerade besonders hilfreich.«

»Muss ich auch nicht sein. Kommen Sie bloß von Ihrem hohen Ross herunter.«

»Sie verkaufen doch Zeitungen, oder?«

»Seit dreißig Jahren, Monsieur, aber ich habe noch nie von einer namens *Paris Soir* gehört. Meinen Sie vielleicht *France Soir?* Oder *Le Parisien?*«

»Ah, stimmt, der Name kann sich nach der Befreiung geändert haben. Er war nicht mehr besonders angesehen.«

»Die Befreiung?«

»Von Paris. Für jemanden, der mit Nachrichten handelt, sind sie nicht besonders gut informiert. Adieu, Monsieur.«

Eines ist mal klar, das ist bestimmt nicht derjenige, den ich töten muss. Er liest offensichtlich noch nicht mal seine eigenen Zeitungen, da hätte er mir bestimmt keine Bücher leihen können. Zeitungsverkäufer sollten sich nicht ändern. Avenues auch nicht. Die Avenue de Clichy sieht eigentlich aus wie immer. Staubig von den Menschenmassen, die mit ihren Stechschritten den Straßenbelag aufwirbeln, die Taschen voll verschlissener Hoffnung. Die billigen Waren in den grellen Schaufenstern, die Läden mit dem gefälschten Schmuck, die schmierigen Frittenbuden ... alles ist da. Und doch habe ich Schwierigkeiten, es wiederzuerkennen.

»Nie ganz derselbe, nie komplett ein anderer.« Wieder Verlaine. Ging er in das Café des Fleurs? Alle Dichter gehen dorthin, nehme ich an. Ich selbst nur selten. Warum wollen sie bloß nie, dass ich allein ausgehe? Sich in den Straßen zu verlaufen ist berauschend. Aber sie mögen es nicht, wenn ich mich verirre. Das ist dumm. Am Ende finden sie dich eh. Jedes Mal. Noch schlimmer ist es für sie, wenn ich mich in mir selbst verlaufe. Sie nennen es »geistige Verwirrung«. Aber sie reden oft jede Menge Unsinn. Das wir im Jahr 2010 leben, etwa. Wer hat mir den Mist noch mal erzählt? Der Typ, den ich töten muss? Er wird bekommen, was er verdient. Ich muss nur noch die richtige Straße finden. Die Cité des Fleur, wo die Zeit stillsteht. Ein langer und friedlicher Weg, Blauregen auf den Mauern, kleine Gärten und bürgerliche Häuser. Nichts stört den Frieden. Nicht der Strom der Autos auf der Avenue, nicht das Leben, das die Kreuzungen flutet, nicht der Rückstau auf den Gehsteigen. Gleich nebenan laufen die Menschen vorbei, essen, rackern sich ab und sterben. Doch nicht das entfernteste Echo klingt davon hier hinein.

Gibt es den Tod in der Cité des Fleurs?

Eine Katze räkelt sich in der Sonne. Lag sie auch so entspannt da, als die Soldaten kamen? Der Asphalt vibrierte vom Klang ihrer Stiefel. Die graugrünen Lastwagen versperrten den Weg. Die Tür des Hauses wurde eingeschlagen, sie brüllten. Drinnen saßen sie in der Falle. Sie waren nur zu dritt. Zwei und sie. Haben sie versucht zu fliehen? Haben sie sich gewehrt, oder haben sie voneinander Abschied genommen? Jetzt richten die Soldaten ihre Waffen auf sie. Das Zimmer ist geplündert, Bücher sind zertrampelt, Möbel umgekippt. Bilder auf den Boden geworfen. Und ihre Rufe, wie Gebell. Warum müssen Soldaten immer bellen? Sie haben die Druckpresse, die im Keller versteckt war, sofort gefunden. Sie waren hervorragend informiert. Dann verprügelten die Soldaten sie, um ihnen zu zeigen, dass sie nichts mehr wert waren. Alle drei, einen nach dem anderen. Was ist mit ihr passiert, als sie sie abführten? Sie haben sie im Innenhof erschossen. Eine Salve. Trocken. Sie fiel in die Fuchsien. Sie war fünfundzwanzig Jahre alt.

Die beiden anderen wurden niemals wieder gesehen.

Wer erinnert sich daran?

Mein Gott ...

»Mademoiselle!«

»...«

»Mademoiselle ... bitte ...«

»Sind Sie krank, Monsieur?«

»Ich möchte nach Hause.«

»Haben Sie sich verlaufen? Wohnen Sie in der Nähe?«

»Ich weiß es nicht.«

»Monsieur Robert, geht es Ihnen besser? Wollen Sie mich immer noch umbringen?«

»Ermüden Sie mich nicht mit Ihrer Fragerei. Sagen Sie mir lieber, ob Sie mir Bücher geliehen haben ...«

»Ah! Sie erinnern sich ...«

»Wo sind sie?«

»Im Regal. Haben Sie sie schon gelesen?«

»*Le Petit Vieux des Batignolles* ... ich nehme an, dabei haben Sie an mich gedacht ...«

»Wie kommen Sie darauf? Es ging um den Schauplatz. Die Geschichte spielt in der Nähe Ihres Zuhauses. Wussten Sie, dass Émile Gaboriaus Romane wohlmöglich das Genre des Detektivromans begründet haben?«

»Nichts, worauf er stolz sein könnte. Und dieses da »*L'Homme qui s'évada*. Albert Londres ...«

»Ein wunderbarer Journalist.«

»Davon hat er ja echt viel gehabt. Er konnte dem 17. Arrondissement entfliehen? Das ist nun wirklich nicht schwer, man muss einfach nur die Avenue überqueren und ... es sei denn ...«

»Es sei denn was?«

»Es soll schon wieder eine Anspielung sein ...«

»Wer weiß?«

»Meine Flucht aus der Kommandantur ...«

»Sie konnten aus der Kommandantur entkommen? Davon haben Sie ja noch nie erzählt ...«

»Das hätten Sie auch ohne meine Hilfe herausfinden können.«

»Ich schwöre, ich habe nichts davon gewusst.«

»Wirklich? Warum dann dieses Buch?«

»Der Flüchtling in dem Buch ist ein Gefangener, den Londres auf einer seiner Recherchereisen in einer Strafkolonie in Guyana getroffen hat. Eugène Dieudonné.«

»Kenne ich nicht!«

»Ein Schriftsetzer, dem die Mitgliedschaft in der Bonnot-Bande vorgeworfen wurde. Diese Anarchisten, denen man während der Belle Époque den Spitznamen »die tragischen Banditen« verpasste. Ein Unschuldiger, der zu einem Leben im Arbeitslager verurteilt wurde. Sein Atelier war direkt um die Ecke, in der Rue Nollet.«

»Und das Buch hier ... *Le Suspect* ... da werden Sie wahrscheinlich auch sagen, es hätte keine Verbindung zu mir ...«

»Gar keine. Warum sollte es? Ich habe es Ihnen gegeben, weil Georges Simenon hier im Viertel gelebt hat, als er nach Paris kam. Im Hotel Bertha. Das gibt es immer noch, Sie kennen es sicher ...«

»Was für ein Quatsch! Warum haben Sie mir diese Bücher wirklich geliehen?«

»Aber ... Um Ihr Gedächtnis aufzufrischen ... Damit Sie sich wieder an die Orte, das Viertel, seine Geschichte erinnern ...«

»Um mein Gedächtnis aufzufrischen.«

»Monsieur Robert, könnten Sie den Revolver runternehmen?«

»Pistole, verdammt! *Pistole.* Luger Parabellum P-08. Sie sind Sprachtherapeut; statt mich zu Ihren blöden Übungen zu verdonnern, sollten Sie sie lieber selber machen. Sie haben es nötiger.«

»Monsieur Robert, bitte, Ihre Pistole ...«

»Sprachtherapeut ... Sie sind der Sprachtherapeut, oder?«

»Aber natürlich ... Ich komme jede Woche zu Ihnen ... Nehmen Sie die Waffe runter.«

»Der Mann, den ich töten muss ... das sind nicht Sie ... Sie haben nichts verraten, oder?«

»Verraten?«

»Sie sind zu jung. Wie alt sind Sie?«

»Sechsundzwanzig.«

»So alt war ich, als sie mich verhaftet haben. Die Pässe im Riton ... Eine Sache von einer Stunde ... Zwei Tage später konnte ich aus ihren Klauen entkommen ... ein Wunder. Das löste in unserem Netzwerk Misstrauen aus. Aber hätte ich dort unten abkratzen sollen, obwohl ein paar Folterknechte einen kurzen Moment abgelenkt waren? Obwohl eine Waschfrau eine Tür offen gelassen hatte, die hätte verschlossen sein sollen? Obwohl es das Schicksal gut mit mir meinte? Ich wurde entlastet, oder etwa nicht?

»Beruhigen Sie sich ...«

»Mein Gott ...«

»Monsieur Robert!«

»Ich erinnere mich an alles ... Sie brauchten mir kein Haar zu krümmen. Ich war schon bewusstlos, bevor Sie mich untertauchten ... Als ich wieder zu mir kam, fing ich an zu reden ... Ich erzählte ihnen alles, was ich wusste ... und ich hätte ihnen noch viel mehr erzählt, wenn ich gekonnt hätte.«

»...«

»Sechsundzwanzig. Ich war sechsundzwanzig Jahre alt. Haben *Sie* schon den Geruch des Todes in der hintersten Ecke eines verdreckten Kellers gerochen?«

»Nein ... ich ... niemand-«

»Sie ließen mich laufen ... Ich sollte Ihnen weitere Informationen verschaffen ... Ein paar Tage später landeten die Amerikaner ...«

»Der Krieg ist vorbei, Monsieur Robert.«

»Noch nicht ganz ... lassen Sie mich in Ruhe. Ich bin erschöpft ...«

»Geben Sie mir Ihren Revolver.«

»Pistole ... Denken Sie an die Übungen, junger Mann, das Gedächtnis ist eine seltsame Maschinerie.«

»Monsieur Robert ... was machen Sie da?«

»Jetzt weiß ich, wen ich töten muss. Es ist ein sechsundzwanzigjähriger Junge ... Nein, nicht Sie; Sie können sich entspannen. Der, den ich meine, hat mich immer begleitet. Er ist mir mehr als fünfundsechzig Jahre nicht von der Seite gewichen. Die Zeit vermag ihm nichts anzuhaben ...«

»Ich bitte Sie ...«

»Können Sie ihn sehen? Er steht vor Ihnen. Jeden Tag habe ich sein Bild in meinem Spiegel gesehen. Jede Nacht hat er mich heimgesucht und um den Schlaf gebracht. Irgendwann ist er schließlich eingeschlummert, aber Sie haben ihn wieder aufgeweckt, mit Ihren Büchern und Ihren guten Absichten.«

»Das habe ich nicht gewusst ... ich schwöre es ...«

»Nun muss ich ihn endgültig zur Strecke bringen ...«

»Bitte ... Ihr Tod würde nichts ungeschehen machen ... es ist doch alles schon so lange her.«

»Denk an die Zeit, die nun schon weit.«* Sagt Ihnen Verlaine etwas? Es war erst gestern. Es ist heute passiert. Gehen Sie.«

»Ich werde nicht zulassen, dass Sie eine Dummheit machen.«

»Fahren Sie zur Hölle ...«

»Monsieur Robert!«

»Ich warte dort unten auf Sie.«

*Nachdichtung von Stefan George

бесценный (KOSTBAR)

Von DOA

Bastille

Übersetzt von Jan Karsten

Das Büro, in das sie mich gebracht hatten, befand sich im höchsten Stock des Gebäudes, direkt unter dem Dach. »Das Fenster zum Hof«, hatte der Polizist beim Reinkommen in müdem, ironischem Tonfall gesagt. Er hatte mich mit zwei anderen Beamten vom Tatort ins Krankenhaus begleitet, wo die obligatorischen medizinischen Untersuchungen vorgenommen worden waren. Eine Schwester wusch mir das getrocknete Blut aus dem Gesicht, bevor sie mich an einen Assistenzarzt weiterreichte, der ein Röntgenbild meines Rückgrats erstellte, mit ein paar schmerzhaften Stichen meine Wunde nähte und anschließend meinen Gesundheitszustand als »zu vereinbaren mit einem Polizeigewahrsam« erklärte. Ich hatte einen tiefen Riss über meiner linken Augenbraue, unter dem Auge einen Bluterguss, einen anderen rechts neben dem Mund und einen weiteren am Hinterkopf in der Nähe des Halses. »Nichts allzu Schlimmes«, hatte der Arzt gesagt.

Das war vor einer halben Stunde, der Morgen dämmerte, fahles Licht schlich sich durch das Fenster des Untersuchungsraums. Nachdem sie mich durchgecheckt und ein paar Blutproben abgezapft hatten, brachten sie mich in das Polizeihauptquartier am Quai des Orfèvres. Nun konnte ich durch einen winzigen Lüftungsschacht sehen, wie der Himmel langsam blau wurde. Vor dem Schacht befanden sich eiserne Querbalken.

»Die wurden wegen Durn angebracht.« Der Zyniker, den die beiden anderen Sydney nannten und wie ihren Boss behandelten, musste meinem umherirrenden, noch nicht wieder ganz nüchternen Blick gefolgt sein.

Ich sah ihn an. »Wer?«

»Durn, der verrückte Selbstmörder von 2002.«

»Damals habe ich nicht in Frankreich gelebt.«

»Ah ... ein verwirrter Mann, den wir festgenommen hatten und ...«

Er redete weiter, aber ich hatte das Interesse verloren.

»... jedenfalls quetschte er sich durch die winzige Öffnung, nicht hier, in einem Zimmer auf der anderen Seite des Flurs, und sprang in den Tod.«

Mein Blick wanderte über die graue bürokratische Einrichtung. Zwei kleine miteinander verbundene Räume, die auf einen neonlichtbeschienenen Korridor führten. Eine andere Welt als die, in der ich mich bewegte, schäbig und feindselig.

»... gerade hatte er alles gestanden ...«

An den Wänden, deren unauffällige Farbe bereits an einigen Stellen abbröckelte, hingen amtliche Dokumente, Landkarten und Kriegstrophäen. Auch ein paar elegante Aquarellzeichnungen, allerdings nur an Sydneys Platz, vermutlich von ihm selbst gemalt.

»Danach wurden dann sofort die Eisenstangen angebracht.«

In einer dunklen Ecke des Raums litt eine verkümmerte Pflanze unter Lichtentzug, es gab eine Ablage mit Funkgeräten auf ihren Ladevorrichtungen, einige Metallschränke, auf denen sich Kartons mit edlem Single-Malt-Whisky befanden – die Herren Beamten schienen echte Genießer zu sein – und sechs überladene Schreibtische, auf denen uralte PCs standen, Nachfolger der Schreibmaschinen von vorgestern.

»Wie lange haben Sie im Ausland gelebt?«

Und dann die drei Bullen. Mir gegenüber Sydney, ein kleiner Kerl in einem viel zu großen Zweireiher und mit einer Pfeife im Mund; ein anderer rechts von mir, hinter einer Tastatur, der offenbar Yves hieß, groß und dürr, ein wenig krumm, er trug Jeans; und einer hinter mir, der bisher noch kein Wort gesagt hatte. Seinen Namen kannte ich nicht, aber ich beschloss, ihn erst einmal Ralph zu nennen, da er ein lilafarbenes Hemd mit einem kleinen Polospieler darauf trug.

»Sieben Jahre.« Und ich natürlich. Ich war auch da. Zumindest physisch, beim Rest war ich mir nicht so sicher. Ich bekam dies alles nur sehr vage mit, hatte das Gefühl, nicht richtig anwesend zu sein, hier, in den muffigen Hinterzimmern des berühmten Quai des Orfèvres 36, des Hauptquartiers der Pariser Mord- und Raubkommission, wo nun versucht werden sollte, die Geschehnisse der letzten Nacht zu entwirren.

»In London?«

Ich antwortete mit einem Nicken, und Sydney schob sein Kinn in Richtung Yves, um ihn aufzufordern, sich bereit zu machen. »Monsieur Henrion ... Valère, richtig?«

Noch ein Nicken. *Valère Henrion.* Ein Name, der mir irgendwie bekannt vorkam. Mein Name. Im Mund eines Fremden, noch dazu eines Polizisten. *Reality check.* Ich sah auf meine gefesselten Hände. Schlagartig wurde mir der Ernst der Situation bewusst, und es verschlug mir fast den Atem. Das hier war kein freundschaftliches Geplauder. Die Typen behandelten mich wie einen Verdächtigen. Ich musste schlucken. »Habe ich keinen Anspruch auf einen Anwalt?« Erbärmlich.

Sydney blätterte durch meinen Reisepass. »Sie kommen wirklich viel herum.«

Es war keine Frage, und seine Stimme hatte jede behagliche Wärme verloren. Er streckte mir seine Nase entgegen. »Für einen Anwalt ist später noch genügend Zeit, jetzt sprechen wir erst mal unter uns. Dieses Loft an der Place de la Bastille, wo wir sie gefunden haben, es gehört ...?« Er beendete seinen Satz nicht.

»Marc Dustang, einem Freund von mir. Er hat es mir für ein paar Tage überlassen.«

»Wie nett von ihm. Das wird er wohl nicht wieder machen, fürchte ich.« Lächeln.

Mir schoss ein Bild von Marcs Wohnung durch den Kopf, die hellen Wände voller Blut.

»Und wo steckt dieser Marc Dustang?«

»Er ist für zwei Wochen in New York.«

»Warum?«

»Geschäftlich, nehme ich an.«

»Und Sie? Warum sind Sie nach Paris gekommen?«

Ich seufzte. Die Anspannung wuchs, und ich spürte den Ärger über das, was nun folgen würde, in mir aufsteigen. Ich wollte nur eins: mich in einer dunklen Ecke verkriechen und in Ruhe meine Gedanken ordnen. »Um zu arbeiten. Ich komme direkt von der Fashion Week in Mailand, und nun ist die in Paris dran. Im September und Oktober bin ich ziemlich beschäftigt. Alle Modehochburgen brummen, und es gibt eine Menge zu tun.«

»Und Sie sind was ...? Oh, richtig, ein Sounddesigner?« Sydney schwieg und betrachtete mein nervöses rechtes Bein, das unkontrollierbar vor sich hin zuckte.

Erneut lenkte ich ein.

»Das stimmt. Ich kuratiere die Hintergrundmusik für die Modenschauen. Und manchmal kreiere ich auch Mixtapes für die Privatpartys der Designer.«

»Und die Bezahlung ist gut?«

»Nicht schlecht, ja.«

»So haben Sie also auch Mademoiselle Ilona …« Er sah in seine Notizen »Vladimirova getroffen? Sie ist auch Teil des Milieus, richtig? Und nicht nur des Mode-Milieus …«

»Ich verstehe nicht.«

»Ich bitte Sie, Monsieur Henrion, wollen Sie mir wirklich weismachen, dass Sie nicht wissen, wie Ihre Freundin ihren Lebensunterhalt verdient? Sogar *wir* wissen das. Hier steht« – er wies mit dem Zeigefinger auf den PC-Monitor – »dass sie unsere Kollegen von der Sitte bereits einige Male näher kennenlernen durfte.«

»Sie war nicht meine Freundin, und nein, das habe ich nicht gewusst.« Es fiel mir nicht leicht, von ihr in der Vergangenheitsform zu sprechen. »Wir kannten uns gar nicht.«

Hinter mir kicherte Ralph.

»Wirklich.«

Sydney lächelte mich von oben herab an. »Für zwei Personen, die sich gar nicht kannten, waren Sie beide aber ziemlich vertraut miteinander. Es sei denn natürlich, dass Sie sie dafür bezahlt haben, mit Ihnen zu schlafen, was wiederum bedeuten würden, dass Sie ziemlich genau wussten, wie sie ihr Geld verdiente. Was soll ich also glauben?«

Ich suchte nach den richtigen Worten für eine geistreiche Antwort, aber alles, was ich herausbrachte, war die ganz banale Wahrheit. »Glauben Sie mir, ich habe die junge Frau gestern Abend zum ersten Mal in meinem Leben getroffen. Ich hatte schon von ihr gehört, aber ich habe sie gestern das erste Mal gesehen.«

»So so. Und wer hat Ihnen von ihr erzählt?«

»Eine meiner Ex-Freundinnen. Ihre beste Freundin.«

»Wie ist ihr Name?«

»Yelena Vodianova.«

»Sie haben ein Faible für russische Mädchen, was, Va-lère?«, schaltete sich Ralph ins Gespräch ein. »Ebenfalls ein Model, nehme ich an?«

Ich nickte, ohne auf den Spott einzugehen oder mich zu ihm umzudrehen.

»Wo lebt sie nun?«, nahm Sydney die Sache wieder in die Hand.

»Yelena? In Mailand. Sie ist verheiratet und hat ein Kind. Manchmal läuft sie noch Modenschauen, und hin und wie-der sehen wir uns bei den Modemeetings. Ich habe ihr er-zählt, dass ich für ein paar Tage nach Paris fahre, und sie hat mich gebeten, mit Ilona Kontakt aufzunehmen.«

»Warum?«

»Ich sollte ihr ein Geschenk geben. Sie hatte wohl den Ge-burtstag vergessen oder so.«

»Was für ein Geschenk?«

»Keine Ahnung. Es war verpackt, und ich stecke meine Nase nicht in anderer Leute Angelegenheiten. Jedenfalls war es nicht besonders groß. Oder schwer.« Mit den Hän-den zeichnete ich den Umfang des Päckchens nach. Etwa zwanzig Zentimeter lang, zehn breit und zehn tief.

»Und Sie haben ihre Yelena nicht gefragt, was darin war?«

»Nein.«

»Besonders neugierig sind Sie nicht.«

»Ich bin kein Polizist.«

»Oh, passen Sie bloß auf.« Wieder Ralph. Aggressiv. »Sie hätte Ihnen Stoff unterschieben können, damit Sie ihn ein-schmuggeln. Sind Sie ganz sicher, dass Sie nichts über den Inhalt des Päckchens wussten? Noch ist es nicht zu spät, um ...«

»Ja. Ich bin sicher. Ich habe ich keinen Grund, meiner Ex-Freundin zu misstrauen.« Diese Antwort, eine dumme und unnötige Herausforderung, klang sogar in meinen eigenen

Ohren schal. Ich würde ganz sicher in Zukunft niemandem mehr vertrauen, falls ich überhaupt jemals aus diesem Hornissennest herauskam.

»Haben Sie die Nummer des Mädchens?«

»In meinem Handy, unter Yelena.«

Sydney fischte das Handy aus meinen persönlichen Sachen vor ihm auf dem Schreibtisch heraus. Er warf es Ralph zu, der damit in den Nebenraum ging.

»Sie haben also Kontakt zu Ilona aufgenommen und dann ...?«

»Wir haben uns im 11. Arrondissement getroffen.« Ich sah mich das Pop'in betreten, eine Bar nahe dem Cirque d'Hiver, wo Ilona und ich um elf Uhr verabredet waren. Der Laden war voller Rauch, es war laut, ein junges Publikum, sehr hip, tanzte zu Pop-Rock-Songs aus den letzten Jahrzehnten. The Von Bondies sangen »Pawn Shoppe Heart«, einen Song, den ich vor zwei Jahren im Finale einer Modenschau gespielt hatte. Und dann sah ich sie: Wie eine Königin thronte sie an der Bar, in ihren Jimmy-Choo-High-Heel-Sandalen, den angesagtesten schwarzen Leggins, einem kurzen Jeansrock und einer offenen weißen Bluse über einem pailletenbesetzten Tanktop unter der unverzichtbaren Armeejacke. Sie sprach gelangweilt mit dem Barkeeper, den Ellenbogen lässig auf einen pinkfarbenen Motorradhelm gestützt, während ihr blassblauer, schwarz umrandeter Blick den Raum durchmaß. Ich hatte keine Schwierigkeiten, sie zu identifizieren; Yelena hatte mir ein Foto von ihr gezeigt.

Sie hatte mich ebenfalls erkannt: ein älterer Typ, der völlig fehl am Platz schien. Ich ging zu ihr rüber, sie begrüßte mich ohne jede Wärme, fast unfreundlich und sehr kurz angebunden – auf Französisch, aber mit rollenden Rs. Sie ließ sich auf einen weiteren Drink einladen, griff dann jählings nach dem Geschenk und vergrub es in ihrer Tasche. Ohne es zu öffnen.

»Seltsam, dass sie gar nicht wissen wollte, was es war, finden Sie nicht?« Yves sah für ein paar Sekunden von seiner Tastatur auf.

Ich zuckte mit den Schultern. Das hatte ich mich in dem Moment auch gefragt. Aber das überhebliche Gehabe des Mädchens hatte mich nicht gerade dazu animiert, noch länger in der Bar herumzuhängen um herauszufinden, was es damit auf sich hatte. Ich war erschöpft von meiner Arbeitswoche in Mailand, und ich freute mich auf einen ruhigen und friedlichen Abend. Außerdem signalisierte sie mir recht schnell, dass sie gehen wollte, und noch bevor ich mein Bier ausgetrunken hatte, verabschiedete sie sich halbherzig, nahm ihren Helm und machte sich auf den Weg zum Ausgang, der zur Rue Amelot führte. Sie hatte ihre Hand schon am Türgriff, als sie schlagartig erstarrte. Sie drehte sich um, kam zurück in meine Richtung und strahlte dabei über das ganze Gesicht. Sie hatte ein wirklich bezauberndes Lächeln.

Ein bisschen verwundert hatte ich durch die Glasscheiben nach draußen gespäht und ein paar Leute herumstehen sehen, darunter auch einen kräftigen, ziemlich zäh aussehenden Typen, etwas älter als ich, in einem schwarzen, dreiteiligen Anzug. Aber er hatte sofort weggeschaut, als er meinen Blick auffing, und als ich Ilona nach dem Kerl fragte, war er schon verschwunden. Sie hatte sich entschlossen, schuldbewusst und verletzt aufzutreten, damit ich ihr vorheriges Verhalten verzieh.

»Sie kam einfach so zurück und entschuldigte sich?«

»Ja. Sie war ein merkwürdiges Mädchen.«

»Und was war mit dem Typ im Anzug? Haben Sie sie gefragt, ob sie ihn kannte?«

Nicken. »Sie sagte, sie wüsste nicht, wer er sei. Zu dem Zeitpunkt hatte ich noch keinen Grund, ihr nicht zu glauben.«

Sydney wirkte nicht besonders überzeugt, aber er fuhr fort: »Und was geschah danach?«

»Sie schlug ein gemeinsames Abendessen vor. Wir verschwanden aus dem Pop'in und gingen nach Oberkampf.« In Wirklichkeit war alles etwas komplizierter gewesen. Nachdem wir uns eine halbe Stunde lang unterhalten hatten, schleppte mich Ilona in den zweiten Stock und dann wieder ganz runter, bis in den Kellerraum der Bar. Dort irrten wir ein bisschen zwischen den voll besetzten Tischen umher, bis wir schließlich einen Notausgang fanden und in einem Innenhof landeten, der auf den Boulevard Beaumarchais führte.

»Und ihr Motorroller?«

»Ihr Motorroller?«

»Ja. Sie erwähnten einen Helm – war das nur ein Accessoire?«

»Nein. Sie hatte einen Roller, aber sie wollte zu Fuß gehen.« Weil sie ihn vor dem Vordereingang der Bar geparkt hatte – und das war der Moment, in dem mir der Grund für Ilonas Paranoia und das ganze Versteckspiel klar geworden war. Sie sah sich den ganzen Weg über um. Bis dahin hatte ich ihr Verhalten ihrer Exzentrik zugeschrieben. Alle russischen Frauen, die ich während meiner Arbeit kennengelernt habe, hatten einen Spleen. Aber in Wahrheit wollte sie die Rue Amelot – und die Leute, die dort auf sie warteten – meiden. »Wir schlenderten dreißig Minuten lang durch die Gegend, gingen über die Place de la République, durch die Rue du Faubourg-du-Temple bis nach Saint-Maur, dort bogen wir rechts in die Rue Oberkampf ein und setzten uns in ein Restaurant. Das Café Charbon, Sie kennen es?«

Sydney reagierte nicht, aber Yves nickte und machte ein paar Bemerkungen über mein fehlendes Urteilsvermögen, wie ich bloß *mit solch einem Mädchen* ausgerechnet an einem Samstagabend durch eine solches Viertel schlendern könne.

Hinter mir hörte ich ein Geräusch – Ralph kam zurück in den Raum. »Bei der Nummer, die Sie uns gegeben haben, geht niemand ran, Valère.« Seine Stimme klang erst sehr nah und kontrolliert, dann hatte ich den Eindruck, dass er sich aufrichtete und seinen Boss ansprach. »Ich habe unsere Kollegen in Mailand erreicht. Einer sprach Englisch, und ich habe ihn gebeten, die Sache zu überprüfen. Er wird sich melden.«

»Fahren Sie fort, Monsieur Henrion.«

»Wir aßen etwas, unterhielten uns ein bisschen, es war sehr voll. Besonders schön war es nicht.«

»Das Geschenk blieb immer noch ungeöffnet?«

»Ja.«

»Alles in allem war es gar nicht so übel mit der kleinen Ilona, was?«

»Ich habe es für Yelena gemacht, immerhin war sie ihre beste Freundin.« Und ein kleines bisschen auch für mich, dachte ich.

»Wie nett von ihnen.«

Ilona hatte darauf bestanden, dass wir uns einen Tisch im hinteren Teil des Restaurants suchten, in der Nähe eines großen Spiegels. Damit sie jederzeit mitbekommen konnte, was hinter ihr geschah, ohne Gefahr laufen zu müssen, von außen erkannt zu werden. Während des Abendessens rief sie einige Male jemanden mit ihrem Handy an, aber es antwortete keiner. Nach jedem vergeblichen Anruf wurde sie ein bisschen verspannter. Und je weniger sie darauf achtete, den äußeren Schein aufrechtzuerhalten, umso mehr erfuhr ich über sie. Eigentlich reimte ich mir die Sachen zusammen, indem ich verschiedene Zeichen miteinander verband. Ich hatte schon von ähnlichen Geschichten wie dieser gehört und keine Schwierigkeiten, die weißen Stellen auszufüllen.

Wie Yelena war sie einem miesen Leben ohne jede Hoffnung in einem heruntergekommenen, korrupten Land entflohen und im Alter von etwa fünfzehn Jahren nach Paris gekommen. Bereit, alles zu tun, was getan werden musste, um sich einen Platz an der Sonne zu erkämpfen. Eine wunderschöne junge Frau, wie so viele andere, die in den Fängen gewissenloser Agenturen landeten, die sich gealterte ehemalige Models als Lockvögel hielten; Vorbilder, die sich als Zuhälter erwiesen und die die jungen Mädchen gewissenlos von Hauptstadt zu Hauptstadt verschoben. Immer darauf bedacht, sie so sehr zu melken, wie es nur irgendwie ging. Agenturen, die sie, ohne zu zögern, mit den miesesten Jobs abspeisten, sobald sie älter wurden und ihr Marktwert sank.

Natürlich hatte ich eine Ahnung davon, was Ilona so alles trieb, um ihre Rechnungen bezahlen zu können. Auch wenn ich damit selbst nichts zu tun hatte, so hatte ich doch einen Fuß in der Szene und wusste, wie es lief. Auch von Yelena hatte ich damals vermutet, dass sie nebenbei als Luxushure arbeitete. Sie hatte so wenig von sich und ihrem Leben preisgegeben, dass ich immer misstrauischer wurde und ihr schließlich gar nichts mehr glaubte. Mein Verhalten verletzte sie, und unsere Affäre zerbrach. Als ich schließlich herausbekam, dass ihre Zurückhaltung auf Anstand und Scham beruhte, hatte ich sie bereits verloren. Sie arbeitete längst mit anderen Leuten in einer anderen Stadt und hatte sich ein neues Leben aufgebaut. Das war vor sechs Jahren, kurz nachdem ich nach London gezogen war. Seitdem waren wir in Kontakt geblieben, was mir die Möglichkeit gab, mich zu entschuldigen und zu versuchen, ein besserer Freund zu sein.

Wahrscheinlich war es auch deshalb, wegen dieser alten, unterschwelligen Schuld, dass ich mich am Ende des Abendessens darauf einließ, Ilona einen Gefallen zu tun.

»Echt jetzt? Sie bittet Sie darum, allein in ihre Wohnung zu gehen, und Sie willigen ein, ohne zu zögern, und fragen noch nicht einmal nach dem Grund?«

»Aber natürlich habe ich das!«

»Und?«

»Ich kann mich nicht mehr erinnern, was genau sie gesagt hat, ich … ich bin müde.«

»Bei all dem Zeug, das Sie sich reingezogen haben?« Ralph wollte sich in Erinnerung bringen.

Darauf konnte ich nichts erwidern. Es hatte keinen Sinn, mich wegen des Koks zu rechtfertigen, ich hatte es freiwillig genommen, wie ein Idiot. Den Rest hatten sie mir mit Gewalt eingeflößt. Aber meine drei Befrager schienen nicht bereit, mir das zu glauben.

»Sie haben also zugestimmt und dann …?«

»… habe ich das Charbon verlassen …« Mitten hinein in den samstagsabendlichen Zoo, ein bisschen nervös und von der Menschenmenge rund um den Bahnhof nicht sonderlich begeistert. Ich kenne das Viertel Oberkampf seit vielen Jahren, ich war schon hier, als es noch schick, gepflegt und frisch wiederbelebt war. Jetzt war es ein Ort, wie jeder andere auch, nur mit sogar noch mehr Restaurants und Bars.

Das Gebäude, in dem sich die Wohnung von Ilona und ihrer Mitbewohnerin befand, lag nicht weit vom Restaurant entfernt in einer mit einem eisernen Tor gesicherten Privatstraße. Ein Komplex, der zu früheren Zeiten Cité genannt worden war, ein Häuserblock in der 11. Straße, an einer Art Gasse, in der früher Handwerker ihre Werkstätten hatten. Doch sie waren schon lange verschwunden und hatten teuren, avantgardistisch angehauchten Wohnungen für Models, Fotografen und Künstler aller Art Platz gemacht. Und Sozialwohnungen. Der Beginn von sozialer Vielfalt ...

»Der Hinterhof war nicht besonders gut beleuchtet, und es war niemand zu sehen.« Ich stand eine Zeit lang vorm Haus, hörte mir den Partylärm an, der aus einem der oberen Stockwerke herunterschwappte, und betrachtete die Menschen, die auf der anderen Seite des Tors vorbeigingen. »Ich stieg die Treppen in den dritten Stock hinauf, fand die Eingangstür, die Ilona beschrieben hatte, und wollte gerade klopfen, als ich den Schrei hörte.« Noch nie in meinem Leben habe ich so etwas Leidvolles gehört. Ein markdurchdringender Schrei, unterbrochen von bitteren Schluchzern. »Er kam von einer jungen Frau, so mein Eindruck. Ich dachte sofort, es müsste sich um Ilonas Mitbewohnerin handeln, und ich war kurz davor, in die Wohnung einzudringen, aber dann ...«

»Aber dann?« Sydney beugte sich zu mir herüber.

»Zwei Männer sprachen auf der anderen Seite der Tür miteinander. Auf Russisch. Ich hörte wuchtige Faustschläge und noch mehr Stöhnen von jemandem, der schlimme Schmerzen haben musste. Sogar durch die ... ich ... ich konnte die Schläge fast selbst körperlich spüren.«

»Die Adresse! Schnell!«

Diesmal drehte ich mich zu Ralph herum und gab sie ihm. Ich wusste sie noch genau, wie hätte ich sie auch vergessen können, nach allem, was ich dort gehört hatte. Ralph ging zum Telefonieren in den Nebenraum.

»Wie ging es dann weiter?«

»Ich bin abgehauen.«

Hinter seinem Computerbildschirm schüttelte Yves den Kopf.

»Ich … wollte Ilona Bescheid sagen, sie nach dem Schlüssel fragen, jemanden alarmieren, Hilfe holen …«, versuchte ich zu erklären, aber es war zwecklos. »Was hätten Sie denn an meiner Stelle getan? Ich war unbewaffnet und habe keine Ahnung, wie man kämpft.« Ich senkte meinen Kopf. »Ich hatte Angst.«

Einige Sekunden lang war es still im Büro. Sie ließen mich in meiner Schande schmoren. Ich konnte ihre spöttischen Blicke auf mir spüren.

»Sie sind verschwunden – und was dann?« Sydney. Die Demütigung hatte lange genug gedauert.

»Ich war auf dem Weg nach unten, als ich in den Typen hineinlief, den ich vor dem Eingang vom Pop'in gesehen hatte. Er trug eine McDonald's-Tüte in der Hand. Wir waren beide überrascht, aber er schien mich nicht zu erkennen, jedenfalls nicht sofort. Er musterte mich nur von oben bis unten, während ich mich möglichst unauffällig an ihm vorbeidrückte und versuchte, ruhig zu bleiben. Ich rannte schon durch die Gasse davon, als ich Schreie aus dem Treppenhaus hörte. Namen, so kam es mir vor. Zumindest einer: Victor.«

»Seine Kumpane aus der Wohnung?«

»Ich habe nicht versucht, es herauszufinden. Ich lief so schnell ich konnte zu Ilona ins Charbon. Sie verstand sofort, als sie mich hereinkommen sah, dass es ein Problem gegeben haben musste.«

»Gar nicht so blöd, die Kleine. Und dann?«

»Dann weigerte sie sich, mit mir nach draußen zu kommen.«

»Warum?«

»Bauchgefühl, nehme ich an. Die Bedrohung lauerte hinter mir. Sie zog mich nach hinten in Richtung Toilette, dort gab es eine Verbindung zu dem Nachtklub nebenan, dem Nouveau Casino.« Kaum waren wir eingetreten, tat sie etwas, das mich verwunderte. Sie ging zur Garderobe und gab dort ihre Handtasche ab. Aber nicht ihren Motorradhelm. Dann gab sie mir das Ticket, das sie von der Garderobiere bekommen hatte. Aber das sagte ich ihnen nicht.

»Und was haben Sie gemacht, nachdem Sie den Nachtklub betreten hatten?«

»Sie führte mich zu einer Bar am hinteren Ende des Klubs. Wir versuchten, mit der Menge zu verschmelzen und warteten ab. Sie weigerte sich, mir zuzuhören. Ich bemerkte, dass sie zu Tode erschrocken war, und auch in mir machte sich Panik breit. Ich wollte jemanden anrufen.«

»Wen?«

»Na Sie, die Polizei. Wen sonst?«

»Und warum haben Sie nicht?«

Hinter mir füllte sich der Nebenraum mit weiteren Polizisten. Ralph sprach mit ihnen, und mir wurde klar, dass es sich um die Typen handelte, die in Marcs Wohnung geblieben waren, als wir zum Krankenhaus gefahren waren. Mit gedämpften Stimmen tauschten sie Informationen aus.

Sydney setzte die unterbrochene Befragung fort. »Warum haben Sie uns nicht verständigt, Monsieur Henrion?«

»Sie hat mich davon abgehalten. Sie wollte nicht, dass ich zum Telefonieren nach draußen gehe, und in dem Klub hatte ich keinen Empfang. Außerdem hätte ich wegen der lauten Musik sowieso nichts verstanden.«

»Das ist eine etwas dünne Begründung.«

»Für Sie vielleicht. Wie auch immer, ich hätte ohnehin keine Zeit dafür gehabt.«

»Wieso nicht?«

»Der Mann aus dem Treppenhaus betrat den Klub, zusammen mit einem anderen Kerl. Etwas älter, gleicher Typ. Ilona hat sie zuerst entdeckt, ich kurz darauf. Sie haben uns auch gleich erkannt und sich daraufhin ihren Weg durch die Menge in unsere Ecke gepanzert.«

»Und dort haben sie Sie erwischt?«

»Nein.« Ich schloss die Augen und wischte mir mit der Hand übers Gesicht, um die Erinnerungen abzuwehren. Auf einmal musste ich kichern.

»Was ist?«

»Später am Abend sollte ein Konzert im Nouveau Casino stattfinden, und sie ließen zum Aufwärmen Franz Ferdinand laufen, damit die Leute nicht ungeduldig wurden. ›Auf Achse‹, kennen Sie das?«

Sydney schüttelte den Kopf.

»Gut, vergessen Sie's. Neben uns an der Bar saßen drei schwarze Typen. Die starrten Ilona schon an, seitdem wir reingekommen waren, und jetzt ging sie zu ihnen und fragte nach einer Zigarette. Die beiden Russen hatten uns erreicht, und einer von ihnen packte Ilona am Handgelenk, um sie wegzuziehen. Sie gab ihm eine Ohrfeige.«

Danach ging alles sehr schnell. Der Russe wollte zurückschlagen, aber einer der Schwarzen gab ihm einen kräftigen Stoß. Sie prügelten sich schließlich, und Ilona und ich nutzen das Durcheinander und verschwanden.

Draußen wartete ein schwarzer Mercedes, in dem ein dritter Mann saß. Glücklicherweise parkte er auf der anderen Straßenseite in entgegengesetzter Richtung, und bis der Fahrer uns bemerkt hatte und ausgestiegen war, hatten wir uns schon ein gutes Stück entfernt und hasteten mitten durch die samstäglichen Partybesucher von Oberkampf. Ich erinnerte mich daran, dass Ilona ihre Jimmy Choos ausgezogen hatte, um besser rennen zu können, und wir liefen durch ein paar Nebenstraßen und dann runter zum Cirque d'Hiver, um den Roller einzusammeln. Ein großer Fehler. In der Zwischenzeit hatten die Russen den Klub verlassen, sich neu orientiert, und nachdem sie ja gesehen hatten, in welche Richtung wir davongelaufen waren, machten sie sich schnell zum Pop'in auf. Der Mercedes kam genau in dem Moment die Rue Amelot hochgeschossen, als Ilona ihren Motorroller in Gang setzte. Ohne zu zögern, lenkte sie ihn auf den Gehsteig, um das Auto abzuschütteln.

»Dann wurde es richtig ungemütlich. Ich hatte keinen Helm, und wir rasten durch viele kleine Einbahnstraßen, meistens in die falsche Richtung. Haarscharf an den Fußgängern vorbei.« Ich schüttelte den Kopf. »Ich glaube, wir haben beim Überqueren der 11. den Geschwindigkeitsrekord gebrochen, aber es gelang uns einfach nicht, die Russen abzuschütteln, und sie kamen immer näher. Einmal, auf einem der Boulevards, ich weiß nicht mehr, auf welchem ...« Ich unterbrach meinen Bericht mitten im Satz und zermarterte mein Gehirn, vergeblich. »Egal, auf einem Stadtplan würde ich ihn sicher wiederfinden. Wie auch immer, auf einmal entdeckte ich ein Baustellenfahrzeug, das neben einem dieser großen Lüftungsanlagen, die neben den Metrostationen stehen, parkte. Die Lüftungsanlage war geöffnet, und aus ihr führten mehrere Kabel und Rohre heraus und verschwanden in einem großen Loch im Boden.«

Ich bat Ilona, in entgegengesetzter Richtung einmal um den Block zu fahren. Und nun hatten wir Glück: Ein Auto, das uns vom anderen Ende der Straße aus entgegenkam, zwang die Russen dazu, vom Gas zu gehen. Als wir uns erneut auf der Höhe des Baustellenfahrzeugs befanden, sagte ich ihr, sie solle anhalten und absteigen. Wir wuchteten den Roller in das Loch hinter der Lüftungsanlage, sprangen hinterher und landeten auf einem breiten Lüftungsrohr. Niemand hatte unser kleines Manöver bemerkt, noch nicht mal der arme Kerl, der die Wartungsarbeiten an der Anlage auf dem Gehsteig durchführte. Er sah uns erst, als wir dreißig Minuten später, ziemlich mitgenommen, wieder aus dem Loch hinauskletterten, nachdem wir uns versichert hatten, dass die Luft rein war.

Sydney starrte mich ungläubig an.

»Überprüfen Sie es ruhig, der Roller liegt vermutlich immer noch im Loch. Wir schnappten uns ein Taxi und fuhren zu Marcs Wohnung. Ich war überzeugt davon, dass wir den ganzen Mist endlich hinter uns gebracht hatten. Aber ich hatte mich geirrt.«

Im Nachbarzimmer klingelte das Telefon. Ralph ging ran. Ich seufzte. Das entging Sydney nicht. Ein paar Sekunden später ein zweiter Anruf. Wieder wollten sie Ralph sprechen. Ich schloss meine Augen. Das zweite Gespräch wurde auf Englisch geführt und fiel etwas mühseliger aus. Italien. Nachdem Ralph aufgelegt hatte, setzte er sich wieder zu uns. »Ich habe schlechte Nachrichten.« Seine Stimme klang nicht mehr so selbstbewusst, sondern betroffen.

Ich senkte meinen Kopf und schniefte. »Yelena ist tot.«

»Woher wussten Sie das?« Der Bulle in dem Poloshirt klang schon nicht mehr so mitfühlend.

Ich konnte es mir denken wegen dem, was anschließend passiert war. Als Ilona und ich bei Marcs Wohnung ankamen, waren wir ziemlich genervt voneinander. Ich vor allem von ihr. Das Adrenalin ließ nach und machte einer dumpfen Anspannung Platz.

»Wie spät war es da?«

»Vielleicht so halb drei, drei Uhr morgens.«

Ich erinnerte mich, wie ich vor der großen Fensterfront des Lofts auf- und ablief und sie anbrüllte. Zu meinen Füßen lag die illuminierte Place de la Bastille, mit ihrer Julisäule und dem kleinen »Geist der Freiheit«, der golden darauf schimmerte. Aber der Ausblick interessierte mich nicht, ich konnte einfach nicht aufhören zu schreien.

Ilona hatte sich hinter einen tiefen Glastisch in der hintersten Ecke des Wohnzimmers zurückgezogen, so weit wie möglich entfernt von meinen Ausbrüchen. Nachdem sie mir eine Zeit lang regungslos zugesehen hatte, nahm sie ein Päckchen mit weißem Pulver aus ihrer Jackentasche und zog ein paar Linien auf den Tisch. Ich lief zur ihr hin, außer mir vor Zorn, packte sie bei den Schultern und schüttelte sie durch. Ich ließ von ihr ab, als sie mich mit einem traurigen, gebrochenen Blick anschaute. Dem Blick einer jungen Frau, die wusste, dass sie alles verloren hatte. Sie legte einen Finger auf meinen Mund, zog sich mit der anderen Hand eine Linie durch einen zusammengerollten Geldschein in die Nase und gab ihn dann an mich weiter. »Ich zögerte kurz, dann tat ich es ihr nach. Ob Sie es nun glauben oder nicht, es war schon eine ganze Weile her, dass ich das letzte Mal gekokst hatte. Wir zogen auch die anderen Lines und sahen uns dann lange an.«

An das, was dann geschah, erinnere ich mich nur schemenhaft. Sie streichelte meine Wange, küsste mich auf den Mund und biss mir in die Oberlippe. Bis sie blutete. Zuerst liebten wir uns gleich dort, auf dem Glastisch. Ich sah es wieder vor mir, wie ich ihr den Rock hochschob und die Strumpfhose herunterriss. Sie war es, die wollte, dass ich sie auf diese Weise nahm, heftig, von hinten, ein brutaler, verzweifelter Fick. Wir trieben es ewig und überall, bis wir beide im Schlafzimmer zusammenbrachen. »Als ich wieder zu mir kam, standen drei Russen an unserem Bett.«

»Woher konnten die wissen, wo ...«

»Yelena. Sie war die Einzige die wusste, wo ich unterkam, wenn ich mich in Paris aufhielt. Und sie kennt ... *kannte* Marc ebenfalls.« Ich musste schlucken, um nicht in Tränen auszubrechen. »Musste sie sehr leiden?«

Ralph nickte.

»Und ihr Kind?«

»Sie alle. Ihr Ehemann auch. Die Mörder haben sich viel Zeit gelassen.« Ralph sah seinen Boss an. »Das gilt auch für Ilonas Mitbewohnerin in Oberkampf.«

»Verdammte Scheiße! Was sind das nur für Arschlöcher. Nun sagen Sie es uns schon, wenn Sie es wissen!« Sydney schlug mit der Faust auf den Tisch.

Ich schüttelte den Kopf. »Sie haben die ganze Zeit über Russisch gesprochen. Einer von ihnen zog mich aus dem Bett und schlug mir ins Gesicht. Ich landete in den Klauen des älteren, des berühmten Victor. So viel habe ich mitbekommen. Ich glaube, er war der Boss. Er stieß mich auf die Knie und bedrohte mich mit einer Waffe. Dann zwang er mich, Wodka direkt aus der Flasche zu trinken. Um mich lahmzulegen, nehme ich an. Er forderte mich auf, schneller zu trinken, indem er mit dem Lauf der Pistole nach mir schlug.«

Ich wünschte, ich hätte vergessen, was als Nächstes geschah. Die beiden anderen Russen nahmen Ilona in die Mangel. Der eine hielt ihre Arme fest, der andere hatte sich rittlings auf ihre Beine gesetzt, damit sie sich nicht wehren konnte. Dann begann er damit, ihr das Gesicht zu zerschneiden, während er immer weitere Fragen stellte. »Sie sprachen kein Wort Französisch. Nach jeder Frage gossen sie ihr Alkohol in die Wunden. Sie schrie die ganze Zeit.« Eine Träne lief meine Wange hinunter. »Sie versuchte, sich zu wehren, aber je verzweifelter sie schrie, desto mehr schienen die Schweine es zu genießen.«

»Sie haben nichts unternommen?«

Ich zeigte auf meine aufgeplatzte Augenbraue. »Es dauerte ewig, dann bewegte sie sich nicht mehr. Ich dachte, sie hätten sie umgebracht. Ihr Blut war überall. Auf den Laken, auf der Wand. Der Folterknecht drehte sich zu Victor und stellte ihm eine Frage. Er bekam eine Antwort und beugte sich nach vorn, dicht an Ilonas Gesicht heran. Dabei hielt der Wichser sein Messer direkt unter sein Kinn, ungefähr so ...« Ich ahmte die Haltung nach, »mit der Messerspitze nach oben. Und dann ...«

Dann stieß Ilona ihren Kopf ruckartig nach vorn, direkt gegen seine Hand. Das Messer drang tief in die Kehle des Typen ein, und er rollte von ihr herunter und hielt sich den Hals. Sein Kumpel ließ Ilonas Handgelenke los, richtete sich überrascht auf und schlug dann mit aller Kraft auf sie ein. Victor hatte meine Anwesenheit vergessen, und richtete seine Knarre auf das Bett, während er versuchte zu verstehen, was gerade passiert war.

»Mit dem Mut der Verzweiflung rappelte ich mich auf und stürzte mich auf die Waffe. Wir kämpften, Schüsse lösten sich und Kugeln flogen in Richtung Bett. Ich hörte einen dumpfen Schlag und wusste, dass sein Kumpel getroffen worden war.«

»Ein super Treffer, eins a.«

Ich ignorierte Yves dürftige ironische Bemerkung. »Wir kämpften wie besessen, die Waffe wechselte einige Mal zwischen uns hin und her. Dann löste sich ein weiterer Schuss und Victor brach über mir zusammen. Ich schlug mit dem Kopf auf dem Boden auf und verlor das Bewusstsein. Als ich unter Victors Leiche wieder zu mir kam, war die Polizei schon da. Alle anderen waren tot. Und dann kamt ihr herein.«

»Das ist alles?«

Nein, natürlich nicht. Ich betrachtete die Beamten einen nach dem anderen. »Meinen Sie nicht, das reicht erst mal?« Wahrscheinlich war's ihnen nicht genug, aber mehr würden sie nicht bekommen.

Während mir Victor seine Waffe an den Kopf hielt, hatte er mir – in gebrochenem Französisch – gesagt, wonach er und seine Handlanger suchten. Ihm gehörte eine ganz spezielle Fluggesellschaft, die sich auf den Transport von illegaler Fracht spezialisiert hatte. *Ich arbeite sogar mit der CIA zusammen, transportiere gefangene Terroristen,* eröffnete er mir lachend, zwischen zwei Schlucken Wodka. Ende der Neunziger hatte er einen *Geschäftsfreund,* Leonid, einen Juden aus der Ukraine, der die israelische Staatsbürgerschaft angenommen hatte. Victor fand das extrem lustig. Zusammen verkauften sie Waffen an die Rebellen in Angola und Liberia, und die Rebellen vertickten ein paar davon an al-Qaida, im Tausch gegen Diamanten. Zu der Zeit wurden da unten solche Geschäfte immer mit kleinen kostbaren Steinchen bezahlt, mit Kriegsdiamanten, mit Blutdiamanten.

Vor sechs Jahren hatten sich Victor und Leonid in London getroffen, um ein Geschäft mit einem ihrer Handelspartner zum Abschluss zu bringen. Zur Feier des Tages ließen sie sich ein paar Mädchen kommen – Ilona und Yelena. Der Abend lief gut, aber am nächsten Morgen stellten sie fest, dass die Bezahlung von ihrer letzten Lieferung an die Afrikaner verschwunden war. Ungeschliffene Diamanten im Wert von fünf Millionen Dollar. Natürlich verdächtigen sie ihre kriminellen Geschäftspartner, und ihre Rache fiel entsprechend aus. Keiner der beiden hätte *diesen kleinen Nutten* einen solchen Raubzug zugetraut.

Und was die Frauen anging, die konnten warten.

Allerdings offenbar nicht lange genug.

Vor etwa einem Monat hatte sich Ilona mit Polaroids von den Steinen auf den Weg nach Antwerpen gemacht, um bei den dortigen Diamantenhändlern etwas über den Marktwert zu erfahren. Das sprach sich herum, und irgendwann war das Gerücht bei Leonid angekommen, der begann, Ilona zu überwachen. Schnell fand er heraus, dass Yelena ebenfalls in die Sache verwickelt war, und er hatte vor, ein paar seiner Leute nach Italien zu schicken, um ihr die Diamanten abzunehmen.

Yelena hatte, ohne es zu wissen, Leonids Plan durchkreuzt, als sie mir das Geschenk an Ilona mitgegeben hatte. Doch dann endete ihre Glückssträhne, und ich wäre fast draufgegangen. Schlampe. »Ich bin müde.«

»Sie werden sich bald ausruhen können.«

Einen Tag später ließen mich die Bullen gehen. Die Staatsanwaltschaft bat mich, noch einige Tage in Frankreich zu bleiben, da noch ein paar Dinge überprüft werden müssten, und dann teilte sie mir mit, dass der Fall wohl vor Gericht landen würde und ich zur Verhandlung wieder in Paris zu erscheinen hätte. Man ließ mich noch einmal kurz in Marcs Wohnung, um meine Sachen zu holen, vor allem das Jackett, das ich an jenem Abend getragen hatte. In der Innentasche steckte Ilonas Garderobenschein.

Und ich bin ein wirklich sehr, sehr geduldiger Typ.

Hervé Prudon
Rue de la Santé

Übersetzt von Karen Gerwig

Tagebuch

Paris ist eine volle Stadt. Jeden Morgen schaffe ich Platz: Es ist wie auf dem Land – letzter Tag im November – ein neuer, blauer Himmel entstand – nackter Himmel, man muss ihn entdecken – verstohlene Leere – gläserne Meere – wenn das Meer aus Eis besteht – und die Stadt muss sich verstecken – es ist wie in der Steppe – wenn die Zeit vergeht – der Wind nachlässt und das Leid verweht – wenn alles stehenbleibt – dort setzt man sich dann – und fängt zu malen an – und nichts vertreibt des Jenseits' Zärtlichkeit.

Ich gehe nicht aus, aber ich bin nicht der Einzige: Kokons, Sippen, Parteien, Zellen – familiäre oder andere – Gettos, Panzertüren, Doppelverglasung, Dreifachverriegelung, Vorhängeschlösser, Barrikaden, jeder harrt auf seinem Platz aus.

Keiner rührt sich. Wenn man von mir aus in die schicken Viertel möchte, muss man auf Bäume klettern, von Ast zu Ast wie ein Baron auf den Bäumen. Ich habe zu viel Höhenangst. Zu klaustrophobisch, um durch die Katakomben zu kriechen, bin ich auch. Also gehe ich am Asyl entlang, am Gefängnis, an den Klöstern und Krankenhäusern. Geschlossene Räume. Die sogenannten Hochsicherheitstrakte. Hochspannung. So ist es in der Rue de la Santé, vom einen bis zum anderen Ende. Die Gesundheitsstraße. Es ist die kränkste Straße von Paris.

Eisen

Das Wetter war schön Ende November und abnormal mild. In Nizza und Biarritz gingen die Leute baden. In manchen Pariser Vierteln lag jetzt bestimmt eine Urlaubsatmosphäre in der Luft, dieser spontane Duft, der einen mit Freude überflutet, sodass man plötzlich verliebt ist, glücklich glückselig vor einer Auslage oder hinter einem Hintern. Und in anderen Vierteln roch es gar nicht. Heute rauszugehen war keine gute Idee. Draußen war es stellenweise zu leer. Wahre schwarze Löcher aus Antimaterie. Anderswo malerische Überfülle. An manchen Tagen ist diese Stadt *borderline,* fast schon bipolar. Ich hatte kein Gramm Eisen im Blut und hätte wissen müssen, dass sich dieser Mangel auf die eine oder andere Art gefährlich umkehren würde. In den Krimis finden die Dämonen oder alten Kumpels den Typen, der seine Strafe abgesessen hat, trotzdem immer irgendwann, er taucht wieder ein, stürzt wieder ab, macht das Ding noch mal. Aber das sind Geschichten, wie ich schon sagte. In Wirklichkeit gibt es weniger Wirklichkeit; auf der Straße passiert weniger als im Kopf. Tote Dinge oder alte Vorstellungen zum Beispiel haben keine Grabstätten, hören aber nie auf, am Rand des Gehirns in schlecht gesicherten Bereichen vor sich hin zu rotten. Damit will ich sagen, es gibt sehr bedrohliche Tage, an denen bei mir nichts rund läuft, wo mir mein Leben vorkommt wie ein altes Tonband, unmöglich zurückzuspulen und unmöglich zu entschlüsseln, wegen der Hieroglyphen, des Bauchgrummelns, der veralteten Sonette, des postmodernen Kauderwelschs und des Intensitätsgrades der individuellen oder kollektiven Erinnerung. Ich brauchte einen Techniker, der die Finger in die aufgeweichte Festplatte meiner decomputerisierten Neuronen und in die viszerale Schmiere meiner geschälten Hirnrinde steckte, keinen Onkologen. Aber die Unwägbarkeiten des medizinischen Kalendariums waren schuld, dass ich hier und nicht dort einen Termin hatte und dass ich dazu verurteilt war, mir die Rue de la Santé in voller Länge zu geben. Für die einen ist es ein Isolationsgebiet, ein humanitärer Korridor, der gesellschaftliche Schutz, für andere ist es ein Todestrakt. Diese Straße zieht sich unter einer nicht enden wollenden hohen Mauer dahin, die aus Kalkstein wie ein durchlöcherter Schwamm besteht; es ist eine lebendig eingemauerte Straße. Dort gehe ich vom Schock in den Verfall über.

Gesundheit

»Man kann von den Gefühlen leben, Doktor, von der Müdigkeit lebt man nicht, man lebt unter ihr. Auf den Gefühlen surft man, ist fliegender Fisch, Boden-Luft-Rakete, aber die Müdigkeit, die torpediert, ertränkt einen.«

»Gehen Sie nach Hause, und legen Sie sich hin.«

»Mich hinlegen, auf wen, auf was?«

»Verabreden Sie sich mit Leuten.«

»Womit? Wo soll ich Ihrer Meinung nach hin? Mich ausgestopft in ein Schaufenster stellen? Mich zwischen zwei Kleiderständer auf eine beheizte Bistroterrasse setzen? Diese künstliche Stadt ist eine Fata Morgana und der reine Frust. Ich gehe niemals aus, Doktor, außer unter medizinischer Aufsicht, wenn Sie es mir verordnen. Draußen auf Straßenhöhe schließt man sich ein, schottet man sich ab, zieht Wände hoch. Wollen Sie wirklich, dass ich da runter auf die Straße gehe, auf diese Straße? In dem Zustand extremer Erschütterung und Verletzlichkeit, in den Sie mich versetzt haben? Diese Straße ist ein schwarzes Schwert, sie durchbohrt mich hinterrücks, sie reißt mir die Eingeweide heraus und den Kopf ab, es ist eine brutale, kranke und verrückte, gefährliche Straße. Haben Sie die Mauer gesehen?

Fünfzehn Meter hoch, hunderte Meter lang, nur Kalkstein, und jeder will raus durch die Mauer und Ihnen ins Gesicht springen. Hinter der klebrigen Mauer liegt ein Viertel voller Scheißbestien, ein menschlicher Zoo. Ein Indianerreservat, nur ohne Reservierung. Ein Konzentrationsuniversum. Das Hinterzimmer, der Ausschuss, die Restposten, die ganze Hässlichkeit der schönsten Stadt der Welt. Eine geheime Privatsammlung von allem, was schiefläuft. Das alles springt Ihnen durch die Mauern an die Gurgel. Ich bin nicht für die Gewalt ausgebildet, außerdem weiß ich noch nicht mal, zu welcher Seite ich gehöre. Die Rue de la Santé hat zwei Seiten, eine mit Mauern und eine mit Häusern. Zwei gegnerische Lager. Die einen haben fast alles und die anderen nichts mehr. Diese Straße gehört nicht zu Paris, und ich bezweifle, dass sie überhaupt jemals irgendwohin führt.«

Ich weiß nicht mehr, was er geantwortet hat. Bitte fahren Sie weiter, es gibt hier nichts zu sehen.

»Die Rue de la Santé ist eine Spalte, eine Kluft im exhibitionistischen System, die Negation der angeblichen Offenheit der Lichterstadt. Sie durchschneidet den Ostteil des 14. Arrondissements von Norden nach Süden, ein Wohnviertel nennen sie es, im Gegensatz zu einem Geschäftsviertel. Eigentlich ist es ein Viertel für gar nichts. Ein Nicht-Ort. Beim Monopoly existiert es nicht.«

»Sie leiden an einer fixen Idee.«

Diese Straße ist so fröhlich wie ein Auspuff. Sie beginnt am Val-de-Grâce (Militärkrankenhaus) und endet an der Kreuzung der Rue d'Alésia (Niederlage des gallischen Häuptlings Vercingetorix gegen den römischen General Julius Cäsar) mit der Rue de la Glacière, die Place Coluche getauft wurde (ein französischer Humorist, mit 42 Jahren bei einem Motorradunfall ums Leben gekommen und Gründer der Suppenküchen *Restos du Cœur*) und führt auf der Seite mit den geraden Hausnummern am Cochin (Zivilkranken-haus), an der Santé (Justizvollzugsanstalt, das einzige Ge-fängnis von Paris *intra muros)* und am Sainte-Anne (Psychi-atrie) vorbei. Die blinden Mauern dieser Einrichtungen, bis auf Weiteres dort abgestellt, stehen stummen Wohn-blöcken gegenüber, die man gern hässlich finden darf, vor allem hinter der Hochbahn am Boulevard Saint-Jaques in Richtung der Vorortviertel, wo die einfachen Sozialsiedlun-gen anfangen. Weiter oben, geschichtsträchtiger, zwischen Arago und Port-Royal, verbergen die Ordenshäuser und religiösen oder klösterlichen Einrichtungen hinter gesäu-berten Fassaden und Baumgruppen die Fortdauer ihrer er-erbten Reichtümer.

»Ich leide nicht an einer fixen Idee, Doktor, das Leben hat mich hier fixiert, ich muss das Zimmer hüten, am einen Ende der Straße; es hat mich gefesselt und geknebelt, und Sie stehen dort, am anderen Ende, einen Fuß in meinem Grab und den anderen bei den Glücklichen der Welt. Und ich muss mir in voller Länge diese eingesperrte Straße geben, aus deren Ringmauern das Elend und der Schmerz sickern. Nur Friedhofsmauern ähneln so den Mauern von Asylen und Gefängnissen. Man weiß nicht, wen diese Mauern trennen, die Lebenden und die Toten, die Normalen und die Abnormalen, die Ehrlichen und die Kriminellen, die Kran-ken und die Gesunden, die Tiere und die menschlichen We-sen ... Die einen und die anderen, sie trennen die einen von den anderen, das genügt. Es genügt, sich vorzustellen, dass das hinter den Mauern mehr ist als ein Zoo, es ist der Dschungel, Afrika, die Hölle und die Vorstadt des Lebens. Durch die Rue de la Santé geht niemand zu Fuß, und es gibt wenig Autoverkehr. Die Anwohner sind unsichtbar und durch ihre Anonymität geschützt. Ihre Kinder spielen nicht auf den Gehwegen. Niemand käme auf die Idee, dorthin zu ziehen, vor diese Mauern, außer vielleicht der Schriftsteller Samuel Beckett, der sich direkt gegenüber dem Gefängnis niederließ. Er sagte, er werde immer auf der Seite der Gefangenen stehen, aber die meisten Gefangenen hatten Samuel Beckett nicht gelesen, der auf der anderen Straßenseite wohnte, auf der anderen Seite der Mauer. Die Mauern sind so dicht wie die Wirklichkeit, aber auf beiden Seiten hat das Leben die Konsistenz eines Hirngespinstes. In der Rue de la Santé sieht man nichts, aber man kann Stimmen hören, Schimpfen und Schreie, Stöhnen, Rufe, wirre Reden, Auflehnung und Todeskämpfe. Man weiß es nicht genau. Es ist wie am Rand eines tiefen Waldes. Es ist wie ein *no man's land,* die mexikanische Grenze oder die Mauer von Berlin. Die guten Normalbürger kommen weder den Asylen zu nahe noch den Gefängnissen oder den Krankenhäusern. Sie wissen nichts von der Existenz der jahrhundertealten Ordenshäuser. Man weiß nicht, was für ein Leben dort praktiziert wird, welchen Lastern man sich hingibt, noch welche Überraschung einem dort bereitet wird. Das Leben hier ist nicht Paris, keine Caféterrassen, keine Boutiquen, keinerlei Flanieren bei Sonnenschein. Es ist ein Schattenleben. Die Seine-Ufer und die Champs-Élysées sind woanders, aber die Seine ist eine fade Soße, und die Champs-Élysées sind mit weichen Steinen gepflastert. Dort unter dem Triumphbogen trägt sich Frankreichs Geschichte vor. Paris ist eine Stadt voller Bombast, die sich verklärt, ohne jemanden zu erhellen, der gerupfte gallische Hahn verkleidet sich dort als phosphoreszierender Pfau. Die Geschichte der Menschen in Frankreich wird nicht mehr in Zeitungen oder Büchern geschrieben, sie ist irgendwann zwischen einst und künftig eingeschlafen, zwischen anderswo und weiter vorn, aber die Rue de la Santé ist der Boden, auf dem man aufschlägt, bevor man zurückschnellt: DeGaulle und Mitterrand wurden im Cochin behandelt, alle großen Kriminellen haben sich im Gefängnis aufgehalten, und in Saint-Anne heißen die Alleen Maupassant, Baudelaire oder Antonin-Artaud. Die Rue de la Santé ist ein schwarzes Messer, eine finstere Gasse, eine kalte Schneise, eine Kluft, ein Spalt, ein Schweigen und ein Luftzug. Jeder Luftpartikel ist ein Schrapnell, das sich in Ihr Hirn bohrt. Weit weg von den Menschenmengen ist der Passant, dem man hier begegnet, auf jeden Fall ein Entflohener, ein Überlebender, ein Verurteilter auf Bewährung, ein Knacki oder ein Abnormaler, womöglich ein Anachoret. Auf jeden Fall ein Fremder, kein Staatsbürger. Er kann kein Tourist, Angestellter oder Geschäftsmann sein. Ein Anwohner vielleicht, aber von welcher Seite? Er kann Sie nicht ignorieren, sein Blick kann nirgendwo hin, er möchte Sie umarmen oder kaltmachen. Er scheint Sie zu kennen oder wiederzuerkennen. Er hat Sie schon einmal in angenehmer Gesellschaft gesehen, als er in der Gummizelle war oder in der Arrestzelle oder auf dem Operationstisch, im Gebet oder im Leiden. Es ist nicht der Kulturschock, es ist die Kontinentaldrift. Dieser Typ da vor Ihnen ist ein Eisberg im dichten Nebel. Sie sind bereit zu kämpfen und zu sterben, denn hier passiert es, in der Rue de la Santé, endlich schlagen Sie sich einmal, nachdem Sie jahrelang in dieser verdammten Stadt in Schneckenform im Kreis gelaufen und weder Ihren Platz noch den Ausgang gefunden haben.«

Camus

»Heute ist Mama gestorben. Vielleicht auch gestern, ich weiß es nicht.« Ich weiß heute, dass sie gestorben ist. Gestern wusste ich es vielleicht nicht. Wen interessiert das? Gestern, heute, tot oder nicht, sie oder ich? Gestern Abend habe ich zum Einschlafen *L'Étranger* von Camus noch einmal gelesen. Ergebnis: Ich habe gar nicht geschlafen. Ich habe geträumt, ein Hund, der überall rein durfte, zöge mich am Ärmel durch die Armenviertel, die man sich heute gar nicht mehr vorstellen kann, durch die Versenkung der vergehenden Zeit, ganz unten, von wo man nicht mehr raufkommt, weil der gesellschaftliche Aufzug außer Betrieb ist und angesichts der internationalen Konkurrenz, ich war in einer Knastzelle von neun Quadratmetern mit zwei anderen Insassen, ich lag auf einem Krankenhausbett neben einem Leberkrebs, ich saß wie ein übermedikamentierter Zombie in der Cafeteria des Sainte-Anne, und der Hund sagte, ich solle mich beeilen, wir müssten noch in die Katakomben und auf den Friedhof Montparnasse. Irgendwann hat mich der Hund in Ruhe gelassen, aber ich habe angefangen, über unseren Termin nachzudenken. Eigentlich hätte ich das nicht tun sollen, denn ich überlasse Ihnen die ganze Verantwortung, Sie lassen mich herkommen, um mich dann ohne alles wieder wegzuschicken. Besser gar nicht herkommen und nicht daran denken. Ich habe in letzter Minute um halb zehn das Haus verlassen, um nach der Post zu sehen. Da war dieser Brief vom Gerichtsvollzieher wegen meiner unbezahlten Miete und meiner Kündigung. Mein Vater ist ohne alles gestorben und meine Mutter noch schlimmer, sie war ganz allein und hatte sogar den Kopf verloren. Paris war für sie tabu wegen ihres Blutdrucks und der zu hohen Mieten. Für sie war Paris kein Leben. Für mich gab es nichts anderes. Ich hatte schon in den 1960ern die ganze Vorstadt mit Napalm niedergebrannt, wie man mit Kobalt den Krebs loswerden kann.

Obergeneral der Mittelschicht
Als Kind hatte ich von den Champs-Élysées geträumt, von den Seineufern und vom Quartier Latin. Ich wohnte dreißig

Kilometer von Paris entfernt in einer Sozialwohnung. Mein Vater war Obergeneral der Mittelschicht und Vertreter der französischen Provinz. Das heißt, er existierte nicht. Er kam am Abend mit dem Fahrrad vom Bahnhof nach Hause und defilierte auf dem Parkplatz vor den Autos der Nachbarn und den Fenstern der Nachbarinnen. Natürlich hatte er Schlachtpläne und Seekarten in den Taschen, aber er hatte nicht vor, sie vor seiner Familie auszubreiten, die Hausaufgaben machen oder das Abendessen vorbereiten musste. In den 1950er bis 1960er Jahren konnte der Sohn eines bescheidenen Angestellten aus der südlichen Vorstadt noch eine Berufslaufbahn als Lehrer in Paris anstreben. Paris war eine einnehmbare Festung. Eine Art Zielscheibe, die man treffen konnte. Für mich war es ein guter Ort, an dem ein junger Mann mit französischer Kultur die unerschütterliche Illusion hegen konnte, im Mittelpunkt der Welt zu leben. Aber es war keine Zielscheibe aus konzentrischen Kreisen, sondern eher eine Spirale, deren Mittelpunkt einem ständig entwischt. Je pariserischer ich war, desto fremder war ich. Ein Einwanderer. Ich gestand mir nicht einmal das Wahlrecht zu und auch keine Arbeitserlaubnis. Ich nistete mich, ohne Miete zu zahlen, in Wohnungen ein, bis ich hinausgeworfen wurde. Ich schaffte es immer, mich in der Stadt aufzulösen, für die Masse ähnelte ich einer Alge. Ich habe vom Schreiben und Lügen gelebt, das heißt: von nichts. Meistens untergetaucht, nebelhaft, aber mit der Technik des fliegenden Fisches hatte ich Geistesblitze von solch brillanter Klarheit, dass ich sagen kann, ich habe trotzdem gelebt. Zumindest kommt es mir so vor.

Verelendung

In den 1970er Jahren kam es mir vor, als bildete ich, als ich in Paris auftauchte, das Schicksal der gesamten Menschheit nach, ich war wie dieser Fisch mit Beinen, der aus dem Meer kommt und in ein paar Millionen Jahren zum Affen wird, dann zum Menschen, ich befand mich auf festem Land, im gelobten Land. Ich kam aus der südlichen Vorstadt, ohne zu wissen, dass ich diese nicht greifbare, unendliche, schlammige Sterbeanstalt gegen die Wirtschaftsflaute und die Gewalt der Arbeitslosigkeit, der Hoffnungslosigkeit und der Abgestumpftheit eintauschte. Ich stieg an der Porte d'Orléans aus und bin dort hängengeblieben, ohne die Seine jemals wirklich zu überqueren, ich blieb in der Ecke Denfert, Montparnasse, Port-Royal. Die Leute aus dem Vierzehnten waren zumindest damals eher eine wohlhabende Mittelklasse und noch kein Haufen Jammerlappen auf dem Weg in die Verelendung. Aber ich wollte nicht wohlhabend sein. Ich wollte Verlaine oder François Villon sein. Verlaine hat sein Leben dort beendet, im Viertel der Krankenhäuser, wechselte von einer Absteige in ein Hospiz, aus den Armen von Eugénie Krantz und Philomène Boudin, zweier stadtbekannter Prostituierten, in die weniger zärtlichen der Schwestern mit Flügelhaube.

Speiseröhre

Am Ende bin ich im Hôpital Cochin gelandet. Nicht ganz am Ende. Aber auch nicht auf der Durchreise. Ich habe dort angehalten. Der Achard-Bau ist ein großes blaues Ding, das einen echt deprimieren kann, aber im neunten Stock hat man ganz Paris unter sich, das bei Nacht wie das funkelnde Meer aussieht. Ich war zum Schatten eines Kolkraben geworden und hatte ein totes, verrottetes Ei in der Speiseröhre. Ein Leibwächter wich mir nicht von der Seite. Er war eine Art Giraffe oder Kran, von dem ein Kropf baumelte, ein Schlauch, ein schwerer Kanister Chemotherapie. Auf den Knien hatte ich außerdem eine Spritzenpumpe und in der

Brust eine Transmissionskapsel zwischen einer Vene und den Schläuchen, durch die die Chemikalien flossen. Jeden Morgen holte mich ein Sanitäter ab, brachte mich zu einem Krankenwagen und fuhr mich durch die Stadt Richtung Place Gambetta. In einer Science-Fiction-Kulisse ließ ich mich dann bei Musik von Keith Jarrett von Strahlen beschießen. In dem großen Wartesaal, wo sich Horden von verängstigten Armen geduldeten, rauchte ich Craven As und wartete auf die Sanitäter. Ich dachte nicht mehr daran, große Mengen Alkohol zu trinken, ich war viel ruhiger. Ich hatte keine Lust, mich hinauszustehlen und in ein Bistro zu setzen oder Mädchen anzumachen. Ich hatte alles, was ich brauchte, denn auf der einen Seite konnte ich mein Leben als etwas Reales sehen und nicht als Hirngespinst, auf der anderen Seite bekam es die Pflege aller Menschen um mich herum, und das gab ihm eine gewisse verstärkte Beständigkeit. In meinem Leben war ich nackt, aber dieses Leben war ein Luftkissen. Das Gewicht, das ich verloren hatte, war das Gewicht meiner Schuld, das schlechte Fett. Ich fühlte mich unendlich erleichtert, verziehen. Natürlich hatte ich unrecht, aber während ich im Krankenhaus war oder auch nur im Krankenwagen und mir die Scherze der Sanitäter anhörte, war ich unantastbar und von einer bewundernswerten Hellsichtigkeit, die aber nur auf einer Seite der Mauer Relevanz hatte, neun Stockwerke über dem Leben der Leute.

Verehrung

Ich überragte die Rue de la Santé, über die ich, glaube ich, das Wichtigste gesagt habe, und den quadratischen Hof eines kleinen Ursulinenklosters. Morgens um zehn ging das Fenster des Wohnblocks auf, und eine Frau erschien darin mit lächelnder Majestät, und die souveräne Erinnerung ihres Lächelns begleitete mich den ganzen Tag durch die Zeiten des Gehorsams im Krankenhaus, in dessen langsamem und zurückgezogenem Leben ich die heimliche Ungeduld der Kinderzeit wiederfand, als zwischen zwei Weihnachten ein Jahrhundert lag und zwischen zwei Küssen zweihunderttausend wilde Herzschläge.

»Sie lächelt nicht, sie schneidet Grimassen«, sagte mein Zimmernachbar, ein Typ, der in seinem Unglück wirklich gemein und dessen Gesellschaft eine breite Grimasse hinter meinem Rücken war.

Ich wusste, dass da unten, draußen, hinabgestürzt von meinem Beobachtungsplatz und aus dem Asyl-Intermezzo verjagt, alles schnell, sehr schnell gehen würde zwischen zwei tödlichen Unfällen, von Spätfolgen zu Metastasen und von persönlichem Scheitern zur weltweiten Katastrophe, alles würde unaufhaltsam kaputtgehen, vom Täglichen hin zum von Ewigkeit zu Ewigkeit, und ohne ein Ritual, das den Moment krönt, noch jemals wieder Trunkenheit, die ihn auf eine höhere Stufe hebt, wird keine Überraschung mehr die Erschöpfung des Lebens erschüttern, wenn die Erinnerung an den Trost ausgelöscht wurde, den ich gefunden hatte, nicht bei dieser Ursulinenschwester, die ich nicht besonders gut und mit von der Chemo versauten Augen nur von sehr weit weg sehen konnte, sondern in dem staunenden Glauben, dass ich wenigstens einmal in meinem Leben durch die Leere hätte gehen können, zwischen Himmel und Erde, um mit nackten Füßen, im Pyjama, leicht und auf dem unsichtbaren Drahtseil meines Verlangens zu ihr zu gelangen, und auch dann noch, wenn ihre Arme sich nicht mehr öffnen wollen und mein verstorbenes Verlangen ausleiert und baumelt, bezwungen von den Medikamenten und anderen Dingen meiner geistigen Verfassung, das alles wohlgemerkt vor meiner Erweiterung der Krebsstation.

Aber wen lächelt sie zwölf Monate im Jahr den ganzen lieben langen Tag zwischen den vier Mauern und den Arkaden ihres kleinen Klosters an? Ist sie für immer im Kloster eingesperrt? War sie wirklich so, wie ich sie an der Mauer dargestellt gesehen habe, im Rahmen ihres Fensters, Ava Gardner und die Mona Lisa, und wenn nicht, wer dann?

»Eine Nutte«, sagte mein Zimmernachbar, »sie macht mit ihrem Lächeln einen Mund-Striptease für dich.«

Es stimmt, sie hatte mich mit ihrem Lächeln verdammt noch mal angesteckt. Es genügte, an sie zu denken, lichtbekränzt, die Brust angehoben und die Arme weit ausgebreitet in ihrer einladenden Geste für den glorreichen Tag, und das Lächeln breitete sich auf meinem ganzen strahlenden Gesicht aus, zog sich ewig zwischen meinen Lippen in die Länge wie ein Seufzen äußerster Glückseligkeit. Meinen Zimmernachbarn, den galligen Paranoiker mit bipolaren Zügen, machte das nervös, weil ich unaufhörlich an sie dachte: neckisch und deshalb großzügig mit ihrem Lächeln. Er konnte die Vorstellung nicht leiden, dass ich hinter seinem Rücken lächelte.

Neulich, als ich eine Zeit lang auch nervös war, hatte ich den Eindruck, die Zeit, die tatenlos verstreicht, sei das Blut, das man verliert, Blut, das einen verlässt. Dort war es, mein Blut: in den Adern dieser kleinen Nonne. Klein oder groß, ich weiß es nicht. Dort war es, das Leben. Hinter den Mauern. Zwischen vier Mauern und in einem Bett, in dem Gespräch, das sie mit der Welt führt an der Kreuzung des Morgens und der Ewigkeit, auf gewisse Weise machte sie aus dem Klosterhof in der Rue de la Santé Charles de Foucaulds Sahara und betete dort, ohne etwas zu sagen und ohne Zeit zu verlieren. Meine eigene Zeit, ob ich Lebenszeit hatte oder nicht, wurde von anderen Leuten verbraucht, bedacht, praktisch verwendet. Praktisch hatte mich das Leben enttäuscht, na ja, vor allem meines. Ich hatte es nie richtig geschafft zu leben, aber wenn Sie es versucht haben, wissen Sie ja selbst, dass das nicht einfach ist, aber ich begann, im Atem des sensiblen, unsichtbaren und kurz gesagt diskreten Universums (weitgehend unbekannt, wie dieses Gebiet in Patusan, wo sich Lord Jim sein Schicksal aufgebaut hat) etwas Lebendigeres zu hören als das Leben, das Radarecho einer unendlich weichen Materie, die mich eine Weile aufnehmen konnte. Die Dinge und die Menschen, die man verstohlen betrachtet – wir stehlen ihnen etwas, wie es der Wortstamm schon sagt, wahrscheinlich einen Teil ihres Bildes, als wären wir Überwachungskameras, aber warum nicht Fürsorgekameras? Wir vertrauen darauf, dass sie uns leiten, mit uns spazieren gehen, sie verkörpern uns, als würde diese verdammte Metempsychose nicht auf unseren Tod warten. Man wird der Hund auf der Straße, der Baum in Erwartung der Blätter, das brüllende Baby in seinem Kinderwagen und die Nonne in ihrem Zimmer, die Sie wahrscheinlich nicht sehen kann, die aber bestimmt für Ihr Seelenheil betet.

Jeden Morgen fand ich mein Seelenheil, sie lächelte, das alles vermischte sich und blieb in der Luft hängen.

Die ersten Tage am Fenster waren leidenschaftlich sexuell, ich lag auf der Lauer, fieberhaft und räuberisch, großzügiger Samenspender, aber mit der Gewohnheit und der Trägheit und einem Haufen schmerzlindernder Chemie wurde es zu etwas anderem: ein leises Lied murmeln, ganz behutsam vorgehen, eine Meise zähmen, die Nachtschwestern in Ruhe lassen, ein kleines bisschen von sich geben, Stückchen um Stückchen, Tag um Tag; ich habe meine ganze Hoffnung zu der Nonne hinüber verlagert, habe mein Nest in ihren Blumentöpfen gebaut und meinen Glauben in ihren Katechismus verlegt, während sich mein Zimmernachbar in der Gemeinschaftsdusche die Kehle durchschnitt.

Ich dürfte unsere Gespräche nicht vermissen, nicht weil er mich Hippie oder Schwester Sentimental nannte, sondern weil ich nichts verstand. Eines Tages schrieb er den ersten Entwurf seiner Aussage nieder, bevor er das Wort an mich richtete:

»Außer zu sehen, was nie gesehen wurde, unmöglich zu wissen, unvorstellbar an dem Tag, wo man andere Worte sagen müsste als die immer gleichen, also die heute unsinnigen und morgen audiovisuell überholten ohne Drucker, weiß ich auch nicht, was ich auf Französisch in dem Text sagen soll, Hippie.«

»Nein«, sagte ich, »man weiß wirklich oft nicht, was man sagen soll.«

»Man sagt auch oft nicht, was man weiß, denn das, was man weiß, ist auf Französisch im Text unaussprechlich, nicht wahr? Schopenhauer kann sagen, dass die wahre Existenz des Menschen ist, was in seinem Inneren geschieht, und dass im selben Umfeld jeder in einer anderen Welt lebt, wir liegen immerhin im selben Zimmer, was? Also tu mir einen Gefallen und hör auf zu lächeln. Du wirst auch noch dran glauben müssen.«

»Swami Prajnanpad behauptet, man muss zu allem Ja sagen und dass es, wenn man etwas freiwillig akzeptiert, kein Leiden gibt und die Angst aus unserem Leben verbannt werden muss.«

»Wenn ich im Berufsleben nicht eine schizophrene Gesprächsgruppe leiten würde, hätte ich den Eindruck, ich rede mit einer autistischen Scheißhauswand voller Graffiti aus widerlichem, süßlichem Scheißegestank. Du hast das ganze verdammte Zimmer mit Lächeln vollgepflastert, was gefällt dir hier?«

»Ich.«

»Du erinnerst mich an diese beschissene junge Mutter, die ihr Baby erstickt und in einen Teich geworfen hat. Am selben Abend lächelte sie in die Fernsehkameras und behauptete, man hätte ihr das Balg gestohlen. Warum lächelte sie, hä? Warum lächelst du auch noch? Hau ab, verschwinde von hier, Arschloch, Schwanzkopf.«

Affenfisch

Na ja, er ist tot, so ist das Leben. Alles wäre also gut gelaufen im Krankenhaus, wenn sie mich in ihren Hallen behalten hätten; sie hatten sogar meinen Schwanz konfisziert, damit ich mich nicht verletze, sodass meine konjunkturelle Impotenz perfekt mit der gelobten Keuschheit meiner Ursulinenschwester von gegenüber ineinandergriff. Ich hatte immer mehr das Gefühl, in mir selbst zu sitzen wie ein Stein im Sand. Ich hatte nichts mehr zu tun. Ich war geboren, um dort zu sein. Ich war legitim wie Verlaine.

Dann haben sie mir einen Türken als Nachbarn aufs Auge gedrückt. Vielleicht auch einen Kurden. Er war kein Poet. Ich verstand nichts von dem, was er sagte, aber wenn er schwieg, sah er tot aus.

Und als er starb, ähnelte sein Lächeln mir. Ich fragte mich, warum dieser Türke oder Kurde zum Sterben nach Paris ins 14. Arrondissement gekommen war.

Ich habe Ihnen schon vom Fisch mit Beinen erzählt, der Affe wurde und dann Mensch, aber ich habe Ihnen nichts von seiner Bestürzung erzählt, als er in seiner großen Intelligenz verstanden hat, dass das feste oder gelobte Land nicht der Mittelpunkt der Welt war. Der Mittelpunkt der Welt hatte sich in der Zwischenzeit verlagert. Er war jetzt unter Wasser oder chinesisch oder irgendwo in der Vorstadt der Welt, in der Anonymität der vergessenen Leben, der winzigen, der ahnungslosen Leben, ein normalsterblicher Einzeller. Also konnte der Affenfisch nur noch ins Meer zurückkehren, den Strömungen ausgeliefert, aber er konnte im Wasser weder schwimmen noch atmen. Und so findet man ihn jetzt im Watt, auf diesem Streifen nassen Sandes zwischen Strand und Wasser, er spricht mit den Muscheln und hört Apollinaire: »Und die einzelne Saite der Marientrompeten ...« Er schreitet dahin, ohne zu wissen, ob es Zeit ist, nass zu werden oder zu trocknen.

»Wollen Sie mich sicher nicht hierbehalten, Doktor, haben Sie mich mal angeschaut?«

»Ich bin Gastroenterologe, kein Psychiater. Ich sehe, dass Sie depressiv sind, aber hier sind auch noch andere, und die Betten werden knapp. Ihr Darm sieht nicht schlecht aus, Ihr Magen hat endgültig seinen Platz im Mediastinum gefunden, und abgesehen von Ihrem Anämieproblem sind Sie vollkommen gesund. Ich möchte Sie hier nicht mehr sehen, gehen Sie nächstes Mal zu Ihrem Hausarzt. Sie wurden vor zehn Jahren operiert, das ist eine alte Geschichte und Sie kommen immer noch hierher. Wohnen Sie in der Nähe? Kommen Sie aus der Nachbarschaft? Haben Sie sich gegenüber in einer Pension eingemietet?«

»Gegenüber ist ein Kloster. Und die nächsten Nachbarn sind die Knackis und die Geisteskranken. Ich wohne weiter weg, in einem neuen Viertel, in dem die Mittelklasse verkehrt. Ich fühle mich wie mein Vater, aber der hatte keine Schulden, er zahlte seine Miete.«

»Gut. Was machte Ihr Vater?«

»Fahrrad fahren, morgens und abends, zum Bahnhof und wieder zurück, aber ich gehe zu Fuß nach Hause.«

»Geraten Sie nicht in die Demo mit Ihrem Schwanzkopf und Ihren schwachen Beinen. Die Feuerwehr gegen die Spezialkräfte, das gibt Ärger. Und rufen Sie mich heute Abend wegen der Biopsieergebnisse an.«

Abschied

Ich bin wieder in mein Zimmer hinaufgegangen. Es roch nach nichts mehr. Der Vollidiot, der sich zehn Jahre vorher die Kehle durchgeschnitten hatte, war da, wiedergekommen, wieder zusammengenäht, bettlägerig, schlecht beieinander. Er wollte mein Mitleid nicht, ohne mich überhaupt wiedererkannt zu haben. Ich ging zum Fenster, um einen Blick auf das Kloster zu werfen. Die Ursulinenschwestern drehten ihre Runden auf dem Hof, verschleiert, ich wusste nicht, welche meine war. Sie gingen nicht aus, oder nur selten. Ein bisschen wie ich. Wir waren nicht dazu bestimmt, uns zu begegnen. Auf der anderen Seite, über den Dächern, konnte man den Eiffelturm sehen, als wäre er eine Neuheit.

Genozid

Als ich erst einmal draußen war, habe ich einen Rückzieher gemacht. Ich überquerte den Boulevard und setzte mich in einen Garten des Observatoriums. Von dort aus konnte ich Sacré-Cœur sehen, aber zwischen der Anhöhe von Montmartre und diesem Ende von Montparnasse liegt ganz Paris, es sah im Nebel nicht nach viel aus. Und ich hatte damals dieser verdammten Stadt ein zweites Arschloch reißen wollen. Es waren nur Mauern, Häuser, und hinter den Mauern der Häuser Köpfe und in jedem dieser Köpfe wieder Mauern, Puppenhäuser, Masken, Affenträume.

Ich nahm es mir übel, dass es mir nicht gut ging. Ich hatte Angst vor einem Rückfall gehabt, und mein Körper war zu einem unzurechnungsfähigen Mechanismus geworden.

Ich sage mir ewige Worte ohne jegliche Konsistenz vor, der schöne Tag, der nackte Himmel, die durchsichtig blaue

Haut der Leere, das Zittern der Luft, die Grenze der Abwesenheit, die Rue de la Santé, die Straße der Gesundheit, die Gesundheit der Straße. Dann ist also alles in allem? Aber ich bin in nichts. Sich noch mehr abstrahieren, sich subtrahieren, im Gegensinn denken, allein, Tao denken, Spatz und Tao, nicht handeln, sich nicht mehr bewegen, bis zum Faktentest.

So gab es die erste Leiche. Ich habe mich sagen hören: Er ist tot, so ist das Leben. Es gab keinerlei Grenze zwischen ihm und mir. Ich hatte das alles schon über einen geliebten Menschen gedacht, oder vielleicht auch nicht, oder über ein geflügeltes Wesen oder ein kriechendes oder über ein unbeseeltes Objekt. Eine Küchenmaschine? Wahrscheinlich NF, Französische Norm, ich war immer den französischen Normen treu, bis in meine Fantasien.

Ich bin ein Mann von Qualität, habe ich laut gesagt, von französischer Qualität, eine Schöpfung heimischer Handwerkskunst. Kein Luxusprodukt, aber auch kein Schund aus dem Supermarkt. Ich bin eine kulturelle Besonderheit französischer Art, nur dass an mir nichts besonders ist. Mittelmaß, wie es sich gehört. Mir scheint, der Leichnam sitzt auf der Bank, und ich sitze auf meinem Hintern. Ich habe keinen anderen Glaubenssitz als meine eigene Grundfeste, die übrigens seit meiner Krankheit nicht mehr so fest ist, aber von dieser Grundlage aus spreche ich, nicht wahr, mit den Mauern, mit den Toten.

Ich wälze Gedanken, meine Beine sind eingeschlafen, es kribbelt wie Ameisen. Vielleicht wälzen auch die Ameisen meine Gedanken. Sie denken auf Deutsch, strategisch, sie halten mich aufrecht, unbeirrt, wie Bismarck. Aber ich werde mich auf Französisch empfehlen, wie der unsichtbare Mann. Ich kann noch so sehr strategisch denken, ich handle trotzdem wie ein Vagabund. Ich vagabundiere auf der Stelle. Ich habe diesen Leichnam im Arm, man kann sich dem nur schwer entziehen. Es ist ein junger Mann, ich finde ihn rührend. Was muss ich tun? Rettungsmaßnahmen einleiten? Rette sich, wer kann. Auf Hilfe warten, auf eine gewisse Erleuchtung, nach der ich dieses Kapitel abschließen und die Wohltaten der Widerstandsfähigkeit genießen könnte? Diese Stadt ist tot und von Kadavern bevölkert. Sogar die Blätter der Kastanienbäume sind dürr. Der Wind grollt den großen Bäumen, und der Regen verhungert auf der Wasseroberfläche der Fontaine des Quatre-Parties-du-Monde. Ein Blatt fällt mir auf die Nase: weich und nass, tot. Eine echte Nacktschnecke, die mir aus der Nase kriecht. Ich bin im Großen und Ganzen gleich bestürzt abgestumpft wie an dem Tag, als ich vom großen Wettbewerb der floralen Poesie ausgeschlossen wurde, weil ich mir vor der offiziellen Jury in die Hose geschissen hatte. Jetzt, im Lichterregen, bedaure ich mich, weil ich neben mir auf der abgenutzten Bank einen jungen Mann sehe, dem man mit der Machete Kopf und Schultern abgetrennt hat und der mir noch vor fünf Minuten lächelnd und mit untadeligem Gebiss seine gut durchdachten Ambitionen mitgeteilt hat, hier zu leben, im gastfreundlichen Frankreich, ein junger Ruander, fast frankophon und freundlich, der, soweit ich sein verdammtes Kauderwelsch verstehen konnte, in der Cité Universitaire wohnte und sein Studium in Paris abbrechen wollte. Er hatte ein Mädchen kennengelernt, das ihm gefiel, mit seiner Kultur und seinem Stand, und das genügte ihm, um anzufangen, sich zu integrieren, und während er wartete, hatte er einen Job als Dolmetscher auf den Bâteaux-Mouches. »Worauf wartest du?«, habe ich ihn gefragt. »Dass du alt wirst?« Er hatte *L'Étranger* von Camus in der Tasche, der Idiot. Das ist witzig. Wenn man *L'Étranger* liest, hält man sich immer für Meursault, den, der tötet, den, der denkt, und nie für den Araber, der stirbt wie ein Idiot. Wäre ich der Obergeneral der französischen Provinz, ich wäre nicht stolz auf mich. Ein Typ bittet ihn um eine Zigarette, der Kerl ist Nichtraucher, der Typ bleibt hartnäckig, geht weg, kommt mit einer Machete wieder und hackt den Kerl in Stücke. *No comprendo.* Ich hatte die Gefahr nicht kommen sehen, noch gespürt, wie der gegnerische Angriff die Maginot-Linie umging. Aber man hat schließlich keine Augen im Rücken.

»Auf dem Rücken hat man Flügel, meinst du nicht?«

»Doch«, hat sie gesagt.

»Spielst du immer noch in miesen Filmen mit?«

»Ich schreibe Bücher«, sagt sie. »Ich bin die neue Virginia Woolf.«

Ich dürfte nicht hier sein im La Closerie des Lilas, nur ein paar Schritte vom Cochin und vom Observatorium entfernt. In diese Brasserie kamen früher berühmte Schriftsteller, dann ihre Geister, schließlich Schilder auf den Tischen, *in memoriam,* und zum Schluss dicke Männer, die Zigarre rauchen und skeletthafte Frauen, die husten.

Die mir gegenübersitzt habe ich das letzte Mal vor zwanzig Jahren gesehen, und der miese Film war ein Ausschnitt aus meinem Leben, kein cineastisches Meisterwerk.

Ich sollte nach Hause gehen, mit geschlossenen Augen durch die Rue de la Santé, und mich daheim einschließen. Beim letzten Mal hatte ich es geschafft, sie mit Pariser Klatsch zum Lachen zu bringen, diese Nutte mit den roten Haaren und der Leopardenstrumpfhose. Vielleicht hatte ich sie neugierig gemacht, vielleicht auch nicht. Sie war geil auf mich, mehr gibt es nicht zu sagen. Ich hatte eine wilde Bestie zwischen den Beinen, einen ausgehungerten Tiger. Sie sah damals aus wie eine elegante Vogelscheuche und jetzt wie eine epileptische Mumie. Ständig rauchte sie kleine, stinkende Zigarren und lachte laut, aber weder fröhlich noch aus einem Grund, abgesehen von mir. Sie trank große Mengen Bier. Vor zehn oder zwanzig Jahren, das letzte Mal, war sie schon eine ehemalige Tänzerin oder ein ehemaliges Model, außerdem eine ehemalige Amerikanerin. Sie hatte schon in einigen Bereichen ein ziemliches Dienstalter. Französisch sprach sie schlecht, und sie hörte nicht zu, was ich sagte. Sie wollte sich nicht einfach irgendwas anhören. Lebte eilig und hatte es in dem Moment noch eiliger, sie war wirklich unter Zeitdruck, frenetisch, nur nicht mit mir. Es war, als hätte sie zehn oder zwanzig Jahre lang ihre Batterie aufgeladen und als hätte ich sie geleert. Ich hatte überhaupt keine Lust, ihr gegenüberzusitzen. Hätte ich mir eine Gesellschaftsdame aussuchen können, ich hätte lieber eine Tote gewählt oder eine mit Alzheimer, eine verrückte kleine Rebellin, harmlos, zögerlich, unsicher, verwirrt, mit Gesten und Zärtlichkeiten aus einer anderen Epoche. Ich war nicht unglücklich darüber, dass ich meinen Schwanz an der Garderobe gelassen hatte. Ich hatte nichts unter dem Tisch, das mich womöglich wieder in Schwierigkeiten bringen könnte; unter dem Tisch lagen nur Zigarettenstummel, die bestimmt niemand wieder hätte anzünden wollen.

Ich hatte die Füße an einen verbotenen Ort gesetzt, auf die andere Seite des Boulevards. Binnen hundert Metern war ich vom 5. ins 6. Arrondissement gewechselt, während ich in dieser Nacht geträumt hatte, dass ich zur Mittelschicht gehörte, Sie wissen schon, die, von der man sagen könnte, sie sei nicht mehr und nicht weniger. In diesem Traum ging ich also, ohne mich aufzuspielen, mit meinem Hund, einem Geisterhund, spazieren, und der Hund fängt an, an der Leine zu ziehen, er durchquert das Sainte-Anne von der Rue d'Alésia zur Hochbahn, dann kratzt er an der kleinen Metalltür des Gefängnisses und geht die Krankheit im Gewühl der Notaufnahme des Cochin erschnüffeln, als suchte er etwas oder jemanden. Überhaupt nicht. Er will mich nur loswerden bei den Verrückten, den Knackis und den Todgeweihten. Er schleppt mich eine Runde durch die Drehtür des Closerie des Lilas, zerrt mich bis zu einer Dame mit roten Haaren und Leopardenstrumpfhose, und dann geht er durch dieselbe Drehtür wieder hinaus und lässt mich auf der Rue Campagne-Première herumirren, einer Straße, der Godard eine Rolle in *À bout de souffle* gegeben hat. Er beißt den Löwen von der Place Denfert in den Hintern, stürzt sich in die Katakomben, und als er fertig ist, hebt er, um mich vollends fertig zu machen, an mir das Bein. Ich wache vollgepinkelt, klebrig, schwitzend bei einer Wärme und einem Geruch auf, die einem den Magen umdrehen, das Herz brechen und die Tränen wie Pisse und klebrig in Strömen fließen lassen, es ist der Geruch der Chemo, die Sie einbalsamiert und lebendig schändet, ich liege auf einem Bett in einem weißen Zimmer, und der Hund ist nicht mehr da, er stöbert wahrscheinlich auf dem Friedhof Montparnasse hinter den hohen, grauen Mauern auf der Suche nach einem gekauften Grab herum. Das ist die Art von polytraumatisierenden Träumen, die ich ertragen muss. Aber das Schlimmste kommt noch: Ein Quacksalber nennt mich einen Usurpator und wirft mich aus dem Zimmer. »Gehen Sie sich das Leben in Paris anschauen!«

Na klar. Alle Welt ist mehr Paris als ich. Die ganze Welt ist Paris. Die chinesische Fabrikarbeiterin, die im hintersten Shanxi kleine Eiffeltürme herstellt, und der illegale Malier, der sie auf dem Bürgersteig am Quai Branly verkauft, der Exeget von Albert Camus und Jaques Derrida und die »French-Can-Can«-Tänzerin, die irgendwo bei Hamburg das Bein hebt. Nichts ist mehr Paris als die Mona Lisa und doch ist sie Italienerin, diese Mona Lisa. Mein Parisertum ist keinen Pfifferling wert. Seit zehn Jahren habe ich das 14. Arrondissement nicht verlassen, das einzige am linken Seine-Ufer, durch das die Seine nicht fließt.

»Du bist albern«, sagt die Schriftstellerin.

»Ich bin ein Fremder. Ich werde nie nach Hause zurückkehren. Abgesehen davon habe ich einen Zwangsräumungsbescheid bekommen.«

»Also lädst du mich nicht ein?«

»Das ist es nicht wert. Ich bin es nicht wert. Wir sind nichts wert.«

»Verpiss dich, Arschloch, Schwanzkopf, verschwinde von hier.«

Mit Anstand abtreten

Habe noch einmal Folgendes in *Lord Jim* in der Buchhandlung an der Ecke gelesen: »Wir sind hier alle nur geduldet und müssen uns im Licht der Kreuzfeuer den Weg suchen, auf jede wertvolle Minute und jeden unabänderlichen Schritt achtgeben, darauf vertrauen, dass wir es schaffen, am Ende mit Anstand hier rauszugehen – aber so sicher sind wir uns da nicht – und haben verdammt wenig Hilfe von denen zu erwarten, mit denen wir links und rechts in Berührung kommen.« Weniger Mut als Gleichgültigkeit.

»Betrifft mich das alles wirklich?«

»Wie bitte?«, fragt der Buchhändler.

»Ich, der Gerichtsvollzieher, die Biopsie. Wozu eigentlich? Meine Mutter hatte, als sie gestorben ist, den Kopf verloren, aber hätte sie ihn noch gehabt, was hätte ich mit ihrem Kopf gemacht? Und meine Kinder, was interessieren die eine Biopsie, der Gerichtsvollzieher und ich? Die Öffnung Chinas für den Markt führt in seinen Provinzen zum größten Exodus der Geschichte der Menschheit, die jungen Inderinnen arbeiten bei einem Gehalt von fünfzehn Euro im

Monat sechzehn Stunden am Tag für den Export. Im selben Monat verdienen ein Model oder ein Fußballer eine Million Euro.«

»Kaufen Sie das Buch?«

»Nein, ich kaufe nichts mehr.«

Rue de la Santé

Ich bin in aller Bescheidenheit ins 14. Arrondissement zurückgegangen. Auf dem Boulevard Port-Royal ging ich in der Sonne, mit breiten Schultern, den Kopf erhoben, trotz der Kränkungen meiner körperlichen Verfassung, aber das Ende der Rue de la Santé hat mich erwischt wie eine Kerbe in einem Tomahawk, ich bin in diese Schlucht abgebogen, Little Big Horn. Zu meiner Linken hatte ich die guten Leute und zu meiner Rechten die schlechten. Deshalb hatte ich gewisse Schwierigkeiten, nicht im Zickzack zu gehen, zu taumeln, von einer Mauer zu einem Torbogen und von einem Wachposten zu einer Gegensprechanlage zu tänzeln. Zum Glück komme ich nicht jeden Tag am Gefängnis vorbei, denn ich kann nicht anders, ich muss hineingehen, um meinen Sohn zu besuchen, der durch die Wechselfälle des Lebens hier untergebracht ist, und er mag es nicht, wenn ich alle naselang ins Besuchszimmer komme und so tue, als wollte ich ihn ausquartieren. Für mich behält er immer diesen betroffenen Gesichtsausdruck von damals, als er unter dem Weihnachtsbaum sein Geschenk auspackte – ein tolles Buch –, während er mit der neuesten Playstation gerechnet hatte. Er weiß sehr gut, dass ich ihn nur sehr ungern dort weiß, aber er weiß auch sehr gut, dass ich ihn woanders auch nicht wissen möchte. Kurz gesagt, seitdem er geboren ist, wusste ich nie, was ich mit ihm anfangen soll, mit diesem großen Kerl. Er ist ein Junge, der ganz genau zwischen Gut und Böse unterscheiden kann, der aber behauptet, das eine sei schädlicher als das andere und dass die Förderer des Allgemeinwohls mehr Opfer produziert hätten als die Anhänger schmutziger Tricks. Anders ausgedrückt sagt er, die Kreuzzüge, die Inquisition, der Kommunismus und der Kolonialismus seien im besten Glauben und im Namen des Gesetzes großzügiger zu Mördern geworden als eine Handvoll Gauner ohne Glauben und Moral.

»Was tust du hier, P'pa?«

»Ich kam gerade durch das Viertel, Sohn.«

»Bist du krank? Ist es der Krebs?«

»Mach dir keine Sorgen, Junge.«

»Ich mach mir keine Sorgen, P'pa. Ich informiere mich, mehr nicht, du klammerst dich an was.«

»Ich werde das Ding schon schaukeln, Großer.«

»Ich weiß nicht, von welchem Ding du redest, P'pa.«

»Wir reden unter Männern, Sohn, das tut gut.«

»Das Problem bei dir ist, dass du redest, wenn es nichts zu sagen gibt und nichts sagst, wenn man dir Fragen stellt, P'pa.«

»Ich habe nicht auf alles eine Antwort, mein Großer, Antworten werden einem nicht einfach so eingeflüstert.«

»Du konntest dem Leben noch nie die guten Seiten abgewinnen.«

»Aber du hast dem Leben die guten Seiten abgewonnen, meinst du?«

»Ich bin wenigstens auf einer Seite, aber du warst immer völlig daneben. Du bist der Durchschnittsmensch, P'pa, ein Niemand. Keiner schert sich um dich.«

»Wie gefällt es dir hier? Ist das Essen genießbar?«

»Mir geht es hier sehr gut, P'pa. Keiner kann mich rauswerfen, und keiner macht mir meinen Platz streitig.«

»Du machst das schlau, Sohn. Heutzutage verlieren die Leute ihre Arbeit, können ihre Miete nicht mehr zahlen, ihre Frau haut ab, ihre Jungs verkaufen Drogen und ihre Mädchen sich selbst, sie landen alle auf der Straße, die Jungen, die Alten, 48 Prozent der Franzosen haben Angst, obdachlos zu werden. Du hast hier ein lockeres Leben, spiel dich nicht auf ...«

»Hier ist nicht jeder Tag rosig, P'pa, laut der staatlichen Ethikkommission ist das Gefängnis ein Ort der Regression, der Verzweiflung, der Autoaggression und der Selbstmorde. Die Selbstmordrate liegt siebenmal höher als in der Gesamtbevölkerung. Die Hälfte der Selbstmorde betrifft vermutlich Unschuldige. Die zweite Selbstmordursache sind die Isolationsmaßnahmen.«

»Weißt du, Junge, wie ich schon sagte, draußen geht es auch nicht gerade brüderlich zu. Hier seid ihr wenigstens unter euch. Es ist wie in Cochin oder Sainte-Anne oder bei den Ursulinenschwestern. Siehst du manchmal deine Mutter?«

»Nein.«

»Also, ich habe sie im Fernsehen gesehen, in einer Literatursendung. Es sah aus, als liefe es gut bei ihr. Sie hatte tolle rote Haare und eine Pantherstrumpfhose. Sie sprach über ihre Orgasmen, aber nichts, was mich hätte blamieren können.«

»Ach, wo du gerade den Mund offen hast, du könntest mir einen Gefallen tun, das soll kein Befehl sein, aber kennst du das gelbe Café weiter unten, nicht weit vom Boulevard auf der Höhe der Metro?«

»Ich kenne es, war aber nie dort, das ist nicht mein Ding.«

»Sie haben einen Kellner, er heißt Willy, du fragst ihn nach dem Päckchen, das ich ihm anvertraut habe, und versteckst es in der Zwischenzeit.«

»Zwischen was?«

»Stell keine Fragen.«

»Ist das alles, mein Sohn?«

»Sonst nichts, P'pa, und mach keinen Mist.«

Wahnsinn, was der Junge an Selbstbewusstsein gewonnen hat. Er, der die anderen auf der Rutsche immer vorgelassen hat, ich schaue ihm nach, er überragt die beiden Gefängnisaufseher um einen Kopf. Eine Art Sonnenkönig. Nun ja, eine Sonne im Schatten. Aber bei der Erderwärmung ist es hier in der Zwischenzeit vielleicht nicht schlechter als anderswo.

»Aber in welcher Zwischenzeit?«

»Man kann auch Zeit absitzen, ohne dass dann was passiert, Schwanzkopf«, hat mir der Gefängnisaufseher geantwortet, »hau ab, Arschloch.«

Als ich wieder draußen bin, schaue ich dem Leben ins Gesicht und sehe mich nicht darin, und ich lasse mich von einer Art Ratlosigkeit überwältigen, um nicht zu sagen von einer Melancholie, die diesem Stich im Herzen ähnelt, den ich immer gespürt habe, wenn ich meinen Sohn, oder war es seine Schwester, am Morgen bei seiner Tagesmutter zurückgelassen habe, ganz bestimmt eine anständige Frau, oft gutmütig, aber auch sicherlich pervers. Wenn ich recht darüber nachdenke, habe ich meine Kinder immer im Stich gelassen. Ich habe ihnen die Ungewissheit als Erbe hinterlassen; Ungewissheit ist nicht schlecht, wenn man Überraschungen mag. Eines Tages wird er seine Playstation bekommen. Hätte ich Geld, ich würde sie ihm sofort kaufen, ich würde ihm ein Päckchen schicken. Aber ich habe kein Geld, ich will keines, ich habe es nicht verdient. Wenn ich welches wollte, wäre das nicht hier. Hier haben die Leute nicht nur alles, sie wissen auch, wie man es benutzt. Sie wissen sogar, wie man andere benutzt. Sie würden sogar meinen Sohn benutzen, wenn er zu irgendetwas nütze wäre.

Paketband

Die Gefängnismauer ist mir noch höher und länger vorge-
kommen als auf dem Weg hierher, vielleicht wirkte auch
nur der Himmel niedriger. Es war ein Uhr, als ich wieder
unter der Hochbahn durchging. Das Café war voll, Afrikaner aßen rosafarbige Spaghetti, auf ihrem Teller ineinander verwickelt wie eine Handvoll verknoteter Neuronen.
Man glaubt oft, die Afrikaner seien fröhlich, aber die hier
waren traurig. Nur die Besitzerin hatte Spaß, eine Weiße
mit roten Haaren und Zebrastrumpfhose; sie tanzte hinter
ihrem Tresen. Ich glaube, ihr fehlte die Hälfte der Zähne,
aber wegen des Rauchs konnte ich nur mit einem Auge sehen. Ich fragte raunend nach Willy, als hätte ich etwas Inti-
mes mit ihm vor. Mühsam erklärte ich diesem Willy dann
meine Lage, er antwortete nicht, weil mir die Chefin anvertraut hat, man habe ihm 1994 in Kigali die Stimmbänder
und ein paar Rippen durchtrennt. Willy hörte mir zu und
schaute mir dabei unverwandt in die Augen, als gestünde
ich ihm endlich, dass ich in meiner Eigenschaft als Kom-
mandant der französischen Truppe, die die Hutu-Milizen
auf ihrer Flucht schützte, die mit Machete und Schrauben-
zieher achthunderttausend Tutsis ermordet hatten, am
Massaker an seiner Familie und seiner ganzen Ethnie
schuld sei. Die Chefin schien ebenfalls seiner Meinung zu
sein, sie lachte jetzt gar nicht mehr. Willy verschwand, um
dann mit einem Paket zurückzukommen, das mit Paket-
band umwickelt war. Er steckte das Paket in eine kleine
Plastiktüte, dann in eine Tüte von Nicolas. Das Ganze stellte er auf den Tresen, und ich musste wieder an meinen
Sohn denken, wie er unter dem Weihnachtsbaum seine Geschenke aufriss. Es erschien mir höflich, ein Bier zu bestellen und auch Willy eines anzubieten, und die Chefin sagte
zu mir:

»Hau ab, Arschloch, wir können dich hier nicht mehr sehen.«

»Ja, wir können dich hier nicht mehr sehen«, stimmte Willy ein, »hau ab, oder ich nehme dich aus wie ein Hühnchen.«

Ich bin doch schon leer, dachte ich mir, aber ich wollte nicht polemisch werden.

Episode

Auf dem Rückweg ging ich durch Sainte-Anne – das ist eine Abkürzung und ein ruhiger Spaziergang. Ein großes Kloster, das kann man sagen, mit Tennisplätzen, Arkaden, Statuen mit Pferd und ohne, einem romantischen Garten und einer tollen Cafeteria mit erschwinglichen Preisen. Außerdem tritt meine Tochter hier manchmal auf. Sie hat lange gebraucht, bis sie ihren Weg gefunden hatte. Als sie mit dreizehn Jahren stumm und magersüchtig wurde, dachte ich, sie wollte Nonne werden, aber dann tauchte sie mit roten Haaren und schwarzen Lippen, mit Netzstrümpfen und Springerstiefeln wieder auf. Sie und ihre Freundin Fred waren unzertrennlich, Fred hatte das gleiche bleiche Wasserspeiergesicht, war mit aggressiven Teufeln tätowiert und von den Augenbrauen bis zu den Lippen mit Nägeln mit eckigen Köpfen durchbohrt. Das ging so weit, dass ich, als Fred bei uns gegenüber aus dem vierzehnten Stock sprang, zuerst dachte, sie seien zu zweit, aber damals sah ich doppelt. Jetzt sehe ich klar, ich sehe einfach, ich sehe die Dinge, wie sie sind. Ich glaube, meine Tochter hat Fred gestoßen, wie man einen bösen Geist wegstößt. Meine Tochter war also gar nicht so verrückt, aber sie war trotzdem verrückt genug, dass man sie einwies und ihr hier seit fünf Jahren ein Zimmer freihält.

»Verrücktsein, das gibt es nicht«, hat sie mir beim letzten Mal gesagt, »ich bin deinetwegen paranoid. Ich konnte mein homosexuelles Verlangen, das du nie anerkannt hast, nicht in eine soziale Regung umwandeln, die ihm einen Wert verliehen hätte. Du hast nie akzeptiert, dass Frédérique meine Schwester war, weil dann dein Hingezogensein zu ihr inzestuös gewesen wäre.«

»Ich war nicht ihr Vater.«

So hatten wir ein ziemlich interessantes Gespräch, womit ich sagen will: Es ging weit über die angewiderten Grimassen und das einsilbige Gebrüll hinaus, auf die sich unser Vater-Tochter-Dialog sonst beschränkt hatte. Jetzt spielte sie im psychiatrischen Bereich Theater. Hätte es ein Publikum gegeben, sie hätte ihm den Rücken zugekehrt, und hätte sie einen Text zu sprechen gehabt, sie wäre vor spionierenden Lauschern auf der Hut gewesen. Aber es gab weder Text noch Publikum, nur einen Regisseur, der übrigens auch keine Bühne hatte. Dennoch hatte meine Tochter ihren Weg gefunden, und jeder, der behauptet, er sei eine Sackgasse, sollte sich seinen eigenen Weg anschauen. Ich hatte ein starkes Bedürfnis, meine Tochter zu trösten und ihr zu sagen, dass ihre kleine Sackgasse schöner sei als die breitesten Autobahnen. Ich wusste, wo ich sie finden konnte, sie versteckte sich gewöhnlich hinter einem dicken Baum, um Steine auf Vögel zu werfen. Ich habe nichts von einem Vogel, doch als sie mich sah, stieß sie einen lauten Schrei aus und warf eine Handvoll Kiesel nach mir. Ich glaube, sie hatte mich erkannt. Wenigstens hat sie einen Mann wiedererkannt. Sie hasst das, die potenziellen Vergewaltiger. Das ist schon seit damals vor einem Jahr so, als sie eine Zeit lang nicht in der Psychiatrie war, es ging ihr besser, sie hatte wieder angefangen zu studieren, sogar einen Job als Kassiererin gefunden, um sich ihr Studium zu finanzieren, weil ich damals arbeitslos war, aber ihr Chef murmelte den ganzen Tag in seinen Bart, sie sei dumm und fett, eine fette Schlampe und eine fette Kuh, also kündigte sie diesen Job, um sich übergangsweise zu prostituieren, und das widerte sie an, diese maskuline Promiskuität, dieser mangelnde Respekt vor den Menschen und diese Verletzung der weiblichen Würde. Ich selbst war nicht so stolz. Ich habe einen Rückzieher gemacht, und als ich wiederkam, sah ich sie nicht mehr, aber der Baum zitterte und bebte. Der Baum wurde von Krämpfen geschüttelt und brüllte: »Hau ab, Schwanzkopf, Arschloch, verschwinde von hier, wühl in deiner eigenen Scheiße herum.« Ein Psychiater hat mir die Schulter ausgekugelt, als er mich am Arm nahm, und ich fragte ihn, ob es noch freie Zimmer gäbe. Er lachte, denn die Psychiatrien wurden gerade geleert, um die Gefängnisse zu füllen. Ich dachte an die Familienzusammenführung und wollte nach Hause. Ich verließ das Krankenhausgelände und dachte dabei an meinen Vater, den Obergeneral der Mittelschicht, der seine Enkel nie kennengelernt hat, aber immer an das gesellschaftliche Vorankommen glaubte und an die große Kette des Seins. Er sagte auch, man müsse eine gute Ausbildung haben, fürs Leben gerüstet sein, ohne sich aufzuspielen und sich einen bequemen Posten im öffentlichen Dienst suchen.

Die anderen

Ich hatte nichts gegen meine Blutarmut getan. Ich wusste nicht einmal mehr, ob ich in Cochin eine Biopsie oder in Sainte-Anne eine Biopsych gemacht hatte. Solche orthografischen Details konnten mich quälen, mich plagen, mich im höchsten Maße durcheinanderbringen. Ich hätte nicht verrücktspielen sollen. Ein paar nichtsnutzige Jugendliche spürten meine Schwäche: »Hey, bist du krank oder schon tot? Was wolltest du bei den Verrückten? Warum hängst du vor dem Gefängnis rum? Warum gehst du nicht nach Hause?« Sie nannten mich dreckiger Franzose, sie waren Araber oder Schwarze, ich habe ein Problem mit den Farben. Ich habe gesagt, ich sei natürlich am Krankenhaus, am Kloster, an der Psychiatrie und am Gefängnis vorbeigekommen und dass ich die Mauern hätte weinen hören, aber ich hätte nichts gesehen. Es gibt nichts zu sehen in der Rue de la Santé. Nirgends. Ich hätte an den Schaufenstern, den Brasserien, den Cafés vorbeigehen können, auch dann hätte ich nichts gesehen. Ja, da drin hätte es helle Lampen und Gelächter gegeben, aber ich wäre vorbeigegangen. Ich hab kein Geld, weder was zu verkaufen noch was zu verschenken. Ich bin müde. Wenn ich rausgehe, werde ich klaustrophobisch. Draußen, nicht zu Hause. Zu Hause ist größer als draußen. Diese Stadt ist eine tote Stadt wie eine tote Sprache. In Vergessenheit geraten. Hier lebt nichts mehr. Die Menschen nutzen immer mehr ab. Sie haben nur noch so viel Substanz wie ein leichtes Sakko, eine Feinstrumpfhose, eine Jeans mit Loch, eine DVD. Ich sage diesen jugendlichen Vollidioten, dass ich sie nicht höre, nicht sehe, nicht einmal weiß, dass sie jeden Tag hier sind und dealen, Leute ärgern, warten, während sie darauf warten, dass das Leben auf sie wartet. Das Leben wartet auf keinen. Sie existieren nicht. Sie sind ein Haufen Scheiße. Das sage ich ihnen, weil Hassan der Gärtner mit einer großen Heugabel hinter mir steht, und er achtet streng auf die Regeln. Er mag es nicht, wenn Prädelinquenten in seinem Park rauchen, auf dem Rasen schlafen oder ehrliche Passanten provozieren. »Alles in Ordnung?«, fragt er mich.

Ich sage ihm nicht, dass ich gerade aus dem Krankenhaus komme, ihm ist das scheißegal. Ich sage ihm, es sei alles in Ordnung. Er erzählt mir vom Park. Mir ist das scheißegal. Ich frage mich, was die Jugendlichen denken. Sie denken nicht, sie warten, sie wachsen nach. Was Araber denken, weiß ich auch nicht, man weiß nie, was sie denken, sie denken nicht, sie beten. Hassan gärtnert, aber vielleicht betend, oder vielleicht betet er gärtnernd. Das verstehe, wer mag. Ich weiß auch nicht, was die Frauen denken, sie reden, aber denken sie, was sie sagen, oder sagen sie, was sie denken? Und wenn sie denken, denken sie nicht an mich, sondern an Brad Pitt oder George Clooney, das ist mir klar. Das nenne ich nicht denken. Meine Angreifer sind jedenfalls weder Schwarze noch Araber noch Jugendliche, sondern einfach Idioten. Man weiß nicht, was Idioten denken. Ein Wildschwein, ein Tiger oder eine Schlange, selbst eine Mücke, bei denen kann man sich das vorstellen, aber ein Idiot? Er denkt an sich. Er denkt nicht an die anderen. Ich denke auch nicht an die anderen, aber wenigstens versuche ich, für die anderen zu denken. Ich höre die Mauern weinen. Ich pisse nicht an Gefängnismauern, ich spraye nicht an Krankenhausmauern. Plötzlich wird mir bewusst, dass ich Hassan in den Armen liege wie eine alte Schwuchtel, die Rotz und Wasser heult. Das ist die Anämie. Angeblich hat sie eine gefäßerweiternde Wirkung auf die Tränenkanäle. Hassan ist das sehr peinlich, denn er ist ein schamhafter Mann. »Sie sollten nach Hause gehen.«

Ich sage ihm, dass mir die Jugendlichen den Zugang versperren. Er verscheucht sie mit dem Handrücken wie Fliegen. Man könnte meinen, er hätte das schon sein ganzes Leben lang gemacht, jugendliche Arschlöcher wie Fliegen verscheuchen. »Ich kenne sie«, sagt er, »sie sind nicht böse.« Ich schluchze laut, das sei genau das, was ich meinen Kindern über Wildschweine, Tiger und Schlangen sage, sie sind nicht böse, aber es ist trotzdem angenehm, ein Gitter, eine Mauer, einen Ozean oder ein paar Urwälder zwischen ihnen und einem selbst zu wissen.

Die Jugendlichen drohen mir hinter Hassans Rücken, sie beschimpfen mich, sie beschimpfen meine Mutter und meine Kinder bis in die siebte Generation, sie sagen, sie werden mich kaltmachen. Entweder sie haben große Schwänze oder große Messer in ihren Hosen, aber das ist gleich erniedrigend für mich als Mensch.

»Lass gut sein«, sagt einer von ihnen, »der ist durch, geh sterben!«, ruft er mir zu. »Wir spielen nicht mit Toten.«

»Hören Sie nicht auf sie«, sagt Hassan, »sie spielen mit allem.«

Fahrstuhl

Im Aufzug ein Nachbar, abgehackte Atmung, verschlossenes Gesicht. Er schaut mich an und gleichzeitig woanders hin. Es ist ein bisschen, als würden wir uns bei einem Streitgespräch ohne das geringste Entgegenkommen den Rücken zukehren. Er sieht aus wie dreißig, mit frischem, rosigem Teint. Jede neue Generation ist eine Invasion, eine frische Immigration, die weniger sich integrieren als mich desintegrieren will. Wir haben uns nichts zu sagen, und wir sagen es uns nicht. Schau an, er hat einen kleinen Pickel auf der Lippe, das ist menschlich. Eins, zwei, drei, vier, die Stockwerke ziehen vorbei, ohne zu verraten, was sie verbergen, wie die Mauern in der Rue de la Santé. Der Nachbar hat sich keinen Millimeter bewegt. Ich auch nicht. Ich schaue den Pickel auf seiner Lippe an. Unsere Körper sind einander nahe. Es ist nichts zwischen uns. Während ich mir das sage, weiß ich nicht, ob ich möchte, dass uns nichts trennt oder dass wir nichts gemeinsam haben. Ich kann sein Gesicht sehen, riesengroß, als wäre er die Sphinx oder die Mona Lisa, jedes Detail, aber ein großes Rätsel. Ich glaube nicht wirklich an die Existenz Gottes, aber die Existenz des Menschen bleibt noch zu beweisen. Da fehlt einiges. Ich möchte am liebsten an seinem Pickel herumfummeln, um seine Stofflichkeit zu prüfen. Der Fahrstuhl hält im fünften Stock an, der Nachbar steigt aus und grüßt, ohne zu lächeln. Er kotzt mich an, dieses Arschloch.

Worauf warten?

Zu Hause. Es ist das oberste Stockwerk; darüber ist der Himmel. Ich fühle mich hier wie im Urlaub, auf der Durchreise – weit weg von der Welt und vom Leben. Hier bin ich dem Himmel näher als der Straße. Die Welt ist ausgeschlossen. Ich sehe die Welt im Fernsehen, sie hat die Konsistenz eines Plasmabildschirms, schöne Farben, oft gibt es Hintergrundmusik, damit man die Kommentare nicht so gut hört.

Es war ein Fehler, rauszugehen. Ohne das französische Sozialsystem, durch das man kostenlose Behandlungen bekommt, hätte ich meine Wohnung nie verlassen, bei den heutigen Preisen für CTs, Fibroskopien, Darmspiegelungen, Ultraschall und einen einfachen freundschaftlichen Rat.

»Du warst lange weg«, sagt Sarah, »was hast du gemacht?«

»Wann? Nichts.«

(Es stimmt, fast nichts, das ist alles, man könnte auch sagen wenig und schlecht gemacht, aber immerhin heißt weit fast und mies gemacht, aber immerhin anderswo versteckt oder aber hier versteckt und hier drin verkrochen, aber alles zweckentfremdet, wie devitalisiert, aber heute Abend nichts weiter, nein danke, satt, vielleicht noch ein paar Schritte, ja, beziehungsweise am liebsten in der Stadt ohne Jahreszeiten, mit dem Lärm und dem Rücken der Massen und dem Hintern der Mauern und schon nach Hause kommen, wahrscheinlich um zu schlafen oder um zu essen, ein bisschen mit sich selbst reden oder auch nicht, fernsehen und dann den Fernseher ausschalten und etwas sagen, immer dasselbe, zum Thema Schlafengehen, jedenfalls vor dem Gehen oder Bleiben, ein schlecht geschlossenes Fenster übelnehmen oder aber Schatten eines Baumes, da draußen in der Nacht, übel, und sowieso Angst vor Riesen, außerdem vor Zwergen und allen möglichen fliegenden und kriechenden Insekten, in großer Zahl und mit fremder Sprache, aber nicht mehr als eine hastige Übersetzung der Vorstellung, die man sich davonmacht, flüchtig, mit Wolken und Wirbeln, die man darum mit einer gewissen Vorsicht betrachten sollte, bevor man seinen Vorteil daraus zieht, wenn man dem Umfeld der Gestalten und dem Lärm im Haus vielleicht fröhlich begegnet, aber trotzdem ein bisschen immer dieselbe zahnlose Fröhlichkeit, das heißt ziemlich wenig, im Grunde fast nichts im Vergleich mit dem Summen im linken und im rechten Ohr und vor allem die Blindheit, und dann am nächsten Morgen die Taubheit und der grüne Star, eine Ankylose der Extremitäten und des Mundes und das Verlöschen des Feuers der Liebe, bis hin zur Abscheu davor, sich bewegen zu müssen und nur das Wesentliche zu sagen, ohne von der zwecklosen und naiven Mühsal und Ermattung zu sprechen, denn wozu auch das alles, was also sagen, wenn nicht einmal mehr davor zu warnen, was schon jeden Tag passiert ist und vor den Tagen vor einer Abwesenheit oder Anwesenheit, ob notwendig oder freiwillig, beim reibungslosen Vorankommen der Truppen oder dem Ende der Feindseligkeiten, wie soll man ohne Vorurteile von den Fähigkeiten zur Sorge oder der Verzweiflung wissen, die freudige Reaktionen aus den Hassexplosionen erzeugen, aber ich müsste schon schlafen, gegangen sein oder zum Schlafen hier oder dort geblieben sein, als ignoranter ignorierter toter Gegenstand.)

»Nichts? Keine Nachricht, gute Nachricht. Hast du Wein bei Nicolas eingekauft?«

»Ja, Meursault.«

»Was ist das für ein Päckchen mit dem vielen Klebeband?«

»Das war heute Morgen im Briefkasten. Das ist bestimmt der iPod, den du für Chloé zum Geburtstag auf eBay bestellt hast.«

»Super. Hast du meine Leopardenstrumpfhose irgendwo gesehen?«

»Hast du dir die Haare neu gefärbt?«

»Ja, mir war nach einer Abwechslung, ich bin wegen der Sache mit der unbezahlten Miete bei der Bank vorbeigegangen, das ist eine irre Geschichte.«

»Alle Geschichten sind irre.«

»›Wir waren nie so allein, vereint im selben Irrsinn, verirrt in einer Welt mit der Konsistenz eines Hirngespinsts, das ängstigt uns zu Tode.‹ Das habe ich in einem Buch von den Dardennes gelesen, ich werde etwas darüber schreiben.«

»Du hast Glück, dass du noch schreiben kannst.«

(Ich tauge nur noch dazu, auf die Resultate der Biopsie zu warten. Das ist wie das Warten auf ein Urteil. Zehn Jahre, zwanzig Jahre? Ein paar Wochen? Und gleichzeitig ist es mir scheißegal. Ich kann nichts daran ändern. Es ist, wie es ist.)

»Wo sind die Kinder?«

»Julien spielt Playstation und Chloé übernachtet bei ihrer Freundin.«

(Ich habe keinerlei Macht über ihr Leben. Da oder nicht, das ist dasselbe. Ich habe mich den ganzen Tag abgestrampelt, obwohl die Straße eben war. Ich habe Scheiße gebaut, ich habe versagt, ich weiß nicht, wobei ich versagt habe, ich habe bei etwas versagt, das ich nicht einmal getan habe. Ich habe nicht gelächelt, den ganzen Tag habe ich eine Fresse gezogen, das kann man nicht gerade Abtreten mit Anstand nennen.)

»Wann bekommst du die Ergebnisse?«

»Mir scheißegal.«

»Sprich lauter, ich bin unter der Dusche.«

Kein Mensch achtet auf mich mit meinem Schwanzkopf und meinem Arschloch. Die Welt dreht sich. Die Frauen erblühen. China holt seinen Rückstand auf. Ich gehe, ohne zu warten. Worauf warten?

Feierabend

Es ist kalt, Nacht. Die Rue d'Alésia wie ausgestorben. Geschlossene Fensterläden. Beleuchteter Bar-Tabac. Ich sitze in der Kneipe ganz unten an der Ecke Rue de la Glacière und Rue de la Santé, die jetzt in der Nacht verschwommen ist und unbeleuchtet. Die Mauern fressen die Schwärze des Himmels. Die sehr schwachen, blutarmen Straßenlaternen beleuchten den Stacheldraht. Die Straße ist voller Morde, Demenzanfälle, lauernder Krankenhauskeime und vorsätzlicher Ansteckung. Es droht eine Epidemie, ein Krebsgeschwür. Krumme Dinger. Hier wird alles festgehalten, Dunkelzone, wie ein Atomkraftwerk. Man hat den Eindruck, jetzt wird endlich etwas passieren.

Ich lese, einen Krimi von Albert Camus. Für sich allein lesen und schreiben, ohne auf die anderen zu achten, so kann man Franzose sein, von A bis Z eine Null. Also lese ich *L'Étranger*. Ich bin dieser Fremde. Auf diese Art kann man sich heraushalten, zufällig hier sein, auf der Durchreise.

»Hau ab«, sagt der Wirt zu mir, »wir machen zu. Du hast genug gelesen, Schwanzkopf.«

»Ich lese nur meine Seite zu Ende, Chef.«

Ich habe einen Schritt gemacht, einen einzigen Schritt nach vorn. Diesmal hat der Araber sein Messer gezogen und es mir in der Sonne gezeigt. Das Licht ist von dem Stahl weggespritzt, und es war wie eine lange, glitzernde Klinge, die mich an der Stirn traf. Mein ganzes Sein hat sich angespannt, und ich habe den Revolver fester umklammert. Der Abzug hat nachgegeben, ich habe den polierten Bauch des Griffs berührt, und da hat alles angefangen.

Das Licht ist ausgegangen, die Kneipe hat geschlossen. Alles hat geschlossen. Für heute bin ich fertig mit dem Leben. Ich werde niemals erfahren, was angefangen hat.

Salim Bachi, geboren 1971 in Algier, lebt seit 1997 in Paris. Er ist der Autor mehrerer erfolgreicher Romane. Sein Erstling *Le chien d'Ulysse,* 2001 (Der Hund des Odysseus, Lenos 2003), wurde unter anderem mit dem Prix Goncourt ausgezeichnet, mit seinem Roman *La Kahéna,* 2003 (Villa Kahéna, Lenos 2006), gewann er den Prix Tropiques.

Didier Daeninckx, geboren 1949 in Saint-Denis, arbeitete als Drucker und Journalist und gilt als einer der bedeutendsten Kriminalschriftsteller Frankreichs. Von ihm sind über vierzig Romane und Erzählbände erschienen, die in mehr als zwanzig Sprachen übersetzt wurden. Mit Themen wie Resistance, Kollaboration, Algerienkrieg, Flüchtlinge und Abschiebepolitik löst er immer wieder gesellschaftliche Debatten aus. Er erhielt unter anderem den Grand Prix de Littérature Policière für *Meurtes pour mémoire,* 1984 (Bei Erinnerung Mord, Distel Literaturverlag 2003), und den Prix Paul Féval für sein Lebenswerk.

DOA, geboren 1968 in Lyon, arbeitet als Schriftsteller und Drehbuchautor. Er gilt als einer der herausragenden Vertreter des politischen Roman noir in Frankreich. Er erhielt den Grand Prix de Littérature Policière für seinen 700 Seiten starken Roman *Citoyens clandestins* (2007) und für *L'honorable société* (Die ehrenwerte Gesellschaft, Assoziation A 2011, zusammen mit Dominique Manotti).

Jérôme Leroy, geboren 1964 in Rouen, ist Autor, Literaturkritiker und Herausgeber. Er hat als Französischlehrer gearbeitet, bevor er sich ganz dem Schreiben widmete. Sein Roman *Le Bloc*, 2011 (Der Block, Edition Nautilus 2017), aus dem Milieu der extremen Rechten sorgte für Aufsehen und wurde mit dem Prix Michel-Lebrun ausgezeichnet.

Dominique Mainard, geboren 1967 in Paris, ist Autorin und Übersetzerin. Ihr Roman *Leur histoire,* 2002, wurde mit dem Prix du Roman FNAC und dem Prix Alain-Fournier ausgezeichnet und von Alain Corneau verfilmt. Mit ihrem Roman *Pour vous* gewann sie 2008 den Prix des Libraries.

Laurent Martin, geboren 1966 in Djibouti. Er ist Kunsthistoriker, Archäologe und Kriminalschriftsteller. Sein erster Roman *L'Ivresse des dieux* (2003) basierte auf einer griechischen Tragödie und wurde mit dem Grand Prix de Littérature Policière ausgezeichnet.

Christophe Mercier, geboren 1960, ist Literaturkritiker, Übersetzer, Essayist und Autor der Romane *Les singes hurleurs sur l'autre rive* (2013) und *La cantatrice* (2005).

Patrick Pécherot, geboren 1953 in Courbevoie, ist Journalist und Autor von Kriminalromanen, Comics und Kinderbüchern. 2002 erhielt er den Grand Prix de Littérature Policière für *Les brouillards de la Butte,* 2001 (Nebel am Montmartre, Edition Nautilus 2010), den ersten Band einer Trilogie über das »populäre« Paris zwischen den Weltkriegen. Pécherot hat eine Vorliebe für soziale und politische Themen.

Chantal Pelletier, geboren 1949 in Lyon, begann ihre Karriere als Schauspielerin und stand bereits mit 19 Jahren auf der Bühne. Parallel dazu studierte sie Psychologie und schrieb Drehbücher. Als Autorin verbindet sie die gefühls-betonte Schärfe eines sozialen Blicks mit distanziertem Spott, schwarzem Humor und ausgefeilten Dialogen. Ihr erster Kriminalroman erschien 1998. Für *Le chant du bouc,* 2000 (Der Bocksgesang, Distel Literaturverlag 2009), er-hielt sie 2001 den Grand Prix du Roman Noir.

Jean-Bernard Pouy, geboren 1946 in Paris, war nach seinem Studium unter anderem als Journalist, Lektor, Lehrer und Drehbuchautor tätig. Sein erster Kriminalroman erschien 1983, weitere viel beachtete Romane folgten. Er wurde mit zahlreichen Preisen ausgezeichnet, darunter der Trophée 813 du Meilleur Roman und der Prix Mystère de la Critique für *La Belle de Fontenay,* 1992 (Die Schöne von Fontenay, Dis-tel Literaturverlag 2001), und der Prix Polar Michel Lebrun 1999 für *Larchmütz 5632,* 1999 (Larchmütz 5632, Distel Lite-raturverlag 2001).

Hervé Prudon, geboren 1950 in Seine-et-Oise, ist ein Jour-nalist und Autor von Kriminalromanen und Kinderbüchern. Sein Erstling *Mardi-gris* erschien 1978 in der Série noire von Gallimard, sein Roman *Nadine Mouque* wurde 1995 mit dem Prix Louis Guilloux ausgezeichnet.

Marc Villard, geboren 1949 in Versailles, ist Dichter, Grafi-ker, Drehbuchautor und Schriftsteller. Er kam 1984 mit *Ballon mort* zur Série Noire. Der Meister der Kurzgeschichte hat zwischen Poesie und Verismus eine der bedeutsamsten Stilrichtungen des französischen Kriminalromans hervor-gebracht.

»Paris Noir« ist der Auftakt zu weiteren internationalen Noir-Anthologien. Jedes Buch besteht aus exklusiv für die Reihe geschriebenen Storys namhafter Autorinnen und Autoren und talentierter Newcomer. Jede Geschichte spielt in einem anderen Viertel einer Stadt oder in unterschiedlichen Gegenden eines Landes. So entstehen spannende literarische und geografische Porträts mit ungewöhnlichen, breit gefächerten Einblicken.

Die nächsten Bände der Reihe:

Frühjahr 2018: **»Berlin Noir«**. Herausgegeben von Thomas Wörtche. Mit exklusiven Storys von Rob Alef, Max Annas, Zoë Beck, Katja Bohnet, Ute Cohen, Johannes Groschupf, Kai Hensel, Robert Rescue, Susanne Saygin, Ulrich Woelk, Mike Wuliger, Miron Zownir.

Herbst 2018: **»USA Noir«**. Herausgegeben von Johnny Temple. Mit exklusiven Storys von Jerome Charyn, Michael Connelly, Lee Child, Jeffrey Deaver, Jonathan Safran Foer, Dennis Lehane, Laura Lippman, Joyce Carol Oates, Don Winslow u. a.

Weitere Städte-Noirs sind geplant.